捧 读

触及身心的阅读

MASTERPIECES
OF MYSTERY

惊人的怪谈

［美］约瑟夫·刘易斯·弗伦奇◎编选
［英］亚瑟·梅琴 等◎著
吴天骄◎译

贵州出版集团
贵州人民出版社

图书在版编目（CIP）数据

惊人的怪谈 /(美) 约瑟夫·刘易斯·弗伦奇编选；(英) 亚瑟·梅琴等著；吴天骄译. -- 贵阳：贵州人民出版社, 2024.8. -- ISBN 978-7-221-18375-0

Ⅰ.I14

中国国家版本馆CIP数据核字第2024Q35F19号

JINGREN DE GUAITAN

惊人的怪谈

〔美〕约瑟夫·刘易斯·弗伦奇 编选
〔英〕亚瑟·梅琴 等 著 吴天骄 译

出 版 人	朱文迅
责任编辑	陈 章
特约编辑	张进步
装帧设计	仙境设计
责任印制	刘洪鑫
出版发行	贵州出版集团　贵州人民出版社
地　　址	贵阳市观山湖区会展东路SOHO公寓A座
印　　刷	宝蕾元仁浩（天津）印刷有限公司
版　　次	2024年8月第1版
印　　次	2024年8月第1次印刷
开　　本	889毫米×1230毫米　1/32
印　　张	12
字　　数	291千字
书　　号	ISBN 978-7-221-18375-0
定　　价	58.00元

如发现图书印装质量问题，请与印刷厂联系调换；版权所有，翻版必究；未经许可，不得转载。

怪谈故事
GHOST STORIES

前言 FOREWORD	01
偷听者 ——〔英〕阿尔杰农·布莱克伍德 THE LISTENER	03
第 13 号房间 ——〔英〕蒙塔古·罗兹·詹姆斯 NUMBER 13	37
约瑟夫的故事 ——〔英〕凯瑟琳·瑞克福德 JOSEPH : A STORY	57
奥尔拉 ——〔法〕居伊·德·莫泊桑 LE HORLA	69
五指怪兽 ——〔英〕威廉·F.哈维 THE BEAST WITH FIVE FINGERS	101
玛德琳娜修女 ——〔美〕拉尔夫·亚当斯·克拉姆 SISTER MADDELENA	137
丑陋的珍妮特 ——〔英〕罗伯特·路易斯·史蒂文森 THRAWN JANET	157
黄色猫咪 ——〔美〕威尔伯·丹尼尔·斯蒂尔 THE YELLOW CAT	171
给苏拉的信 ——〔古罗马〕小普林尼 LETTER TO SURA	195

神秘诙谐故事
MYSTIC-HUMOROUS STORIES

前言
FOREWORD ... 201

五朔节前夕 ——〔英〕阿尔杰农·布莱克伍德
MAY DAY EVE ... 203

钻石透镜 ——〔美〕菲茨·詹姆斯·奥布赖恩
THE DIAMOND LENS ... 229

木乃伊之足 ——〔法〕特奥菲尔·戈蒂埃
LE PIED DE MOMIE ... 257

走得太远的人 ——〔英〕爱德华·弗雷德里克·本森
THE MAN WHO WENT TOO FAR ... 273

灵魂之光 ——〔英〕亚瑟·梅琴
THE INMOST LIGHT ... 299

戈雷斯托普田庄的秘密 ——〔英〕柯南·道尔
THE SECRET OF GORESTHORPE GRANGE ... 331

浅蓝色眼睛的男人 ——〔法〕让·黎施潘
L'HOMME AUX YEUX PÂLES ... 351

敌对的幽灵 ——〔美〕布兰德·马修斯
THE RIVAL GHOSTS ... 359

—Ⅱ—

怪谈故事

GHOST STORIES

前言

怪谈故事如同人类语言般源远流长,甚至可能在文字诞生之前便已存在。不加批判地接受超自然现象,无疑是人类早期智慧的原始属性之一。因此,怪谈故事可能是人类最早创作的故事类型,在文学编年史中早早登台亮相。读过怪谈故事的人,有谁会忘记小普林尼在写给一位密友的信中所描述的那阴气森森的一幕——他们一个刚死不久的共同熟人曾遭遇过幽灵的故事?

纵观古今,在历史悠久的故事和传说书籍中,怪谈比比皆是,经久不衰。19世纪初,它开始在西方文学界崭露头角,并占据一席之地。但正如幽魂本身,它总是或多或少地被人抨击,直到今天仍是如此。而拉德克利夫夫人在她的《奥特朗托城堡》[1]中赋予了它新生,甚至赋予了它一定的尊严。继她之后,沃尔特·司各特爵士坦承自己折服于这种题材的力量和独特魅力。这种文学类型一脉相承,从未间断。在怪谈故事中,幽魂一直与人类相抗衡。随着作者技艺渐趋成熟,怪谈故事的讲述技巧也愈加精湛。

时至今日,幽魂作为小说中的一个元素,其地位已稳如磐石。事实上,短短几十年间,此类作家组成的新流派应运而生。如今,几乎每一位小说家都至少创作过一部这种类型的优秀惊悚小说。这种题材之所以具有极大的诱惑力,令人无法抗拒,原因很简单,因

---

[1] 编者很可能把拉德克利夫的《尤道尔弗的奥秘》和霍勒斯·沃波尔的《奥特朗托城堡》搞混了。《奥特朗托城堡》出版于1764年,通常被认为是第一部哥特式小说。《尤道尔弗的奥秘》出版于1794年,其内容是典型的哥特式浪漫故事。

为想象力无拘无束，得以自由翱翔。

读者朋友们会发现，上乘佳作荟萃于此，深入揭示了在19世纪80年代到20世纪20年代间，这种奇异文学在艺术上的丰硕成果，与十几世纪之前小普林尼的朴素叙述有着天壤之别。

约瑟夫·刘易斯·弗伦奇

偷听者
THE LISTENER

〔英〕阿尔杰农·布莱克伍德
Algernon Blackwood

《偷听者》导读

1.《偷听者》的作者是英国小说家阿尔杰农·布莱克伍德(1869—1951),他是欧美最高产的怪谈故事作家之一。

2.H.P. 洛夫克拉夫特在其文学评论《文学中的超自然恐怖》中写道:"布莱克伍德先生的天才品质是毋庸置疑的,因为他在记录普通事物和经历中的奇异之处时,所表现出的技巧、严肃性和细致入微的忠实度是他人无法达到的。"

3.美国文学评论家 S.T. 乔希表示:"除了邓萨尼,他的作品比任何怪谈作家的都更有价值。"

4.《偷听者》最初收录于布莱克伍德的中短篇小说集《偷听者及其他故事》(1907)。

5.故事中提到了一位名叫德·昆西的作家,他是英国著名散文家和批评家,被誉为"少有的英语文体大师",代表作《一个英国瘾君子的自白》描述了他吸食麻醉剂后所产生的狂热梦境。"安"是他17岁在伦敦牛津街流浪时遇到的一位雏妓。

九月四日

我把伦敦翻了个底朝天,到处寻找负担得起的落脚处,因为我的年收入很微薄,只有可怜的一百二十英镑。最终,我得偿所愿。新住处是个一室一厅的套房,没有现代化的便利设施——这是真的——位于一栋老旧斑驳、破烂不堪的小楼里,但位置还算理想,距离P地仅一箭之遥,而且挨着一条相当体面的街道,算不上有失身份。一年租金只需区区二十五英镑,简直便宜得像是白捡的。我在对找到心仪的住处不抱任何期望之时,竟然误打误撞找到了这个地方。这只是运气好而已,不值得大书特书。虽然必须签一年的租约,但我大笔一挥,痛痛快快地签了,签得心甘情愿。H郡老家的家具已经闲置了很久,正好在这儿派上了用场。

十月一日

我身居的这一室一厅的新寓所,就在伦敦市中心,离杂志社不远,我偶尔会在那些杂志上发表一两篇文章。这栋小楼在一条断头巷的尽头。巷子的路面铺得挺平整,也很干净,道路两旁主要是气质庄严、看起来像是公共机构的建筑背面。巷子深处有个马厩。我住的套房门外钉着"钱伯斯"的铭牌,与英文中的"议院"同音[1]。我总觉得有朝一日这份殊荣会让它消受不起,会让它因过于自负而膨胀——然后分崩离析,就像议院分成上议院和下

---

[1] 英语里的"钱伯斯"和"议院"都写作"Chambers"。

议院一样。房间里实在是破败到了极点——客厅的地板翘边拱起、凹凸不平，门楣则朝着天花板的方向歪了过去，很是奇特。它们肯定在五十年前吵过架，从那以后就一直不和，离得越来越远。

十月二日

房东太太早已人老珠黄，干瘪瘦弱，满面尘灰，一副灯枯油尽的样子。她不善交际，只说短短几句话，就似乎备受折磨，也许她的肺已经被灰尘堵住了一半。有个身板壮实的姑娘给她打下手，尽可能给我的房间除去了灰尘。那姑娘还帮忙端上了早餐，并给壁炉生上了火。正如我之前所说的，房东太太不善交际。为了配合我客气而友善的姿态，她简短地告诉我，我是这栋房子里目前的唯一租户。我那个套房已经好几年没住人了。楼上曾经住过其他先生，但他们早都搬走了。

她说话时从不正眼看我，而是用那双黯淡无光的眼睛直勾勾地盯着我马甲中间的纽扣，弄得我紧张不已，以为自己的扣子没扣好，或者扣错了。

十月八日

我这周的收支平衡保持得不错，到目前为止支出还算合理。

    买牛奶和食糖：七便士

    买面包：六便士

    买黄油：八便士

    买果酱：六便士

    买鸡蛋：一先令八便士

    洗衣费：二先令九便士

燃油费：六便士

通勤费：五先令

共计：十二先令二便士

房东太太有个儿子，她告诉我，他"有点儿像流浪汉"。他偶尔来看她。我猜他是个酒鬼，因为不管白天还是晚上，他都高声喧哗，还经常被楼下的家具绊倒。

整个上午，我都待在屋里，埋头写作。要么写些文章，要么为报纸的连环图画专栏写配套韵文，要么写一本小说——我对它寄予厚望，已经为它"呕心沥血"地创作了三年。或者写一本儿童读物，让想象力任意驰骋。或者写一本书，准备活多久就写多久，因为它真实地记录了我的灵魂在人生挣扎中的进退。除此之外，我还有一本诗集，我把它当作安全阀，对它不抱任何梦想。我大部分时间都忙于写作，为了保持健康，我常会在下午出去散散步，穿过摄政公园，在肯辛顿花园里漫步，或者再走远些，到汉普斯特西斯公园逛一逛。

十月十日

今天诸事不顺。我一般早餐要吃两个鸡蛋，可今天早上，有个鸡蛋臭了。我按传唤铃叫来了埃米莉。当她进来时，我正在看报纸，头也不抬地对她说："鸡蛋坏了。"她说："哦，是吗，先生？那我给你拿个新的来。"说完就拿着鸡蛋出去了。我暂停用餐，想等她回来再接着吃。五分钟后她回来了，把新拿来的鸡蛋往桌上一搁就走了。但是，我低头一看，发现她竟然把好鸡蛋拿走了，而把那个已经变成黄绿色的坏鸡蛋留在了倒残渣的浅碟里。我又按了传唤铃。

"你拿错鸡蛋了。"我说。

她惊呼道:"哦!我还以为我拿下去的那个没那么臭。"她适时带着好鸡蛋回来了,我继续吃着有两个鸡蛋的早餐,但胃口大减。诚然,这一切都很琐碎,但又愚蠢得让我感到恼火。那个坏掉的蛋影响了我所做的一切。我写了一篇惨不忍睹的文章,然后一把将它撕得粉碎,顿时觉得头痛欲裂,暗暗咒骂自己。一切都很糟糕,所以我索性"扔掉"了工作,出去溜达了半天。

回来的路上,我在一家便宜的小餐馆吃了顿饭,九点左右才到家。

我刚进门,雨就哗啦啦地落了下来,风也越刮越大,预示着这将是一个难熬的夜晚。这条断头巷看起来凄凉而沉闷,当我穿过房间的客厅时,感觉就像在阴冷的墓室中。这是我搬到新住处后头一回赶上暴风雨之夜。穿堂风太大了,气流纵横交错,在房间中央相遇,形成了旋涡,寒冷的气流无声地肆虐着,几乎把我的头发都掀起来了。我用领带和破旧的袜子堵住窗框的缝隙,试图抵挡这股寒意,然后坐在烟雾弥漫的火炉旁取暖。刚开始,我还尝试写点儿什么,但发现实在太冷了,写字的手都被冻僵了。

风对这个破败不堪的地方耍了什么把戏啊!它沿着孤独凄凉的断头巷呼啸着冲过来,咆哮声就像是一伙人匆忙经过,突然在门口刹住脚步所发出的声响。我感觉像有一大群爱八卦的人聚在外面,无礼地向窗内探头探脑。然后,他们又迈开脚步,低声嬉笑着溜进巷子深处。然而,下一阵风又吹回来了,如此无礼的行径不断重复上演。在我房间的另一边,有一扇正方形的窗户通向一个通风井,或者说楼梯井,离隔壁房子的后墙大约两米远。风就顺着这个漏斗状的通风井下来,呼呼地吹着,吼叫着。我以前从未听过这样的声音。我被夹在两股诡异的风——门前的风和通风井里的风——之间，裹着大衣坐在火炉边，听着烟囱里低沉的轰鸣声，整个房间的氛围变得愈加诡谲。这种感觉就跟在颠簸的海面上漂泊似的，我差点儿都以为地板也要跟着起起伏伏，来回晃动了。

十月十二日

我希望我没那么孤独，也没那么贫穷。但我既爱孤独，也爱贫穷。前者让我珍视风雨相伴，后者则保住了我的肝脏，让我不用花时间取悦女人。穷困潦倒、衣着邋遢的男人，是女人避之唯恐不及的"侍从"。

我双亲皆亡，唯一的妹妹也——不，确切地说没有死，但嫁给了一个有钱人。他们大部分时间都在外旅行，她丈夫的目的是寻求健康，而她的目的是放纵自我。她由于疏忽，早已和我失去了联系。在长达五年的音讯全无之后，她在圣诞节给我寄了一张五十英镑的支票——她丈夫签的名！我把支票撕得粉碎，装在一个没有贴邮票的信封里还给了她。所以，我至少知道她为此付出了代价，这让我心里舒坦多了！她用一支粗大的鹅毛笔写了回信，整整一页纸上就写了三行字："显而易见，你还是一如既往地神经兮兮，而且粗鲁无礼，忘恩负义。"我一直特别害怕，害怕我爷爷辈亲属的精神错乱会跨代相传，出现在我的身上。这个想法一直折磨着我，她也清楚这一点。因此，在小小客套了一番后，亲情之门就砰的一声关上了，再也没打开过。我听到了它发出的撞击声，随之而来的是许多具有独特价值的小瓷器碎片从我的心墙上坠下——那些都是稀有的瓷器，其中一些本来只需要掸掸灰尘就能重焕光彩。同样的心墙上也挂着镜子，我有时会在镜子里看到童年时雾蒙蒙的草坪、雏菊花环，温润的雨水中被风吹得散落在果园里的花朵，长途步行时发现的盗贼藏身之处，以及干草棚里精心储藏的苹果。那时她是我形影不离的同伴——但是，当心门砰地关上时，镜子整个裂开了，镜中的幻象也永远消逝了。现在我很孤独。四十岁的人不可能从头开始建立真挚的友谊，至于其他的所谓友情，也就那么回事吧。

十月十四日

我的卧室面积仅有十平方米，地板还比客厅低，要上一级台阶才能进入客厅。在宁静的夜晚，两个房间都非常安静，因为没有车会开到这条孤独荒凉的断头巷里。尽管偶尔会刮一阵风，但这里仍然是流浪动物的最佳庇护所。每当夜幕降临，附近所有的猫都会聚集在巷子尽头，也就是我的窗户下面。它们泰然自若地平躺在对面那栋楼的百叶窗的长窗台上，因为邮差在九点半来了又走后，除了我的脚步声，或者有时还有那个"有点儿像流浪汉"的房东儿子跌跌撞撞的脚步声，就再也没有脚步声敢打断它们邪恶的秘密会议了。

十月十五日

我在一家 A.B.C. 茶室[2]用餐，吃了水煮蛋，喝了咖啡，然后去摄政公园的边上转了一圈，到家的时候已经十点了。我数了一下，足足有十三只猫蹲伏在小巷深处背风的墙下，它们都是黑猫，宛如夜色中的一群魅影。那是一个寒冷的夜晚，繁星在蓝黑色的天空中闪烁着，犹如细小的冰晶。当我路过时，那些猫都转过头来，无声无息地盯着我。在这么多双猫眼一眨不眨地注视下，一种古

2　A.B.C. 茶室：由加气面包公司（Aerated Bread Company）开设的连锁茶室。

怪的羞怯感袭上我的心头。就在我胡乱摸索钥匙时，它们无声无息地跳了下来，紧紧贴着我的腿，似乎在催促我开门，急着进去。但我当着它们的面用力关上了门，发出砰的一声巨响，然后迅速跑上了楼。我在摸索着寻找火柴时，感觉客厅就像石穹顶的墓室一样寒冷，弥漫着不同寻常的湿气。

十月十七日

这几天我一直在写一篇冗长的文章，不允许自己想入非非。我需要节制自己的想象力，怕一不留神它就跑得没边了，因为它有时会把我带到星空之外、世界之下的可怕地方。没人比我更清楚其中的危险。但写在这里是多么愚蠢的一件事——因为无人知晓，没人意识到！最近我的脑子里冒出了一些奇奇怪怪的念头，一些以前没有过的想法，关于药物、麻醉剂以及治疗怪病的。这些鬼点子是打哪儿冒出的，我一点儿也搞不明白，因为我一生中从没像现在这样频繁地思考过这些。我最近没有锻炼，因为天气一直都很糟糕。所有的下午时光，我都窝在大英博物馆的阅览室里——我在那儿办了张阅览证。

我发现了一件让我很郁闷的事：房子里竟然有老鼠。晚上，我躺在床上，听到它们在客厅凹凸不平的地板上窸窸窣窣地蹿来蹿去，因此严重失眠。

十月二十四日

昨晚，"有点儿像流浪汉"的房东儿子回来了。他显然喝得醉醺醺的，因为在上床睡觉后很久，我还能听到从厨房里传来的响亮而愤怒的说话声。还有一次，我隐约捕捉到地板振动传来的只言片语："只有彻底烧掉，才能让这房子恢复正常。"我敲了敲地板，那些声音戛然而止，但后来我又在梦中听到了他们的喧闹声。

这些房间非常安静，有时甚至太安静了。在无风的夜晚，它们像墓室一样寂静，而这栋房子就像位于偏僻的乡间。伦敦交通的轰鸣声依稀可闻，只有遥远而沉重的振动传入我的耳中。有时，这样的轰鸣声带有不祥的气息，就像一支军队正在逼近，或者是远方有巨大的海啸在黑夜里轰鸣。

十月二十七日

蒙森太太虽然沉默寡言，却是一个愚蠢、挑剔的女人。她干了那么多蠢事，简直让我抓狂不已。在打扫房间的时候，她会把所有东西都折腾得乱七八糟。烟灰缸本该乖乖放在写字台上，却被她傻乎乎地在壁炉台上摆成一排。笔盒本该老老实实地放在墨水台旁边，却被她自作聪明地藏在我书桌上的书堆中。她每天都笨手笨脚地把我的手套放在半满的书架上，我总是不得不自己动手把它们重新摆在门边的矮桌上。她居然还把我的扶手椅摆放在火炉和灯之间，摆放的角度奇奇怪怪。而那块桌布——带有三一学堂[3]纹章的辅助色，也就是棕褐色和血红色相间的桌布——被她铺得歪七扭八的，让我见了就觉得别扭，甚至觉得自己的领带歪了，衣服也穿得歪歪扭扭的。种种不顺心让我觉得气不打一处来。她的沉默和温顺也令人恼火。有时我气得要命，真想抄起墨水瓶朝她砸过去，就为了让她犹如一潭死水的眼睛里流露出一丝感情，或者让那无色的双唇发出一声尖叫。天啊！我使用了多么暴力的措辞啊！我真是太愚蠢了！然而，这些话似乎不是我自己说的，是有人在我耳边说的——我的意思是，我平时可不会这么说话。

3　三一学堂（Trinity Hall）：剑桥大学的一所学院，并非著名的三一学院（Trinity College）。

十月三十日

我已在这儿住了一个多月,觉得这个地方很不适合我。我的头痛变得更频繁、更剧烈了,我的神经永远是不适和烦恼的根源。

我很不喜欢蒙森太太,相信她也会有同样的感觉。不知怎的,我常常有一种感觉:我对这栋房子里发生的事一无所知,她则小心翼翼地向我隐瞒真相。

昨晚她的儿子在此过夜,今早我站在窗前,看见他出去了。他抬起头瞥了我一眼,吸引了我的注意。在我看来,他是个粗野无礼的人,长了一张特别令人讨厌的脸。他还斜斜地瞟了我一眼。至少,我觉得那目光不怀好意。

十一月二日

这栋房子里彻底的寂静开始让我感到压抑,真希望楼上还有其他人住。头顶上没有脚步声响起,也没有脚步声经过我的门前,走上下一段楼梯。我开始感到有些好奇,想亲自上去看看楼上的房间是什么样子的。我在这里感到孤独,仿佛被卷入了世界荒芜的角落并被遗忘……有一次,我发现自己凝视着长长的、有裂缝的镜子,试图看到阳光在果园里的树下舞动。但现在似乎只有深渊之影聚集在那里,我很快就扭头不看了。

今天一整天,房间里都昏暗无光,一丝风也没有。从早上就开始起雾了,整个上午我都不得不亮着阅读灯。今天没听到马车经过的声音——我真的很想念那种声音。在这个昏暗、寂静的上午,我想我还是乐意听到它的。毕竟,这是一种非常有人情味的声音,而巷子尽头这栋空荡荡的房子里还藏着其他令人不太舒服的声音。

我从没在这条巷子里见过警察,邮差总是匆匆忙忙地离开,没有任何要闲逛的迹象。

晚上十点——当我写这篇日记时，除了远处车水马龙的低沉噪声和风的低沉叹息，我听不到任何声音。两种声音相互融合。黑暗中不时有猫发出尖厉、诡异的叫声。每当夜幕降临，总有猫的身影在我的窗下游荡。风急速灌进烟囱，发出一阵噪声，就像远处有巨大的翅膀猛地掠过似的。这是一个沉闷的夜晚。我感到失落迷茫，有种被人遗忘的感觉。

十一月三日

从我的窗户向外望，可以看到来访者。但当有人来到门口时，我只能看到来访者的帽子、肩膀和按门铃的手。自从我两个月前搬进这里，只有两个人来拜访过我。他们上楼之前，我就从窗口看到了，还听到了他们询问我是否在家的声音。之后他们俩再也没来过。

我已经写完了那篇冗长沉闷的文章。然而，读完之后，我对它并不满意，几乎每一页都有铅笔修改的痕迹。其中有一些奇怪的表达和想法是我根本无法解释的，看到它们时，连我自己都感到惊讶，甚至惊恐。它们似乎不是出自我的手笔，而且我也不记得写过。难道我的记忆力开始受到影响了？

我总是找不到笔。那个愚蠢的老太婆每天都把它们放在不同的地方。我真该好好表扬她，因为她竟然能发现这么多藏东西的新地方，这样的聪明才智可真是太了不起了！我已经多次就打扫事宜叮嘱过她，但她总是说："我会告诉埃米莉的，先生。"而埃米莉总是说："我会告诉蒙森太太的，先生。"她们的愚蠢让我烦躁难安，打乱了我所有的思路。我真想把那些丢失的笔插入她们的身体，再拔出来，然后看着她们瞎着眼，被成千上万只饥肠辘辘的猫撕来咬去。哟！这是多么可怕的想法啊！它到底是从哪里来的？这种想法既不是我自己的，也不是警察的，但我觉得必须写出来。这就像有一个声音在我的脑海中歌唱，直到写完最后一个字，我才能停笔。真是荒谬的废话！我必须而且肯定会克制自己。我必须经常锻炼，我的神经和肝脏都严重困扰着我。

十一月四日

我在法语区[4]参加了一场以"死亡"为主题的诡异讲座，但房间里太热了，而我又太累，以至于睡着了。然而，我听到的唯一一段演讲却大大触动了我的想象力。演讲者在谈到自杀时说，自杀并不能逃避现在的痛苦，而只是为未来更大的悲伤做准备。他宣称，自杀者不能如此轻易地逃避责任。他们必须重拾曾经决然放弃的生命，但要为曾经的软弱承担额外的痛苦和惩罚。他们中的许多人在难以言喻的痛苦中游走于纷纷扰扰的尘世间，直到能够附身在其他人身上，而被附身者通常是疯子或意志薄弱的倒霉蛋，无法抗拒这种可怕的执念。这是他们唯一的解脱途径。这绝对是一个奇怪而可怕的想法！真希望我一直在熟睡，根本没有听到它。我的思想已经够病态了，但也没有产生如此可怕的幻想。警方应该制止这种惹是生非的宣传。我会给《泰晤士报》写信提出建议的。真是个好主意！

我穿过伦敦苏活区的希腊街，步行回家，仿佛穿越时光隧道，回到了一百年前的伦敦。那是德·昆西所在的年代，他服食"公正、微妙和强大"的麻醉剂后在夜晚出没，他广阔的梦想似乎就在不远处翱翔驰骋。这些画面一旦在我的脑海中浮现，就再也无

---

4 法语区：就是下文的苏活区，当地有大量的法国移民。

法消失。我看见，他在寒冷、无人居住的古宅中，与那个害怕幽魂的陌生小流浪儿一起度过漆黑的夜晚，两人盖着一件骑士斗篷，一起睡在阴影里。或者在幽灵般的安的陪伴下四处游荡。或者，更晚一些，奔赴永恒之约，可安却始终未能如约而至。当我试着了解那个男人——当时他还是个稚嫩青年——寂寞的心中隐含的深沉情感时，难以言喻的忧郁绝望、无穷无尽的悲伤和浓烈痛苦的恐惧笼罩在我的心头，让我心生怜悯，甚至有些透不过气。

我沿着小巷走来时，看到顶层窗口里透出灯光，有个人的头和肩膀在百叶窗上投下夸张的阴影。我挺好奇这个时候房东儿子会在上面做什么。

十一月五日

今天早上，我正在写作，有人走上咯吱作响的楼梯，小心翼翼地敲我的门。我以为是房东太太，就说："请进！"敲门声又响了，我叫得更大声了："进来，进来吧！"可没人转动门把手。我继续写着，懊恼地嘟囔道："哎呀，那就待在外面吧！"然后，我试图继续写作，但突然才思枯竭，一个字也写不出来了。这是一个光线昏暗、黄雾弥漫的早晨，空气中几乎没有什么鼓舞人心的东西，但那个傻女人就站在我的门外，等着我再叫她进来，这激起了我满腔烦恼。最后我跳了起来，亲自打开了门。

"你想干什么？到底为什么不进来？"我大声喊道，话却落入了空气中。那里没有人。雾气沿着昏暗的楼梯滚滚而上，形成深黄色的旋涡，但到处都没有人影。

我砰的一声关上门，咒骂着这栋房子及其噪声，然后又回去工作了。几分钟后，埃米莉拿着一封信进来了。

"几分钟前，你或者蒙森太太在外面敲过我的门吗？"

"没人敲门,先生。"

"你确定吗?"

"蒙森太太去市场了,这栋老房子里除了我和孩子,再没其他人了,而我已经洗了一个小时的盘子了,先生。"

我觉得那姑娘的脸色变得更加苍白了。她烦躁不安地朝门口走去,中途回头瞥了一眼。

"等一等,埃米莉。"我说道,然后告诉了她我听到的一切。她傻乎乎地盯着我,不过她的目光时不时地扫过房间里的物品。

"是谁?"我最后问道。

"蒙森太太说那只是老鼠。"她仿佛在机械地重复台词。

我惊呼道:"老鼠!根本不是那回事。有人在我门外胡乱摸索。是谁?房东儿子在家吗?"

她突然转变了态度,不再躲躲闪闪,而是变得认真起来,似乎急于说出真相。

"哦,不,先生。除了你、我和孩子,房子里根本没有别人,而且你的门外也不可能有人。至于那些敲门声——"她突然停了下来,好像一时失言说得太多了。

"好吧,那些敲门声是怎么回事?"我问道,语气温和了些。

她结结巴巴地说:"当然,敲门声不是老鼠发出的,也不是脚步声,但是——"她再次停了下来。

"这栋房子有什么问题吗?"

"天哪,不,先生。下水道非常好。"

"我说的不是下水道,姑娘。我的意思是,这里曾经发生过什么——什么不好的事情吗?"

她的脸涨得通红,一直红到了发根,然后突然变得苍白。她显然非常苦恼,而且在为某些事情焦虑,但又不敢说出来——某些不许她说的禁忌之事。

我带着鼓励的口吻对她说:"我不介意那是什么,我只是想知道罢了。"

她抬起惊恐的眼睛,看着我的脸,开始说起一些"曾经发生在住在楼上的一位绅士身上的事",这时楼下响起了一个尖厉的声音,叫着她的名字。

"埃米莉,埃米莉!"那是回来的房东太太。那姑娘跌跌撞撞地冲下了楼梯,像被绳子拽着拖下去似的,让我的脑中充满了猜想——楼上的那位绅士究竟出了什么事,会以如此奇怪的方式影响楼下的我的耳朵?

十一月十日

我已经完成了基本工作,写完了那篇冗长的文章,并被《评论》收稿。那本杂志还向我预约了另一篇文章。我感觉很好,心情愉快。因为经常锻炼,睡眠也很好,没有头痛,没有神经衰弱,没有肝硬化!药剂师推荐的那些药片效果奇佳。就连面色灰白的房东太太也让我心生怜悯。我为她感到难过:她就像这栋房子一样,集憔悴、疲倦和古怪于一身。她看起来似乎曾经遭受过某种惊吓,现在正害怕再次遭受惊吓。今天,当我非常温和地对她说不要把钢笔放在烟灰缸里,也不要把手套放在书架上时,她第一次抬起目光黯淡的双眼看着我,然后带着一丝淡淡的微笑说道:"我会尽力记住的,先生。"我真想拍拍她的背说:"来,振作起来,开心点儿。毕竟生活并没有那么糟糕。"哦!我好多了。没有什么比得上户外的空气、事业的成功和良好的睡眠。就像被施了魔法一样,我曾被绝望和无法满足的渴望吞噬掉的那一部分心灵,重新生长了出来。即使是那些猫,我都觉得亲切了许多。今晚,我十一点钟才进门，它们成群结队地跟在我后面，我弯下腰去，轻轻抚摸离我最近的那只。呸！那畜生发出嘶嘶声，吐着口水，还用爪子攻击我。我的手被它挠出了一道细细的血线。其他的猫侧身躲进黑暗中，尖叫着，就好像我伤害了它们似的。我相信这些猫真的很讨厌我。也许它们只是在等待增援，然后就会攻击我。哈哈！尽管有短暂的烦恼，但这个念头还是让我大笑着上楼，回到了自己的房间。

炉火灭了，房间里显得异常寒冷。我摸索着走到壁炉架前找火柴时，突然意识到黑暗中还有一个人站在我旁边。当然，我什么也看不见，但我的手指沿着壁炉架摸索时，猛地碰到了什么东西，那东西立即缩了回去。房间里的空气又冷又潮湿，所以我敢发誓那是某人的手。我瞬间起了一身鸡皮疙瘩。

"是谁在那儿？"我大声喊道。

我的声音像石子落入深井般消失在寂静中，无人应答。但与此同时，我听到有人从我身边穿过房间，朝门的方向走去。那是有点儿混乱的脚步声，还有在行走中衣物擦过家具的声音。就在那一瞬间，我的手无意中碰到了火柴盒，于是我划着了一根火柴，点燃了一盏灯。本以为会看到蒙森太太，或者埃米莉，或者房东的那个像流浪汉的儿子。但煤气灯的闪光照亮了一个空荡荡的房间，到处都没有人影。我感觉自己毛发倒竖，本能地后退，靠到墙上，生怕有什么东西从后面接近我。我明显感到震惊，但迅速恢复了正常。通往楼梯口的门开着，我穿过房间走了出去，心里不免有些惶恐。房间里的光线照在楼梯上，但到处都看不见人影，一踩就吱嘎作响的木楼梯也没发出声音，这表明没有生物离开。

我正要转身再进去时，听到头顶上传来了一个声音。那声音非常微弱，就像风的叹息一样。但那不可能是风，因为这里的夜晚像墓地一样寂静。尽管那声音没有再次出现，我还是决定上楼亲眼看看这一切意味着什么。因为摸到了也听到了，所以我不相信自己上当受骗了。于是，我点了一支蜡烛，开始了一段不愉快的旅程，偷偷摸摸地爬向这栋古怪老楼的上层。

第一段楼梯尽头的平台上只有一扇门，而且是锁着的。第二个平台上也只有一扇门，但当我转动门把手时，门开了。带着凉意的霉味扑面而来，这是长期无人居住的房间所特有的气味。随之而来的还有一种难以形容的臭味。我特意使用了"难以形容"这个词。虽然这种臭味非常微弱，就像被稀释了一样，但还是让我感到恶心。我以前从未闻到过这样的臭味，所以无法具体形容。

这是一个方方正正的小房间，位于顶楼，天花板是倾斜的，有两扇小窗户。房间里冷得像墓室，空荡荡的，没有地毯，也没有家具。冰冷的空气和说不出的臭味混在一起，让我对这个房间感到厌恶。我在那里逗留了一会儿，留意到房间里没有可能藏人的柜子或角落，就匆忙关上门，下楼睡觉去了。显然，我还是被那声音蒙骗了。

夜里，我做了一个愚蠢但非常生动的梦。我梦见房东太太和另一个人——黑乎乎的，看不清面目——四肢着地爬进我的房间，身后跟着一群巨大的猫。他们趁我躺在床上时，袭击并杀害了我，然后把我的尸体拖上了楼，丢在顶楼那个冰冷的、四四方方的小房间的地板上。

十一月十一日

自从我和埃米莉的谈话无果而终后，我就再没见过她。现在，蒙森太太全权照料我的需求。像往常一样，她做的每件事都让我心生不悦。这些都是不值一提的小事，却非常令人恼火。就像经常重复使用小剂量的吗啡，最终会产生累积效应。

十一月十二日

今天早上，我起得很早，来到客厅拿了一本书，打算在床上看，一口气看到起床的时间。埃米莉正在生火。

"早上好啊！"我高兴地说，"天气很冷，把火烧得旺一些。"

那姑娘转过身来，我看到一张惊愕的脸，那根本不是埃米莉！

"埃米莉在哪儿？"我喊道。

"你是说在我之前在这儿工作的那个女孩吗？"

"埃米莉离开了吗？"

她闷闷不乐地回答："我是六号来的，她那时已经走了。"

我拿了书就回到床上。埃米莉肯定是在我们谈话后马上就被送走了。我看着书，脑海中不断盘旋着这个念头。起床时间到了，我满心喜悦。如此迅速的行动，如此无情的决定，似乎是为了向某人证明某事的重要性。

十一月十三日

被猫爪挠破的伤口已经肿起来了，抽痛着，瘙痒着，让我感到烦恼。我担心我的血液状况不佳，不然伤口早该愈合了。我用浸过消毒药水的小刀切开了伤口，并将伤口彻底清洗了一遍。我听说过被猫抓伤，结果令人不快的故事。

十一月十四日

尽管这栋房子确实使我神经紧张，但我还是喜欢它。它位于伦敦市中心，孤独而又冷清，但也正因如此，它很安静，适合工作。我不知道为何此处的租金这么便宜。有些人可能会怀疑，但我甚至没有追问原因。没有答案总比得到谎言好。要是我能把外面的猫和里面的老鼠都赶走就好了。我觉得自己会越来越习惯这里的奇特之处，并死在这里。啊，这种说法读起来怪怪的，给人一种错觉：我的意思是在这里生存和死亡。我会年复一年地续租，直到我或者房子崩溃。从目前的迹象来看，这栋小楼会先完蛋。

十一月十六日

今早醒来，我发现自己的衣服散落在房间里，有张藤椅翻倒在床边。我的外套和马甲看起来就像被人在晚上试穿过。我还做了一个非常逼真的梦，梦到有人用双手捂着脸，不停地靠近我，痛苦地喊道："我到哪里可以找到遮脸的东西？哦，谁来给我穿衣服？"多么傻的梦啊，但还是让我有点儿害怕。这梦真实得叫人害怕。距离我上次梦游已经一年多了，我上次在睡梦中散步，又在当时居住的伯爵府路冰冷的人行道上惊醒。我以为我的梦游症已经好了，但显然没有。这个发现让我很不安。今晚，我要故技重施，把脚指头绑在床柱上。

十一月十七日

昨晚，我再次被令人压抑的噩梦所困扰。似乎夜里有人在我的房间里来来回回地走动，有时经过客厅，然后又回来站在床边，目不转睛地盯着我。我整晚都被这个人死死地盯着，老是觉得自己就要醒了，但不管怎么努力都醒不过来。我想这是消化不良造成的噩梦，因为今天早上我又犯了老毛病，头痛得厉害。然而当我醒来时，所有的衣服都散落在地板上，显然是夜间被扔在那里的——是我扔的吗？我的裤子被拖到了通往客厅的台阶上。

不过，比这更糟糕的是——我早上注意到房间里有一股奇怪的恶臭，虽然很微弱，但只要一闻到就令人作呕。我不知道这到底是什么。以后我一定要锁好房门。

十一月二十六日

在过去的一周里，我完成了很多出色的工作，还努力实现了定期锻炼。我感觉良好，心态平和。只有两件怪事扰乱了我平静的心湖。第一件怪事本身微不足道，并且无疑很容易解释。十一月四日晚上，我看到楼上的窗户透出了灯光——顶楼那个方形房间的其中一扇百叶窗上，映出了一个大脑袋和肩膀的影子。但实际上，那里根本没有百叶窗！

还有一件怪事。昨晚十一点左右，大雪刚刚停歇，我冒着风雪艰难地往家赶，伞低低地撑在头上。这条小巷静得可怕，连一个人影也看不到，雪地上只有我自己的足迹。我走到小巷中段时，意外地发现前面有一个男人。他的伞遮住了大半部分身体，只露出两条腿。我忍不住把伞举高了一些，想看看他的脸。这一看让我吓了一跳，他身材高大，肩膀宽阔，和我一样正朝着房子的大门走去。他领先我一米多，但这怎么可能呢？我走进这条小巷时，还以为里面没有人呢。当然，也有可能是我看错了吧。

突然，一阵大风刮来，我不得不把伞压低。不到半分钟，我再次把伞举起来，却发现前方已看不到那个男人的身影了。我又继续往前走，很快就到了门口。像往常一样，大门紧闭。我突然惊愕地注意到，刚落下的雪的表面完好无损，只有我自己的脚印留在地上。我沿着原路折回，回到我第一次看到那个男人的地方，却找不到任何其他鞋子踩踏的痕迹。这让我毛骨悚然。无奈之下，我只能赶紧上楼，庆幸自己终于可以躺在床上休息了。

十一月二十八日

我把卧室的门关紧,喧闹声就停止了。我确信我梦游了。可能是我解开了绑着脚指头的绳子,然后又把它重新绑住了。仅靠锁着的门带来的安全感就足以慰藉我不安的心灵,让我得以重新入睡,并且安静地休息。

然而,就在昨晚,那种恼火的事突然再度出现,而且表现得更加咄咄逼人。我在黑暗中醒来,感觉有人站在我的卧室门外偷听。当我更加清醒时,这种感觉越发强烈。虽然没有明显的移动或呼吸声,但我确信有人就在附近偷听动静,所以我爬下床,走到门口。就在这时,客厅里隐约传来有人悄悄后退的声音。然而,从我听到的声音判断,这既不是人的踩踏声,也不是正常的脚步声,而是嘈杂混乱的爬行声,像极了有人在手脚并用地爬行。

不到一秒钟,我就飞速打开了门锁,冲进客厅,通过神经上最微妙的振动,我能感觉到我所站的地方刚才有人驻足!那个偷听者此时正在客厅的门后面,站在走廊里。然而这扇门也是关着的。我迅速地、尽可能悄无声息地穿过客厅,扭动门把手打开了门。一股寒风从楼道里迎面扑来,犹如冰冷的魔掌拂过,让我不禁接连打起了寒战。我的目光四处逡巡,但门口没有人,小小的楼梯平台上没有人,楼梯上也无人走动。然而,我的动作是如此之快,这位午夜偷听者离我不会太远。而且,我的直觉告诉我,如果坚持下去,我终有一天会撞见他。似乎是出于一种不甘的信念,勇气适时到来,助我克服紧张和恐惧。为了安全,也为了精神正常,我必须找到这个闯入者,逼他说出秘密。因为,不正是他全神贯注地偷听,对我的心灵产生了强烈的冲击,才使我如此清晰地意识到他的存在吗?

穿过狭窄的楼梯平台,我向下凝视着小楼的天井,但什么也看不见。黑暗中没有人走动。我光着脚踩在油布地毯上，真的好冷啊！

我说不出是什么突然吸引了我的目光。我只知道，我毫无理由地抬起了头，看到有个人走到了下一段楼梯的中央，身体向前靠在栏杆上，直勾勾地盯着我的脸。那是一个男人，与其说他是站在楼梯上，不如说他是紧紧地抓着楼梯栏杆，挂在那里。光线昏暗，我只能看清他全身的大致轮廓，但他的脑袋和肩膀似乎都很大，在正上方楼顶天窗的映衬下，侧面的影像清晰可见。刹那间，我的脑海里闪过一个念头：我正在观察某种怪物的面貌——巨大的头骨，鬃毛般的头发，宽宽的肩膀，驼着背，无一不在暗示着其绝非人类。我被恐惧吓得一动不动了好几秒，我回望着他，凝视着上方那张黑乎乎的、难以捉摸的面孔，不知道自己到底身在何方，在做什么。然后我以一种全新的方式意识到，我正在直面那个神秘的午夜偷听者。我尽可能地使自己坚强起来，为即将到来的事情做好准备。

在这个可怕的时刻，我突然鼓起了勇气，对我来说，其来源永远是一个不解之谜。虽然我害怕得发抖，额头上汗水密布，但我还是决定前进，一探究竟。足足有二十个问题涌到了我的嘴边：你是做什么的？你想要什么？你为什么要偷听和偷看？你为什么要进我的房间……但急切之间，我竟一时语塞，问不出话来。

我立即开始爬楼梯，可他一看到我上前，就倏然缩回阴影里，也开始移动。他后退的速度和我前进的速度一样快。我听到他在我前面几步处爬行的声音，始终与我保持着同样的距离。当我到达楼梯平台时，他已经在爬下一段楼梯了，而当我爬到那段楼梯时，他已经到了顶楼。然后我听见他打开了那个方形小房间的门，走了进去。门虽然没有关上，但他走动的声音完全停止了。

此时此刻,我极度渴望手边有盏灯,有根棍子或者任何武器,什么都行。但这些东西我都没有,也不可能回去拿。于是我稳步走上剩下的楼梯,不到一分钟,就发现自己站在了黑暗中,面对着那家伙刚刚进入的那扇门。

我犹豫了一会儿。门半开着,偷听者显然正以他最喜欢的姿势站在门后面——偷听。在那个黑暗的房间里寻找他似乎是无望的,进入他所在的同一个狭小空间也似乎很可怕。这些想法让我充满了厌恶,我差点儿决定往回走了。

出人意料的是,在这种时候,鸡毛蒜皮的小事会像重大的事情一样对意识产生冲击。有东西——可能是甲虫,或者是老鼠——在我身后光秃秃的木地板上急速地蹿来蹿去。房门微微一动,就要关上了。我突然下定决心,狠狠踹出一只脚,门轰然洞开,我缓缓地向前走,走入无尽幽深的黑暗缝隙中。我光着脚踩在木地板上,发出的声音是多么古怪而又轻柔啊!血液在我的大脑里歌唱着,嗡嗡作响!

我进入房间了。黑暗笼罩着我,连窗户也被封得严严实实,一丝光线都透不进来。我摸着墙壁前进,进行了一场全面彻底的搜查。但为了杜绝对方逃跑的一切可能,我先把门关上了。

我们两个人被困在这狭小的空间里,彼此相距不到一米。但是,我究竟是和什么、和谁一起被暂时囚禁在这里呢?忽然我灵光一现,开了窍——我意识到自己是个傻瓜,一个彻头彻尾的傻瓜!我终于完全清醒了,心中的恐惧逐渐消散。但我那可恨的神经紧张又卷土重来了。这是个梦,一个荒诞而离奇的噩梦,还有那老套的结果——梦游。那个人是梦中人。以前发生过很多次,在我醒来之后,梦中的演员会在我面前逗留片刻才慢慢消散……我碰巧在睡衣口袋里摸到一根火柴,便在墙上划燃了它。房间里空无一人，连影子都没有。我赶紧下楼去上床睡觉，咒骂着我那可怜的神经和我那愚蠢而生动的梦。但当我再次入睡时，那个陌生的男人又爬回到了我的床边，弯下腰，把他那硕大的脑袋凑到我的耳边，在我的梦中反复低语："我想要你的身体，我想要它作为我的皮囊。我一直在等待，一直在偷听。"这些话跟我的梦一样傻兮兮的。

但我不知道那个四四方方的房间里弥漫着什么怪味。我再次察觉到它的存在，而且这气味比以前更强烈了。今天早上醒来时，我的卧室里似乎也有那种味儿。

十一月二十九日

慢慢地，就像六月的月光从雾蒙蒙的海面升起，我的脑海中浮现出这样的想法：我的神经紧张和梦游症并不能充分说明这栋房子对我产生的影响。它就像一张细密的、无形的网，紧紧罩着我，即使我想逃也逃不掉。它拖着我，想要留住我。

十一月三十日

今天早上，邮差给我送来了一封来自亚丁[5]的信，是从我以前在伯爵府的住处转寄过来的。信是我以前在三一学堂的密友查普特寄来的，他正在从东方回家的路上，询问我现在的住址。我把地址寄给了他提到的酒店，"恭迎大驾光临。"

之前提过，从我的窗口望出去，可以看到那条小巷，因此如果有任何人靠近，我都能轻易地看到。今天上午，我正忙着写作时，小巷里传来了脚步声，这让我心中充满了一种莫名的警觉，

---

5 亚丁：这里应当指的是英国东印度公司占领印度亚丁港后建立的亚丁定居点。

完全无法解释这种感觉从何而来。我走到窗边，看见一个男人站在下面，等着开门。他的肩膀很宽，高顶礼帽光泽鲜亮，大衣合身得体。这就是我看见的全部，仅此而已。不久门开了，我听到一个男人的声音问："……先生还在这儿吗？"我很震惊，因为他提到了我的名字。我没听清楚回答，但只能是肯定的，因为那个人走进了大厅，大门在他身后被关上了。我等待着他上楼的脚步声，却没有听到任何声音。我觉得很奇怪，于是打开房门向外张望，但哪里都没有看到他的身影。我穿过狭窄的楼梯平台，从那扇可以俯瞰整条小巷的窗户往外看，却没有人来人往的迹象，那条小巷里空无一人。然后我特意下楼走进厨房，向脸色惨白的房东太太询问，刚刚是否有一位先生来找过我。

她面露古怪而疲惫的微笑，给出的答案是"没有"！

十二月一日

我对自己的精神状态着实感到不安。梦就是梦，但我从来没有在大白天做过梦。

我热切地期盼着查普特的到来。他是个极好的人，精力充沛，身体健康，不神经质，更缺乏想象力。他的年收入高达两千英镑。他会定期给我提供一些工作机会。上一次，他提议我作为秘书随他一起环游世界，以此巧妙地解决了我的开销问题，并给了我一些零用钱。然而，我总是拒绝这些邀请。我不愿受到任何形式的利益牵绊，只想跟他保持纯洁的友谊。女人不会破坏我们之间的关系，金钱却可能会。因此，我不给它机会。查普特总是嘲笑地说起我的"空想"，因为他自己贫乏想象力，而这总是与平庸联系在一起。然而，如果有人嘲笑他明显缺乏想象力，他就会被深深激怒。从心理特征说，他属于那种粗鄙的唯物主义者——这头衔一直相当有趣。尽管如此，把这所房子的故事讲给他听，然后听一听他做出的冷静判断，会让我感到由衷的宽慰。

十二月二日

我在这篇简短的日记中没有提及此事最奇怪的部分。说实话，我一直不敢把它白纸黑字地写下来。我将其牢牢封存在潜意识里，尽可能地阻止它形成。然而，尽管我努力阻止，它仍旧气势汹汹地发展壮大。

现在，我开始正视这个棘手的问题，却发现它比我所想象的更难表达。就像有一段记忆模糊的旋律，在脑海中跳动，然而一旦想要唱出声来，却在那一刹那怎么也记不起曲调了。这些想法在我的潜意识里形成了一股洪流，却始终潜伏在我的脑海深处，拒绝出现。它们蛰伏着，准备跳跃，但真正的跳跃从未发生。

在这栋房子里，我但凡没有在全神贯注地工作，就会突然发觉自己在处理不属于我的想法！那些稀奇古怪的想法，与我的性情截然不同，总会在我的脑子里冒出来。我并不在乎它们究竟是什么，关键是，它们完全脱离了我迄今为止所习惯的思想轨道，尤其是当我不用思考、无所事事的时候，它们就会出现。当我在炉火旁做梦时，或者坐着看一本平淡无奇的书时，这些不属于我的想法就会突然涌现，让我感到非常不舒服。有时它们是如此强烈，以至于让我觉得房间里似乎还有另一个人，他就在我的身边，拼命地思考着。

显然，我的神经和肝脏都出了严重的问题。我必须更努力地工作，多运动。当我的脑子忙得不可开交时，这些可怕的念头从不出现。但它们始终在那里——静候时机，就好像有生命一样。

在这栋房子里住了一些时日后，我才逐渐意识到了刚才试图描述的事情，然后事情愈演愈烈。在这几个星期里，第二件怪事只发生过两次。这让我感到震惊。这是某种致命而令人厌恶的疾病即将发作的预兆。它像一阵热浪突然袭来，然后又凭空消失，徒留我周身冰冷，瑟瑟发抖。空气似乎瞬间被污染了。这种想法是如此深刻和令人信服，以至于我两次都瞬间头昏眼花。我所知的所有危险疾病的不祥名称，在脑海中一个接一个闪过，如同白炽的火焰。我无法解释这些异象，就像我无法飞翔一般，但我深知，这并非梦境，因为汗涔涔的皮肤和强烈的心悸，是我短暂经历这些可怖异象的见证。

二十八日晚上，当我上楼寻找那个偷听者的身影时，我强烈地意识到这种致命的疾病即将来临。当我们一起被关在顶楼那个四四方方的小房间里时，我感觉自己直面了这种无形的恶性疾病的本质。这种感觉以前从未进入过我的内心，我向上帝祈祷，永远不要再让我有这种经历。

你瞧！现在我已经坦白了。我至少已经表达了一些迄今为止我一直害怕在自己的作品中看到的感受。既然我不能再欺骗自己了，那么二十八日晚上的经历并不是一场梦，就像我每天的早餐一样真实。我在这本日记中写下一些琐碎记录，试图用这种方式来解释那让我难以形容的恐怖事件，完全是因为我不想用语言表达我的真实感受和信念——那样做可能会让我更加恐惧，超出我的承受能力。

十二月三日

我希望查普特能来。我已经把一切相关事实都整理好了。我可以一边看着他那双冷静、灰色的眼睛充满怀疑地盯着我的脸，一边讲述这些事情：敲门声、衣着考究的来访者、楼上窗户里的灯光和百叶窗上的阴影；雪地里走在我前面的那个人，晚上我的衣服散落一地，艾米莉欲言又止的坦白，房东太太可疑的沉默，半夜楼梯上的偷听者，以及我后来在睡梦中听到的那些可怕的话；最重要也是最难以启齿的，是可怕的恶疾的存在，以及那些涌现出的不属于我自己的想法。

我可以看到查普特的脸，我几乎可以听到他从容地说："你又去参加茶会了，我想，你还是像往常一样没吃饱。最好去找我的神经科医生看一看，然后跟我一起去法国南部。"这家伙对肝脏紊乱或神经高度紧张一无所知，每隔一段时间就相信他的神经系统正在衰退，所以定期向一位知名的神经科专家求医问诊。

十二月五日

自从发现有人偷听之后，我的卧室里一直燃着一盏夜灯，睡眠就没有再受到干扰了。然而，昨晚遭遇的事让我更加烦恼了。我猛然惊醒，看到梳妆台前有个男人，正对着镜子打量自己。门像往常一样锁着。我立刻意识到他就是那个偷听者，我身体里的血液瞬间凝固，体温降至冰点，惊恐如潮水般涌上心头，使我僵在了床上，动弹不得，也说不出话来。然而，我注意到房间里有股非常讨厌的臭味，浓烈得让人窒息。

男人看上去高大壮硕，肩膀很宽。他朝着镜子俯下了身，虽然背对着我，但我依然看到了他那颗硕大的头颅和那张丑陋面孔在镜中的投影，被跳动的夜灯火光忽明忽暗地照着。正值黎明时分，一缕黯淡的光线从窗帘边踱进房间，宛若幽灵，让这幅景象显得格外恐怖——黄褐色的鬃毛状头发上洒着幽光，垂在一张浮肿的、皱巴巴的脸上，仿佛狮子般威猛的表情令人望而生畏，难以忘却。我实在不敢写下那个可怕的词。但是，作为确凿的证据，我在微弱的灯光和朦胧的曙光中看到，他的脸颊上有几块青铜色的斑点，显然，这个人正对着镜子非常仔细地检查这些斑点。他的嘴唇苍白如纸，又厚又大。我只能看见他的一只手搁在发刷的象牙柄上，手上的肌肉怪异地收缩着，手指枯瘦，手背皱纹密布。那只手就像一只蹲伏着准备跃起的灰色大蜘蛛，或者一只巨鸟的利爪。

他突然转过身来，用圆圆的小眼睛审视着我，我这才回过神来，意识到自己居然孤身和这个无名的怪物共处一室，而且他一伸手就能够着我，这让我慌得不知所措。他那对小眼睛跟他庞大的身体很不成比例。我倏地从床上直直坐了起来，大喊了一声，然后又因过度惊骇而昏倒在床上。

十二月六日

……今早醒来时，我首先发现的是我的衣服散落在地板上……我发现自己很难厘清思绪，突然全身剧烈颤抖起来，止都止不住。我决定立即去查普特住的旅馆，打听一下他什么时候会来。我无法说出夜里发生了什么事。这太可怕了，我必须牢牢控制自己不去想它。我感到头昏眼花、身体异样，吃不下早餐，还吐了两次血。当我穿好衣服准备出门时，一辆双轮有篷马车在鹅卵石路上嘎嘎作响地驶了过来。一分钟后大门打开了，让我欣喜的是，走进来的正是我想见的查普特。

一见到他坚强的面容和平静的眼神，我忐忑难安的心立刻平静了下来。跟他握手就像打了一针强心剂。但是，当我急切地听着他那令人安心的低沉声音，夜晚的幻象一点点淡去时，我开始意识到，要向他讲述我那无形的荒诞故事是多么困难。有些人身上散发着野兽般的活力，这种活力会破坏幻象的微妙特征，并有效地阻止其重现。查普特就是这样的人。

我们聊了聊上次见面以来各自发生的事情,他饶有趣味地讲起了他的旅行见闻。他娓娓道来,我侧耳倾听。但是,我满脑子都是要说的可怕事情,所以是个心不在焉的糟糕听众。我一直在寻找机会开口,期盼找个最佳时机把一切告诉他。

然而,没过多久,我就明白了,他也只是在拖延时间。他心里也压着一件重要的事,那件事分量太沉重,除非时机成熟,否则他不会轻易透露。因此,在最初的半个小时里,我们都在等待合适的时机,各自说出爆炸性的消息。我们的思维激荡交锋,形成抗衡之力,构成相互牵制的力场。因此,当我意识到这一点时,我决定先退一步。我暂时放弃了讲述自己故事的念头,并饶有兴致地看到他的思想解脱了我的束缚,立即开始为卸下内心重负做准备。随着时间的推移,对话变得越发沉闷,我的兴趣大打折扣,他的旅行故事也变得味如嚼蜡。他每说一句话都要停顿,内容一再重复,就像念经。他的话就像白开水一样平淡无味,无法激起任何波澜。停顿的时间越来越长。然后我们就彻底没心情说话了,聊天的兴致就像风中残烛一般熄灭了。他的声音戛然而止,他抬起头来,用严肃而焦虑的眼神直视我的脸庞。

内心博弈的时刻终于到来了!就看谁能耐不住性子先开口。

"我说——"他刚要开口,又突然住了嘴。

我下意识地做了个手势,鼓励他继续说下去,但一言不发。我挺害怕即将披露的事实,前方似乎有一片乌云笼罩着我。

他终于脱口而出:"我说,你究竟是怎么来到这个地方的——我是说,到这儿来租房子?"

我开始说道:"首先,租金很便宜。其次,这地方位于城中心,而且——"

他打断了我的话，说道："可这儿的租金太便宜了。难道你没问过为什么这么便宜吗？"

"我当时根本没想过这个问题。"

他停顿了一下，避开了我的目光。

"看在上帝的分上，继续说吧，老兄，说出来！"我大叫起来，因为悬念太强，我紧张得受不了。

"这就是布朗特住了很久的地方，"他平静地说，"也是他——去世的地方。你知道，以前我经常来这里拜访他，尽我所能来缓解他的——"他又卡壳了。

我费了好大劲儿压下烦躁，说道："好啦！请继续说，快点儿吧。"

"但是，"查普特继续说道，他把脸转向窗户，明显打了个寒战，"后来他变得太可怕了，我简直无法忍受，尽管我一直认为我可以忍受任何事情。但他让我心烦意乱，让我做噩梦，日日夜夜困扰着我。"

我盯着他，什么也没说。我之前从没听说过布朗特这个人，也不知道查普特到底在说什么事。但尽管如此，我还是在发抖，嘴里干得出奇。

"在那之后，我还是第一次回到这里。"他说话的声音近似耳语，"而且，说实话，这让我浑身起鸡皮疙瘩。我发誓这里不适合住人。我从没见过你的脸色这么难看，老朋友。"

我强颜欢笑，脱口而出："我租了一年，已经签了租约。我认为租金相当便宜。"

查普特打了个寒战，把大衣的扣子一直扣紧到脖子那儿。然后他低声说话，时不时地回头看看，像觉得有人在偷听似的。我也可以发誓，绝对还有其他人和我们一起在房间里。

"你知道,他是自杀的,但没有人会因此责备他。因为他所遭受的痛苦太可怕了。在过去的两年里,他出门总是戴着面纱。即使这样,他也总是坐在一辆封闭的马车里。但就连照顾了他很久的那个护理人员,最后也不得不离开。他双脚的骨头全都烂掉,脱落了,不得不四肢着地在地上爬行。气味也是——"

我不得不就此打断他的话,实在是忍不下去,不想听到类似的细节了。我汗流浃背,身上一阵冷一阵热,因为我终于明白他在说什么了。

"可怜的家伙。"查普特继续说道,"我过去总是尽可能地闭上眼睛。他总是恳求我允许他摘下面纱,并问我是否介意,我就常常站在敞开的窗户旁边。但他从来没有碰过我。他租下了整栋房子。什么理由也说不动他离开。"

"他以前就住在——这几个套间里面吗?"

"不。他住在顶楼的那个小房间里,四四方方的房间,就在屋顶正下方。他更喜欢那里,因为光线很暗。楼下这些套间距离地面太近,他担心人们会透过窗户看到他。据说曾有一群人跟着他一直到大门口,然后站在窗户下面,希望能看一眼他的脸。"

"但他可以上医院啊。"

"他不会靠近任何人,他们也不喜欢强迫他。你知道,他们说他的病不会传染,所以如果他愿意的话,没有什么可以阻止他留在这里。他把所有的时间都花在阅读关于药物之类的医学书籍上了。他的头和脸都很可怕,就像狮子一样。"

我举起手,不让他做进一步的描述。

"他是尘世的负担,他知道这一点。有一天晚上,我想他对这一点认识得太深刻了,就不想活了。他可以随意使用麻醉剂,于是第二天早上,人们发现他死在了地板上。那是两年前,当时他们说他本来还能再活好几年的。"

"那么，以上天之名！"我大喊大叫，再也无法忍受这种悬念了，"告诉我他到底得了什么病，快点儿说。"

他出人意料地惊叫道："我以为你知道呢！我还以为你早就知道！"

他身体前倾，我们的目光相遇了。他用我几乎听不见的声音低声说着，我只能从他的唇形来理解他的话：

"他是个麻风病人！"

第 13 号房间

NUMBER 13

〔英〕蒙塔古·罗兹·詹姆斯

Montague Rhodes James

《第 13 号房间》导读

1.《第 13 号房间》的作者是英国作家、学者蒙塔古·罗兹·詹姆斯（1862—1936）。他曾先后担任剑桥大学国王学院和伊顿公学的教务长、剑桥大学副校长。

2.詹姆斯是一位研究欧洲中世纪历史的学者，他常将自己对古董的兴趣融入他的故事当中，因此被誉为欧美"古董怪谈"的鼻祖。

3.H.P.洛夫克拉夫特在其文学评论《文学中的超自然恐怖》中写道："他拥有一种近乎恶魔般的力量，可以在平淡的日常生活中轻轻地迈出脚步，唤起恐怖。"英国出版商、藏书家迈克尔·萨德尔称赞詹姆斯是"英格兰有史以来最好的怪谈作家"。

4.本文最初收录于詹姆斯的首部故事集《古董店怪谈》（1904）。

5.本故事发生在丹麦维堡。维堡是位于日德兰半岛中北部的城市，曾为日德兰早期的王城，因宗教和重要的政治地位位列"丹麦四大古都"之一。11世纪时丹麦硬币首先在此铸造。12—17世纪曾为半岛最大城市。后遭火灾而衰落。

6.故事中提到了《圣经》典故亚伯拉罕燔祭以撒。上帝为了考验亚伯拉罕，叫他杀了独生子以撒做燔祭（用火烧全兽作为献祭），献给上帝。正当亚伯拉罕要拿刀杀他的儿子时，有个天使阻止了他，说："现在我知道你是敬畏上帝的了，前面林子里有一只羊，你可用它来祭献上帝。"于是，亚伯拉罕便把小树林中的那只山羊抓来杀了，代替他的儿子做燔祭。

在日德兰半岛的诸多城镇中,维堡一向地位尊崇,当之无愧。它是主教辖区所在地,有一座宏伟但几乎全新的大教堂[1],一座风景迷人的花园,一泓美得令人心醉的湖泊,还有许多鹳鸟云集于此,蔚为壮观。它的近邻哈尔德庄园,被誉为丹麦最美丽的地方。芬德鲁普也与其相邻,1286年的圣塞西莉亚节[2]中,马斯克·斯蒂格就是在那儿谋杀了"削剪王"埃里克五世[3]。17世纪时,埃里克五世的坟墓被打开,人们发现他的颅骨上有五十六处被方头钉锤重击过的痕迹。但我要写的可不是旅游指南。

维堡有许多气派的旅馆,普雷斯勒旅馆和凤凰旅馆就能让您住得舒心满意。但我现在要讲讲我的表弟安德森的经历,他初次造访维堡时下榻于金狮旅馆。但从那以后,他就再未踏足此地。下面的故事或许可以解释他不再去的苦衷。

在1726年的维堡大火中,大教堂、教区教堂、镇议会大楼以及其他许多充满古韵、引人入胜的建筑均被焚毁。金狮旅馆是镇上极少数幸免于难的房屋之一,这是一栋庞大的红砖建筑——详细描述一下,正面是砖砌的,两侧山墙高出屋面,随屋顶的斜坡而呈阶梯形,门上方有经文,但公共马车驶入的中庭是用黑白相

---

[1] 维堡大教堂始建于1130年,耗时约50年,后历经劫难,所谓的"全新"是罗马风格的,在原教堂遗址上兴建于1864—1876年。

[2] 圣塞西莉亚节:圣塞西莉亚是早期基督教的殉道者,据传她擅长音乐,发明了风琴,也是音乐家行会的守护者。欧洲大陆习惯于11月22日纪念她。

[3] 埃里克五世:丹麦国王,克里斯托弗一世之子,外号"削剪王"源于他削减钱币重量造假。

间的木头和灰泥修建的。

安德森朝旅馆正门走去的时候，正值夕阳西下，余晖照在旅馆巍峨的外墙上。他喜欢这古色古香的地方，暗忖在这家颇具古老日耳曼风情的老城旅馆里，一定能度过一段非常惬意的时光。

安德森来维堡并不是为了普通公务。他正致力于研究丹麦教会历史，并了解到维堡的国家档案馆中有一些在火灾中留存下来的文件，与罗马天主教在丹麦的最后一段历史有关[4]。因此，他打算花上相当长的时间——也许长达两周或三周——研究和抄录这些文件。他希望金狮旅馆能提供一个足够宽敞的房间，既可作为卧室，又可作为书房。他向旅馆主人说明了自己的诉求。对方仔细想了想，建议他不妨先看一两个较大的房间，然后自己挑个喜欢的。这主意听起来不错。

顶楼的房间很快就被否决了，因为结束一天的工作之后，爬楼梯太费劲儿了。三楼的房间大小不符合需求，但二楼有两三个房间可供选择，就大小而言，都挺合适。

旅馆主人大力推荐17号房间，但安德森指出，那个房间的窗户正对着隔壁房子的一堵没有门窗的实心墙，所以下午时房间里的光线会很暗。12号房间和14号房间更为合适，因为它们的窗户都临街，虽不免有些噪声，但向外眺望可以观赏宜人美景，黄昏时光线明亮，完全可以抵消美中不足之处。

最终，表弟选中了12号房间。跟相邻的房间一样，12号房间也有三扇窗户，位于同一侧。房间特别宽敞，而且天花板很高。当然，房间里没有壁炉，但有个非常漂亮的火炉，颇有些年份——

---

[4] 丹麦于1536年前后进行了宗教改革，传统天主教教会对信徒的管辖权全部被新教教士接管。丹麦的教会也不再是罗马教廷的分支，而是丹麦人自己的教会，直接听命于丹麦国王。维堡在这一时期的宗教争论中起到了重要作用。

那是个铁铸的炉子，侧面有亚伯拉罕燔祭以撒的浮雕，上面刻着一段来自《创世纪》第二十二章的铭文。房间里的其他摆设都很平常，没有出奇之处，唯一有趣的是一张彩色老版画，内容是这个小镇的风景，大概是1820年的作品。

晚餐时间快到了，但当安德森盥洗完神清气爽地走下楼梯时，离晚餐铃响还有几分钟。于是他利用这几分钟瞧了瞧一同入住的房客名单。按丹麦的例行做法，房客的名字被写在一块大黑板上，黑板被划分为几栏几行，每行的开头都标明了房间号码。名单普普通通，房客里有一个辩护律师，一个德国人，还有一些来自哥本哈根的推销员。唯一值得深思的是，房间号码中没有13号。在丹麦的旅馆投宿时，安德森已经五六次注意到这种避讳了。他不禁想知道，对这个特殊数字的避讳是否真的如此普遍和深入人心，以至于13号房间成了无人问津的禁地。他打算问问旅馆主人，他和同行们是否真的遇到过很多客人拒绝入住13号房间的事。

关于晚餐时发生的事情，他对我只字未提（我会把从他那里听来的故事原原本本地讲给你们听）。晚饭后，他开箱把自己的衣服、书籍和文件整理了一番，并无大事发生。快到十一点的时候，他打算上床睡觉。但正如现在许多人那样，他有睡前阅读的习惯，上床后一定要先读几页书。这时他记起了在火车上读的那本书，此时正好用以消遣。不过那本书在他外套的口袋里，而外套正挂在餐厅外面的一个挂钩上。

要跑下楼拿书，只需片刻工夫，而且走廊的光线还算明亮，所以他不费吹灰之力就找到了回房间的路——至少他是这么想的。但当他到了房间门口，转动门把手时，门却完全打不开了，他听到里面传来一阵急促的脚步声，朝门走来。他无疑是走错门了。那他的房间在右边还是左边呢？他瞥了一眼门牌号：13。他的房间应该在左边，果然如此。他在床上躺了几分钟，照惯例看了三四页书，就熄了灯，翻身准备睡觉。这时他突然意识到，虽然黑板上没列出13号，但旅馆里肯定有13号房间。他为自己没有选择13号房间而感到遗憾。也许他住进去后，能给旅馆主人帮点儿小忙，让其有机会对人吹嘘：一位饱经沧桑的英国绅士曾在那个房间住了三个星期，并且非常喜欢那里。不过，这个房间很可能是被当作仆人房使用的，或者有其他类似用途。毕竟，这个房间很可能没有他住的房间那么宽敞，配套设施也没有那么好。他昏昏欲睡地打量着房间，街灯的微光照了进来，房间里的一切依稀可见。他想，这是一种奇特的效果——房间在昏暗无光时通常要比亮堂的时候显得更宽敞，但这个房间的长度似乎缩短了，也相应变高了。算了，算了！比起这些模糊的胡思乱想，睡觉更重要——于是他美美地进入了梦乡。

抵达后的第二天，安德森就去了维堡的国家档案馆。正如在丹麦司空见惯的那样，他受到了热情的接待，凡是他想看的东西，馆员都尽可能给他大开方便之门。摆在他面前的文件比他预想的要多得多，也有趣得多。除了官方文件，还有一大捆与约尔根·弗里斯主教（最后一位担任主教的罗马天主教徒）有关的信函，其中出现了许多有趣的、所谓"私密"的私人生活和个性细节。主教在城里有一所房子，但并不住在那里，人们对此议论纷纷。那所房子里的租客丑闻缠身，是改革派的绊脚石。信中写道，他施行邪恶的秘术，还把自己的灵魂出卖给了敌人，实乃本城之耻。主教竟然资助并窝藏了这样一个恶毒、吸血的男巫，这与巴比伦教会严重的腐败和迷信密切相关。主教大胆直面这些责难，抗议说自己对所有邪恶秘术之类的东西深恶痛绝，并要求与其敌对者对簿公堂（当然是宗教法庭），将此事一查到底，直至水落石出。

如果有证据表明尼古拉斯·弗兰肯术士曾犯下任何非正式指控的罪行的话,那他将予以最严厉的谴责。

安德森还没来得及细看新教领袖拉斯穆斯·尼尔森的下一封信,闭馆时间就到了,但他还是领会了信中的大意,即丹麦的基督教徒现在不再受制于罗马主教的裁决,审判如此重大和严肃的案件,主教法庭不是也不可能成为合适或有法定资格的法庭。

维堡的档案管理员是一位叫斯卡韦纽斯的年长绅士,他陪着安德森离开了档案馆。他们边走边谈,话题很自然地转到了我刚才提到的那些文件上。

斯卡韦纽斯先生虽然对所管理的档案概况了如指掌,但他并非宗教改革时期相关档案的专家,所以对安德森告诉他的档案内容非常感兴趣。他说,他热切期待着安德森所说的这些档案内容早日出版。他补充说:"让我百思不得其解的是,弗里斯主教的这所房子究竟建在哪里?要知道我曾仔细研究过老维堡的地形地貌。教会曾于1560年制作过主教财产的地籍册,大部分都保存在档案馆里,但很不走运,偏偏记载其城里财产的那部分清单不见了。不过不要紧,我终有一天会找出那所房子的位置。"

在做了一些运动之后——我忘了他做运动的方式和地点——安德森回到了金狮旅馆。他吃了晚饭,玩了会儿单人纸牌游戏,然后就上床睡觉了。在回房间的路上,他才突然想到,忘了跟旅馆主人说黑板上漏掉13号房间的事。但在提起这件事之前,他最好先确认一下13号房间是否真的存在。

做出这个决定并不难。门上的门牌号一目了然,房间里显然有动静,因为他走到门边时,能听到房间里有脚步声和说话声——或者说有声音。在他停下来确认门牌号的那几秒钟里,脚步声停了下来,似乎离门非常近。他听到一阵呼哧呼哧的急促呼吸声,像人们在极度兴奋时喘粗气的声音,这让他有点儿愕然。他继续走向自己的房间,再次惊讶地发现,原本印象中宽敞的房间似乎变得狭窄了许多。他心中闪过一丝失望,但只有一点点。如果他觉得房间确实不够大的话,换房也是轻而易举。与此同时,他想要从旅行皮箱里拿些东西出来——我记得是想拿一块小手帕——之前,脚夫把箱子放在了床对面那堵墙边一个摇摇晃晃的支架或搁凳上。但发生了一件非常奇怪的事情:箱子不见了。应该是被好管闲事的仆人搬走了。无疑,里面的东西应该已经放在衣柜里了。不,它们根本不在那里。这可真令人心情烦躁。他心中一惊,首先想到了失窃,但立即打消了这个念头。这样的事情在丹麦很少发生,但肯定有人干了蠢事(这种事并不罕见),必须狠狠地训斥那个糊涂的女仆。我不知道他想要的是什么东西,反正不是急用的,等到明天早上再找也来得及,因此他决定不按唤人铃,也不惊动仆人。他走到窗前——就是右边的那扇窗前,望着外面宁静的街道。对面有一栋高楼,有一堵没有门窗的墙。路上没有行人,夜色漆黑,几乎伸手不见五指。

　　灯光打在他的身后,他可以清楚地看到自己的影子投射在对面的墙上。墙上还有左边11号房间里那个留着胡子的男人的影子,那男人穿着衬衫来回走动了一两次,可以看到他是先梳了梳头,后来又穿上了睡衣。右边还有13号房客的影子,这可能更有趣。13号的房客与他姿势相似,也是用胳膊肘撑在窗台上,望着外面的街道。看起来是个身材高挑的男人——或者女人——至少,这人在睡觉前用某种布料遮住了头。他还想到,肯定有个红色的灯罩——灯光摇曳不定,在对面的墙上,如血般的暗红色光芒上上下下地跳跃着。他微微伸长脖子,努力想看清楚隔壁房间那个人的身影,但除了看到窗台上有一叠浅色的——也许是白色的——

东西，什么也看不见。

这时，街上远远地传来了脚步声，声音越来越近，似乎让13号的房客意识到自己会被人看到，于是他非常迅速地从窗口闪开，房间里的红色灯光也熄灭了。一直在抽烟的安德森把烟头搁在窗台上，然后就上床睡觉了。

第二天早上，他被女仆送热水的响声惊醒了。他打起精神，想出正确的丹麦语单词后，尽可能清晰地说：

"别动我的旅行皮箱。它在哪儿？"

似乎已对此司空见惯，女仆笑了笑，没有做出任何明确的回答，就离开了房间。

安德森颇为恼火，从床上猛地坐了起来，打算把她叫回来，但随后他就保持着坐姿，呆呆地盯着前方。他的旅行皮箱就放在支架上，正是他刚来时看到脚夫所放的地方。这对于一个自诩观察入微的人来说，着实是个不小的打击。前一天晚上，他怎么会没看见这个箱子呢？他不打算不懂装懂。但不管怎么说，现在箱子就放在那里。

阳光不仅让旅行皮箱现了身，也让这间有三扇窗户的房间的真实大小得以显现。安德森满意地发现，他的选择终究没有错。快穿戴整齐时，他走到三扇窗户中间的那扇往外望，想看看天气如何，结果再次被惊到了。昨晚他一定是太疏忽大意了。他可以连发十次誓，他睡觉前做的最后一件事就是在右边那扇窗边抽烟，但现在烟头出现在了中间这扇窗的窗台上。

他下楼去吃早餐。他算起得晚的，但13号房间的房客更晚，因为有双靴子还在门外。是双男靴。这么说，13号的房客是男士，而不是女士。就在这时，他看到了门上的门牌号，是14。他想他一定是经过13号时没注意到它。十二个小时内犯了三个愚蠢的错误，这对一个做事有条不紊、思维缜密的人来说实在是太难以接受了，所以他回头确认了一下。14号旁边的门牌号是12号，也就是他的房间——根本就没有13号房间。

安德森花了几分钟时间，仔细回想了一下，在过去二十四小时内他到底吃了什么、喝了什么，然后决定不妨把疑问先放一放。如果是他的视力或大脑出了问题，他将有很多机会来验证这一事实。如果不是，那么他显然遇到了非常有趣的事。不管是哪种情况，事态的发展都值得关注。

这一天，他继续研究我之前概述过的主教信函。令他失望的是，这些信函并不完整，只有一封信中提到了尼古拉斯·弗兰肯术士。这封信是约尔根·弗里斯主教写给拉斯穆斯·尼尔森的。信中写道：

> 虽然我方绝不赞同贵方对宗教法庭的看法，如有必要，我方将准备在该问题上与贵方抗争到底，但贵方竟然对可敬可信的尼古拉斯·弗兰肯术士提出虚假和恶意的指控，迫使他突然离我们而去，此次争端明显因此搁置。但是，鉴于贵方进一步宣称使徒和福音书作者圣约翰在其神圣的《启示录》中以穿着紫色和朱红色衣服的淫妇为幌子和象征，隐指神圣罗马教会[5]，须知后果……

但安德森怎么也找不到这封信的后续内容，也找不到任何关于"撤销"宣战理由的原因或方式的线索。他只能猜测弗兰肯

---

[5] 《圣经·启示录》第十七章讲道："……那女人穿着紫色和朱红色的衣服，用金子、宝石、珍珠为装饰；手拿金杯，杯中盛满了可憎之物，就是她淫乱的污秽……做世上的淫妇和一切可憎之物的母。"新教常将这段经文诠释为暗指罗马天主教。

是暴亡的。而尼尔森最后一封信的日期——那时弗兰肯显然还在世——与主教回信的日期只隔了两天，因此弗兰肯的死一定是完全出乎意料的。

下午，他短暂游览了哈尔德庄园，并在拜克隆享用了下午茶。他的心情有些紧张，因为早上的经历让他担心自己的视力或者大脑出了毛病，但他完全没察觉到任何迹象。

晚饭时，他发现自己正好坐在旅馆主人克里斯滕森先生旁边。

他询问旅馆主人："在这个国家，大多数旅馆的房间号都没有数字13，这是什么原因呢？我发现你们这里也没有13号房间。"

旅馆主人似乎被逗乐了。

"想不到你会注意到这种事！说实话，我自己也想过一两次。我说过，受过教育的人，不应该有这些迷信的观念。我是在维堡的中学里读的书。我们的老校长一直反对迷信。他已经去世很多年了。他是个正直的人，干活勤快，头脑聪明。我记得我们还是孩子的时候，在一个下雪天……"

说到这儿，他陷入了回忆。

安德森说："那你不觉得抗拒13号有什么特别的理由吗？"

"啊！当然有。唉，你明白，我可怜的老父亲带我入了这一行。他先是在奥尔胡斯开了家旅馆，我们这些子女出生后，他就搬到了维堡，这是他的老家。他在这儿经营凤凰旅馆，直到1876年去世。然后我开始在锡尔克堡做生意，直到前年才搬进了这栋房子。"

接着，他又详细介绍了刚接手时，这栋房子和生意分别是什么状况。

"那您来这儿的时候，有13号房间吗？"

旅馆主人思考了一番更生动的措辞之后，说道："没有，没有。我正想跟你说这事儿呢。你看,在这么一个地方,商业阶层,也就是游客,是我们得照应的大主顾。让他们住13号房间?那他们宁可睡大街。对我来说,我倒没觉得房间号码有啥问题,我经常这样对他们说。但他们非说住13号房会让他们走背运。他们中间流传着一大堆这样的故事,说谁谁谁在13号房里睡了一夜,从此倒了大霉,或者丢了最好的客户,或者这样那样的。"

"那么,您这儿的13号房间是用来做什么的?"安德森问。问题并不重要,但他在说这句话的时候,感到了一种奇怪的焦虑,虽然知道这问题没啥大不了的。

"我的13号房间?我不是告诉过你这房子里没有13号房间吗?我还以为你多半已经注意到了。如果有的话,肯定就在你房间的隔壁。"

"嗯,是的,我只是碰巧想到——我想说的是,昨晚在走廊上,我迷迷糊糊地看到有一扇门牌号为13的门。真的,我几乎可以肯定没看错,因为前天晚上我也看到了。"

当然,正如安德森所预料的那样,克里斯滕森先生对这种说法嗤之以鼻,他语重心长地强调,他家旅馆里没有——以前也没有13号房间。

在某种程度上,旅馆主人的斩钉截铁让安德森松了一口气,但他仍感困惑。他开始想,要确定自己是否真的受到了幻觉影响,最好的办法就是邀请旅馆主人晚上到他的房间抽支雪茄。他随身携带了一些英国城镇的照片,这为他提供了一个很好的借口。

克里斯滕森先生受宠若惊,欣然接受了邀请,答应会在大约十点钟的时候前去拜访。但在此之前,安德森还有几封信要写,于是他先告辞了。他对13号房间是否存在的问题相当紧张,并对承认这一点羞愧难当,差点儿脸都红了,但他无法否认这一事实。

所以这次他从 11 号房间那边走了回去,以免经过 13 号的房门,或者那个本该是 13 号房门所在的地方。进入房间后,他用怀疑的目光迅速打量了一下房间,但除了房间比平时小了一些这种说不清道不明的感觉,并没有其他值得疑虑的地方。今天晚上不会再有旅行皮箱出现或失踪的问题了。他自己已经清空了里面的东西,把箱子放在了床底下。他费了好大的劲儿,才将关于 13 号房间的想法驱出脑海,然后坐下来开始写信。

他两边的房客都很安静。走廊里偶尔有一扇门打开,扔出一双靴子,或者有个推销员哼着小曲走过,外面不时有马车轰隆隆地驶过高低不平的鹅卵石路面,或者有一阵急促的脚步声匆匆走过厚石板路面。

安德森写完信,要了威士忌和苏打水,然后走到窗前,研究对面那堵没有门窗的实心墙和墙上的影子。

在他的记忆中,14 号的房客是个律师,那是个不苟言笑的古板人,食不多言,一般都是边吃边埋头研究自己盘子旁边的一小摞法律文书。不过,很显然,他习惯于在独处时发泄自己的动物本能。否则,他为什么要跳舞呢?隔壁房间的影子显然表明他在跳舞。他瘦削的身影一次又一次地穿过窗户,挥舞着双臂,一条细长的腿踢得高高的,动作异常敏捷,灵活得令人吃惊。他似乎光着脚,地板肯定铺得很厚实,因为一点儿动静都听不到。晚上十点钟,律师安德斯·詹森先生在一家旅馆的卧室里疯狂跳舞,像是被某种神秘的力量驱使着,这似乎是一幅宏大风格的历史绘画的合适题材。安德森的思绪,就像《尤道尔弗的奥秘》[6]中的女

---

6 《尤道尔弗的奥秘》:英国女作家安·拉德克利夫(1764—1823)的小说,描写一个孤女艾米丽受到监护人的虐待,面临失去财产的威胁,并被监禁在城堡中,但最终获得了自由,并与心爱的人团聚的故事。

主角艾米丽那样,开始"变成了下面的诗句":

> 待我回店夜已深,
> 十点钟响似鼓音。
> 侍者以为我不适,
> 根本不把他们理。
> 房门上锁靴在外,
> 赤脚地板跳通宵。
> 狂舞不停夜未央,
> 邻居骂声震天起。
> 法律戒条我熟识,
> 管他抱怨耳边风。
> 淡定自若如常日,
> 抗议咆哮有何干?

若非旅馆主人此刻叩响房门,很可能会有一首长诗摆在读者面前了。克里斯滕森先生进门后,从他的惊讶神情中可以看出,他和安德森一样,也被这个房间不寻常的模样震撼了。但他什么也没说。安德森的照片让他看得津津有味,引得他追忆了不少自己的往事。安德森正琢磨着怎么把话题引到13号房间上去,结果律师在这个时候开始唱歌了,唱歌的方式让所有人都确信,他要么是喝得酩酊大醉,要么是精神错乱。他们听到的嗓音高亢尖细,而且显得很干涩,好像是长期没开口的缘故。歌词和曲调荒腔走板,一言难尽。那歌声宛如鬼魅之音,时而高亢得出奇,时而陡然低沉下去,成了绝望的呜咽,就像冬日寒风灌入空心烟囱般如泣如诉,又像管风琴的风箱忽然坏了后的哀鸣。这声音实在太过恐怖了，简直让人寒毛直竖。安德森觉得，如果此刻他孤身一人，肯定会逃到旁边推销员的房间里去避难。

旅馆主人目瞪口呆地坐在那儿。

他擦了擦额头上的汗，终于开口说道："我不明白这是什么情况。这声音太可怕了。我以前听过一次，但我当时确认是猫叫。"

"他疯了吗？"安德森说。

"他肯定是疯了，这可真叫人难过！他也是个好顾客，而且据我所知，他的事业挺成功的，还要养小孩呢。"

就在这时，一阵暴躁的敲门声响起，敲门的人未经允许就闯了进来。是那位律师，他穿着室内便服，头发乱蓬蓬的，看起来怒气冲冲。

他说："请原谅，先生。我将不胜感激，如果您能行行好停止……"

刚说到这儿，他就停下不说了。因为很明显，他面前的这两位都不是在鬼哭狼嚎的人。平静了片刻之后，那难听的歌声又响了起来，而且比之前更加疯狂。

律师的情绪已然崩溃，大声问道："但是，天啊，这到底是怎么一回事？这噪声打哪儿传来的？是谁在唱？我是不是疯了？"

"詹森先生，这声音肯定是从隔壁您的房间传出来的吧？难不成有猫或什么东西卡在烟囱里了？"

这是安德森能想到的最佳说辞了。他说的时候就意识到了这毫无意义，但不管干什么都比站在那儿听着那可怕的声音要好得多。看看旅馆主人吧，他那张大脸惨白如纸，全身汗出如浆，紧紧抓住椅子的扶手，不停颤抖着。

律师说："不可能，不可能。我的房间里没有烟囱。我之所以到这儿来，是因为我确信噪声是从这儿发出的。肯定在我隔壁的房间里。"

"咱俩的房间中间没有别的门吗？"安德森急切地问道。

詹森先生斩钉截铁地答道："没有，先生。至少在今天早上没有。"

"啊！"安德森说，"今天晚上也没有吗？"

"我不确定。"律师说道，有些犹豫。

突然，隔壁房间里的吼叫声或者说歌声消失了，只能听见唱歌的人似乎在柔情满满地低声浅笑。三个人听到这声音，不禁打了寒战。之后就寂静无声了。

律师说："来吧，克里斯滕森先生，您有什么要说的？这是什么意思？"

"天哪！"克里斯滕森说，"我该怎么说呢？先生们，我跟你们一样一头雾水。但愿我这辈子再也不会听到这样的噪声。"

"我也不想再听到了。"詹森先生说完，小声补充了一句——安德森觉得听起来像是《圣经·诗篇》的最后一句，"凡有气息的，都要赞美耶和华。"但他拿不准。

安德森说："但我们必须做点儿什么。我们三个要不要去查看一下隔壁房间？"

旅馆主人哀叹道："但那是詹森先生的房间。没用的，他自己就是从那里来的。"

詹森说："我不太确定，我想这位先生是对的，我们必须去看看。"

当场能搜集到的防身武器只有一根棍子和一把雨伞。这支小小的探险队战战兢兢地出门来到走廊上。外面死一般的寂静，但从隔壁房门底下的门缝中透出一丝光亮。安德森和詹森朝门走去，后者转动门把手，突然用力一推，但没有用。门岿然不动，关得很牢。

詹森说:"克里斯滕森先生,你能去把这里最强壮的仆人叫来吗?我们必须坚持到底。"

旅馆主人点了点头,匆匆离开了——他很高兴能离开行动现场。詹森和安德森留在走廊,盯着那扇房门。

"你看,这就是13号房间。"安德森说道。

"是的,这边是你的房门,那边是我的房门。"詹森说道。

"白天的时候,我的房间有三扇窗户。"安德森说,好不容易才抑制住紧张的干笑声。

"天哪,我的房间也是这样!"律师转过身看着安德森说——他现在背对着门。就在这时,门开了,一只手臂伸了出来,抓向他的肩膀。那只手臂裹在破旧发黄的亚麻布里,裸露的皮肤上隐约可见长长的灰色毛发。

安德森发出一声饱含厌恶和恐惧的尖叫,赶紧拽了一把,及时把詹森从它的魔爪下解救了出来。这时门又关上了,还传出一阵低沉的嘲笑声。

詹森什么也没看见,但当安德森匆忙告诉他刚刚冒了多大的险后,他陷入了极度的焦虑之中,提议他们赶紧打退堂鼓,把自己锁在他的房间或者安德森的房间里。

然而,就在他酝酿这个计划的时候,旅馆主人和两个壮汉来到了现场,他们都显得很严肃、很惊慌。詹森滔滔不绝地向他们做了描述和解释,但这更加无法鼓舞他们的斗志了。

这些人放下了带来的撬棍,直截了当地说,他们不会冒着生命危险进入这个魔鬼的巢穴。旅馆主人紧张极了,拿不定主意。他意识到如果不应对这种危险,那他的旅馆就完蛋了,可他又不愿亲身面对危险。幸运的是,安德森想出了一个办法,让这支士气低落的队伍重新燃起斗志。

他说:"这就是传说中丹麦人的勇气吗?里面一个德国佬儿都没有,就算有,我们也能五打一。"

这番话让两个仆人和詹森受到了刺激,他们立刻行动,朝那扇门猛冲过去。

安德森说:"站住!别失去理智。老板,你在外面掌灯。你们俩,来一个,砸开门,但门开后千万别进去。"

那几个人点了点头。那个年轻的仆人上前一步,高高举起撬棍,对着门上的镶板狠狠地砸了下去。结果完全出乎他们的预料。没有木头碎裂或断裂的声音,只发出一声沉闷的响声,就好像坚固的实心墙被击中了一样。那人大叫一声,扔掉了撬棍,开始揉搓自己的胳膊肘。他的叫声吸引了众人的视线,片刻后安德森又看了看那扇门。门竟然不见了,只有走廊的那堵灰泥墙冷冰冰地立在面前,被撬棍砸过的地方裂开了一道很大的口子,13号房间已经消失得无影无踪了。

他们一动不动地站了一会儿,死死地瞪着那堵什么都没有的墙。这时,楼下院子里传来了公鸡的打鸣声。安德森朝声音传来的方向瞥了一眼,透过长长的走廊尽头的窗户,他看到东方的天空正渐渐露出曙光。

* * * * * *

旅馆主人踌躇一下,开了口:"也许,你们两位先生愿意今晚换个房间。来个有两张床的标准间怎么样?"

詹森和安德森都赞成这个提议。有了刚才的经验,他们觉得自己更喜欢结伴行动。他们发现,这样做更加便利:一个人回房间收拾晚上要用到的物品时,另一个人就拿着蜡烛和他一起去。他们注意到,12号和14号房间都有三扇窗户。

次日一早,一行人重新聚在12号房间。旅馆主人自然很想避免请外人帮忙,但当务之急是要揭开这栋房子的神秘面纱。因此,他说服那两个仆人临时干起了木工活儿——搬走了家具,撬开了最靠近14号房间的那部分地板,代价是撬烂了许多木地板,无法再修复。

诸位自然会猜想,在这里发现了一具骸骨,比如尼古拉·弗兰肯术士的骷髅。但事实并非如此。他们在地板龙骨之间发现了一个小巧的铜盒。盒子里有一份折叠整齐的羊皮纸文件,上面写着大约二十行文字。安德森和詹森(事实证明,他也算是个古文字学家)都为这一发现而兴奋不已,因为它有望为解释这些异乎寻常的现象提供重要线索。

* * * * * *

我有一本占星学著作,但从未读过。这本书的扉页配有一幅木刻画,是汉斯·塞巴尔德·贝汉姆[7]的作品,画的是许多圣贤围坐在一张桌子旁。这个细节可以让内行人确定是哪本书。我记不起书名了,此刻也没有将其带在身边。但这本书的扉页上写满了文字,在我拥有这本书的十年间,我一直无法确定该从哪个方向开始读这些文字,也没弄清这是用什么语言写的。安德森和詹森在对铜盒中的文件进行了长时间的研究之后,结果与我类似,亦

---

[7] 汉斯·塞巴尔德·贝汉姆:德国雕版家、蚀刻家、画家以及木刻家,其作品主要取材于《圣经》以及古代经典。

不得其解。

经过两天的思考，两人中比较大胆的詹森猜测，文件的语言可能是拉丁语或古丹麦语。

安德森没有妄加猜测，他非常乐意把盒子和羊皮纸交给维堡历史学会，放在他们的博物馆里。

数月后，我从他那里听到了整个故事，当时我们刚刚参观完那里的图书馆，坐在乌普萨拉[8]附近的一片树林里。我们——或者更确切地说，我——嘲笑丹尼尔·萨尔特尼乌斯（晚年曾在柯尼斯堡大学[9]担任希伯来语教授）将自己卖给撒旦的契约。安德森却并未真的感到好笑。

他说："年轻的白痴！"这是他对萨尔特尼乌斯的评价，那个人如此草率行事之时，还只是个大学生，"他怎么知道自己在讨好什么样的伙伴？"

我建议他按通常情形考虑，他只是咕哝了一声。当天下午，他就把你读到的这个故事告诉了我。但他拒绝对此事做出任何推论，也不同意我替他下结论。

---

[8] 乌普萨拉：瑞典中部的一座城市，位于首都斯德哥尔摩北面。它是瑞典的第四大城市及宗教中心，北欧最早的天主教堂乌普萨拉大教堂坐落于此。

[9] 柯尼斯堡大学：全称柯尼斯堡阿尔贝图斯大学，是一所位于东普鲁士柯尼斯堡的大学。

约瑟夫的故事
JOSEPH : A STORY

〔英〕凯瑟琳·瑞克福德
Katherine Rickford

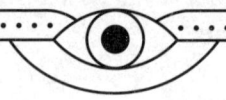

《约瑟夫的故事》导读

1.《约瑟夫的故事》的作者凯瑟琳·瑞克福德是一位相对默默无闻的女性怪谈作家,生平不详。

2.这篇故事是她流传下来的唯一作品,于1919年9月首次出现在英国杂志《土地与水》中(有读者据此推断她应该是英国人),次年被本书编者弗伦奇收录于故事集《最佳通灵故事》,此后被频繁收录于各种欧美怪谈故事集中。

3.故事中提到了一种流行于16至19世纪中期的英国的室内游戏,名为"折龙"(Snap-dragon),深受平民喜爱。参与者需要从一杯点燃的白兰地中取出事先放入酒中的葡萄干,而不会被烫伤并吃掉葡萄干的人将赢得游戏。

晚餐后，他们围坐在熊熊炉火旁。不是普通的火炉，而是那种有一个斗室的火炉，两边都有座位，可以坐两三个人。

餐厅很宽敞，四壁都是用橡木镶板装饰的，另一头放着一个漂亮的碗柜，有好几代人的历史了。一想到那些把锡盘放在那张又长又窄的实心桌子上的人，众人的想象力就会天马行空。那些又大又沉重的中世纪柜子倚墙而立。武器和甲胄挂在镶板上。但很少有人注意到这些东西，因为房间里除了炉火发出的光，没有其他光亮。

这是平安夜，大家已经玩过诸多游戏。老人和年轻人争得不亦乐乎，从燃烧的白兰地中取出事先放好的葡萄干。孩子们早就上床睡觉了，大人们也该睡了，但他们还围坐在炉火旁，轮流讲着故事。没有人讲什么怪诞不经的故事，也没有人想看看身后的幽灵，或者去探寻房间另一头的黑暗之处藏着什么鬼怪。但没讲鬼故事总是会让人觉得有某种缺憾，众人皆萌生此念，于是现场突然变得鸦雀无声。打破寂静的是一个姑娘——其实还是个孩子，那天晚上她第一次把头发盘起来，仿佛这样就有资格熬夜晚睡。

她说："格雷迪先生要讲个故事。"

众人的目光纷纷投向一位中年大叔，他坐在火炉正前方的一把高扶手椅上，身材矮小，体态偏胖，秃头，蓄着像水手常留的那种尖尖的山羊胡。很明显，他已经非常清楚地意识到许多人正热切地看着他，所以在椅子上如坐针毡，就像置身于过热的房间里一样。他眨巴眨巴眼睛，扫视全场，嘴唇紧张地抽搐着。他的另一半自我似乎在竭力约束急于发言的冲动。

他若有所思地说:"正是这个房间,让我想起了他。"

大家沉默良久,但谁也没有催促他。每个人似乎都心知肚明,他要说话了,或者说,他内心的某种东西要说话了,某种渴望表达的能量要借他之口发声。

小老头通红的脸庞变得异常平静,往日那股子精神头消失得无影无踪。有人会说,那个一时兴起让他讲故事的女孩现在已经后悔了,想阻止他。她大口大口地喘着气,有一两次似乎想要开口劝阻他,可最终还是没有说出口。她肯定是放弃了这个念头,转而悄悄观察起身边的伙伴。她逐一打量他们,在心里默念着他们的名字:"这个人是某某某,那边的那个人又是某某某。"她盯着他们看,知道不能让同伴们发现自己盯着他们。可以这么说,他们仅仅是被真实的自我留下的微妙哨兵所操控的肉身,他们的内心充满了被深深压抑的好奇心,所有的注意力都集中在那个坐在火炉前椅子上的小老头身上。

"他叫约瑟夫,至少人们是这么叫他的。他做梦了,你们懂的——噩梦。在很多方面,他都是一个非常奇特的孩子。我很了解他的母亲,她婚后很快就接连生了三个孩子。可约瑟夫是在十年后才呱呱坠地的。他一直沉默寡言、内敛拘谨,是个自闭的孩子,唯一的朋友就是他的母亲。人们对他说三道四,你知道人们是怎么乱嚼舌根的。有人说他根本不是克拉拉亲生的孩子,而是她收养的。还有人说克拉拉的丈夫不是这孩子的父亲。就是这些流言让克拉拉的态度发生了转变,一直尽力想把她丈夫蒙在鼓里。我总以为这孩子多少知道这些闲话,因为我注意到,他特别反感热衷散播谣言的那些人。"

小老头把胳膊肘搁在椅子的扶手上,手指尖在身前交叉,嘴角露出一丝微笑。他似乎在回忆往事，想更好地描述这个约瑟夫。

他最后说："不管怎么说，这孩子很古怪，这是不争的事实。克拉拉和家人来这里过圣诞节时，他大概十一岁。当时，科宁顿一家是这里的主人，科宁顿太太是克拉拉的姐姐。那是多年前的平安夜，就像现在一样。我们度过了一个正常的平安夜，也许，因为家人团聚，因为有这么多孩子在场，我们比往常更快乐一些。我们吃喝玩乐，嬉笑打闹，然后上床睡觉。

"我心神不宁，睡不踏实，半夜就醒了。克拉拉知道我的老毛病，在我的房间里生了火炉，希望我能睡得安稳些。我点燃一根香烟，随手拿起一本书翻着玩，然后，纯粹出于好奇，我打开了房门，往走廊里看了看。从我的房门可以看到远处的楼梯平台。房子的另一侧，或者说楼梯后面的过道，一片漆黑。我之所以能看到楼梯，是因为透过下楼时要经过的那扇窗户，洒下了飘忽朦胧的月光，因为是彩色玻璃窗，所以光线迷离怪诞。我正被这一片黑暗中的奇异光亮吸引着心神，突然有人出现在那片光亮中，随即转身下楼去了。这就像电影里的经典桥段，有什么重大事件即将发生，而我却即将错过。我就这样光着脚跑到楼梯平台，从栏杆上向外张望。我兴奋不已，紧张得无以复加，甚至忘了恐惧。我清楚地记得当时的感觉。我知道我害怕，但我并没有感到惊骇。

"楼梯上没有任何动静。下面的小门厅一片漆黑。我从栏杆上望过去，正对着那扇彩色的玻璃窗。你们知道，这门厅三面都有楼梯，嗯，我突然想到，如果我走到一半，站在窗户下面，我就能看到楼梯平台，也能看到大厅里可能发生的任何事情。我小心翼翼地下了楼，在那扇窗户下等着。首先，我看到门外有一套空盔甲。你们知道，如果你在光线不好的地方盯着它看，会让你感觉那东西好像在动。嗯，它确实动起来了，浮云蔽月，斑驳的光影仿佛幽灵一般舞动,更增强了这种错觉。待在这样的炉火旁,人们可以理智地谈论这些事情,但在夜深人静时就另当别论了。所以我走下几级台阶,想确认一下那件盔甲是不是真的在动,但就在此时,一股冷风掠过,突然有什么东西从楼梯上经过。我没有听到任何声音,没有看到任何影子,完全没察觉它的到来,我只知道有东西擦过我身边向楼上走去。我意识到自己已经陷入困境,无路可退,恐惧如同冰冷的藤蔓,紧紧缠绕着我的心脏。

"之前,我看到有人从楼梯上走下来,无论如何,这一点是肯定的。现在我想再见到他。什么鬼都很可怕,但能看到鬼总比看不到鬼好。我设法绕过了那套盔甲,但又不得不摸索着走到这扇双开门跟前。"

他诡异地挥了挥手,指了指那扇双开门的方向。他没有朝那扇双开门看,其他人也没有朝那儿看。大家都全神贯注地听他讲故事,似乎被他诚恳的态度迷住了。只有那个女孩坐立难安,他慢条斯理地讲故事,半天说不到点上,她对此很不耐烦。人们说她跟同伴们格格不入,是异类中的异类。

"夜太黑了,我本来确信第一扇门是关着的,但它没关,而是大敞着。站在两扇门之间,我可以感觉到另一扇门也是开着的。我站在那儿,四面的确都是墙,我向房间里张望,试图辨认出一些熟悉的物体,我的脑海里浮现出那些被砖块砌在墙里,留在那儿等死的人。有那么一瞬间,我仿佛看到了一堵厚墙里面的幽灵。然后,我突然有一种经常在书中读到但从未体验过的感觉:我知道房间里有人。你们很惊讶,是的,但等等!我还知道更多:我知道那个人意识到了我的存在。我突然想到,不管是谁,可能都想离开房间。我给他让开了路。我等着他,想确定他的身份。我开始感到眩晕,然后传来一个男人的声音,低沉而清晰:

"'有人在那儿吗,是谁啊?'

"我机械地回答:'乔治·格雷迪。'

"'我是约瑟夫。'

"一根火柴划过火柴盒,我看到那个男孩弯腰把火柴凑到蜡烛头上,等待烛芯被点燃。有一瞬间,我以为他在梦游,但他很自然地转过身来,用童稚的声音对我说:

"'丢了什么东西吗?'

"我对这个小家伙如此镇定感到惊讶。我想和别人分享我的恐惧,却不想让这个男孩看出来。我有一种奇怪的羞愧感。我看着他成长,教导过他,表扬过他,也责骂过他,而他却在这里等着我的解释,解释我为什么会在这种夜深人静的奇怪时刻出现在餐厅里。

"很快,他重复了一遍问题:'丢了什么东西吗?'

"'没丢。'我说,然后结结巴巴地问,'那你丢东西了吗?'

"他笑着说:'没丢。我只是在那个房间里睡不着。'

"我说:'哦,那个房间怎么了?'

"'那是我被杀的房间。'他很干脆地说。

"我当然听说过他做噩梦的事,但从未有过切身体验。因此,当他说他在房间里被杀时,我想当然地认为他又做噩梦了。我一时不知该如何应付他。是把整件事当作荒诞不经的事一笑了之,还是迁就他,听听他的故事。我把他带到楼上我的房间,让他坐在一张大扶手椅上,然后把炉子里的火拨得旺旺的。

"'你又在做梦了。'我直截了当地说。

"'哦,不,我没有。你可别随随便便地想当然。'

"他的整个举止都十分成熟,所以很难想象我会把他当作真正的孩子来对待。事实上,这有些匪夷所思,他长着孩子的外表,却有着成人的灵魂。

"'我在那里被人杀害了。'他又说。

"'你说被人杀害是什么意思？'我问他。

"'哎呀，被杀，被谋杀。当然，那是很多年以前的事了，我也说不清是什么时候，但我还记得那个房间。我想是这个房间让我想起了那个小插曲。'

"'小插曲！'我惊呼道。

"'不然还能叫什么？被杀，只是人生命中的一个小插曲。当然，当时有人会大惊小怪，但仔细想想……'

"我点燃一支烟说道：'跟我说说吧。'那个孩子，他也点了一根烟，开始说了起来。

"'你知道的，我的房间是这栋老房子里唯一时髦的。没人知道为什么只有它比较时髦，但原因其实显而易见——在我被杀后，人们翻修了它，所以它才比较时髦。有趣的是，我本该被安置在那里。我想这样做是有目的的，因为我……我……'

"他目不转睛地看着我，我知道如果我撒谎，他一定会抓住我的把柄。

"'什么？'我问。

"'做噩梦。'

"我说：'是的，这就是你被安置在那里的原因。'

"'我是这么想的，但不知道是在哪个房间——当然，那时谁也不知道。不管怎么说，我是在上床之后才认出这个房间的。我睡了一会儿，突然醒了。房间里有一把旧轮背椅[1]——那是房间里唯一的旧东西。它正对着炉火，就像我被杀的那天晚上一样。

---

1 轮背椅：靠背为车轮形的椅子。

炉火烧得很旺,椅背的图案投影在天花板上。谋杀之夜的景象和此时一模一样,所以我一看到天花板上的图案,就瞬间回想起了所有的一切。我不是在做梦,别那么想,我不是在做梦。那天晚上发生的事情是这样的:我躺在床上,数着天花板上那椅背阴影里的光斑。我可能睡不着——你们了解这种事,睡不着的时候就数数,从一数到一千,第二天早上起来时,还能记起数到了哪里。我正在数那些光斑,突然它们被遮住了,整个椅背变成了一整块阴影,有人坐在了那张椅子上。现在,你肯定明白了,今晚我看到天花板上椅子的阴影时,便意识到一刻也不能耽搁。同一个人随时都有可能回到那把椅子上,而我将无法逃脱。我赶紧从床上滑下来,跑下楼去。'

"我问:'但是,你在楼下就不害怕吗?'

"'她可能会跟踪我?那是个女人,你们知道。不,我想我不怕,她不会下楼的。总之她没有跟踪我。'

"我说:'不,不。'

"我的声音一定是失控了,因为他一下子就打断了我。

"'你不是想说你看见她了吧?'他激动地说。

"'哦,没看见。'

"'你感觉到她的存在了?'

"'我下楼时,她从我身边走过。'我说。

"'我对她做了什么,竟然让她这么跟着我?'他把脸埋在双手里,好像在苦思冥想着答案。突然,他抬起头,盯着我。

"'我刚才说到哪里了?哦,对了,谋杀。我能清楚地记得这一切。

"'你可以想象,当我看到椅子上的那个人影时,我是真的吓傻了——吓傻了,你们知道的,但并不是真的害怕。我爬起来倚靠在床头,看了看那把椅子,上面赫然坐着一个女人,一个年轻的女人。我怀着浓厚的兴趣注视着她,直到她开始转动椅子,我感觉她是为了看我。当她转过身时,我又吓得赶紧缩回了被窝。我不敢与她对视。她可能是个没有眼睛、没有脸的怪物。你们懂那种感觉,当一个人回望自己的灵魂曾经想过的一切时,会看到什么样的画面。

"'我竭力在被窝里蜷缩成小小的一团,透过被单的缝隙偷看天花板上的影子。我累极了,怕得要死。我看得疲倦不堪,一定是睡着了,因为突然间,火几乎熄灭了,椅子的图案几乎看不清了,影子也不见了。我抬起头来,舒了一口气。是的,椅子是空的,但是仔细一瞧,简直无法想象,眼前的一幕让我毛骨悚然:那个女人趴在地板上,双手双膝着地,向我的床爬了过来。

"'我被吓得魂飞魄散,一个倒仰,险些栽到地上。

"'很快,我感到床单被轻轻地拉了一下。我以为自己在做噩梦,但我太懒了,或者太安逸了,不敢试着让自己从梦中清醒过来。我极度焦虑地等待着,但似乎什么也没发生,事实上,我刚说服自己被单的移动只是幻觉,就有一只手鬼魅般悄然出现,如幽灵般拂过我的膝盖。没错,尽管我看不见,但我能感觉到那长长的、细细的手指,触感极为真实。现在得做点儿什么。我奋力挣扎着,想让自己清醒过来,但所有的努力都是徒劳的,我血液倒流,从头到脚都无法动弹。

"'我虽然看不见那只手,却能清楚地感觉到它的存在——如果你能明白我的意思的话。我知道它正顺着床摸索,想触碰我身体的其他部分。我随时都能说出它到底摸到了哪里。当它在我胸前来回摸索时,另一只手轻轻地敲了敲我的肩膀。我以为它在黑暗中迷失了方向,正在寻找它的同伴。

"'当两只手终于放在同一个地方时,我正仰面躺在床上,盯着天花板。它们的存在给我带来了一种压迫感,胸口仿佛压了座大山。我的意识似乎与身体完全分离,无法控制自己的身体,全身上下都不听使唤。

"'周围静得出奇,连一根针落地的声音都能听到。

"'我陷入了漠然的状态,耐心等待约定时间到来的漠然。我不知等了多久,但时间一到,我就准备好了。我并不感到意外。

"'一直被压抑的力量被释放出来,我想要起身,就像一群全神贯注于祷告中的人要站起来。我记不清楚了,但我想那个女人一定是上了我的床。我听不清她在说什么,我的全部注意力都集中在她的手上。我一直觉得那些手指在挠我的喉咙。

"'最后,它们动了。起初很慢,后来加快了。然后是长长的沙沙声,就像汹涌的海浪冲上沙滩,然后浪头又卷回来汇入大海的声音。'

"男孩沉默了一会儿,然后伸出手去拿香烟。

"'其他的你都不记得了?'我问他。

"他说:'是的,不记得了。接下来我记得很清楚的一件事是因为下雨,妈妈不让我出去,我就故意打破了育儿室的窗户。'"

现场出现了片刻的紧张,然后倾听的紧张感消失了,每个人似乎都在同时发言。教区牧师认真地听着这个故事。

他说:"告诉我,格雷迪。你认为从男孩遇害到他打破育儿室的窗户,中间隔了多长时间?"

但是,一位年轻的已婚女性,还沉浸在新婚的喜悦中,她打断了他们,嘲笑说整个想法都是假的,男孩当然是在做梦。她正引着大多数人接受她的看法时,从那个女孩坐着的角落里传来了一个沉闷的声音:

"那么，那个男孩呢？他在哪儿？"

那姑娘说话的语气让人感到恐惧，那种不知道自己到底在害怕什么的恐惧。每个人的脸上都能看到这种恐惧——除了那个谢顶的小个子男人，他的脸上没有丝毫惧意，他平静地微笑着，直视着那姑娘的眼睛。

"他现在是个男人了。"他说。

"还活着吗？"她喊道。

"为什么不呢？"小老头一边搓着手，一边说道。

她想站起来，但连衣裙被椅子卡住了，又把她拽回到座位上。旁边的人伸出手想扶住她，却被她粗暴地甩开了。她环视了众人一圈，仿佛一头陷入绝境的野兽，然后猛地站起来，盲目地冲向人群。大家赶紧围住以防她摔倒。他们一碰到她，她就停了下来。她气喘吁吁，好像一直在奔跑似的。

她推开他们的手，说道："好了，好了。我会保持安静的。是我干的。"

当她摔倒时，他们接住了她，把她放在沙发上，看着她脸上的血色渐渐消退。

女主人是一位头发花白、面容慈祥的老妇人。她走近小老头，这是她有生以来第一次火冒三丈。

她说："我真不明白你怎么会这么蠢，看看你干了什么好事。"

"我这么做是有目的的。"他说。

"有什么目的？"

"我一直认为那个女孩是罪魁祸首。我得感谢你给了我这个机会，让我能确认她的身份。"

奥尔拉
LE HORLA

〔法〕居伊·德·莫泊桑
Guy de Maupassant

《奥尔拉》导读

1. 《奥尔拉》的作者是法国小说家居伊·德·莫泊桑（1850—1893）。他被誉为"短篇小说之王"，代表作品有《项链》《漂亮朋友》《羊脂球》《我的叔叔于勒》等。

2. 《奥尔拉》的初始版本名为《来自疯子的信》，于1885年发表在《吉尔·布拉斯》日报上；之后莫泊桑对其改写，以《奥尔拉》为名发表在次年的同一报纸上；之后莫泊桑再次对其改写、扩充，将其收录于他的故事集《奥尔拉》（1887）。

3. 《奥尔拉》是第一部从医学角度通过经历者的思想来呈现精神障碍演变过程的小说。莫泊桑在创作该故事时正患有精神障碍，经受着日益严重的幻觉和人格分裂煎熬。

4. 《奥尔拉》被认为是洛夫克拉夫特的《克苏鲁的呼唤》的灵感来源之一。洛夫克拉夫特在评价该故事时说："其叙述的紧张感，在这个小说类型里无人能及。"

5. 故事中提到的圣米歇尔山是法国著名古迹和天主教朝圣地，天主教除耶路撒冷和梵蒂冈之外的第三大圣地。其所在地圣马洛海湾是一片滩涂，潮汐不断地将沉积物冲上岸，使得圣米歇尔山成为一座孤岛，只有涨潮时才形成岛屿，而退潮时通过滩涂与大陆联通。

五月八日

多么惬意的日子！我在房前的草地上躺了整整一个上午，尽情享受美好时光。我所居住的宅邸掩映在浓密的树荫中，那棵大蕉树堪称巨伞，既可遮阴蔽日，又可遮风挡雨。我喜欢这个国家的这个地区，喜欢生活在这里，因为我深深地眷恋这片土地，与之有着深厚而又微妙的渊源：祖祖辈辈生息繁衍，世世代代生于斯，死于斯。人们的所思所想、饮食起居、风俗习惯和乡言俚语，还有泥土的芬芳、乡村的气息和空气本身的气味，都是把人维系在这片土地上的根。

我喜爱这栋房子，我就是在这儿长大的。从窗户望出去，可以看到塞纳河在路的另一侧流淌，从我的花园旁流过，几乎要穿过我家的庭院。宽广浩荡的塞纳河流向鲁昂和勒阿弗尔[1]，河面上来往穿梭的船只络绎不绝。

左边不远处就是大城市鲁昂，城里满是蓝色屋顶的房子和尖顶的哥特式塔楼。塔楼多到数不清，有的小巧玲珑，有的宏伟壮观，最高的是大教堂的钟楼尖塔。晴朗的早晨，钟声响彻碧空，金属碰撞的铿锵声悦耳而又悠远，随微风传入耳中，风儿时强时弱，钟声也随之高低起伏，时而响亮，时而低柔。

总而言之，这是一个令人心旷神怡的上午！

十一点钟左右，一艘蒸汽拖船拖着一长串的小船驶来，远远

---

1 勒阿弗尔：法国北部海滨城市，位于塞纳河入海口的北侧，濒临英吉利海峡。

望去，小如蚊蝇，没怎么鸣笛，却冒着浓烟，从我门前鱼贯而过。

两艘英国双桅帆船驶过，船上的红旗在蔚蓝的天空下飘扬舞动。随后驶来了一艘华丽的巴西三桅帆船，船体洁白如玉、一尘不染，在阳光下闪着耀眼的光芒。我向它挥手致意，没什么特别理由，只是看到它就感觉挺开心的。

五月十二日

这几天我有点儿发烧，身体不适，更确切地说是萎靡不振。

把快乐变成沮丧，把自信变成懦弱的神秘影响力从何而来？人们会说，来自空气，无形的空气中充斥着未知的力量，我们不得不忍受它的神秘存在。我醒来时心情愉悦，有放声唱歌的冲动。为什么？我沿着河边散步，走了一小段路，却突然坏了心情，仿佛即将遭遇不幸，就回了家。为什么？是不是激灵地打了个寒战，使我心烦意乱、精神萎靡？是不是流云的形状，或者天空的色彩，或者周围物体的颜色变化无常，掠过眼前时扰乱了我的心神？谁能说得清呢？我们周围的一切，无意中看到的，无意中触碰到的，随手处理的事情，遇见了却没上心的一切，都会对我们产生迅速、令人惊讶和莫名其妙的影响，从而影响我们的器官，并通过它们影响我们的思想和我们的心灵本身。

这看不见、摸不着的神秘是多么深奥啊！依靠我们可怜的感官知觉根本不可能探知它是否存在。我们的肉眼看不见毫末之微，也看不见宇宙万荒；看不见近在咫尺，也看不见远在天涯；看不见外星居民，也看不见涓埃里的微生物……耳朵会欺骗我们，因为它们把空气的振动转换成响亮的音符传递给我们。它们是创造奇迹的精灵，把振动变成噪声，并通过这种蜕变促成音乐的诞生，使自然界无声的律动变得有声有色……我们的嗅觉，比狗的嗅觉迟钝多了……我们的味觉，几乎无法辨别葡萄酒酿造的年份！

哦！倘若我们有其他器官，能为我们创造其他奇迹，我们会在周围发现多少新鲜事物啊！

五月十六日

我病了，真的病了！上个月还好好的呢！现在却发烧了，烧得很厉害，更确切地说，我处于发烧虚弱的状态，灵与肉都陷入了极度痛苦之中。我一直有种可怕的感觉，感觉即将大祸临头，感觉某种不幸或死亡正在步步逼近，从而恐惧万分。这种预感无疑是某种未知疾病在发作，这种疾病萌生于肉体和血液之中。

五月十八日

我刚刚咨询过医生，因为我睡不着。他发现我的脉搏跳得很快，瞳孔扩大，神经高度紧张，但除此之外，身体没有出现其他令人担忧的症状。我必须淋浴，并且服用镇静类的溴化钾药品进行治疗。

五月二十五日

病情并无好转！我的状态真的很奇特。每当夜幕降临，莫名的不安感就会袭上我的心头，仿佛黑夜对我隐藏着某种可怕的威胁。我匆匆吃过晚饭，然后试着靠读书来分散注意力，却一个字都读不进去，几乎认不清那些字母。然后，我感觉被困惑和不可抗拒的恐惧压得透不过气来，害怕上床睡觉，害怕进入梦乡，只能在客厅里踱来踱去。

大约十点钟，我终于下定决心上楼睡觉。我一进去就小心翼翼地反锁房门，还插上门闩。我害怕——究竟是什么令我如此恐惧？我以往从没怕过什么……我战战兢兢地打开衣柜，扫视床底，倾听寂静空气中的异动——听什么呢？这只是血液循环不畅通或血流加速造成的身体轻微不适，也许神经末梢受到刺激，大脑轻度充血。我们的生命机器稍有紊乱，精妙功能出点儿小岔子，就可以把最无忧无虑的人变成抑郁忧愁的人，把最勇敢无畏的人变成胆怯的懦夫！然后，我上了床，就像等待刽子手那样等待睡意的来临。我惶恐不安地等待着它的到来，心脏狂跳，双腿颤抖，整个身体裹在热烘烘的被窝里却瑟瑟发抖，直到突然睡着，就像有人跳进一潭死水，自溺身亡一样。我不再像往日一样能察觉到睡意袭来，这奸猾的睡意，宛如毒蛇一般悄然潜伏在我的身旁，窥伺着我，准备抓住我的头，合上我的眼睛，将我毁灭。

我睡了很长一段时间，也许有两三个钟头，然后做了个梦——不——是噩梦缠身。我感觉我躺在床上，睡着了——我清楚地感觉到，我知道这一点——我还感觉到有人正在靠近我，看着我，触碰我，爬到我的床上，跪坐在我的胸口上，用双手扼住我的脖子，越掐越紧，越掐越紧，好像连吃奶的力气都使出来了，要掐死我。

我挣扎着，却被那种可怕的无力感所束缚，它使我们在梦中陷入瘫痪。我试图大声喊叫，却发不出任何声音。我想挣扎，却发现自己动弹不得。我竭尽全力，喘着粗气，试图翻身甩掉这个压得我喘不过气的存在，但我做不到！

就在这时，我突然醒来，惊魂不定，浑身发抖，狂冒虚汗。我点起蜡烛，发现只有我一个人。我终于睡着了，安详地一觉睡到了天亮。但从那时起，我每晚都会噩梦缠身。

六月二日

我的状况越来越糟糕。我到底怎么了？我遵照医嘱，每天坚持服用溴化药物并淋浴，但丝毫没有好转。有时，为了让自己精疲力尽，尽管已经够累了，我还是会去鲁马尔森林里散步。起初我以为，明净的光线和清新的空气，充溢着草本植物和绿叶的芬芳，会给我的血管注入新的血液，可以让我重新焕发活力。我在树林里拐进一条宽阔的骑马道，然后穿过一条狭窄的小路，转向拉布耶。这条路掩隐在高大的树木之间，阳光被浓密的、绿油油近乎黑色的树梢遮挡住，仿佛被一层黑纱笼罩，气氛阴郁。

我突然浑身哆嗦，不是打冷战，而是因不安产生的战栗，于是我加快脚步，害怕独自待在树林里，因为这极度的孤独而愚蠢地、毫无缘由地胆战心惊。突然间，我感觉好像有人在跟踪我，有人紧跟在我的身后，离我很近，很近，近到能触碰我的身体。

我猛然回头，却发现只有我一个人。我看到身后什么也没有，只有那条笔直、深远的林间小路，空无一人，周围都是参天树木，空旷到令人不寒而栗。路的另一端一眼望不到尽头，消失在远处，景色一成不变，单调肃杀，让人毛骨悚然。

我闭上了眼睛。为什么？然后我开始单脚在原地快速旋转，就像陀螺一样，差点儿失去平衡摔倒。我又睁开眼睛，树木在我周围跳舞，大地起起伏伏，就像波涛汹涌的海浪。我不得不瘫坐在地。后来，啊！我已经记不清我是怎么来的了！多么古怪的想法啊！多么诡异、荒唐的想法啊！我一点儿也不知道自己为何会这样。我开始顺着右边的一条岔路走，然后总算回到了通往森林中央的那条林荫道。

六月三日

我度过了一个可怕的夜晚。我决定出去旅行几个星期，因为毫无疑问，旅行会让我重新振作起来。

七月二日

我回来了,已经痊愈了,并且享受了一次非常美妙的旅程。我游览了圣米歇尔山,我以前从未去过那里。

若您像我一样,在黄昏时到达阿夫朗什[2],那呈现在眼前的景象真是美不胜收!这座小城位于小山上,导游把我带到了小城尽头的公共花园。我不禁惊叹不已。辽阔的海湾横亘在我面前,一望无际。它夹在两山之间,流岚氤氲,小山隐没其中。明丽的金色穹庐之下,在这片苍茫的黄色海湾的中央,有座奇特的山峰拔地而起,矗立在退潮后裸露的滩涂中,阴沉尖削。太阳刚刚落山,天边残阳如血,把那块巨岩的轮廓勾勒得格外清晰。岩石之巅有座奇特的宏伟建筑遗世独立,犹如神迹。

翌日,天方破晓,我就迫不及待地向那里走去。和前一天晚上一样,潮水业已退去,走近时,我看到那座令人惊叹的修道院巍峨耸立在面前。我步行了几个小时,才到达支撑小城的巨大岩石群,大教堂占据了小城的主要位置。爬上陡峭而狭窄的街道,我进入了那座哥特式建筑,它堪称世间最辉煌的圣殿,宏伟而精致,令人叹为观止。它大如城池,众多高耸的拱穹大厅和无数纤细圆柱支撑的高高回廊让人目不暇接。

我进入了这座巨大的花岗岩宝殿,它有着蕾丝花边般轻盈的精巧装饰。上面密布众多塔楼和细长的钟楼,可以沿着盘旋的楼梯拾级而上,登至塔顶。塔楼和钟楼的尖顶上雕有千奇百怪的妖魔鬼怪、珍禽异兽和奇花异草,白天与湛蓝碧空相对,晚上则与漆黑苍穹相映。雕刻精美的拱桥将众多塔楼和钟楼连为一体。

到达最上层时,我对陪同的修道士说:"神父,你在这里一

---

2 阿夫朗什:法国西北部城市,位于圣米歇尔山湾东部的一处河口的内侧。

-76-

定很开心吧!"他回答说:"这里常刮大风,先生。"于是,我们一边看着涨潮,一边聊了起来。上涨的潮水冲过滩涂,给它披上了一层白色的铁甲。

然后,修道士给我讲了很多当地的古老故事,全是各种各样的传说。

我对其中一个故事印象深刻。那些属于莫奈特家族的乡下人声称,有人在晚上听到沙滩上有说话声,然后听到两只山羊在咩咩叫,一只叫声响亮,另一只叫声柔弱。有人不相信,说那只不过是海鸟的鸣叫声。那声音有时像羊叫,有时又像人发出的哀号。但是迟归的渔民发誓,他们遇到了一个老牧羊人,他的头被斗篷遮住了,没人看清他的脸。老牧羊人会趁着潮汐涨落的间隙,在这个远离尘世的小城周围的沙丘上游荡,他牵着一只长着男人脸的公山羊和一只长着女人脸的母山羊,两只羊都长着一身雪白的毛,不停地说话,用陌生的语言争吵,然后又突然停止说话,用尽全力咩咩叫。

"您相信吗?"我问那位修道士。

"我不知道。"他回答道。

我继续发问:"如果除了我们自己,地球上还有其他智慧生命,那我们为什么这么久都不知道它们的存在?为什么你没见过?为什么我没见过?"

他回答道:"世上物千万,人间事万千,我们见过其中的十万分之一吗?你看,这里正在刮风,它是自然界最强大的力量,能把人吹倒,摧毁建筑物,连根拔起树木,掀起滔天巨浪,吹塌悬崖峭壁,把巨轮抛向礁石。能毁灭一切的风,它呼啸着,叹息着——你见过吗,能看见吗?然而,它就存在于世间万物之中。"

这个简单的道理让我沉默了。他是一位哲人,或者是个傻瓜。

我无法准确判断他到底是哪类人,所以我不发一言。他所说的这番话蕴含的哲理,以前我自己也经常思考。

七月三日

我睡得很不好,当然,肯定受发烧的影响,因为我的车夫和我一样遭受病痛折磨。昨天我回到家,发现他的脸色异常苍白,我就问他:"你怎么了,吉恩?"

"我简直没法休息,夜里翻来覆去就是睡不着,白天也无精打采。自从先生您离开后,我就像中了魔咒一样。"

不过,其他仆人都安然无恙,但我自己却很害怕再次发病。

七月四日

我确实旧病复发了,因为从前的噩梦卷土重来。昨晚,我感觉到有人靠在我身上,正嘴对着嘴吮吸我的生命精华。是的,他正在从我的喉咙里汲取生命精华,就像水蛭吸血一样。然后他站了起来,因为饱餐一顿而心满意足,而我也醒了过来,精疲力竭,心烦意乱,奄奄一息以至于动弹不得。如果这种情况再持续几天,我肯定会再次离开。

七月五日

难道我丧失理智了吗?发生了什么事?昨晚所见的一切实在是太古怪了,以至于我一想到它就神志恍惚!

和每天晚上所做的一样,我锁上门,然后因为口渴喝了半杯水,不经意间注意到瓶中的水很满,已经满到刻花玻璃瓶塞的位置了。

然后我上床睡觉,陷入了可怕的梦境,大约两个小时后,我被更可怕的冲击惊醒了。

想象一下，一个人正在熟睡，却遭遇谋杀，他从梦中惊醒，胸口插着一把刀，喉咙里咯咯作响，满身是血，无法呼吸，濒临死亡，却不知为何遭此毒手——我当时就是这样的情况。

恢复知觉后，我又感觉口渴，于是点起蜡烛，走到放着水瓶的桌子旁。我拿起水瓶向杯中倒水，但水一滴也没流出来。水瓶是空的！完全空空如也！起初我根本不明白是怎么回事，然后，一种可怕的感觉突然攫住了我，万分恐惧之下，我不得不坐下来，更确切地说，是瘫倒在椅子上！然后我猛地跳了起来，环顾四周，又在透明的水晶玻璃瓶前坐下，又惊又怕！我目不转睛地看着它，试图猜测是怎么回事，双手却不断颤抖！有人喝了水，但是谁喝了呢？是我吗？毫无疑问，肯定只能是我吧？在这种情况下，我就是一个梦游症患者，不知不觉地过着双重神秘的生活。这让我们怀疑自己体内是否有两个存在，或者当我们的灵魂处于休眠状态的时候，是否有个陌生的、不可知也不可见的存在，会操纵我们被俘虏的躯壳，肉体对另一个存在俯首帖耳，就像服从我们自己一样，甚至会更加言听计从。

哦！谁能理解我可怕的焦虑呢？谁会理解我的心情？一个心智健全、头脑清醒、充满理智的人，透过水瓶玻璃，惊恐地看着那一滴残存的水，其余的水都在他睡着的时候离奇消失了。我一直呆坐在那里，直到天亮也没敢再上床睡觉。

七月六日

我要疯了。昨夜，水瓶里的水又一次被喝光了——更确切地说，是我把水喝光了！

但真是我喝光的吗？真的是我吗？不是我又会是谁呢？是谁

呢？哦！上帝啊！我要疯了吗？谁能来救救我呢？

七月十日

这几天，我做了一些令人难以置信的实验。我肯定是疯了！但那又如何！

七月六日，临睡前，我特意在桌子上放了一些葡萄酒、牛奶、水、面包和草莓。有人喝了——我喝了——所有的水和一点儿牛奶，但葡萄酒、面包和草莓都原封未动。

七月七日，我又进行了同样的实验，得到了同样的结果。

七月八日，我把水和牛奶都撤掉了，结果什么也没动。

七月九日，最后，我只在桌子上放了水和牛奶，并小心地用白色平纹细布把瓶子包起来，并用细绳把塞子扎紧。然后我用石墨涂了涂嘴唇、胡须和双手，就上床睡觉了。

难以抗拒的睡意攫住了我，但很快我就被可怕的梦境惊醒了。我一动不动，床单上也没有任何石墨留下的污渍。我急忙冲到桌边。包裹瓶子的平纹细布仍然原封未动。我解开缠绕瓶塞的细绳，害怕得浑身发抖。所有的水都被喝光了，牛奶也被喝光了！啊！伟大的神灵啊！

我必须立即动身去巴黎。

七月十二日

巴黎。在过去的几天里，我肯定是昏了头！我肯定被自己神经质的空想玩弄了，除非我真的是一个梦游症患者，要不然我就是被一种已被证明存在的影响力所左右着，但迄今为止还无法解释，这就是所谓心理暗示。无论如何，我的精神状态近乎疯狂，但来到巴黎仅二十四小时，便足以让我恢复平静。

昨天，我买了一些东西，拜访了一些人，心情振奋，注入了新的活力。我去法国剧院看戏，以此结束了我的夜晚。那里正在上演小仲马的一出戏，他活跃而强大的头脑治愈了我的身心。当然，对于活跃的头脑来说，孤独是危险的。我们需要思维敏捷、能说会道的人常伴身侧，跟他们交流。若我们长时间孤单失群，就会与幽灵共处一室。

我沿着林荫大道兴致勃勃地回到酒店。在熙熙攘攘的人群中，我想起了前一周的那些恐惧和猜疑，不由得感到好笑，因为我曾经相信，是的，我曾经相信有个看不见的存在与我居住在同一屋檐下。我们的头脑是多么脆弱不堪啊，一旦发生一点儿小小的、不可思议之事，我们就大为震惊，它就立即惊慌失措并误入歧途。

我们不会用一句简单的话——"我不明白，因为我不知道原因"来结束，而是立即想象出可怕的奥秘和超自然力量。

七月十四日

共和国国庆日。我在大街小巷闲逛，爆竹声声，彩旗飘扬，逗得我像个孩子一样开心。尽管如此，我仍然觉得根据政府法令在固定日期欢度节日，这样的行为着实有点儿傻。民众是一群傻乎乎的绵羊，有时一直默默忍耐，有时激烈反抗。对他们说"自娱自乐吧"，他们就会自己找乐子。对他们说"去和你的邻居打一架吧"，他们就傻乎乎地去干架了。对他们说"给皇帝投票"，他们就给皇帝投票。然后对他们说"给共和国投票"，他们就给共和国投票。

那些引导民众的人同样愚昧无知，但他们服从的不是人而是原则，而这样的原则只能是愚蠢的、无用的和虚假的，因为它们是原则，也就是说，是被视为确定和不可改变的思想观念。然而在这个世界中，我们对任何事情都没有把握，因为光明是幻象，声音也是幻觉。

七月十六日

昨天，我见识了一些让我非常困扰的事情。

我在表姐萨布莱夫人家吃饭，她的丈夫是驻扎在里摩日[3]地区第七十六猎骑兵团的上校。她家有两位年轻女士，其中一位嫁给了名叫帕伦特的医生，医生一直致力于研究神经疾病及当前催眠和暗示实验所引发的异常症状，颇有建树。

他向我们详细讲述了英国科学家和南锡医学院的医生所取得的丰硕成果，但他所列举的事实在我看来是如此奇怪，所以我宣称自己全然不信。

他宣称："我们，即将发现大自然最重要的秘密之一，我的意思是说，地球上最重要的秘密之一，因为在浩瀚星际中，肯定还有一些与此不同的秘密。自从人类有了思想，自从他能够表达和书写自己的思想，他就感到自己接近一种奥秘。但人类感官太过粗糙，缺陷太多，无法识破这种奥秘，于是动用智慧竭力弥补器官能力的不足。但在智慧还不成熟的阶段，这种与看不见的灵魂的交流就呈现出司空见惯但令人恐惧的形式。从而激发了人们对超自然现象的民间信仰，游魂、仙女、地精、鬼怪的种种传说开始盛行，甚至上帝的传说也是由此而来。因为我们对造物主的看法，无论来自哪种宗教，无疑都是人类受惊的大脑所臆想出的最平庸、最愚蠢、最难以接受的虚构产物。伏尔泰的名言再真实不过了：'上帝照自己的形象创造了人类，但人类也照自己的形

3　里摩日：法国西部城市，著名的历史文化古城。

象创造了上帝。'"

"然而,一个多世纪以来,人们似乎预见了某些新事物。梅斯梅尔和其他一些先驱引领我们走上了一条令人意想不到的路,特别是在过去的两三年里,我们取得了真正令人吃惊的结果。"

同样不信医生话的表姐笑了笑,帕伦特医生对她说:"夫人,您愿意让我试着给您催眠吗?"

"行,当然愿意。"

她在一张安乐椅上坐下,医生开始目不转睛地注视着她,以便催眠她。我突然感觉自己有些心神不宁,心脏狂跳,喉咙发干,有种窒息的感觉。我看到萨布莱夫人的眼皮开始打架,嘴角抽搐,胸部不断起伏。十分钟后,她就睡着了。

"请站到她的身后。"医生对我说,于是我在她后面坐下。他将一张名片塞到她的手里,对她说道:"这是一面镜子,你在里面看到了什么?"

她回答说:"我看到我的表弟了。"

"他在做什么?"

"他正在捻小胡子。"

"现在呢?"

"他正从口袋里掏出一张照片。"

"那是谁的照片?"

"他自己的照片。"

确实如此,那张照片是那天晚上才送到我下榻的酒店的。

"在照片中,他是什么姿势?"

"他站着,单手拿着帽子。"

所以她在那张名片——那张白色的纸片上看到了,就像她在镜子里看到的一样。

旁边两位年轻的女士吓坏了，惊呼道："这就够了！行了！住手吧！"

但医生仍对她发号施令："你明天早上八点起床，然后去你表弟的旅馆拜访，请他借给你五千法郎，这是你丈夫要求你去借的，等他出发去旅行时，他会向你索要这笔钱的。"

然后他停止了催眠，唤醒了她。

回到酒店后，我想起了这次奇怪的降神会，心中疑虑重重，不是怀疑我表姐是否诚实——她的诚实绝对毋庸置疑，我从小就认识她，她就像是我的亲姐姐一样。但我怀疑医生可能要了什么花招。也许他在塞名片的同时手里藏着一面镜子，向被催眠的年轻女子展示了它？这是专业魔术师才能做到的事。

于是我回酒店睡觉了。今天早上八点半左右，我被男仆叫醒，他对我说："萨布莱夫人要求马上见您，先生。"于是我匆忙穿好衣服去见她。

她焦虑不安坐在那里，目光低垂，望着地板，连面纱都没摘下来就对我说："我亲爱的表弟，我要拜托你帮个大忙。"

"什么事，表姐？"

"我真说不出口，但又不得不说。我急需五千法郎。"

"什么，你？"

"是的，我急需，更确切地说，是我丈夫急需，他让我为他弄到这笔钱。"

我惊得呆若木鸡，结结巴巴地不知该说什么好。我扪心自问，她是否真的是在和帕伦特医生一起开我的玩笑，这是否只是一场事先精心策划的恶作剧。然而，当我仔细观察她的表情后，我的疑虑一下子全打消了。她悲痛到浑身发抖，开口借钱对她来说是多么痛苦，我确信她正压抑着抽泣。

我知道她很富有，所以继续说："什么？难道你丈夫拿不出五千法郎？来，好好想一想。你确定是他让你向我借这笔钱吗？"

她犹豫了几秒，似乎费了很大的力气搜寻记忆，然后回答道："是的……是的，我非常确定。"

"他给你写信了？"

她又犹豫了一下，回想了一下，我猜她的内心十分煎熬。她并不知情，只知道要向我借五千法郎给她丈夫，所以撒谎也在所不惜："是的，他写信给我了。"

"请问是什么时候？昨天你没跟我提过这件事。"

"我今天早上才收到他的来信。"

"能给我看看吗？"

"不……不……不……里面写的是私事……我们夫妻间十分私密的事情……我把它烧了。"

"那你丈夫欠外债了？"

她又犹豫了一下，然后喃喃道："我不知道。"

于是我直言不讳地说："我亲爱的表姐，但此刻，我手头并没有五千法郎。"

她发出一种叫喊声，好像很痛苦似的，然后说道："哦！哦！我求求你，求求你帮我弄到这笔钱……"

她很激动，双手紧紧相扣，好像在向我祈祷！我听到她的声音变了调。她哭泣着，抽抽噎噎地祈求着，疲惫焦虑，被接到的不可抗拒的命令困扰着、支配着。

"哦！哦！我求你了……你不知道我有多痛苦……我今天就要拿到这笔钱。"

我很同情她，对她说："我发誓，你很快就会得到那笔钱。"

"哦！谢谢你！谢谢你！你真好心啊！"

我继续说:"你还记得昨晚在你家发生了什么事吗?"

"记得。"

"你还记得帕伦特医生给你做了催眠吗?"

"记得。"

"哦!那好吧。是他让你今天早上来找我借五千法郎的,你现在只是被催眠暗示着行事。"

她考虑了一会儿,回答道:"但是,因为我丈夫要借钱……"

我花了整整一个小时试图让她相信真相,但没有成功。当她离开后,我去找了医生,他正要出门。他微笑着听我说完,然后开口说道:"现在你相信了吗?"

"是的,我不得不信。"

"那我们去你表姐家吧。"

表姐已经疲惫不堪,在沙发上打盹。医生给她把脉,盯着她看了一会儿,一只手举到她的眼前晃动,她在这种不可抗拒的影响力下逐渐闭上了眼睛。等她进入催眠状态后,他说:

"你丈夫不再需要那五千法郎了!忘了你曾向表弟借钱这回事吧。如果他跟你提起此事,你也听不明白他的意思。"

然后医生唤醒了她,我拿出钱包说:"这就是你今天早上跟我借的钱,我亲爱的表姐。"但她无比诧异,我不敢再坚持让她收钱。尽管如此,我还是试图让她回忆起当时的情形,但她极力否认,还以为我在拿她寻开心,最后差点儿发脾气。

* * * * * *

瞧!我刚回来,连午饭都没吃,因为这个实验把我弄得心烦意乱。

七月十九日

我把这次奇遇讲给很多人听,却被人大肆嘲笑。我已经不知道该怎么想了。智者说:万事皆有可能!

七月二十一日

我在布日瓦勒吃了晚饭,然后在游船舞会消磨了一个晚上。诚然,一切都取决于地点和环境。在弗罗格岛上相信超自然现象是极其愚蠢的……但如果在圣米歇尔山的山顶呢?如果在印度呢?我们深受周围环境的影响。我下周就回家。

七月三十日

我昨天回到自己的住处了。一切进展顺利。

八月二日

没什么新鲜事。天气晴朗,一整天我都在看着塞纳河流过。

八月四日

几个仆人发生了争吵。他们声称夜里有人打碎了橱柜里的玻璃杯。男仆指责厨师,厨师指责缝纫女工,缝纫女工又指责另外两个人。罪魁祸首到底是谁?聪明人一定能看出来。

八月六日

这次我没有疯。我看到了……我看到了……我看到了!我不能再怀疑了……我已经看到它了!

午后两点钟的时候,阳光灿烂,我在玫瑰花丛中散步,一路行来满目繁花……悠然漫步于秋日玫瑰点缀的小径上，花儿开始凋落。我驻足停留，沉醉地观赏名唤"战斗巨人"的玫瑰。有一根花茎上盛开着三朵艳丽的玫瑰，我清楚地看到其中一朵玫瑰的花茎向我弯了弯，仿佛有一只看不见的手把它扳弯了，然后又折断了，然后把它摘了下来！然后，花朵自行升起，在空中划出一道弧线，就像有只手把它送到嘴里叼住一样。它一直悬浮在透明的空气中，静止不动，周围空无一物。那朵骇人的红花，距离我的眼睛仅有两三米。情急之下，我猛扑过去，想一把抓住它！但我落空了，它已消失得无影无踪。然后我对挫败的自己怒不可遏，因为一个理智而严肃的人是不该产生这种幻觉的。

但那真是幻觉吗？我转过身去寻找那根花茎，立刻在灌木丛下面发现了它，刚刚折断，就是枝头三朵花最中间的那一朵，然后我惶惶不安地回到了家，内心犹如翻江倒海。因为就像我确信昼夜交替一样，我现在确信，在我身边存在着一个无形的生物，它以牛奶和水为生，可以触摸物体，取走它们，改变它们的位置。因此，它天生具有物质性。尽管我们的感官感知不到，但它就像我一样生活，就在我的屋檐下……

八月七日

我睡得很安稳。它喝了玻璃瓶里的水，但没有打扰我的睡眠。

我问自己是不是疯了。刚才在灿烂的阳光下，我沿着河边散步，骤然对自己的理智产生了怀疑。不是以往那种似是而非的怀疑，而是明确的、绝对的怀疑。我见过疯子，也认识一些疯子，他们相当聪明，头脑清醒，甚至对生活中的每件事都洞若观火，只有一点例外。他们清楚地、欣然地、深刻地谈论着每一件事，但突然间，他们的思想撞上了疯狂的根源，崩溃破碎，在那片狂暴可怕、波涛汹涌、雾霭缭绕、狂风怒吼的大海中四散漂流，溃散沉没，这就是所谓疯狂。

如果我失去知觉，不完全了解自己的状态，如果我十分清醒地分析探索，弄清了自己的状态，我肯定会认为自己疯了，彻彻底底地疯了。事实上，我应该是一个在幻觉中挣扎的理智的人。我肯定出现了某种未知的精神紊乱，正是当今的心理学者试图记录、研究继而弄清的一种精神紊乱。这种紊乱肯定导致了我的精神分裂，并破坏了思想的秩序性和逻辑性。类似的现象也发生在梦境中，引领我们穿越千变万化、令人难以置信的幻境，却不会让我们感到任何惊讶，因为我们辨别真伪的器官和控制意识已经陷入沉睡，但想象力依然清醒并发挥作用。难道我的大脑键盘上有一个不易察觉的按键已经失灵了？有些人遭遇意外事故后，会忘记专有名词、动词、数字，或仅仅忘记了日期。如今已有定论，思想的不同部分在大脑中各有其定位。那么，我检验幻觉真实与否的能力暂时被破坏了，这又有什么好奇怪的呢？

我一边在河边散步，一边沉思着这一切。明媚的阳光下，河水波光粼粼，大地生机盎然，我的眼中充满了对生命的热爱——爱轻快飞翔的燕子，它们灵动的姿态赏心悦目；爱河边郁郁葱葱的植物，它们在风中发出的沙沙声悦耳动听。

然而，渐渐地，一种莫名的不适感攫住了我。在我看来，似乎有种玄奥的力量在麻痹和阻止我，不让我再往前走，召唤我回去。当你心爱的人患病留在家中时，当你预感到他的病情恶化时，那种迫切归家的痛苦愿望就会让你心头沉重。

因此，我身不由己地回去了，确信肯定会有什么糟糕的消息、信件或电报在等着我。然而，什么也没有，我感到更加惊讶和不安，就好像我又看到了另一个奇异的幻象。

八月八日

我昨天晚上过得糟糕极了。它不再现身,但我觉得它就在我身边,窥伺着我,死死盯着我,洞察我的思想,支配我的行动。当它以这种方式隐藏自己时,比通过超自然现象来表明它冥冥之中无时不在更令人觉得可怕。不过,我还是睡着了。

八月九日

无事发生,但我很害怕。

八月十日

无事发生。但明天会发生什么呢?

八月十一日

还是无事发生。恐惧笼罩着我,这些想法萦绕在我的脑海里,我不能因此而闭门不出。我要离开。

八月十二日

晚上十点。一整天我都试图离开,但始终未能如愿。我想完成这个简单易行的自由行动——出门,坐上马车去鲁昂——但一直办不到。原因何在?

八月十三日

当疾病缠身时,我们会觉得身体内在都崩溃了,全部精力都被榨干耗尽,所有肌肉都变得松弛无力,骨骼会变得跟肉似的软绵绵,血液稀得像水一样。我的道德人格正以一种异样而痛苦的方式体验着这一切。我浑身无力，丧失勇气，无法克己，甚至无力让我的意志付诸行动。我已经无力去表达任何意愿，但有什么东西替我做出了决定，而我只能听从它的摆布。

八月十四日

我迷失了！有什么东西拥有并支配着我的灵魂！它指挥我的一切行动和思想。我不再是我自己，除了被奴役和惊恐地旁观受支配下的一举一动，什么都不是。我想出门，但我出不去，因为它不愿意，我只好浑身颤抖、心烦意乱地坐在它让我坐着的扶手椅上。我只想站起来，唤醒自己，好相信我还是自己的主人——但我做不到！我被牢牢地固定在椅子上，椅子也紧紧地贴在地面上，任何力量都无法撼动我们。

我突然产生了一种冲动，必须去花园尽头摘些草莓吃，于是我就去了那里。我摘下草莓，吃了起来！哦，我的上帝，我的上帝！有上帝吗？如果有，请发发慈悲解救我！拯救我！搭救我！请原谅我！宽恕我！怜悯我吧！哦！好痛苦！好折磨人！好惊悚！

八月十五日

当我可怜的表姐来向我借五千法郎时，她就是这样被附身、被左右的。她被奇怪的意志所支配，这种意志进入了她的身体，就像另一个灵魂寄生在她的身上，主宰着她。是世界末日要来临了吗？

但它是什么？这个控制我的无形存在，这个不可知的存在，这个超自然种族的漫游者。

那么，无形的生命是存在的！那为什么鸿蒙初辟以来，它们从来没有像在我面前显灵那样出现过？我从未在书中读到过任何记载,有类似我家里发生的这种事。哦!如果我能离开它,如果我能离开并逃得远远的,永远不再回来,那我就得救了,但我办不到。

八月十六日

今天,我成功逃跑了两个小时,就像囚犯发现地牢的门意外打开了一样。我突然觉得自由了,它也离我远去了,于是我下令尽快套马,驱车前往鲁昂。能对一个听命于你的人说"去鲁昂",多令人愉悦啊!

我让他把车停在图书馆前,我恳求他们借给我赫里斯陶斯博士关于古今世界未知居民的专著。

然后,在我上马车的时候,我想说:"去火车站!"但我没有这么说,而是大声喊道:"回家!"声音很大,所有路人都转头瞧我。我倒在车厢的垫子上,精神极度痛苦。它发现了我,重新占据了我的躯体。

八月十七日

哦!这是怎样的一夜!怎样的一夜呀!但我觉得应该感到高兴。我看书一直看到凌晨一点!赫里斯陶斯是哲学博士和神谱学博士,写下了所有那些游荡在人类周围或徘徊于人类梦中的一切无形存在的历史和表现。他描述了它们的起源、活动范围和威力,但没有一个与纠缠我的那个相似。可以说,自从人类有了思想,就预感到并恐惧着比自己更强大的新生命,它们将在地球上取代人类。人类感觉到它们就在身边,又无法预知地球新主宰的本性,于是在万分惶恐中创造出整个隐形生命种族,创造出因恐惧而生的影影绰绰的幽灵。

因此，我一直读到凌晨一点钟，然后走到敞开的窗前坐下，以便在宁静的晚风中清醒头脑、整理思绪。夜风和煦，令人心旷神怡！以前，我是多么享受这样的夜晚啊！

没有月亮，但星星在漆黑的夜空中闪烁着光芒。谁居住在那些星球上呢？它们以何种形态存在？有什么生物？有什么动物？在那些遥远世界里的思想家们，比我们知识更渊博吗？它们比我们能耐更大吗？它们看到了什么我们不知道的东西吗？迟早，它们中会有人穿越宇宙来到地球，征服地球，就像古代斯堪的纳维亚人远渡重洋征服弱小民族一样吗？

我们是如此孱弱无力，如此手无寸铁，如此懵懂无知，如此渺小，我们生活在一颗泥丸上，在一滴水珠中转个不休。

在凉爽的夜风中，我就这样进入了梦乡，睡了大约四十五分钟后，我突然被迷茫而奇怪的感觉惊醒，我没动，只是睁开了眼。起初，我什么也没看见，突然，我觉得桌上摊开的书好像在自动翻页，可窗外没有一丝风。我大吃一惊，等待着。大约过了四分钟，我看到了，我看到了，是的，我亲眼看到另一页书自己翻开，然后压在了前一页上，就好像有根手指在翻动。我的扶手椅是空的，看上去是空的，但我知道它就在那里，它就坐在我的位置上，正在看书。我在狂怒中一跃而起，像头被激怒的野兽扑向驯兽师，想给它来个开膛破肚。我冲过房间，想要抓住它，掐死它，杀了它！……但还没等我够到椅子，椅子就倒了，就像有人从我身边跑开了……我的桌子摇晃起来，台灯掉下来熄灭了，窗户关上了，好像有个小偷情急之下随手关上窗，逃进了茫茫夜色之中。

所以它逃跑了，它害怕了，他怕我！

所以……明天……或者以后……总有一天，我应该能死死抓住它，把它压在地上！狗偶尔也会咬主人，弄死主人的，对吧？

八月十八日

我整整想了一天。哦！是的，我要服从它，听凭它的驱使，满足它的一切愿望，表现出谦卑、顺从和懦弱。它比我强，但是，一旦时机成熟……

八月十九日

我知道……我知道……我全都知道！我刚刚在《世界科学评论》上读到了下面这篇报道：

> 从里约热内卢传来一则奇闻。一种疯病，与中世纪在欧洲四处肆虐的传染性癫狂病相似，此刻正在圣保罗省四处蔓延。吓坏了的居民纷纷离开家园，村落荒芜，农田废弃，说他们像牲畜一样被无形却可感知的生物——一种吸血鬼——追赶、占有和支配，吸血鬼在他们熟睡时以他们的生命为食，此外，还喝水和牛奶，但似乎不碰其他食物。
>
> 在几位医学专家的陪同下，多姆·佩德罗·恩里克斯教授已经前往圣保罗省，以便实地研究这种令人吃惊的疯狂现象的起源和症状，并向皇帝提出他认为最适合让疯狂的人们恢复理智的措施。

啊！我还记得，去年五月八日，那艘巴西三桅帆船沿塞纳河逆流而上，从我窗前经过。我当时觉得它好漂亮，那么洁白，那么明亮！那个生物就在那艘船上，它从那里来，那里是它种族的故乡。它看到了我！它看到了我的房子也是白色的，于是从船上跳到了陆地上。哦！天哪！

现在我知道了，我可以预测：人类的统治结束了，它已经来了。不安的牧师们驱除它，巫师们在漆黑的夜晚召唤它，却未见它现身，转瞬即逝的世界主宰预感到它，赋予它各种怪诞或优美的形态：矮小丑陋的侏儒、神秘轻盈的精灵、飘逸优雅的仙女、善变多姿的妖精。在原始恐惧催生了粗略臆想以后，更有远见的人更明确地预见到它的存在。梅斯梅尔推想出了它的存在，十年前，医生们甚至在它亲自施展威力之前，就准确地发现了它力量的本质。他们玩弄着新领主的武器，用一种神秘意志支配着被奴役的人类灵魂。他们称之为通磁术、催眠术、暗示……我知道什么呢？我见过他们像冒失的孩子一样轻率地用这种可怕的力量寻开心！我们有祸了！人类有祸了！它来了，这个……这个……它自称什么来着……这个……我想它在向我喊它的名字，而我却听不见……是的……它在喊……我正在聆听……我无法……复述……奥尔拉……我听到了……奥尔拉……是它……奥尔拉……它来了！

啊！秃鹫吃掉了鸽子，恶狼吃掉了羊羔，狮子吞掉了长着尖角的水牛，人类用弓箭、刀剑、火药杀死了狮子，但奥尔拉对待人类就像我们对待马和牛那样：仅凭它的意志力就把人类变成了它的动产、奴隶和食物。我们大祸临头了！

不过，动物有时也会反抗，杀死征服它的人……我也想……我将能够……但我必须了解它，触摸它，看到它！博学之士说，野兽的眼睛和我们的眼睛不同，无法像人眼那样辨别事物……我的眼睛也看不清这个欺压我的新来者。

为什么？哦！现在我想起了圣米歇尔山修道士的话："世上物千万，人间事万千，我们见过其中的十万分之一吗？你看，这里正在刮风，它是自然界最强大的力量，能把人吹倒，摧毁建筑物，连根拔起树木，掀起滔天巨浪，吹塌悬崖峭壁，把巨轮抛向礁石。

能毁灭一切的风，它呼啸着，叹息着——你见过吗，能看见吗？然而，它就存在于世间万物之中。"

我继续想：我的视力很弱，有缺陷，以至于连坚硬的物体都分辨不出来，如果它们像玻璃一样透明的话！……如果有一块没有镀锡汞膜的玻璃挡住我的去路，我会一头撞上去，就像鸟儿飞进房间后在玻璃窗上到处乱撞一样。此外，千千万万的事物都能欺骗迷惑眼睛，从而让我们得出错误结论。那么，看不见透光的新身体，这又有什么好奇怪的呢？

新的存在！为什么不可能？它肯定会到来！为什么人类就应该是地球最后的主宰？我们认不出它，不能像认出在我们之前创造的所有生物一样。原因在于，与我们相比，它的本质更完美，它的躯体更精妙绝伦、更尽善尽美。而我们的身体很脆弱，设计得如此笨拙，身上的器官总是疲惫不堪，就像过于复杂的锁一样，总是处于紧张状态，活得跟植物和动物似的，艰难地从空气、草药和肉中汲取营养。是容易生病、畸形、腐烂的动物机器，运行不畅，设计不当，粗制滥造，愚笨古怪，是巧妙而又拙劣的制作，粗糙而又精致的作品，只是可能变得聪明而伟大的生命的毛坯。

在这个世界上，从牡蛎到人，只有极少数物种能位于生物圈顶端。我们只是少数，如此之少。为什么不能再多一个？一旦不同物种相继出现的间隔期已满，为什么不能再增添一个物种？

为什么不能再多一种？为什么不能有其他树木开出绚烂无比的巨大花朵，让整个地区都弥漫着芳香？除了火、气、土和水，为什么没有其他元素？只有四种，只有四种，养育各种生命！真遗憾！为什么不是四十种、四百种、四千种？万物是何等的匮乏，何等的卑微，何等的可怜！吝啬的赐予，枯燥的发明，笨拙的制造！啊！大象和河马，多么高雅！还有骆驼，多么优雅！

但你们会说蝴蝶是会飞的花！我憧憬的蝴蝶应该大如百个世界，我无法用语言形容它翅膀的形状、美感、色彩和运动。但我看到了它……它在繁星间翩跹飞舞，气息轻盈和谐，为那些星球带来清新和芬芳！……星球上的人们看着它飞过，欣喜若狂！……

我是怎么了？是它，是奥尔拉，是它纠缠着我，让我想这些愚蠢的事情！它在我的身体里，它变成了我的灵魂。我要杀了它！

八月十九日

我要杀了它。我已经看见它了！昨天，我坐在桌前，假装非常认真地写作。我很清楚，它会在我身边徘徊，离我很近，近到我也许可以摸到它，抓住它。然后！……然后被逼到绝路的我就会孤注一掷，用双手、双膝、胸膛、额头、牙齿去掐死它、压死它、咬死它、把它撕成碎片。我等待着它，所有的器官都过度兴奋。

我点亮了壁炉台上的两盏灯和八支蜡烛，好像借着这样的光亮我就能发现它似的。

我的床，我那张有柱子的老橡木床，正对着我。我的右边是壁炉，我的左边是门，为了吸引它，我把门打开一段时间后，又小心翼翼地关上了。我身后是一个很高的衣柜，里面有一面镜子，我每天都用它来梳洗打扮，每次经过镜前，我都习惯性地把自己从头到脚打量一番。

于是，我假装在写作，想骗过它，因为它也在窥探我。突然，我感觉到了，我确信它正越过我的肩头看书，它就在那里，几乎要蹭到我的耳朵了。

我赶紧站起来，伸出双手，差点儿摔倒。咦，怎么了？天色像正午时分一样明亮，但我竟然没有在镜子里看到自己！……镜子里是空的、透明的、深邃的，充满光亮！但我的身影并没有映入其中……而我,我就在镜子对面!我从上到下望着那块透明的大玻璃镜,用颤抖的目光看着。我不敢向前走,我没有冒险做出任何动作。尽管如此,我完全感觉到它就在那里,但它又要从我身边逃开了,它那难以察觉的身体吸收了我的倒影。

我是多么害怕啊!突然,我透过镜子深处的一层薄雾看到了自己,就像隔着一道水帘看自己一样。在我看来,这水好像在从左往右缓缓流动,每时每刻都在使我的身影变得更加清晰。这就像是日食的尾声。不管是什么东西遮挡住了我,似乎都没有清晰的轮廓,只是朦胧的透明,逐渐变得清晰起来。

最后,我终于能够完全看清自己的身影了,就像我每天检查自己的外貌时所做的那样。

我看到了它!它的恐怖仍然伴随着我,让我至今心有余悸。

八月二十日

我怎么才能杀死它呢?下毒吗?但它会看到我把毒药和水混在一起。那么,我们的毒药会对它那无形的身体产生影响吗?不……不……毫无疑问……然后呢?……然后呢?

八月二十一日

我从鲁昂找来了一个铁匠,向他定制了铁百叶窗装在房间里,巴黎的一些私人旅馆为了防盗,在一楼也安装了这样的铁百叶窗,他还要给我做一扇铁门。我的表现让人们把我当作懦夫,但我对此毫不在乎!……

九月十日

鲁昂,大陆酒店。事情成了……完了……但它死了吗?我的心被眼前的一切彻底搅乱了。

嗯，总之，昨天锁匠装上了铁百叶窗和铁门，我就一直门户洞开直到午夜，尽管天气开始转凉。

突然，我感到它就在身边，一阵狂喜涌上心头。我轻轻地站起，来回走了一会儿，以免它起疑。然后我脱下靴子，漫不经心地穿上拖鞋。接着我泰然自若地把铁百叶窗扣上，又去把门反锁，接着迅速回到窗前，用挂锁把铁百叶窗锁上，把钥匙放进口袋。

突然，我发现它在我身边不安地走来走去，它害怕了，命令我把它放出去。我差点儿屈服了，但还是咬着牙没有屈服，而是背对着门，把门打开一半，刚好能让我退出去。我个子很高，头碰到了门楣。我确信它逃不掉了，我把它单独关了起来。多么幸福！我抓到它了。然后我跑下楼，在客厅，也就是我卧室的下面，拿起两盏灯，把所有的灯油倒在地毯上、家具上，倒得到处都是。然后我放了把火，小心翼翼地用两把锁把大门锁上，就逃走了。

我跑到花园尽头的一丛月桂树下藏了起来。时间怎么如此漫长！过得多么缓慢！四周一片漆黑，万籁俱寂，毫无动静，一丝风都没有，夜幕上没有一颗星星，只有厚厚的乌云，虽然看不见，却沉甸甸的，噢！如此沉重地压在我的心头。

我看着自己的房子，等待着。那是多么漫长的等待啊！我开始以为火已经自动熄灭了，或者它已经把火扑灭了，这时，楼下的一扇窗户在猛烈的火焰下轰然坍塌，一条长长的、柔软的鲜红火舌犹如毒蛇般舔舐着惨白的墙壁，肆无忌惮地向上攀爬，直抵屋脊，试图吞噬整个屋顶。火光犹如恶魔之爪，落在树林中，落在树枝上，落在树叶上，它们也因恐惧而在这无情的烈焰中瑟瑟发抖！尖锐的鸟鸣划破夜空，有只狗也狂吠不已，在我看来，天似乎要亮了！几乎同时，另外两扇窗户也被炸成了碎片，我看到整个房子的下半部分瞬间化作一片可怕的火海。烈火肆虐，仿佛要吞噬一切。但是，一声哭喊，一声可怕的、尖锐的、撕心裂肺的哭喊划破长空，一声女人凄厉的哭喊响彻黑夜，两扇阁楼的窗户被猛然推开！我这才意识到，还有无辜的仆人们被困其中！我看到了一张张惊恐万分的脸，还有他们疯狂挥动的手臂……

然后，我惊恐万分地跑向村子，一边跑一边大喊："救命！救命！着火了！着火了！"我遇到了一些已经赶往火灾现场的人，我和他们一起回去，看个究竟！

这时候，房子已经变成了一个可怕而壮观的火葬堆，一个照亮整片大地的巨大火葬堆，一堆人在里面被焚烧，它也在里面被焚烧。它，它，我的囚犯，那个新的存在，新主宰，奥尔拉！

突然，整个屋顶塌陷下来，陷在了墙壁之间，一座火焰山冲天而起、直达云霄。透过所有窗户，我看到火焰四处乱窜，我想它就在那里，在那个烈火焚烧的窑里，死了。

死了？也许吧？……那它的身体呢？它的身体是透明的，不是无法用杀死我们的手段来摧毁吗？

如果它没死呢？也许只有时间才能战胜那个无形的、可怖的存在。如果它也不得不惧怕疾病、衰弱和过早的毁灭，那为什么这具透明、无法辨认的躯体竟然属于一个灵体呢？

过早的毁灭？这是人类一切恐惧的根源！人类之后是奥尔拉。人类每天、每时每刻都会在种种事故中死亡，现在奥尔拉来了，它只会在规定的日子、规定的时刻死去，因为它已经触及了存在的极限！

不……不……毫无疑问……它没有死。那么……那么……我想我必须自杀！

五指怪兽

THE BEAST WITH FIVE FINGERS

〔英〕威廉·F.哈维

William F. Harvey

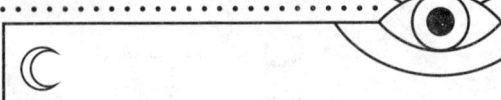

《五指怪兽》导读

1.《五指怪兽》的作者是英国短篇小说家威廉·F.哈维（1885—1937）。他在欧美恐怖与悬疑小说领域占有一席之地。

2.哈维在牛津大学学习医学，并成为医生。第一次世界大战期间，他在朋友救护部队服役，后来成为英国皇家海军的外科医生中尉。

3.《五指怪兽》于1919年首次发表在故事集《新十日谈（第一卷）》上。

4.1946年，华纳兄弟电影公司发行了根据《五指怪兽》改编的同名电影，大众才开始对他的作品产生兴趣。

5.《五指怪兽》被誉为有史以来最精彩的"断手"故事。

小时候，我曾随父亲去拜访阿德里安·博尔索弗。我跟一只黑色的西班牙猎犬在地板上玩得不亦乐乎，父亲则在一旁向他募捐。我们临走前，父亲说："博尔索弗先生，犬子是否有幸跟您握个手？等他长大了，回首往事，定会以此为荣。"

我走到躺在床上的老翁身前，把小手放在他的大掌里。他的脸依然英俊帅气，让我惊叹不已。他很和蔼地对我说话，期望我能一直努力让父亲高兴。然后他将右手放在我的头上，祈求上天降福于我。父亲念了一句"阿门"，然后我跟着他走出了房间，有种想哭的感觉。但父亲情绪高涨。

他说："吉姆，那位老先生，是整个镇上最了不起的人。十年来，他一直双目失明。"

我说："但我刚才看到了他的眼睛，他的眼睛又黑又亮，不像诺拉的小狗崽那样闭着眼。难道他一点儿也看不见吗？"

于是我第一次了解到，一个人可能有一双看起来漆黑、美丽、闪亮的眼睛，实际上却什么也看不见。

我说："就像汤姆林森太太，她有对大大的耳朵，但什么也听不见，除非汤姆林森先生大喊大叫。"

我父亲说："吉姆，这么谈论女士的耳朵可不礼貌。记住博尔索弗先生说的，要听我的话，做个乖孩子。"

那是我唯一一次见到阿德里安·博尔索弗。我很快就忘记了他，也忘记了他放在我头上为我祈福的手。但我曾为他祈祷了整整一个星期，祈祷那双乌黑温柔的眼睛能重见光明。

我在祈祷中说道："他的西班牙猎犬可能会生小狗，他永远没法知道那些小狗闭着眼睛时的模样多么滑稽可爱。所以拜托啦，让博尔索弗老先生可以看见。"

正如我父亲所说，阿德里安·博尔索弗是个了不起的人。他出身于一个古怪的家族。说不准为什么，博尔索弗家族的男人们总是喜欢娶一些极其普通的女人，这也许可以解释这样一个事实：他们的家族没出过天才，只出过一个疯子。但他们都是小型事业的伟大支持者，是奇特学科的慷慨赞助者，是爱发牢骚的教派的创始人，是冷门知识领域的可靠向导。

阿德里安是兰花授粉领域的权威。他曾在科尼尔斯的博尔索弗老宅居住过一段时间，直到先天性的肺发育不良逼得他跑到阳光明媚的南海岸，寻找气候宜人的矿泉疗养地，我就是在那里遇到了他。他偶尔会给当地的神职人员代班。我父亲形容他是个出色的布道者，能用很多人认为毫无意义的经文，引出长篇大论的深奥布道，鼓舞人心。他补充道："这极好地证明了直接用言语启示的教义真理。"

阿德里安·博尔索弗的双手非常灵巧。他的笔迹漂亮极了，堪称艺术。他为自己所有的科学论文绘制插图，亲手刻版画，由他雕花的祭坛背后的屏风，如今已成为博尔索弗老宅教堂里最显眼的特色装饰。他极其心灵手巧，擅长为年轻女士剪侧影，为小孩子剪纸猪和纸牛，还制作了多种自己设计的复杂管乐器。

五十岁时，阿德里安·博尔索弗双目失明。但在极短的时间内，他就适应了在黑暗中生活。他很快就学会了阅读盲文。他那敏锐的触觉让人叹为观止，所以尽管看不见，但他仍能继续对植物学保持浓厚的兴趣。只要修长而柔软的手指触摸一下花朵，他就能辨别出那是什么花,不过他偶尔也会用嘴唇去品鉴。在父亲的信件中,我找到了他写给我父亲的几封信。尽管行间距显得过于节省,但字迹上丝毫没显示出他失明的迹象。在他生命的最后阶段,人们认为这位老人的触觉能力近乎不可思议:据说把丝带放在他的手指之间,他可以立即分辨出颜色。对于这个故事,我父亲既不承认也不否认。

一

阿德里安·博尔索弗是个单身汉。他的哥哥乔治晚婚,留下一个儿子尤斯塔斯。尤斯塔斯住在科尼尔斯的博尔索弗老宅,那是一栋乔治亚风格的宅邸,冰冷幽暗。在那里他可以不受外界干扰,专心致志地收集撰写遗传学大作所需的素材。

和他的叔叔一样,他也是一个了不起的人。博尔索弗家族的人一向是天生的博物学家,但尤斯塔斯在将知识系统化方面显然更胜一筹。他在德国接受了大学教育,然后在维也纳和那不勒斯取得了硕士学位,又在南美和东方旅行了四年。正是这段丰富的经历,让他收集了大量用以研究变异过程的材料。

他独自住在博尔索弗老宅,身边只有秘书桑德斯。桑德斯在当地名声不佳,但对尤斯塔斯而言,他的数学才能加上商业能力是无价之宝。

这对叔侄相聚的时光寥寥可数。尤斯塔斯仅在炎热的夏日或萧瑟的秋日前来探访,为期一周。然而,这一周显得无比漫长,仿佛时间放慢了脚步,让人联想到老人坐在有篷盖的轮椅上被人推着,沿着阳光明媚的海滨缓缓前行,这两者同样缓慢。从他们的角度来看，两个人彼此都怀有深厚情谊。不过，如果拥有相同的宗教观点，他们无疑会更亲密无间。阿德里安固执地坚守年轻时就信奉的老派福音派教义，而他的侄子多年来一直想皈依佛教。两人都沉默寡言，这是博尔索弗家族一贯的作风，他们的敌人有时称之为伪善。阿德里安的沉默寡言，是对自己未完成的事情来说的。但尤斯塔斯的沉默寡言，是小心翼翼地对秘密半遮半掩。

在离世的两年前，阿德里安·博尔索弗在毫不知情的情况下，开发出了一种在现今社会并不罕见的无意识书写能力。尤斯塔斯无意间发现了这个秘密。当时，阿德里安坐在床上阅读盲文书籍，用左手的食指描摹着布拉耶盲文字符，这时他的侄子注意到老人右手握着一支铅笔，在另一页上慢慢地移动。他离开窗边的座位坐到了床边。亚德里安的右手继续移动，现在尤斯塔斯可以清楚地看到它正在写字母和单词。

"阿德里安·博尔索弗，"那只手写道，"尤斯塔斯·博尔索弗、乔治·博尔索弗、弗朗西斯·博尔索弗、西吉斯蒙德·博尔索弗、阿德里安·博尔索弗、尤斯塔斯·博尔索弗、萨维尔·博尔索弗。B代表博尔索弗。诚实为上策。美丽的贝琳达·博尔索弗。"

"多么奇怪的胡言乱语啊！"尤斯塔斯自言自语道。

"乔治三世国王，于1760年登基。"那只手写道，"人群，复数名词；众多个体的集合——阿德里安·博尔索弗，尤斯塔斯·博尔索弗。"

阿德里安合上书，说道："在我看来，你最好尽情享受一下午后的阳光，现在去散散步吧。"

"我想我会的。"尤斯塔斯一边回答一边拿起那本书，"我不会走太远，回来后我可以给你念《自然》杂志上我们刚才谈论的那些文章。"

他沿着海滨步行道走着,在第一个避风处停了下来,在最能挡风的角落里坐下来,悠闲地检查着这本书。几乎每一页上都有一连串毫无意义的铅笔标记:成排的大写字母、短单词、长单词、完整的句子、习字帖标签。事实上,整个东西看起来就像一本习字帖。更仔细地观察一番之后,尤斯塔斯觉得有充分的证据表明,这本书开头的字虽然写得不错,但与结尾的美观字迹相比,可就差远了。

十月底,尤斯塔斯离开了叔叔,并承诺十二月初回来。在他看来,很明显,老人无意识书写的能力飞速进步,他头一次期待起再次造访此地,既能尽到义务,又能满足兴趣。

但尤斯塔斯回来时,起初挺失望的。他想,叔叔看起来苍老了许多,也无精打采,宁愿让别人读书给他听,几乎所有的信件都是口述的。直到离开的前一天,尤斯塔斯才有机会近距离观察阿德里安·博尔索弗的新本领。

老人靠着枕头在床上半坐半躺,已经进入了浅睡状态。他的双手放在被单上,左手紧紧地握住右手。尤斯塔斯拿起一本空的手稿本,把一支铅笔放在叔叔右手手指够得着的地方。它们急切地抓住铅笔,然后放低,撬开了紧握右手的左手。

"也许为了防止干扰,我最好抓住那只左手。"尤斯塔斯一边看着铅笔,一边自言自语。那只右手几乎立刻就开始写字了。

"浮躁的博尔索弗家族,不必要地违背自然规律,异常古怪,好奇至极。"

"你是谁?"尤斯塔斯低声问道。

"无可奉告。"阿德里安的手写道。

"在写字的是我的叔叔吗?"

"哦,我的预言之灵,我的叔叔。"

"是我认识的人吗?"

"愚蠢的尤斯塔斯,你很快就能见到我了。"

"我什么时候才能见到你?"

"等可怜的老阿德里安一命呜呼之后。"

"我在哪儿能见到你?"

"你在哪儿见不到我?"

尤斯塔斯不再继续开口提问,而是把问题写了下来:"现在几点了?"

手指放下铅笔,在纸上来回移动了三四次,又拿起铅笔写道:

"三点五十了。把你的手稿本拿走,尤斯塔斯。一定不能让阿德里安发现我们在做这种事。他不知道该怎么办,我也不想打扰可怜的老阿德里安。再见。"

阿德里安·博尔索弗猛地惊醒。

他说:"我又做梦了,古怪的梦,梦到了被围攻的城市和被遗忘的城镇。尤斯塔斯,你也在我梦里,虽然我不记得你是怎么混进去的。尤斯塔斯,我想警告你。不要误入歧路。选择朋友的时候要擦亮眼睛。你可怜的祖父——"

一阵剧烈咳嗽打断了他的话,但尤斯塔斯看到那只手仍在写字。他设法悄无声息地把那个手稿本抽走了。他说:"我去点燃煤气灯,然后摇铃叫人送点儿茶水来。"在床帷的另一边,他看到了那只手最后写下的几句话。

"太晚了,阿德里安。"他读道,"我们已是朋友了。不是吗,尤斯塔斯·博尔索弗?"

第二天,尤斯塔斯·博尔索弗离开了。告别时,他觉得叔叔看上去病得很重,老人语气低落地说起他的一生是多么失败。

"叔叔，胡说！"他的侄子说，"你已经克服了重重困难。同样的情况下，十万人里还挑不出一个能成事的呢。你训练你的手取代失去的视力，大家都惊叹于你非凡的毅力呢。对我来说，这揭示了教育有无限可能性。"

"教育，"叔叔恍惚地说，仿佛这个词开启了新的思路，"只要你知道教育的对象是谁、教育的目的是什么，那就是好的教育。但对于下层人，那些卑贱、低劣的人，我严重怀疑其效果。好吧，再见，尤斯塔斯，也许这就是我们的最后一面。你是个真正的博尔索弗人，但也有博尔索弗家族所有的缺点。结婚吧，尤斯塔斯。娶个善良懂事的好姑娘。这恐怕是我们的最后一面，我立了遗嘱，在我的律师那里。我没有给你留下任何遗产，因为我知道你衣食无忧，但我想你可能会想要我的书。哦，还有一件事。要知道在临终前，人们常常会失去控制，提些奇奇怪怪的要求。别理会那些要求，尤斯塔斯。再见！"他伸出手。尤斯塔斯握住了他的手。握手的时间比他预想的要长一些，握手的力度出乎意料，充满男子汉气概。这样的接触，也带着一种微妙的亲密感。

他说："唔，叔叔！我会看着你健康地再活很多年呢。"

两个月后，阿德里安·博尔索弗去世了。

二

阿德里安去世的时候，尤斯塔斯·博尔索弗正身处那不勒斯。在宣布举行葬礼的那天，他在《晨报》上看到了这则讣告。

"可怜的老家伙！"他说，"我不知道哪里有地方能放下他所有的书。"

三天后，他站在了科尼尔斯的博尔索弗老宅书房里。这时，这个问题再次在他脑海里打着转，并且带来了更大的压力。在滑铁卢之战那年，一位博尔索弗家族的成员主持修建了这个巨大的房间，他是伟大的拿破仑的狂热崇拜者。书房以众多大学图书馆为蓝本，其布置并非出于美观考量，而是出于纯粹的实用主义要求。高耸突出的书柜形成了寂静的深凹，灰尘在里头静静地飘荡，适合埋葬那些旧世恩怨，埋葬那些被时光尘封的生活激情。在房间的尽头，在18世纪某个不知名神祇的半身像后面，隐藏着一个外表丑陋的铁制螺旋楼梯，通向一个摆满书架的长廊。几乎每个书架都被书塞得满满当当的。

尤斯塔斯说："我得和桑德斯商量一下。我认为台球室也有必要装上书柜。"

那天晚上，这两个人在餐厅里见面了，上一次见面还是在几个星期前。

尤斯塔斯站在火炉前，双手插在口袋里，说："嗨！你好吗，桑德斯？为什么穿着这么正式的礼服？"他自己穿着一件旧的狩猎夹克。他一直认为没什么好哀悼的，正如他上次拜访叔叔时所说的那样。尽管他通常都系颜色素净的领带，那天晚上他却戴了一条难看的红色领带，目的是吓一吓男管家莫顿，让那些仆人在他们的房间里琢磨清楚该如何悼念逝者。尤斯塔斯是一个真正的博尔斯弗家族成员。

桑德斯说："世界，依旧和往常一样，慢得令人难以置信。穿礼服是因为应洛克伍德船长的邀请，要去参加桥牌派对。"

"你打算怎么去那里呢？"

"我已吩咐你的车夫用马车送我过去了。你对此有异议吗？"

"哦，天哪，不会啊！多年来我们一直同甘共苦，今天这个时候我是不会反对的。"

桑德斯继续说道:"你的信在书房。大多数我都看过了,有几封私人信件我还没拆开。还有一个箱子,里面有一只老鼠或者什么东西,是晚上寄来的包裹。很可能是特里寄来让我们拿去与四趾的白化病怪兽杂交的六趾野兽。我没有看,因为我不想把我的东西搞得乱七八糟的。不过,从它上蹿下跳的动静来判断,应该是饿坏了。"

"噢,我来处理这个。"尤斯塔斯说,"你和那个船长去挣大钱吧。"

晚餐结束后,桑德斯走了,尤斯塔斯走进了书房。虽然生了火,但房间里一点儿也不舒适。

"无论如何,我们要把所有的灯点亮。"他一边说,一边打开开关,"还有,莫顿,"当管家端来咖啡时,他补充道,"给我拿把螺丝刀之类的东西,好打开这个箱子。不管那畜生是什么,可真能闹腾。它到底是什么?——你干吗磨磨蹭蹭的?"

"对不起,先生。邮递员送来的时候告诉我,他们在邮局给盖子钻了洞。盖子上本来没有呼吸孔,先生,但他们不想让这只动物丧命。就这些,先生。"

"不管寄箱子的是哪个家伙,他都太粗心大意了。"尤斯塔斯一边卸下螺丝,一边说,"把动物就这么塞进一个闷不透气的木头箱子里。真是!我本该让莫顿给我拿一个笼子来把它关进去。现在我只能自己去弄一个了。"

他用一本厚厚的书压住卸下螺丝钉的盖子,然后走进台球室。当他手里拿着一个空笼子回到书房时,他听到有东西掉落然后在地板上乱窜的声音。

"麻烦大啦!那只野兽跑出来了。我究竟要怎么样才能在这

-111-

个书房里把它找出来呢？"

找到它确实希望渺茫，就像大海捞针。他试图追踪其中一个隐蔽处传来的窸窸窣窣的奔跑声，那只动物似乎是在书架上的书后面跑，但完全找不到它的位置。尤斯塔斯决定继续静静地读书。可能那只小动物会逐渐放松警惕，然后自行露出马脚。尤斯塔斯看似像往常一样有条不紊地处理了大部分信件，只剩私人信件还没看。

那是什么？突然传来两声尖锐的咔嗒声，悬挂在天花板上的那个堪称丑陋的枝形吊灯骤然熄灭了。

"是不是保险丝出问题了？"尤斯塔斯一边说，一边走向门边的开关。然后他顿住了脚步。房间的另一端传来一阵噪声，好像有什么东西正沿着铁制螺旋楼梯往上爬。"如果它进了长廊，"他说，"那倒是好办了。"他急忙打开灯，穿过房间，爬上楼梯。但一无所获。他的祖父在楼梯顶部装了一道小门，这样孩子们就可以在长廊里奔跑嬉戏，无须担心发生意外。尤斯塔斯关了门，大大缩小了搜索范围，然后回到了炉火边的书桌前。

这个书房是多么阴暗压抑啊！里面一点儿亲切感都没有。阿德里安去欧洲壮游[1]后带回来了几尊18世纪的半身像，以前一直收藏在旧书房里，可能与那里相得益彰。现在放在这里，却显得很不协调。尽管有厚重的红色锦缎窗帘和巨大的镀金飞檐，但它们的存在还是让房间显得冷冰冰的。

砰的一声巨响，两本厚重的书从长廊掉到了地板上。然后，正如尤斯塔斯所看到的，书一本接着一本掉了下来。

"很好！你会因此而饿死的，我的美人！"他说，"我们要

---

[1] 壮游：指自文艺复兴时期以后，欧洲人进行的一种传统的环游欧洲大陆的教育旅行。

做一些小实验,看看缺水的老鼠怎么进行新陈代谢。继续吧!把那些书全都扔下来!我想我已经占了上风。"他回身,再次看信。这封信是家族律师写的。信中提及他叔叔的撒手人寰,以及遗嘱中留给他的那批珍贵藏书。

他读道:"我们收到了一份指令,确实令我感到意外。如您所知,阿德里安·博尔索弗先生曾留下指示,要求其遗体在伊斯特本[2]以尽可能简单的方式下葬。他曾明确表示,葬礼不要献上花圈或任何鲜花,并期望亲朋好友无须戴孝哀悼。但在他离世前一日,我们收到一封信函,取消了这些指示。他希望对他的遗体进行防腐处理,还给了我们要雇佣的那个人的地址——那人名叫彭尼弗,住在卢德盖特山[3],并吩咐将他的右手送到阁下手中,附言这是照您的特别要求办的。至于葬礼的其他安排,保持不变。"

尤斯塔斯说:"老天爷!这个老男孩到底在搞什么鬼?看在上帝的分上,那又是什么鬼东西?"

什么人在长廊里,因为有人拉了系在百叶窗上的绳子,让百叶窗啪的一声卷了起来。长廊里绝对有人,因为第二扇百叶窗也啪的一声卷了起来。肯定有人在长廊里来回溜达,因为百叶窗一扇接一扇地卷了起来,月光洒入室内。

尤斯塔斯说:"我还没搞清楚是怎么回事,但在夜色更浓之前,我会查个水落石出。"他匆匆走上螺旋式楼梯。他刚到上面,灯再次熄灭,他又听到了地板上有东西到处乱窜的窸窣声。在朦胧的月光下,他蹑手蹑脚却又快速地朝声音传来的方向走去,摸索着那些开关。他的手指终于触到了金属按钮,打开了电灯。

---

[2] 伊斯特本:位于英国英格兰东南部沿海,是东萨塞克斯郡最大的镇,英国阳光最充足的地方之一。

[3] 卢德盖特山:伦敦城最高点,是伦敦圣保罗大教堂所在地。

在他面前九到十米处,有个东西在地板上爬行,那竟然是一只人手!尤斯塔斯目瞪口呆地看着它。那只手爬行的速度很快,就像一只尺蠖毛虫,五根手指一会儿拱起,一会儿摊平。拇指似乎指挥着整只手像螃蟹般横向移动。当他大惊失色、动弹不得的时候,那只手消失在了拐角处。尤斯塔斯赶紧追了过去。他看不到它了,但能听到它从一个书架上的书后面挤过去的声音。有本厚厚的大部头已经移动了位置。在它钻进去的地方,那排书出现了一个缺口。由于担心它会再次逃脱,他随手抓起手边的一本书,将其塞进缺口。然后,他清空了两个书架上的书,拿起木板,把它们支在前面,确保他设置的屏障更加牢固。

他说:"真希望桑德斯已经回来了。我一个人可搞不定这种破事儿。"已经过了十一点,桑德斯在午夜前归来的可能性似乎很小。为避免书架无人看管,他不敢离开,甚至不敢跑下楼去按唤人铃。男管家莫顿经常在十一点左右过来查看窗户是否都关好了,不过今夜他或许不会这么勤快。尤斯塔斯心惊肉跳,几近崩溃。终于,他听到楼下传来了脚步声。

他大声喊道:"莫顿!莫顿!"

"先生,什么事?"

"桑德斯先生回来了吗?"

"还没有,先生。"

"好吧,给我拿些白兰地来,快点儿吧。我在上面的长廊里,你这个呆子。"

"谢谢。"尤斯塔斯说完,一口干掉了那杯酒,"先别去睡觉,莫顿。有很多书意外掉下来了,麻烦你把它们拿上来,放回架子上。"

莫顿从没见过尤斯塔斯像那天晚上那么话痨。当书被放回原处并掸掉灰尘后,尤斯塔斯说:"嘿!帮我撑住这些木板,莫顿。箱子里的那只野兽跑出来了,我一直在到处追它。"

"我想我能听到它啃书本的声音,先生。但愿这些书不算贵重。先生,我想是马车到了。我去叫桑德斯先生过来。"

尤斯塔斯觉得他足足离开了五分钟,但当他和桑德斯一起回来时,时间才过了不到一分钟。"好吧,莫顿,你现在可以走了——我在这上面呢,桑德斯。"

"到底发生什么事啦?"桑德斯一边问道,一边双手插在口袋里,懒洋洋地向前走着。整个晚上幸运女神一直站在他这一边,他对自己和洛克伍德船长的葡萄酒鉴赏力都非常满意。"怎么回事?瞧你这副模样,简直是吓破了胆,活像见了鬼似的。"

尤斯塔斯开口说道:"我叔叔那个老恶魔!哦,我无法解释这一切。整个晚上,他的手一直在捣乱。但我已经把它堵在这些书后面了。你得帮我抓住它。"

"你怎么啦,尤斯塔斯?这是什么游戏?"

"这不是游戏,你这个蠢货!如果你不相信我,就拿一本书出来,然后把手伸进去摸摸看。"

桑德斯说:"好吧,但是等我卷起袖子再说吧。那儿的灰尘已经足足积了数百年,对吧?"他脱下外套,跪了下来,然后把胳膊塞进了书架。

他说:"确实有什么东西。不管它是什么,都有一个古怪的、矮墩墩的末端,而且像螃蟹一样会夹人。啊,不,不要!"他猛地把手抽了出来,"赶紧把书塞进去。现在它逃不掉了。"

"究竟是什么东西?"尤斯塔斯问道。

"是费尽心思想要抓住我的东西。我摸上去感觉像是大拇指和食指。快给我来点儿白兰地润润喉。"

"我们怎么样才能把它从那儿弄出来呢？"

"用捞鱼的抄网怎么样？"

"不妥。它动作太迅速了，光凭我们俩，肯定抓不住。我告诉你，桑德斯，它跑得可比我快多了。但我想到我们该怎么解决它了。书架尽头的那两本书都是大部头，正好可以抵住墙。其他书都挺薄。我把书一本接一本地抽出来，然后你趁势把剩下的书推过去，直到我们把它卡在最后两本书之间。"

这显然是最佳策略。把那些书逐一取出，后面的空间就会越来越狭窄。里面确实有什么东西，而且肯定活蹦乱跳。有一次，他们发现有几根手指向外拼命挤，似乎在寻找出逃之路。最后他们把它困在了两本大部头之间。

"即使不是血肉之躯，也有肌肉。"桑德斯一边说，一边牢牢摁着它，"看起来的确是一只手。我猜这是某种传染性的幻觉。我以前读过类似的病例记录。"

尤斯塔斯气得脸色发白，说道："传染你个头，胡说八道！把那鬼东西带下楼。我们一定要把它塞回箱子里。"

虽然过程并不容易，但他们最终成功了。尤斯塔斯说："拧紧螺丝，我们不能冒险。把箱子放到我那张旧桌子里。那里面没有我要用的东西。给，这是钥匙。谢天谢地，锁没有任何问题。"

桑德斯说："真是一个热闹的夜晚。现在让我们听听更多关于你叔叔的故事吧。"

他们整夜坐在一起聊天，直到晨曦初露。桑德斯毫无睡意。尤斯塔斯则试着解释，也试着忘记：掩饰自己以前从未感受过的恐惧——害怕独自走过长长的走廊回卧室。

三

第二天早上,尤斯塔斯对桑德斯说道:"不管那是什么,我建议我们就此打住。在这儿整整待上十天毫无意义。我们不妨驾车去湖区,寻找攀岩的乐趣。"

"一整天见不到一个人,晚上疲惫不堪,相对枯坐,简直无聊得要死。谢了,我可不干。干吗不跑到城里去?在这种情况下,'跑'这个词用得很准确,不是吗?咱们俩都很害怕。振作起来,尤斯塔斯,让我们再去瞧瞧那只手。"

尤斯塔斯说:"随你便,钥匙就在那儿。"他们走进书房,打开书桌。箱子还是他们前一天晚上离开时的样子。

"你还在等什么呢?"尤斯塔斯问道。

"我在等你主动打开盖子。不过,既然你好像有些怕,那就让我来吧。不管怎么说,今天上午似乎不可能再有什么乱子了。"他打开盖子,取出了那只手。

"摸起来冷吗?"尤斯塔斯问。

"不冷也不热。从手感上来讲,略低于正常体温。质地柔软,富有弹性。如果是经过防腐处理的话,那我以前从没见过这种处理方式。你确定这是你叔叔的手吗?"

"哦,是的,是他的整只右手。"尤斯塔斯说,"我对那些细长的手指再熟悉不过了,不管在哪儿都能认出来。把它放回箱子里吧,桑德斯。不用管那个螺丝钉了。我会锁好那张书桌,这样它就没有机会逃出去了。我们折中一下,开车去城里待一个星期吧。如果午饭后立即动身,晚上我们应该就能到格兰瑟姆或斯坦福德了。"

桑德斯说:"好吧,明天——哦,好吧,到明天我们就会把这个折磨人的鬼东西忘得一干二净了。"

如果翌日黎明降临时,他们还没忘记的话,那么到了周末,他们就能在尤斯塔斯举办的万圣节小晚宴上讲一个极其生动的鬼故事了。

"你不会想让我们相信这是真的吧,博尔索弗先生?这简直太可怕了!"

"我可以发誓,桑德斯也可以发誓。你愿意吗,老伙计?"

桑德斯说:"发多少誓都行!那是一只修长枯瘦的手,你知道,它就那样突然抓住了我。"

"别讲了,桑德斯先生!别讲了!实在太讨厌了!给我们另外讲一个故事吧,讲吧。拜托,讲个真正令人毛骨悚然的故事!"

……

"这可真是一团糟!"第二天,尤斯塔斯一边说,一边把一封信扔给书桌对面的桑德斯,"不过,这是你的事。如果我没理解错的话,梅里特太太这是提前一个月通知你,她要辞职了,我们得找人接手。"

桑德斯回答道:"哦,梅里特太太这么做可真荒唐,她根本不清楚自己在说什么。让我们瞧瞧她在信上写了些什么。"

他读道:

尊敬的阁下,写这封信是为了通知您,从十三号星期二算起,我只能再工作一个月了。长期以来,我一直都觉得,这座宅邸对我来说过于庞大。简·帕菲特和艾玛·莱德劳仅仅留下一句"对不起"就突然离开了,其他女孩被吓得魂不附体,不敢独自清理房间,也不敢独自走下楼梯,生怕踩到冻得半死的癞蛤蟆,或者在夜里听到癞蛤蟆在走廊里四处乱跑乱跳的声音。我只能说,这地方不适合我。所以博尔索弗先生,我不得不请您尽快找一个新的女管家接手,最好能不介意打理庞大而冷清的房子。有些人坚持说,这样的房子都闹鬼,但我一点儿也不相信他们,只是我可怜的母亲一直是卫斯理公会教徒,她为此感到非常的焦虑不安。

您忠实的
伊丽莎白·梅里特

附言:请代我向桑德斯先生致意,不胜感激。但愿他不会因为感冒而有危险。

尤斯塔斯说:"桑德斯,你一向擅长跟仆人们打交道。可别让可怜的老梅里特离开。"

桑德斯说:"我当然不会让她离开,她可能只是想加薪。我今天上午就给她写信。"

"不,面对面谈话一向是最好的方式。我们已经在城里玩够了,明天就回去。你可得竭尽全力治好感冒。别忘了你的肺部已经感染了,还需要几个星期的精心照顾和护理。"

"好的。我想我能应付梅里特太太。"

但梅里特太太比他想象的还要固执,离职的决心没有任何松动。听说桑德斯先生感冒了,而且待在伦敦的时候,每晚都咳得睡不着觉,她感到非常难过。她很乐意帮他换个房间,把南边的房间打扫干净并通风。还有,入睡前来一盆热气腾腾的浸在熟牛奶中的面包块会不会更好?但她担心月底就不得不离开。

尤斯塔斯的建议是:"给她加点儿薪水试试。"

但加薪无济于事。梅里特太太很固执,坚决拒绝了。不过她认识一位汉迪赛德太太,以前在加格雷夫勋爵家里做过管家,可能会很乐意接受开出的薪水,来这儿任职。

那天晚上,在莫顿把咖啡端进书房时,尤斯塔斯询问道:"莫顿,那些仆人怎么了?梅里特太太为什么突然要离开?"

"先生,如果您不介意的话,我正打算告诉你呢。我要坦白一件事,先生。当我看到你的便条,要求我打开那张书桌并取出装有老鼠的箱子时,我就照你说的砸开了锁,并且很乐意这样做,因为我可以听到箱子里的动物发出很大的噪声,我以为它想要吃东西。所以先生,我拿出箱子,又拿了一个笼子,准备把它转移到笼子里,就在那时,那只动物逃走了。"

"你究竟在胡扯什么?我压根没写过那样的便条。"

"对不起,先生,这是您和桑德斯先生离开那天,我在地板上捡到的便条。现在就在我的口袋里。"

看起来确实是尤斯塔斯的笔迹,是用铅笔写的,开头有点儿突兀。

他念道:"莫顿,拿把锤子,或者别的什么工具,砸开书房那张旧书桌的锁,取出里面的箱子。你不需要做任何其他事情。盖子已经打开了。尤斯塔斯·博尔索弗。"

"然后你就打开了那张书桌?"

"是的,先生。当我准备好笼子时,那只动物就跳出来了。"

"什么动物?"

"就是箱子里的动物,先生。"

"它长什么样子?"

莫顿紧张地说:"呃,先生,我说不清楚。我当时背对着书桌,当我抬头看的时候,它已经快窜到房间的另一头了。"

桑德斯问道:"它是什么颜色?黑色的吗?"

"哦,不,先生,是灰白色的。先生,它以一种非常古怪的方式匍匐爬行。我想,它没有尾巴。"

"然后你做了什么?"

"我试着去抓它,但没抓到。所以我放了捕鼠器,把书房关得紧紧的。然后那个叫艾玛·莱德劳的女孩在打扫卫生时没关门,我想它一定是逃走了。"

"你认为是那只动物吓坏了那些女仆吗?"

"嗯,不,先生,不完全是。她们说那是——请原谅,先生——她们看到了一只手。艾玛在楼梯底部踩过它一次。她当时以为那是一只冻得半死的癞蛤蟆,只不过是白色的。然后帕菲特正在厨房里洗餐具。她并没有在想什么特别的事情。当时已近黄昏。她把她的手从水里拿出来,心不在焉地擦干,就像在擦碗布上随意擦手一样。就在那时,她发现自己正在擦的手不是自己的,只是比她的手更冷。"

"这实在是胡说八道!"桑德斯嚷嚷道。

"没错,先生。我就是这么告诉她的,但我们实在没法让她消停。"

"你并不相信这一切?"尤斯塔斯突然转向管家说道。

"我,先生?哦,不,先生!我什么也没看到。"

"什么声音也没听到?"

"好吧,先生,如果你一定要知道的话,唤人铃确实会在不寻常的时间响起,而我们赶到的时候,那里却压根没人。当我们晚上去拉上百叶窗时,往往已经有人抢先一步干了。但正如我对梅里特太太所说的,小淘气鬼可能会干些奇妙出格的事情,而且我们都知道博尔索弗先生在这个地方养了一些奇怪的动物。"

"那好吧,莫顿,就这样吧。"

只剩下他们两个人的时候,桑德斯问道:"你对此事有什么看法?我指的是他说是你写的那张便条。"

尤斯塔斯说:"哦,这很简单。看到写便条用的那张纸了吗?几年前我就不再用这种纸了,但那张旧书桌里还留有几张纸和信封。在锁上桌子之前,我们从未固定箱子盖。那只手溜了出来,找到一支铅笔,写下了这张字条,然后把字条从裂缝中塞了出去,字条掉到地板上,被莫顿捡了个正着。这显而易见。"

"但是那只手不会写字吧?"

"不会写?那是你没见过它所做的事情,但我是见过的。"他对桑德斯说了更多在伊斯特本发生的事情。

桑德斯说:"好吧,这么说来,遗产的事也能解释清了。是那只手在你叔叔不知情的情况下给律师写了那封信,并将它自己遗赠给了你。你叔叔和我一样,跟那个要求没有关系。事实上,他似乎察觉了这种无意识地写字,并且害怕它。"

"那么,如果那不是我叔叔,那它又会是什么?"

"我想有些人可能会说,是一个无形的灵魂让你叔叔教育它,并为它准备了一个小身体。现在它已经钻进了那个小身体并离开了原有的躯壳。"

"那么,我们该怎么办呢?"

桑德斯说:"我们要睁大眼睛看着,试着抓住它。如果实在搞不定,就不得不等到它自己停止折腾,就像等待上好的发条自己坏掉。毕竟,如果那真是有血有肉的生物,它就不可能永生。"

接下来的两天无事发生。然后桑德斯突然看到它从大厅的栏杆上滑下来。他措手不及,耽误了片刻才开始追捕,却发现那东西已经逃走了。三天后,尤斯塔斯晚上独自在书房写作,看到它待在房间另一头一本打开的书上。手指在纸上摸索着,感受着印刷出的文字,就像在阅读一样。但他还没来得及从座位上站起来,它就察觉到危险,爬到了窗帘的上面。尤斯塔斯冷冷地看着它用三根手指抓住飞檐吊在那儿,用拇指和食指冲他轻弹,以示轻蔑的嘲笑。

他说:"我知道该怎么做了。只要能把它逼到空旷的地方,我就放狗去对付它。"

他向桑德斯提出了这个建议。

他说:"这真是个好主意。只是我们不必等发现它出来时才行动。先得弄到狗。我们有两条小猎犬,还有看门人的爱尔兰杂种狗,捉起老鼠来像闪电一样快。你那条西班牙猎犬玩这种游戏,勇气还不够。"他们把狗带进屋里,看门人的爱尔兰杂种狗把拖鞋嚼坏了,当莫顿在餐桌旁侍候时,猎犬绊倒了他。但三条狗都大受欢迎。即使这么做只能给人带来虚假的安全感,也好过毫无安全感。

整整两个星期,什么事也没有发生。然后那只手被抓住了,不是被狗抓住,而是被梅里特太太的灰鹦鹉抓住了。这只叫彼得的鸟有定期解开固定食物和水罐的插销的习惯,并从笼子侧面的洞逃之夭夭。一旦获得自由,彼得就不想回到笼子里去,并且常常会在房子里任意游荡好几天。现在,在连续被关在笼子里六个星期之后,彼得再次发现了解开插销的新方法,重获自由,在饰挂绣帷的窗帘森林里到处探险,并栖息在飞檐和挂镜线[4]上,唱着歌颂自由的歌曲。

---

4 挂镜线:在四壁靠近天花板的墙面上安装的一道木质线或不锈钢轨道,用来悬挂各种装饰物,无须对墙面进行破坏或重新装修。

一天傍晚，当梅里特太太拿着台阶梯[5]走进书房时，尤斯塔斯对她说道："你这么做，是不可能抓住它的。你最好别管彼得。梅里特太太，让它挨饿它才会投降，别在它饿的时候留下香蕉和果核给它啄。你心肠太软了。"

"好吧，先生，我发现它现在停在挂镜线上，够不着，所以，先生，您离开房间时拜托帮忙关下门，今晚我就把它的笼子拿进来，放些肉进去。它非常喜欢吃肉，尽管这确实会让它把自己的羽毛拔出来吸吮羽茎。他们说，如果把肉类煮熟——"

"算了，梅里特太太。"尤斯塔斯说道，他正忙着写作，"这样就行了，我会留意那只鸟的。"

房间里一片寂静，只听得见他的笔尖连续划过纸张的沙沙声。

那只鸟说："给可怜的彼得挠挠痒吧，给可怜的老彼得挠挠痒吧！"

"给我安静点儿，你这只挨千刀的鸟！"

"可怜的老彼得！给可怜的彼得挠挠痒吧，快点儿吧！"

"如果我逮到你，我更有可能会拧断你的脖子。"他抬头看了看挂镜线，只见那只手用三根手指抓住一个挂钩，用第四根手指慢慢地挠着鹦鹉的头。尤斯塔斯跑到唤人铃前，用力按了一下。然后他走到窗边，砰的一声关上了窗子。鹦鹉被这突如其来的噪声吓坏了，拍打着翅膀准备飞走。它刚飞起来，那只手就猛然抓住了它的喉咙。彼得发出一声尖锐的尖叫，扑腾着穿过房间，不停地转着圈子，被紧紧抓住它的重物坠得不断下降，最终身体失去平衡，哗啦一声掉到地上。尤斯塔斯看到手指和羽毛在地板上滚作一团，打得难分难解。当那只手掐紧鸟的脖子时，鹦鹉突然

---

5 台阶梯：一种具有台阶或踏板而非横档的梯子，中间由铰链连接，形成倒置的V形，两半部分通过支撑物保持固定角度。

停止了挣扎。那只鸟的眼睛翻了白,并发出微弱的、半窒息的咯咯声。但那只手还没来得及松开,尤斯塔斯就一把抓住了它。

他对听到铃声进来的女仆说道:"马上把桑德斯先生请过来。告诉他,我需要他马上过来。"

然后他拿着那只手来到壁炉边。那只手的手背被鸟喙划破,留下一道参差不齐的伤口,但伤口没有渗血。他厌恶地注意到,手指甲已经长得很长了,并且变色了。

"我要烧掉这个鬼东西。"他说。但他没法烧掉它。他试图把它扔进火里,但他自己的双手,仿佛被某种古老的原始本能所束缚,不让他这么做。所以当桑德斯找到他的时候,他脸色苍白,犹豫不决,仍然紧紧地抓着那只手。

"我终于成功抓到它啦。"他用胜利的语气说道。

"太好啦,那我们来瞧瞧它吧。"

"别看了,我一松手它就会跑。给我拿些钉子、锤子和一块木板,诸如此类的东西。"

"你能抓住它吗?"

"能,这东西已经没力气了,完全软绵绵的。应该是掐死可怜的老彼得让它精疲力竭了。"

桑德斯带着东西回来时说道:"现在,我们要怎么办呢?"

"先给它钉上一根钉子,这样它就跑不掉了,然后我们就可以慢慢地检查它了。"

"你自己来吧,"桑德斯说,"要是有东西要学,我倒不介意偶尔帮你对付几只小白鼠,部分原因是我不害怕小白鼠的报复。但这东西不一样。"

"好吧,你这个讨厌鬼。我不会忘记你是怎么支持我的。"

他拿起一根钉子,在桑德斯意识到他要干什么之前,已经将钉子钉进那只手,深深地扎进了木板里。

"哦,天哪。"他歇斯底里地咯咯笑着,"现在看看它吧。"因为那只手正在极度痛苦地扭动着,在钉子上蠕动着,就像是鱼钩上的一条蠕虫。

桑德斯说:"好吧,你现在已经做到了。你自个儿去检查一下吧。"

"看在老天的分上,别走。盖起来,伙计,盖起来!用一块布盖住它!给你!"然后他从椅背上取下椅套,把那块木板包在里面,"现在从我口袋里拿出钥匙,打开保险箱。把其他的东西都扔掉。哦,天啊,它把自己打成了可怕的结!快打开保险箱!"他把东西扔了进去,然后咣当一声关上了保险箱的门。

"我们就让它待在里面,直到死去,"他说,"要是我再打开那个保险箱的门,就让我下地狱吧。"

到了月底,梅里特太太离任了。在管理仆人方面,她的接班人确实表现得比前任更得心应手。刚刚走马上任,她就宣称自己不会容忍任何毫无意义的闲言碎语,流言蜚语很快就销声匿迹了。尤斯塔斯·博尔索弗又慢慢恢复了他原来的生活方式。原本的习惯卷土重来,掩盖了他的新经历。如果说有什么不同的话,那就是他不再那么郁郁寡欢了,并且在乡村社交活动中他也更愿意展露自己的真实性格。

桑德斯说:"如果他哪天结婚了,我不会感到惊讶。嗯,我并不着急参加他的婚礼。我太了解尤斯塔斯了,他未来的妻子肯定不会喜欢我的。到头来又是老一套:慢慢建立起长久的友谊——婚姻——长久的友谊迅速被遗忘。"

四

但尤斯塔斯·博尔索弗并没有听从叔叔的建议而结婚。他太热衷于穿旧拖鞋和抽烟了。在汉迪赛德太太的管理下,厨师的烹饪手艺也很出色,而且她似乎也有一种天赋,知道何时应该停止打扫。

渐渐地,一切都恢复了老样子。然后就发生了入室盗窃案。据说,这些人是通过温室闯入这所房子的。这实际上只是一次试探之举,因为他们只从餐具室里拿走了几个盘子。书房里的保险箱确实是开着的,而且里面空无一物,但是,正如尤斯塔斯告诉警督的那样,在过去六个月里,他并没有在保险柜里存放过什么贵重物品。

警督回答道:"那你很幸运,轻松逃过了一劫,先生。从他们做事的方式来看,我应该说他们是经验老到的盗贼。他们肯定是刚开始行动就碰到警报器了。"

尤斯塔斯说:"是的,我想我很幸运。"

督察说:"我毫不怀疑,我们一定能追查到这些人。我说过他们一定是这一行的老手。他们进来的方法和打开保险箱的方式都表明了这一点。但有一件小事让我困惑。其中有一个人太疏忽大意了,竟然忘了戴手套。我不知道他到底想干什么。我在楼下每一间房间的窗扇新刷的清漆上都找到了他留下的指纹。指纹很有特色。"

"右手还是左手,还是两只手都有?"尤斯塔斯问道。

"噢,每次都是右手。这就是滑稽的地方。他一定是个莽莽撞撞的家伙,所以我猜就是他写下了那张便条。"他从口袋里掏出一张纸条,"这就是他写的内容,先生。'我逃出去了,尤斯塔斯·博尔索弗，但我很快就会回来。'我想他可能是个刚刚越狱的囚犯。这样一来，我们追踪他就容易多了。先生，您看看能不能认出这是谁的笔迹？"

尤斯塔斯说："不，这不是我认识的人写的。"

午餐时，尤斯塔斯对桑德斯说："我不想再在这儿待下去了。在过去的六个月里，情况比我预期的要好得多，但我不想再冒险看到那个鬼东西了。我今天下午进城。让莫顿把我的东西收拾好，后天你就开车去布莱顿和我会合。带上这两篇论文的校对稿。我们可以一起检查。"

"你打算离开多久呢？"

"我说不准，但要做好待一段时间的准备。整个夏天我们一直在争分夺秒地工作，但我需要度个假。我会在布莱顿预订好房间。你最好在希钦中途休息一下。我会在克劳恩给你发电报，告诉你布莱顿的具体地址。"

他在布莱顿选择的房子在一排楼房中。他以前住过那里。房子由他在大学的老熟人负责打理，这个人心思缜密，不怎么张扬，和一个出色的厨师配合得天衣无缝。房间在二楼。两间卧室位于后面，是个套房。他说："桑德斯住那个小一点儿的房间，不过它是唯一一个带壁炉的。我住较大的那间，因为它附带一个浴室。我想知道他开车什么时候会到。"

桑德斯大概是七点到达的，冻得够呛，脾气暴躁，脏兮兮的。尤斯塔斯说："我们把餐厅的壁炉点燃吧。然后让普林斯趁我们吃饭时收拾一些行李。道路状况怎么样？"

"烂兮兮的，糟糕透了！一路都是烂泥巴路，一整天都刮着刺骨的寒风，真是活受罪。令人无语的是，现在才七月啊。亲爱的老英格兰！"

尤斯塔斯说："是的，我想我们不妨试试离开亲爱的老英格兰几个月。"

十二点刚过，他们就准备上床睡觉了。

尤斯塔斯说："桑德斯，你不该觉得冷。你都买得起这样一件厚厚的猫皮衬里大衣呢。你考虑得很周到，把自己包裹得严严实实。比如，看看那两只手套。穿戴成这样，谁会觉得冷呢？"

"不过，开车的时候戴上手套，会笨手笨脚的。不信你戴上试试。"然后他把那双手套扔过门，扔到了尤斯塔斯的床上，然后继续收拾行李。一分钟后，他听到一声惊恐的尖叫声。"哦，天啊，它在手套里！快来，桑德斯，快来！"然后传来一声重重的撞击声。尤斯塔斯把手套从他身边扔了出去。"我已经把它扔进浴室了。"他喘着粗气说，"它撞到了墙上，掉进浴缸里。如果你想帮忙的话，现在就过来吧。"桑德斯拿着一支点燃的蜡烛，朝浴缸边探头看了看。那只手就在那里，又老又残，又哑又瞎，中间还有一个参差不齐的洞，缓慢爬行，摇摇晃晃，试图爬上滑溜溜的浴缸侧壁，结果只能无助地摔了回去。

桑德斯说："待在那里。我会腾空衣领盒之类的东西，然后我们把它塞进去。我不在的时候，可千万别让它逃出去。"

尤斯塔斯喊道："不，它能逃出去。它现在已经逃出去了。它正在沿着浴缸堵水塞的链子向上爬。不，你这个畜生，你这个肮脏的畜生，你不能走！快回来，桑德斯，它已经跑远了。我抓不住它。它实在是太滑了，跟个泥鳅似的。诅咒它的爪子！快把窗户关上，你这个白痴！上面的和下面的窗户都要关紧。你这个笨到家的白痴！它已经逃出去了！"紧接着传来东西掉在坚硬的石板上的声音，尤斯塔斯向后一倒，晕了过去。

接下来的两个星期里他病得不轻。

医生对桑德斯说:"我不知道病因是什么。我只能推测博尔索弗先生经历过强烈的情感冲击。你最好让我派人帮你护理他。而且必须尽量迁就他的心血来潮,不要把他独自留在黑暗中。如果我是你,就会让灯整夜亮着。但他必须呼吸更多的新鲜空气。厌恶开窗什么的,简直就是胡闹。"

然而,除了桑德斯,尤斯塔斯不愿意让其他人照顾他。他说:"我不要其他人照顾。他们会想办法把它偷偷带进来的。我知道他们会的。"

"老伙计,别担心,这种事情不会无限期地继续下去。你知道,这次我和你都看到了。它已经没那么活跃,活不了多久了,尤其是在那次摔下去之后。我亲耳听到它砸到路面厚石板的声音。等你病情稍有好转,我们就马上离开这个鬼地方。不带包和行李,只穿着身上这套衣服,这样它就无处可藏。用这种方法我们就可以摆脱它了。我们不留任何地址,也不会收到任何其他人寄来的包裹。打起精神来,尤斯塔斯!再过一两天你就会康复,可以离开了。医生说明天我可以让你坐在轮椅上,推你出去。"

尤斯塔斯问:"我做了什么?为什么那只手总是追着我不放?我并不比其他人坏。我并不比你坏,桑德斯。你知道我比你好。你才是圣地亚哥那桩肮脏交易的幕后黑手,那可是十五年前的事情了。"

桑德斯说:"当然不是那样的。我们身处二十世纪,就连那些牧师也不再相信什么罪有应得了。你在书房抓住这只手之前,它对你和全人类都充满了纯粹的恶意。当你用钉子钉穿它之后,它自然而然地忘记了其他人,转而将注意力集中在你身上。你知道，它被关在那个保险箱里近六个月了。这给了它充足的时间去考虑报复。"

尤斯塔斯·博尔索弗不愿意离开房间，但他认为桑德斯的建议也许有些道理，可以不告而别地离开布莱顿。他开始迅速恢复体力。

"九月一号我们就走。"他说。

* * * * * *

八月三十一日的晚上，天热得让人喘不过气。虽然中午的时候，那些窗户都大敞着，但在天黑前一个小时左右，窗户就被关上了。普林斯太太早已对二楼那两位先生的奇怪习惯习以为常了。他们抵达不久，她便接到通知要求拆下两间卧室里厚重的窗帘。时间一天天过去，房间似乎变得越来越空荡荡的，最后什么杂物都没剩。

"博尔索弗先生不喜欢房子里有容易积灰的地方。"桑德斯以此为借口，解释道，"他希望能看清房间的每个角落。"

"能不能稍微开点儿窗户？"那天晚上他对尤斯塔斯说，"你也清楚，我们住在这儿，简直要被烤焦了。"

"不，别瞎折腾了。我们俩又不是两个寄宿学校的女学生，刚上完卫生讲座。把棋盘拿出来吧。"

他们坐下来下棋。十点钟的时候，普林斯太太拿着一张便条来到门口。她说："很抱歉，我真该早点儿把它带给你。但它被放在信箱里了。"

"桑德斯，打开看看是否需要回复。"

便条的内容异常简短，上面既没有地址，也没有签名。

"我们可否最后约见一次,今晚十一点合适吗?"

"是谁写的?"博尔索弗问道。

桑德斯说:"普林斯太太,这是写给我的。不需要回复。"他把那张纸放进了口袋,"裁缝寄来的催债信。我想他一定听到我们要离开的风声了。"

这是一个巧妙的谎言,尤斯塔斯没有再问任何问题。他们继续下棋。

桑德斯可以听到外面楼梯平台上的那个落地大座钟滴滴答答的声音,每十五分钟报一次时。

"将军!"尤斯塔斯说。时钟敲响了十一下。与此同时,门外响起了轻轻的敲门声。声音似乎来自底下那块门板。

"谁啊?"尤斯塔斯问道。

无人应答。

"普林斯太太,是您吗?"

桑德斯说:"她在楼上呢,我能听到她在房间里四处走动的声音。"

"那就锁上门,也闩上门闩。该你下棋了,桑德斯。"

桑德斯坐在那里,眼睛紧盯着棋盘。尤斯塔斯走到窗边,仔细检查窗栓。他把桑德斯的房间和浴室里的窗栓也仔细检查了一遍。这三个房间之间没有门,否则他也会关门并锁上的。

他说:"现在,桑德斯,不要在这步棋纠结太久了。我已经抽完一根烟了。让病人久等可着实不地道。你唯一能做的只有一件事——那是什么?"

"是风把常春藤刮到窗户上了。好了,现在轮到你下棋了,尤斯塔斯。"

"不是常春藤,你这个白痴。是外面有人在敲窗户。"他拉起百叶窗。在窗户的外侧,那只手紧紧地抓在窗户框上。

"它拿着的究竟是什么东西?"

"一把折叠小刀。它要试着用刀刃推回窗栓,好打开窗户。"

"好吧,那就让它试试吧。"尤斯塔斯说,"那些窗栓是用螺丝钉拧紧固定的,它那么做是打不开窗户的。总之,我们关上百叶窗吧。该你下棋了,桑德斯。我已经走了一步棋。"

但桑德斯发现自己无法集中注意力下棋。他无法理解尤斯塔斯,因为后者似乎一下子就变得无所畏惧了。他问道:"喝点儿酒怎么样?你似乎很冷静,但说实话,我现在真的怕得要死。"

"你不需要害怕,桑德斯,那只手并没有什么超自然力量。我的意思是它似乎必须遵循时间和空间法则。它不是那种能凭空消失或穿门而过的东西。既然如此,我是不会让它闯进来的。明天一早,我们就离开这个地方。就我个人而言,我已经体验过恐惧极限的滋味了。快给我倒满酒,伙计!窗户都关上了,门也锁上并闩好了。我以我叔叔阿德里安的名义向你保证!快喝酒吧,伙计!你在等什么?"

桑德斯站在那儿,半举着酒杯。他声音嘶哑地说:"它进得来,它能进来!我们忘记了,我卧室里有壁炉。它可以从壁炉烟囱里下来。"

"快!"尤斯塔斯一边冲进另一个房间,一边大吼道,"分秒必争。我们可以做什么?点燃壁炉,桑德斯。给我拿根火柴,快去!"

"火柴肯定都在另一个房间里。我去拿。"

"快点儿,伙计,求你了!在书柜里翻一翻!浴室也别漏掉!来,过来站在这儿,我去找。"

"快!"桑德斯喊道,"我听到有动静!"

"然后把你床上的床单塞到烟囱里。哎呀,找到火柴啦!"他终于找到了一根滑进地板缝隙里的火柴。

"放好柴火了吗?很好,但可能点不燃炉子。我知道——用那个旧台灯的灯油和这个点火绒。现在划火柴,快!把床单抽走,你这个傻瓜!我们现在不用那玩意儿了。"

火焰腾地蹿起,壁炉里响起了巨大的轰鸣声。桑德斯的动作慢了一点儿,没能及时抽走床单。油已经落在上面了。它也烧起来了。

"整栋房子要烧起来啦!"尤斯塔斯喊道,他试图用毯子扑灭火焰。"这不管用!我控制不了火势。桑德斯,你必须打开门,去求救。"

桑德斯跑到门口,手哆哆嗦嗦着地打开门闩。但钥匙卡在锁孔里了。

尤斯塔斯喊道:"快点儿啊!整栋房子都着火了!"

钥匙终于转动,打开了锁。桑德斯停下来,回头扫了一眼。后来,他自己也说不清楚当时到底是看见了什么东西,但他觉得有一个黑乎乎的烧焦玩意儿从熊熊烈火中缓缓地爬了出来,向尤斯塔斯·博尔索弗逼近。有那么一瞬,他心里闪过要回去帮朋友的念头,但火势太大,噼啪声不断,烧焦的异味刺鼻难闻,吓得他沿着走廊一边狂奔一边狂喊:"着火了!着火了!"他冲向电话,打电话求救,然后折返到浴室去找水——他早就该想到这一点的。当他猛地打开卧室门时,传来一声凄厉的尖叫,但戛然而止,随后传来重重摔倒的声音。

这故事是我连续花了几个星期六的晚上从桑德斯那儿听来的。他现在是郊区一所二流学校的高级数学老师。他不得不以此维持生计，也许在别人眼中，这不如他以前的生活方式体面舒适。有一次我碰巧提到了阿德里安·博尔索弗的名字，结果他就像被针扎了似的突然把话岔开了，当时我还纳闷，不知道是什么原因。一个星期之后，桑德斯才开始向我倾诉他自己的一些往事——虽然挺不堪的，不过我能理解他含蓄掩饰的原因，因为不仅要掩盖他的过失，还要掩盖一个已故朋友的过失。对于最后那一幕悲剧，他最初极力避免提及，然而随着时间的推移，我终于逐渐拼凑出了整个故事的原貌。桑德斯不愿推断任何结论。有一段时间，他深信那只五指怪兽是被西吉斯蒙德·博尔索弗的鬼魂附体了，那是博尔索弗家族十八世纪的一位邪恶祖先，据传，他修建了可俯瞰湖泊的丑陋神殿，并在其中顶礼膜拜异教神灵。还有一段时间，桑德斯又相信附身的是一个实验室助理的鬼魂，那个人曾经被尤斯塔斯雇佣过。他说："一个黑头发、心眼恶毒的小畜生。死的时候还诅咒他的医生。因为他要跟博尔索弗了结一些鸡毛蒜皮的恩怨，但医生没能帮他活下去。"

从当代直接证据的角度来看，实际上无法证实桑德斯故事的真实性。故事里提及的所有信件几乎都被销毁了，除了尤斯塔斯最后收到的那张便条，更确切地说，如果不是桑德斯中途截留的话，尤斯塔斯本会收到的那张便条。我有幸亲眼见过那张便条，字迹纤细，显然出自一位老人颤颤巍巍的手。我记得"约见（appointment）"那个词中的"e"用的是希腊字母"ε"。当时有一件小事让我觉得有些滑稽，桑德斯似乎把那张纸条夹在了《圣经》的书页之间。

我见过阿德里安·博尔索弗一次。至于桑德斯，我是渐渐了解其为人的。然后一个很偶然的机会，绝非事先安排，我遇到了这个故事中的第三位当事人——管家莫顿。一个星期天的下午，桑德斯和我在动物园里散步,他叫我留意一位站在爬行动物馆门口的老人。

"哎呀,莫顿!"他一边说,一边拍了拍老人的背,"你现在过得怎么样?"

"糟透了,桑德斯先生。"那位老人家说道,不过桑德斯这声问候让他脸上露出一丝喜色,"现在的冬天漫长难熬。似乎没有夏天或春天了。"

"我猜,你还没找到你要找的东西吧?"

"是的,先生,还没有,但总有一天我会找到的。我总是告诉他们,博尔索弗先生养了一些古怪的动物。"

"他要找的是什么东西呢?"在我们跟他道别之后,我问道。

桑德斯说:"一只五指怪兽。今天下午,既然他已经去过爬行动物馆了,我想那会是一只有手的爬行动物。下个星期就会是一只几乎没有身体的猴子。这个可怜的老家伙是个天生的唯物主义者。"

"顺便提一句,这真是一个奇妙的巧合,你应该认识阿德里安·博尔索弗吧,并且你应该从他手中得到了祝福。它给你带来了好运吗?"

我一边回顾自己不起眼的失败人生,一边慢腾腾地回答道:"不,我认为没有。你知道的,给我祝福的是他的右手。"

玛德琳娜修女
SISTER MADDELENA

〔美〕拉尔夫·亚当斯·克拉姆
Ralph Adams Cram

《玛德琳娜修女》导读

1.《玛德琳娜修女》的作者是美国作家拉尔夫·亚当斯·克拉姆(1863—1942)。他的本职是建筑师,设计了很多哥特复兴风格的学校与教会建筑。

2. 洛夫克拉夫特说:"杰出建筑师兼中世纪主义者拉尔夫·亚当斯·克拉姆通过微妙的氛围和描述,实现了令人印象深刻的模糊区域恐怖。"

3.《玛德琳娜修女》最初被收录于他的小说集《黑灵与白》(1895)。

4. 故事中提到的蒙雷阿莱大教堂,是公元12世纪诺曼王威廉二世主持修建的大教堂,体现了西方文化、伊斯兰文化和拜占庭文化的融合,是世界上现存最大的阿拉伯-诺曼式建筑,也是诺曼式艺术的巅峰之作。其所在地蒙雷阿莱,是意大利西西里岛巴勒莫省的一个市镇,位于巴勒莫市以南10公里的山坡上,俯瞰名为"金色贝壳"的肥沃山谷。

5. 故事中提到的帕拉提那礼拜堂,是著名的阿拉伯-诺曼-拜占庭建筑典范,巴勒莫诺曼王宫的一个小教堂,建于12世纪初期,以其精致的马赛克镶嵌艺术和水晶、金、象牙和银的装饰而著名。

6. 故事结尾的那句"唯有无罪清白者,方可向罪人砸第一块石头"出自《圣经》典故。耶稣曾向执行石刑(用石头把罪犯砸死)的众人说:"你们中间谁没有罪,先向她投石吧。"

从蒙雷阿莱穿过奥雷托山谷，有个叫帕尔科的小村庄，就在它上方的山坡上，坐落着历史悠久的圣卡塔琳娜女修道院。从蒙雷阿莱大教堂的回廊露台上，可以望见修道院褪色的围墙和小礼拜堂细长的钟楼，从拥挤的枸橼和桑树果园中拔地而起。这些果园草木茂盛，但不再有虔诚而慈爱的修女们侍弄打理，因此芜生蔓长，成了鬼魅丛生的密林。从盘旋在山间的崎岖山路爬上阿松托，一路是看不见修道院的，只能看见高高低低、盘根错节的橄榄树林，还有一片悬崖峭壁。而从巴勒莫[1]望去，只能看到在阳光下闪烁的白色斑点，与沙漠修道院或穷乡僻壤的许多类似光点毫无区别。

圣卡塔琳娜女修道院幽静闭塞，远离世俗的喧嚣。或许是因为这种隐世孤独，也可能是由于它无与伦比的美丽，还有它现在的主人富有魅力，热情好客，所以圣卡塔琳娜似乎保留了诗意和神秘的元素。三月的一个傍晚，我和卡瓦列雷·瓦尔瓜内拉一起驱车离开巴勒莫，沿着奥雷托的花园山谷，然后开上山腰。恰逢春日温暖的落日余晖从蒙雷阿莱斜斜掠过，金色而醇厚的光辉柔和地洒在繁茂生长的无花果树、橄榄树、橘子树和奇形怪状的仙人掌上。通向修道院的小径迂回曲折，陡然向右拐弯，绕过一处险峻的悬崖，令人头晕目眩。悬崖从下面的橄榄树林中突兀地斜伸而出，显得荒凉而又阴郁。我在和煦的空气中驱车前行，突然看到乳白色的墙壁和橘黄色的屋顶，屋顶上爬满梦幻般的玫瑰花

---

[1] 巴勒莫：意大利西西里首府。

丛,还有一棵弯弯曲曲的棕榈树,在金色晚霞的映衬下熠熠生辉,显得乌黑发亮,柔软如羽毛。我不禁陷入了一种似真似幻的享受之中,一度把这一切看成夏日梦境中虚无缥缈的幻影。

在抵达巴勒莫后不久的一个早晨,卡瓦列雷向我们——汤姆·伦德尔和我——做了自我介绍。当时,身为建筑师的我们正在那个令人愉悦的梦境之地——帕拉提娜礼拜堂里绘制其高贵的轮廓,因为第一次徜徉在这个艺术和色彩的天堂而被迷得晕头转向。他告诉我们,他自己是一位业余考古学家,并且对他的岛屿充满热情。因此,他看到有人在欣赏巴勒莫几乎不为人知的美景(从某种程度上来说,这也是一种幸运),就觉得有必要与之交谈。不一会儿,我们就完全熟悉了,像老朋友一样聊起天来。当然,他认识伦德尔的熟人——有些人交游广阔,走到哪儿都有熟人。大家都认识美国军舰"奎纳博格"号上的军官。1888年夏天,这艘船试图在欧洲水域维护美国的海上荣誉。巧的是,伦德尔的一个远房侄子正好是这艘船上的军官,也来自巴尔的摩[2],他曾到过卡瓦列雷家做客,我们很快也被邀请去做客。就这样,在到哪儿都能交好运的伦德尔的伴随下,我们有机会对意大利的家庭生活有所了解。但我发现自己又卷入了一场冒险,而我本来是不怎么有冒险精神的。

我不知道西西里岛是否还有其他地方能像圣卡塔琳娜这般完美无瑕。陶尔米纳[3]是天堂,是意大利所有美景的缩影(威尼斯除外)。吉尔真蒂[4]是庄严的史诗,有众多金色的庙宇耸立于山海之

---

2 巴尔的摩:美国马里兰州最大城市,美国大西洋沿岸重要海港城市。

3 陶尔米纳:意大利西西里岛的一个小镇,风景秀丽。

4 吉尔真蒂:现名阿格里真托,1927年前称作吉尔真蒂,约公元前581年由古希腊殖民者建立。古城原址有极丰富的古希腊遗迹,沿山脊掘出7座多立斯式寺庙。

间。切法卢[5]狂野而奇特,而蒙雷阿莱则是童话故事中的幻象。但圣卡塔琳娜!该怎么描述它呢?

想象一下吧,一座乳白色石头和玫瑰红砖砌成的女修道院,矗立于天地之间突出的岩架上,悬崖峭壁几乎笔直地插入山谷,高度超过两百英尺,后面的山峰直冲云霄。仙人掌和矮无花果树长得密密麻麻,在所有岩石上都覆了一层。女修道院铺满了玫瑰花海,前面是一个露台,中间有一个喷泉,距离如蓝宝石般的大海不到六英里。下面是伊甸园山谷、奥罗湾,金绿色的无花果园与淡青色的橄榄树交替出现,两边的山峰高耸入云,然后缓缓下沉到海湾——在那里,巴勒莫就像一座象牙和珍珠堆砌的神奇之城,由佩莱格里诺山和扎费拉诺山这对双子山守护着,干旱的岩石就像暗淡的紫水晶,在阳光下呈玫瑰色,在阴影中呈紫罗兰色。双子山犹如蹲伏的两头雄狮,守护着这个寂静的小镇。

在三月那个炎热的傍晚,我们第一次看到了它,金色的阳光倾泻而下,山谷成为名副其实的"金色贝壳",我们坐在露台的印度躺椅上,周围弥漫着玫瑰和茉莉花的芬芳,奥雷托山谷、巴勒莫、圣卡塔琳娜、蒙雷阿莱,所有这些都不过是梦幻般景象的一部分。就像珀西瓦尔爵士的天堂乐土,为了到达天堂,他走过了一座金桥,然后消失在天主现身时无比耀眼的光芒中,金桥也开始燃烧。

这一切都是那么虚无,那么梦幻。傍晚,女士们都回房休息了,卡瓦列雷、汤姆和我躺在露台的椅子上,在漫天繁星下懒洋洋地抽烟。卡瓦列雷说:"在你们上床睡觉之前,有件事必须告知你们,以免产生不必要的惊慌。"听闻此言,我丝毫没有感到惊讶。

---

5 切法卢:以美丽海滩而闻名的旅游胜地,著名电影《天堂电影院》的取景地。

"你要说这个地方闹鬼吗?"伦德尔一边说,一边在身旁的地板上四处摸索他那杯阿马罗[6]苦味利口酒,"谢谢你,我们需要这样的消息。"

卡瓦列雷微微一笑,说道:"是的,就是如此。圣卡塔琳娜真的闹鬼。虽然我的理性反对这种想法,认为它是迷信,是神职人员的恶趣味,但我必须承认,我无法回避这个事实。我不想做出任何解释,我只想陈述事实。事实就是,今晚玛德琳娜修女很可能会拜访你们中的某个人。你们丝毫不用害怕,因为这个幽灵非常温和,不会对你们造成伤害。而且,见过一次,就再也见不到了。不管它是什么,所有人仅有一次邂逅幽灵的机会,而且通常是在这所房子里度过的头一个晚上。八九年前,当我第一次从穆萨罗侯爵手里买下这个地方时,我就亲眼看到了。我所有的手下都见过,几乎所有的房客都见过,所以我觉得你们最好做好心理准备。"

我说:"那就告诉我们会发生什么。说说看吧,这个夜间访客是个什么样的幽灵?"

"这很简单。今夜某时,你会突然醒来,看到一个加尔默罗修会[7]的修女站在你面前,她定定地看着你,非常悲伤而又清晰地说'我睡不着',然后就消失了。仅此而已,几乎不值得一提,只是有些人在不知情的情况下突然遭遇奇怪的幽灵拜访,会吓得魂不附体。所以我给你们打个预防针,好让你们有个心理准备。"

"这么说,这里是加尔默罗修会的女修道院?"我问道。

---

6 阿马罗:用意大利语的"苦痛"命名的草本利口酒,是可纯饮的苦酒。

7 加尔默罗修会:12世纪中叶创建于巴勒斯坦的加尔默罗山,故得此名,是天主教托钵修会之一。会士须持守听命、神贫、贞洁、静默、斋戒。16世纪重整而复兴,另订持守祷告、苦行、缄默不语、与世隔绝等严密戒律。

"是的。意大利统一后,它被取缔了,然后这地方被送给了穆萨罗家族。但那个家族灭绝了,我就买下了它。有一个关于幽灵修女的故事,她只是个见习修女,甚至不是自愿成为修女的,这让原本非常平淡无趣的幽灵变得有趣起来。"

"拜托你给我们讲讲。"伦德尔喊道。

我补充道:"暴风雨就要来了。看,闪电已经在山谷上、群山间闪烁了。如果这个故事注定是个悲剧,那现在讲不是刚刚好?你会讲的,对吧?"

卡瓦列雷缓缓露出神秘的微笑,看起来莫测高深。

"如你所说,阵雨就要来了。今夜风雨交加、电闪雷鸣,我们可能睡不着,所以不妨再坐一会儿,让我来给你们讲个故事。"

空气静得要命,又闷热又压抑。潮水缓缓上涨,山谷中随风飘来刚开花的橘树散发出的浓郁香味,浓到让人有点儿恶心。天空中繁星密布,仿佛映照着脚下茂密的树叶,寂静的树下有无数的萤火虫,在炎热的空气中闪闪发光。天色渐暗的西边,闪电不时划过,但还没有雷声打破沉寂的夜色。

卡瓦列雷又点燃一支雪茄,拉了一个垫子垫在头下,这样他就可以俯瞰远处城市的灯光了。他说:

"故事是这样的。

"上世纪末,巴勒莫的卡斯蒂廖内公爵是两西西里国王查理三世的臣子。传说他野心勃勃,对儿子与托斯卡纳家族一位贵女的婚姻不满意,就把独生女罗莎莉娅许配给了国王的堂兄安东尼奥王子。他的一生都在追求提高家族声望,在疯狂追求王朝荣耀的过程中,完全忘记了所有的亲情。他的儿子是个值得尊敬的继承人,冷漠而骄傲。而据传说,罗莎莉娅完全不同于她的哥哥,是个热情、美丽的姑娘,任性顽固,对家庭和世俗毫不关心。

"就在她即将嫁给安东尼奥王子——一个西班牙宫廷典型的浪荡子——的时候,由于一个仆人告密,公爵发现了女儿与一名年轻军官(我不记得他的名字了)相爱,并计划在第二天晚上与他私奔。这位老独裁者的愤怒和惊愕简直超乎想象,他瞬间明白自己通过与王室联姻来壮大家族的所有希望都破灭了,因为他深知自己女儿的性格,根本不可能让她屈服。尽管如此,他还是毫不留情地攻击她,把她关进监狱,用欺凌、威胁,甚至严刑拷打,企图摧毁她的意志,让她屈服。他利用自己在宫中的权势,将女儿的情人送出本土,并将女儿囚禁在托莱多河畔的宫殿中超过一年的时间。你们可能还记得右边的那座宫殿,就在耶稣学院街的对面,所有的窗户上都有漂亮的铁栅栏和彩绘的门楣。但是,没有什么能改变她的决心,也没有什么能动摇她顽强的意志。最后,卡斯蒂廖内用尽了一切手段,都无法改变女儿的想法。他对无法管教的女儿大发雷霆,把她送到了这个修道院,这是当时意大利为数不多的赤脚加尔默罗修会修女院之一。他明确要求她必须改名为玛德琳娜,说他再也不想听到她的消息,她必须被囚禁在这座修道院的城堡里。

"罗莎莉娅——或者是我们现在所说的玛德琳娜修女——相信爱人已死,因为她的父亲已经给她提供了很多证据,她信了,从而心如死灰。尽管如此,她还是拒绝另嫁他人,并把修道院的生活当作摆脱她那疯子父亲暴政的幸福解脱。

"她在此过了四五年与世隔绝的生活,她的本名在宫廷和父亲的府邸里都被人遗忘了。罗莎莉娅·迪·卡斯蒂廖内死了,取而代之的只有玛德琳娜修女,一个加尔默罗修会的修女。

"1798年,费迪南多四世被赶下了本土的王位,他的王国四分五裂,他本人也被迫逃往西西里。与他一起逃亡的还有罗莎莉娅的爱人，那时他在军中备受尊崇。他本以为罗莎莉娅已经死了，却偶然发现她还活着，成了加尔默罗修会的一名修女。于是，这段浪漫爱情的第二幕拉开了帷幕。在此之前，这段罗曼史只是令人悲伤的普通故事，现在却陷入了黑暗和悲剧的旋涡。米歇尔——米歇尔·比斯卡里——那是他的名字，我现在想起来了。他在修道院附近徘徊，试图跟玛德琳娜修女取得联系。最后，他从我们头顶的悬崖上，就是在枸橼丛中的那座悬崖——等下一道闪电照亮夜空，你们就能看清了——他看到了她在大回廊里，认出了穿着白色修女袍的她，发现她还是六年前那个肤色浅褐的美丽姑娘，洁白的修女袍和严格死板的修道院生活使她显得更加美丽动人。终于有一天，他发现她独自一人，于是抛给她一枚戒指——当时她正站在回廊中间。她抬起头，看到了他，心中的爱火再次燃起。从那一刻起，她生命的意义只是为了爱他，爱意从未消逝，就像尽管她原以为他已经死了，但依然爱他一样。

"他们一起想出了一个十分巧妙的计划。他们不能交谈，因为一说话就会惊动修道院里的其他人。他们只能在玛德琳娜修女独处时打手势。米歇尔可以从悬崖上向她扔纸条。如果你目测一下距离就会发现，这项壮举需要强大的臂力——她可以从悬崖上的窗户里扔出回信，他会在悬崖底部捡到。最后，他成功地把一卷轻绳抛进了回廊。姑娘把绳子拴在其中一扇窗户的栅栏上，然后——为爱疯狂的力量是多么大啊——米歇尔竟然顺着绳子从山谷爬到了那个牢房的窗户上，这段距离差不多有六十多米，而要爬到这么高的地方，全程只有三个小小的峭壁平台可供歇脚。将近一个月的时间里，都没人发现这些秘密的夜访，而米歇尔也几乎已经计划好了带姑娘离开圣卡塔琳娜逃往西班牙的方案。不幸的是，一位修女注意到了玛德琳娜修女面容不经意间流露的幸福，从而发现了端倪,于是开始调查,终于发现了整齐盘绕在修女窗边的绳子——藏在一些攀附的藤蔓下面。她立即告诉了女修道院院长,她们一起从小礼拜堂地下室的一扇窗子里观察着。明天你们就会看到,只有在这扇窗子里才能看到玛德琳娜修女囚室的窗户。她们看到了米歇尔的身影,他勇敢无畏地爬上了那根纤细的绳子。她们监视了几个小时,当院长去小教堂主持祈祷时,那个修女留在那里,而每次祈祷时玛德琳娜修女都在场。最后,到了黎明,太阳刚刚升起,他们看到那个身影从绳子上滑了下来,然后看着绳子被拉上去藏起来。她们知道玛德琳娜修女已经落入他们的手中了,要接受罪犯应受的报复和惩罚。

"第二天,根据院长的命令,玛德琳娜修女被囚禁在小教堂下面的一间牢房里,她被指控有罪,并被要求做全面彻底的忏悔。但她一个字也不肯说,尽管他们表示如果她说出爱人的名字,就可以得到宽恕。最后,女修道院院长告诉她,第二天晚上他们将按照这种方式行事:她本人将被关进地下室,被绑在窗前,嘴被堵住。绳子将被放下,等她的爱人靠近窗台,绳子就会被割断,在她眼前,她的爱人将在崎岖的悬崖上摔得粉身碎骨。这个计划是可行的,玛德琳娜修女知道院长完全有能力实施。她顽强的心态被击垮了,她用唯一可能的方式乞求怜悯,乞求饶恕她的爱人。院长起初置若罔闻,最后说:'不是你死,就是他亡。我可以饶了他,条件是你必须牺牲自己的生命。'玛德琳娜修女欣然接受了这个条件,她给米歇尔写了最后的诀别信,把字条系在绳子上,然后亲手割断了绳子,目送它盘旋着坠落到远处的谷底。

"然后,她默默地为死亡做好了准备。午夜时分,当她的爱人在修道院的白墙周围像失了魂般徘徊,被无能为力的恐惧折磨得发疯时,玛德琳娜修女为了对米歇尔的爱,献出了自己的生命。

但无人知晓她是怎么香消玉殒的,她的死亡只是人们的猜测,因为当米歇尔最终声称修道院发生了谋杀案,从而迫使民政当局进入修道院时,他们没有发现任何迹象。院长说,玛德琳娜修女被送到了西班牙阿维拉的赤脚加尔默罗修会总院,因为她拒不服从,屡教不改。老卡斯蒂廖内公爵拒绝插手此事,米歇尔试图证明是圣卡塔琳娜修道院院长导致了她的死亡,但无果而终,他被迫离开了西西里。他在西班牙寻找了很久,但没有找到那姑娘的踪迹,最后他在痛苦和悲伤中心力交瘁地死去了。

"就连玛德琳娜修女的名字也被人遗忘了,直到修道院被取缔,这座房子落入了穆萨罗家族手中,她的故事才被人记起。正是从那时起,幽灵开始现身。由于有必要做出解释,人们从一位在修道院被取缔后仍在世的修女口中得知了这个故事或传说。我认为,幽灵出现的事实——这是事实——恰恰证明了米歇尔是对的,可怜的罗莎莉娅为爱献出了自己的生命——跟传说中所描述的情节是否吻合,那我可说不清楚。今晚,你们中有个人可能会见到她。你可以向她求证事实真相。好啦,这就是玛德琳娜修女的全部故事,她在这世上被称为罗莎莉娅·迪·卡斯蒂廖内。你们喜欢这个故事吗?"

"这故事太动人了。"伦德尔热情地说,"但是我想我应该把它简单地当作一个故事,而不是对即将发生的事情的警示。我本人可不太喜欢真的见到幽灵。"

"但这位可怜的修女是无害的。"卡瓦列雷站了起来,伸了个懒腰,"我的仆人们说她想让人们为她办一场安魂弥撒[8],或者类似的仪式。但我不太喜欢这种牧师的把戏——请见谅。"他转

---

8 安魂弥撒:天主教会为悼念逝者而举行的祭祀仪式。

向我，继续说，"我忘了您是天主教徒，请原谅我的无礼。"

"亲爱的卡瓦列雷，拜托不要道歉。我很遗憾您看问题的方式与我不同，但千万别以为我过度敏感。"

"我有一个正当理由，也许你会说那只是一个牵强的解释。但在我生活的地方，我目睹了教会所有的荒谬和腐败。"

"也许是偶然事件蒙蔽了你的双眼。但今晚我们别吵了，瞧，暴风雨正向我们逼近呢。我们进去好吗？"

整个天空的星星几乎都被遮住了，阴沉的云层低低地聚集在山谷的顶上，正在向我们逼近，近得似乎拂过了我们头顶山上的黑松树。在南面和东面，暴风云几乎消失在海面上，只留下一片黑黢黢的天空，下弦月就在佩莱格里诺山的左侧冉冉升起，苍白的月光映衬着黑色的剪影。玫瑰色的闪电几乎闪个不停，山谷对面的钟声、山下汹涌的激流声、大雨即将来临的沉闷轰鸣声，在这一切中夹杂着庄严的雷声。

为了躲避即将到来的暴风雨，我们逃进屋里，拿起蜡烛，互相道了声"晚安"，就各自找房间去了。

我的房间在老修道院的南边，正对着我们刚刚离去的露台，大约在正门的上方。狂风暴雨带着汹涌的洪流冲下山谷，真是令人心惊胆战。我裹了件晨衣，在被风雨疯狂拍打的窗边站了一会儿，看着耀眼的闪电，还有阵阵狂风卷着豆大的雨点在山麓间疯狂旋转。渐渐地，暴雨似乎收敛了它的暴戾，雨势减弱了，我扑倒在床上，呼吸着热空气，想起卡瓦列雷如此自信地预言会有幽灵来访，不知道自己是否真会碰上此事。

我已经把整件事想得很清楚了，我想我知道万一玛德琳娜修女来看我，我应该怎么做。这个故事深深触动了我，让我心生怜悯。想到这个可怜的忠贞姑娘为了爱人牺牲了自己——那个男人很可能配不上她——而她现在却因为灵魂不安宁而无法入睡,在没有精神辅导的情况下被送进了永恒的风暴中。我无法入睡,因为闪电还在不停地闪烁,那些围绕着死去修女的思绪还在不停涌动,颤抖着期待她可能的拜访。就在我毫无睡意的时候,也许是午夜过后的一个小时,突然一道明亮的闪电闪过,当我被闪花的双眼能重新看清楚时,我看到了她,就像活着时一样清晰——身形高挑,穿着加尔默罗修会的白色袍子,她低着头,双手紧握在胸前。在另一道闪电中,她慢慢地抬起头,久久地、认真地看着我。她非常美丽,就像国家美术馆里的博尔特拉菲奥[9]的圣母画作,比我想象的还要美丽。她那双深邃、热情的眼睛里充满了恳求和怜悯。我几乎没有感到害怕,甚至没有被吓到,只是静静地看着她站在不时闪过的电光中。

然后,她用一种近乎气音的声音喃喃低语:"我睡不着!"那声音无限悲伤,哀伤得几乎像要哭出来一般,那双水汪汪的眼睛变得越来越可怜,越来越疑惑,晶莹的泪水从眼睛里溢出,在黑暗中顺着苍白的脸庞静静滑落。

那个身影开始缓缓移向门口,但她的目光紧紧地盯着我,神情疲惫,痛苦到近乎崩溃。我从床上一跃而起,站在原地等待。一丝感激之情掠过她的脸庞,然后她转过身,穿过了门口。

那个身影飘进了走廊的阴影里,就像一团苍白的风暴云。我紧随其后,觉得自己要让一个饱受折磨的灵魂得到安息,于是所有本能的恐惧和紧张都被驱散了。走廊犹如黑色天鹅绒一般漆黑,但那苍白的身影始终在我前方飘荡,是一位无懈可击的向导,在漆黑的夜里如同一层薄薄的雾气,但在透过窗户或门缝的幽蓝电

---

9 博尔特拉菲奥:意大利文艺复兴时期的画家,曾在达·芬奇工作室工作。

光中，显得洁白而清晰。

下了楼梯，进入楼下的下层大厅，穿过餐厅，闪电时不时亮起，那里巨大的耶稣受难壁画在电光照耀下骤然变得清晰起来，然后我来到了寂静的回廊。

夜色如墨。凹凸不平的砖铺地面使我步履维艰，不得不时而用手扶着粉刷过的墙壁，时而用手摸索着被暴雨打湿的柱子。雨水汇聚在屋檐，然后滴落到拱廊脚下的卵石路面上。一只鸽子惊叫着从它睡觉的柱头腾空而起，扑棱着翅膀飞进了回廊里。我留意到白色幽灵飘荡在前方，朝着庭院的另一侧飘了过去，然后沿着回廊拐了个直角，停在了通往牢房的众多门廊的其中一道前面。

突然，一道猛烈的闪电在我们周围划过，转瞬即逝的暴风雨已接近尾声。在强烈的光线中，我看到那张苍白的脸又转过来了，带着压抑不住的渴望，带着恳求的悲怆，那样的神情让第一次见到玛德琳娜修女的我不由自主地呜咽，喉咙哽住了。在闪电过后的短暂间隙里，在隆隆的雷声像战斗的轰鸣声一样迸发在颤抖的修道院上空之前，我再次听到了从密不透风的黑暗中传来的"我睡不着"的悲伤话语。当最后一道闪电降临时，那个白色的身影已经消失不见了。

我在院子里转来转去，徒劳地寻找着玛德琳娜修女的身影，直到月光从被狂风暴雨撕裂和横扫的天际透出。我试着打开那扇白色身影消失的门，门是锁着的，但我已经找到了要找的东西。我仔细记下了它的位置，然后回到了房间，但没有入睡。

次日一早，卡瓦列雷问伦德尔和我谁看到了幽灵，我把自己的经历告诉了他，然后请求他允许我把事情查个水落石出。他彬彬有礼地把整件事交给我负责，并承诺允许我做任何事。

我几乎等不及吃完早饭，但一吃完，我就把早上美美地抽个烟斗这茬给忘了,和伦德尔还有卡瓦列雷一起开始调查。

"我敢肯定那间牢房里什么也没有。"当我们来到我标记的门前时,卡瓦列雷说道,"真奇怪,您竟然选中了传说中指派给玛德琳娜修女的牢房的门,但我曾多次探查此室,确信里面不可能藏有任何东西。事实上,我来这里后不久,就掀开过一次地板,因为我知道那是那位神秘修女的房间。我推测若是修道院犯下了罪行,那就是在那儿。不过,若是您愿意,我们就进去一探究竟。"

他打开了门锁,我们走进去,我们中至少有一个人的心在怦怦狂跳。房间很小,不到八平方英尺。在这个狭小的地方,显然不可能藏匿尸体。我敲了敲地板和墙壁,但所有的声音都坚实而沉重——毫无疑问都是实心的砖石。

卡瓦列雷说地板没有问题,他已经把所有的东西都搬走了,甚至连下面拱顶的弧形表面也没放过。然而,在这个房间的某个地方,藏着被害姑娘的尸体——这一点我很肯定。但是,到底藏在哪里呢?似乎毫无头绪。我不得不暂时放弃寻找,这让卡瓦列雷觉得有些好笑,他一直饶有兴趣地看着我,看我能否解开这个谜团。

但这个问题始终萦绕心头,真可谓挥之不去。临近中午时,我又开始了另一次调查。我从卡瓦列雷那里拿了钥匙,检查了旁边的牢房。它们显然格局相同,每个牢房的窗户都对着门,什么也没有——等等,它们是一样的吗?我急忙走进那间可疑的牢房,果然和我想的一样:这间牢房位于墙角,本应有两扇窗户,但只看到一扇,而且是在左边,和门口成直角。会是我想的那样吗?我敲了敲门对面的那堵墙,也就是本应有另一扇窗户的位置时,发觉声音有点儿不那么坚实和沉闷了。我开始兴奋起来,冲回右边的牢房,硬生生地打开那扇小窗户,探出头去。

-151-

终于找到了！在黄色墙壁的光滑表面上，有一块粗糙的空隙，形状与其他囚室的窗户大致相仿，但不像其他墙壁那样只抹了一层白灰，而是透过厚厚的粉刷白色涂层，显示出砖块的形状。我转过身来，兴奋而满意地喘了一口气：是的，墙壁凹进去的地方足够深。这真是一堵坚固的墙啊！墙体至少有四英尺厚，窗户的开口已经触及地面，尽管窗户本身还不到三平方英尺。我确信这个秘密已被揭开了，于是叫来了卡瓦列雷和伦德尔，但我兴奋得不能自已，实在无法向他们详细解释。

当我突然开始刮门前的实心墙时，他们一定以为我疯了。但几分钟后，他们就明白了我的意图，因为在油漆和灰泥涂层下显现出了原来的砖块。根据我的建筑学知识判断，我清理出的空间正对着一条垂直的接缝，接缝的一边是坚固的、精工细作的砌砖，另一边则是粗糙的砌砖，砖块铺得毫无章法和科学性可言。

伦德尔拿起一把镐，正准备挥动镐头刨那堵粗糙的墙，却被我制止了。

我说："得小心点。谁知道我们会发现什么呢？"于是，我们开始挖掘，把一块砖周围的灰泥挖出来，那块砖的高度和我们的眼睛差不多。

凝固的灰泥是多么坚硬啊！不过，终于有块砖完整地露出来了，我用颤抖的手指成功把它抠了出来。里面一片漆黑，但毫无疑问，那里有一个空洞，而不是一堵坚固的墙。我们又小心翼翼地拆下了另一块砖。尽管如此，这个洞口还是太小了，从昏暗的牢房里透出的光线不足，无法提供足够的光亮。我们用凿子撬了撬一大块砖石（大概有八块砖那么大）的两侧，砖块动了一下，然后我们轻轻地将其从基座上移开。

当我们把砖块放到地板上时，站在一旁看着我们的卡瓦列雷突然大叫了一声,像一个受了惊吓的女人,他的声音令人毛骨悚然。然而事出有因。

在昏暗的光线下,在破破烂烂的砖墙缺口内,依稀能看见一张完美无瑕的象牙质脸庞,比任何古董半身像都要美丽,却因难以言喻的痛苦而扭曲变形——可爱的嘴巴半张着,仿佛透不过气;双眼惊恐地上翻,凝视着无尽黑夜;纤细的双手交叉紧握胸前,紧紧抓住白色加尔默罗修会修女服的褶皱,每一块紧绷的肌肉都透露出无尽的折磨和痛苦,顽强地与僵硬的姿势抗争着。

我们屏息凝神地站在那里,目不转睛地盯着这可怜的景象,像着了魔般无法动弹。原来这就是秘密。那些顽固的教士用恶魔般的智慧堵死了窗户,强迫这位美丽的姑娘站在墙壁凹进去的地方,然后那些冷血之人用无情的手砌起了砖墙,把她活活关进了阴森可怖的坟墓里。我曾在浪漫小说中读到过这样的桥段,但在这里,在我的眼前,却发现了这活生生的事实……

有脚步声从回廊那边传来,我们同时想到,这个房间是神圣的,那可怕的一幕不适合好奇的眼睛。于是赶紧跑到门边,随手把门关上。来的是园丁,他来向卡瓦列雷询问一些琐碎的问题。卡瓦列雷打断了他的话。"彼得罗,去帕尔科,请斯特凡诺神父马上到这儿来。"(我看了他一眼表示感谢。)他随即转向我:"留下吧!先生,已经两点了,做弥撒太晚了,不是吗?"

我点了点头。

卡瓦列雷想了一会儿,然后说:"牵两匹马来,这位美国来的先生会和你一起去,你明白吗?"他随即转向我说,"您会去吧?我想您能向斯特凡诺神父解释得很清楚,比我强多了。"

"我当然会去,乐意效劳。"就这样,我匆匆吃过午饭,就下山去了帕尔科,找到了斯特凡诺神父,向他解释了我的使命。

我发现他非常热心,并且富有同情心。下午五点钟前,我把他带回了修道院,带着能让死去姑娘灵魂安息的所有必需之物。

在暖洋洋的暮色中,夕阳的最后一抹余晖透过窗户洒进了这间小牢房。差不多一百年前,罗莎莉娅就是在此与她的爱人诀别的。我们齐聚一堂,为她那饱受折磨的灵魂送行,期盼她能早日安息,毕竟这趟旅程已经被拖得太久了。我们一丝不苟,没有遗漏任何环节。斯特凡诺神父念诵了礼拜仪式所有必要的祷文。窗外的光线渐渐暗淡,两名圣弗朗西斯科教堂的教士助手手持蜡烛,烛火闪闪烁烁,毫无生气的光芒照射在黑暗的凹处,那张苍白的脸曾在这里向天国祈祷了一百年。

最后,神父从一名助手手中接过圣水,一边吟诵《圣水经》,一边在胸前画十字表示祝福,然后轻轻地将圣水洒在那张扬起的脸上。顷刻间,整个幻象化为尘雾,那张脸也消失不见了,烛光曾经在那个死去已久的姑娘的完美外表上闪烁了许久,现在却只落在封闭窗户的粗糙砖块上,那是冷血之人用无情的手砌上的砖。

但我们的任务还没有完成。按照安排,斯特凡诺神父应该整夜留在修道院,待到午夜时分,他就要为那姑娘的灵魂安息举行第一场弥撒。我们坐在露台上,谈论着过去几个小时里发生的灵异事件。我满意地注意到,卡瓦列雷在谈到教会时,不再用那种经常伤害我的冷酷态度了,这让我多少感到舒心。的确,神父几乎一直和我们在一起,但卡瓦列雷不仅彬彬有礼,而且富有同情心。我在想,这是否能证明,这场突如其来的变故也许不止给一个灵魂带来益处。

靠着又惊又喜的仆人们的帮助,以及卡瓦列雷夫人的鼎力相助,我在小教堂冷冰冰的长祭坛上折腾了半天。到了午夜时分,终于布置好了,我们在阴暗的圣殿里摆满了鲜花和蜡烛,显得格外美丽。这场奇特的庄严仪式是在次日凌晨一点举办的。在耀眼的烛光和缭绕的香烛烟雾中，在清新的空气中，盛开的橘子花的香味飘散开来，与室内的熏香味及花香交融在一起。那天晚上，有很多人为那个死去姑娘的灵魂做了祈祷，我想后来也有很多人为她祈祷。因为祝祷结束后，我在自己的位置上暂时停留了一小会儿，当我站起来走向小教堂门口时，我看到一个人影仍然静静地跪在那里，我猛地一惊，认出那是卡瓦列雷。我静静地露出满意和感激的微笑，然后轻手轻脚地离开了，对现在似乎已经结束的一连串事件感到心满意足。

第二天，那个凹室又被砌上墙围了起来。因为无法把珍贵的骨灰收集起来运到神圣之地，我便去帕尔科的那个小墓地取来了一篮子泥土，把它撒在了玛德琳娜修女的骨灰上。

不久以后，当伦德尔和我怀着无比遗憾的心情离开时，卡瓦列雷和我们一起来到了巴勒莫。我们在西西里的最后一件事，就是帮他定做了一块大理石碑，上面刻着这样几句简单的铭文：

此处安葬着

罗莎莉娅·迪·卡斯蒂廖内的遗体，

她也被称为

玛德琳娜修女。

她的灵魂

与上帝同在。

我想了想，又加上了一句：

唯有无罪清白者，方可向罪人砸第一块石头。

丑陋的珍妮特
THRAWN JANET

〔英〕罗伯特·路易斯·史蒂文森

Robert Louis Stevenson

《丑陋的珍妮特》导读

1.《丑陋的珍妮特》的作者是英国小说家、诗人罗伯特·路易斯·史蒂文森（1850—1894）。他最著名的作品是长篇探险小说《金银岛》。

2.《丑陋的珍妮特》首次发表于1881年10月的《康希尔杂志》，后被收入史蒂文森的作品集《风流人物及其他故事和寓言》。

3.当史蒂文森把这个故事读给妻子范妮时，她说故事"让我的骨头感到一阵阵的颤抖"，史蒂文森本人也"相当害怕"。

4.故事中提到了一些关于女巫的知识：《隐多珥的女巫》是最早记载女巫的著作之一，写了扫罗让隐多珥的女巫召唤死去的撒母耳，以帮助他击败非利士军队，撒母耳随后预言了扫罗和他儿子的死；被指控为女巫的人会被拖到最近的水域，剥去内衣，绑起来然后扔进水中，看她们是否会漂浮。人们认为女巫拒绝了洗礼，所以水会排斥她们的身体，阻止其浸入水中。

默多克·苏里斯教士长期担任巴尔韦里高沼地教区的牧师，此教区位于杜勒河谷。他是一个严厉的、面色阴郁的老人，听他布道的人都很畏惧他。在勾魂树杂木林下面那座狭小、孤零零的牧师住宅里，他独自度过了生命的最后几年时光，没有亲朋好友来往，没有下人服侍，也无人陪伴。尽管他面容沉着冷静、坚毅如铁，眼神里却流露出狂乱、恐惧和迷茫。当他为了不知悔改者的未来而私下训诫他们时，他的目光好似穿透了时间的风暴，目睹了永恒的恐怖。许多年轻人前来为圣餐的季节做准备时，都被他的演说深深触动。

在每年八月十七日后的第一个星期天，他都要以《彼得前书》第五章第八节进行一场布道，"魔鬼如同咆哮的狮子"。他用这篇经文布道得心应手，几乎每次都超常发挥。他布道的内容令人震惊，而且在讲坛上恐怖的言行令人毛骨悚然。孩子们被吓得魂不附体，年长者被他的预言所困扰，看起来比平时更加神神道道，整日充满着哈姆雷特所反对的暗示。

牧师住宅坐落在杜勒河边，茂密的树林环绕周围，一侧上方是勾魂树杂木林，另一侧是众多灰蒙蒙的荒芜山顶，直指天空。在苏里斯先生担任神职初期，那些自诩谨小慎微的人，黄昏时分都对此地避之不及，觉得极其阴森可怖。坐在小村庄酒馆的向导们一想到天黑的时候要经过那个神秘可怕的地方，就不禁齐齐摇头。说得更具体一点儿，有一个地方让人格外敬畏。这座牧师住宅矗立在公路和杜勒河之间，两侧各有一面山墙。河岸正对着近半英里外的巴尔韦里的教堂镇。房子前面是一个光秃秃的花园，用荆棘篱笆围起来，占据了河流和公路之间的土地。这栋房子有两层楼高，每层都有两个宽敞的房间。房门并不正对着花园，而是对着一条堤道，或者说是通道旁的小径。小径一头通向公路，另一头则被河边高大的柳树和接骨木遮挡得严严实实。正是这条堤道，在巴尔韦里的年轻教民中声名狼藉。天黑后，牧师常会走到那里，有时还在默默祈祷间大声呻吟。当他出门在外，而牧师住宅大门紧锁时，胆子大的男学生就会怀着一颗怦怦直跳的心，冒险"跟着领头人[1]"走过那个传说中的地方。

一个品行端正、信仰正统的人，周围却充斥着如此恐怖的氛围，这让那些出于偶然或因公务而来到这个不为人知的偏僻乡间的少数陌生人感到惊奇，并对他充满了好奇。但即便是教区里的许多人，也对苏里斯先生任职第一年期间发生的那些灵异事件一无所知。而那些消息灵通的人，有些人天生沉默寡言，而另一些人则对这个特别的话题羞于启齿。只有一个年长的人，偶尔三杯黄汤下肚，才敢借酒壮胆，讲述这位牧师眼神怪异和离群索居的原因。

五十年前，当苏里斯先生初次踏足巴尔韦里时，他还是个小年轻——在人们口中，他还是个毛头小伙——满腹经纶，口若悬河。但就像每个涉世未深的年轻人那样，他在宗教生活方面经验尚浅。年轻人对他的天赋和口才赞不绝口，但上了年纪、惴惴不安、刻板严肃的人（有男也有女）却像被雷劈了一样，甚至为这个年轻人祈祷，他们认为他太过自负，而且教区可能会因此物资供应严重匮乏。在温和派出现之前，这对他们来说是悲惨的。但好事也好坏事也罢，都是一点一点来的。那时甚至还有人说，上帝已经

---

[1] 跟着领头人：一种游戏，参与者通常是儿童，他们排成一列移动，所有人都模仿领头人的动作，错则受罚。

放任神学院的那些教授自行其是,而去跟他们学习的小伙子们如果像受迫害的祖先一样,坐在泥炭沼泽里,腋下夹着《圣经》,心里默念祈祷,未必不会做得更多更好。

总之,毫无疑问,苏里斯先生在神学院待得太久了。除了为许多事忧心忡忡,还有一件事让人们烦恼不已。他带着一大堆书,这在整个教区都是前所未见的,对搬运工来说可真是惨兮兮的苦差事,因为要把书从基尔马科里运到这里,很可能连魔鬼的牛都能被压死。当然,这些都是神学书籍,至少他们是这么称呼的。但严肃的人们认为,既然上帝的全部话语都能塞进格子纹呢斗篷的褶皱里,这么多书就没有必要了。然后,他不管白天还是黑夜都会抽出一半时间写作,这可不太体面。起初,他们担心他会在布道时照本宣科。后来,事实证明他是在自己写一本书,对他这样年纪尚轻、阅历浅薄的人来说,肯定不合适。

不管怎么说,人们还是觉得他有必要找个正经的年长女佣整理牧师住宅,做点儿家常便饭。有人向他推荐了一个粗老婆子,大家都叫她珍妮特·麦克卢尔。说客太多,于是他就被说服了。不过有很多人劝他不要雇佣她,因为巴尔韦里的体面人觉得珍妮特很有异教徒的嫌疑。很久以前,她生下了一个龙骑兵[2]的孩子,大概三十年没有领受圣餐。孩子们看到她在暮色笼罩的山谷里,在基的挤奶牧场像着了魔一般自言自语,对于敬畏上帝的女人来说,这样的时间和地点都不合适。但不管怎么说,先向牧师先生引荐珍妮特的可是此地乡绅。在那个时代,牧师总是尽力希望讨好乡绅。当人们告诉他珍妮特与魔鬼有关时,他认为这完全是迷信。当人们给他看《圣经》和《隐多珥的女巫》时,他会反驳他们,

---

[2] 龙骑兵:指装备长火枪的骑兵。

说那些日子已经一去不复返了，上帝已经约束了魔鬼。

好吧，当珍妮特·麦克卢尔要在牧师住宅当仆人的消息传到村子里时，人们对他们俩都相当恼火。有些女人没事就在她家门口转悠，把所有对她不利的事都拿来嚼舌，从士兵的私生子一直八卦到约翰·塔姆森的两头奶牛。她不是一个跟人热络、爱搭讪的人，人们通常不招呼她，她也不招呼别人，既不亲亲热热地说上一句"晚上好"，也不客客气气地招呼一声"日安"。但当她开口骂架时，她那犀利的毒舌让人无法招架，甚至能把磨坊主震聋。那一天，她把巴尔韦里所有的陈年阴私都翻了出来，以一对多也丝毫不落下风，骂得对方哑口无言。最后，那些被她说得恼羞成怒的女人对她群起而攻，死死抓住她，七手八脚地扒下了她的外套，把她一路拖出小镇，来到杜勒河边，要将她压入水中，看是会下沉还是漂浮，试图用古老的水刑来测试她是不是巫婆。那个干瘪的老太婆尖叫起来，连在勾魂树林里都能听到她尖锐刺耳的声音。她拼命地撕打着，简直以一当十。第二天好些女人身上都有淤青，很多人的淤青过了好些天才消。战况激烈之时，只有新来的牧师（因为这都是他的罪过）上来护住了她。

他说道（声音很洪亮）："女士们，我以主的名义命令你们，放开她。"

珍妮特跑向他。她完全被吓疯了，紧紧抓住他，恳求他看在上帝的分上，把她从那些泼妇手里救出来。那些女人则七嘴八舌，把珍妮特出名的所有丑事都告诉了他，也许还不止这些。

他对珍妮特说："女士，她们所说的一切是真的吗？"

她说："上帝见证，我是上帝的子民，除了孩子，她们所说的没有一个字是真的。我这辈子可一直都是个正派的女人。"

苏里斯先生说："以上帝的名义，在我这个微不足道的牧师面前,你愿意弃绝魔鬼和他的一切作为吗?"

嗯,当他问到这个问题时,她龇牙咧嘴地狞笑了一下,把在场的人都吓得胆战心惊,他们都能听到她狠狠磨牙的声音。但不管怎样,都必须解释清楚,于是珍妮特举起一只手,当着他们所有人的面宣誓弃绝魔鬼。

苏里斯先生对那些女人说:"现在,大家都回家去吧,祈求上帝的宽恕。"

尽管珍妮特只穿了一件宽松内衣,他还是挽起她的胳膊,像对待一个正经淑女那样把她带到村子里她自己的家门口,但她一路尖叫着、大笑着,不太体面。

那天晚上,有许多严肃的人都在忙着祈祷。但当翌日清晨来临时,整个巴尔韦里都笼罩在恐惧之中,孩子们都躲了起来,就连男人们也站起来,从门缝里偷看。因为珍妮特,或者说珍妮特的"东西"从镇上走来。她扭着脖子,头歪向一边,活像一具被绞死的尸体。她龇牙咧嘴地狞笑着,就像绞刑架的绳子被砍断,尸体掉下来时露出的诡异笑容。渐渐地,人们见惯不惊了,甚至问她出了什么事。但从那天起,她就不能像基督徒那样说话了,而是口角歪斜,淌着口水,口中再也没有提起过上帝之名,再怎么努力也说不出来。最知内情的那些人八卦得最少,但他们从此不再称那"东西"为珍妮特·麦克卢尔。因为在他们看来,老珍妮特那天就已经下了地狱。但牧师既没有忍住愤怒,也没有克制自己。他布道时谴责那些人的残忍让她中了风,还用皮带抽打了那些捉弄她的孩子们。当天晚上,他就把她带到了牧师住宅,和她一起在勾魂树杂木林下的小路上慢慢散步。

好了,随着时间的流逝,那些游手好闲的人对那"见不得人的勾当"不那么在意了。牧师很受人尊敬,他总是在写作。黄昏后，人们会看到他的烛光照在杜勒河畔。他似乎对自己很满意，又开始无所事事了，尽管谁都看得出他日渐消瘦。至于珍妮特，她自顾自地来，又自顾自地去。如果她以前不爱说话，现在少说一点也在情理之中。她没有打扰任何人，但她是个丑陋可怕的怪物，整个巴尔韦里都没人敢得罪她。

七月底前后，此处乡村的天气变得不同寻常，以前从未有过类似状况。万里无云，酷热无情。牛群爬不上布莱克山，孩子们也累得玩不动了。然而狂风大作，阵阵热风在峡谷中隆隆作响，下过几场稀稀拉拉的雨，干旱的大地根本解不了渴。人们以为只有一个早上打雷而已，结果今早打雷，明早也打雷，天天早上都打雷。天气总是那么怪异，让人和牲畜都痛苦不堪。苏里斯先生最为遭罪，他告诉长辈们，他既睡不着，也吃不下饭。他没有在写那本枯燥乏味的书时，就会像着了魔一样，漫无目的地在乡间游荡，而其他人却更乐意在室内乘凉。

在勾魂树林之巅，在布莱克山的庇佑中，有一小块用铁栅栏围起来的地方。在过去，那里是巴尔韦里的墓地，在神圣之光照耀这个王国之前，曾被天主教徒祝圣过。总之，那里是苏里斯先生最喜欢去的地方。那里确实是个舒适的地方，适合沉思布道词。有一天，他来到布莱克山的西边，看见了令人毛骨悚然的一幕。先是两只，然后是四只，再后来是七只食腐乌鸦在老墓地的上空来回盘旋，黑压压的。它们时而轻盈滑行，时而猛烈扇动翅膀，一边飞一边互相喧叫。苏里斯先生很清楚，有什么东西刺激了它们平淡乏味的日常生活。他可不容易被吓倒，于是径直走到墙边，在那里发现了一个人，或者说是一个人形生物，正坐在里面的坟墓顶上。那个人身材魁梧，皮肤漆黑如墨，仿佛来自地狱，一双眼睛看起来异乎寻常。苏里斯先生常听人说起黑人，但这个黑人有些不对劲儿，让他望而生畏。他浑身发热，骨子里却打了个寒战，但他还是壮起胆子开口说："朋友，你是异乡人吗？"黑人一句话也没有回答。他站了起来，蹒跚地走向远处的墙壁，但他始终看着牧师。牧师站着，回过头来看。但一眨眼的工夫，那个黑人就翻过了围墙，跑到树林里躲了起来。不知道为什么，苏里斯先生就追了上去。但他走了这么远的路，加上天气又热又不令人不适，实在累坏了。他拼命地跑，却只在白桦树丛中瞥见了黑人的身影，直到他跑到山脚下，在那里他又一次看到了那个黑人，他正一蹦一跳地越过杜勒河，往牧师住宅走去。

这个可怕的流浪汉竟然对巴尔韦里的牧师住宅如此熟悉，苏利斯先生对此可不太高兴。他穿着湿漉漉的鞋子，更加吃力地一路小跑，越过溪流，沿着小路往上跑，但在那里并没有看到那个魔鬼般的黑人。他走到大路上，可是一个人也没有。他跑遍了整个花园，可是一个黑人也没有。到了后院——他有点儿害怕，这很容易理解——他打开门闩，走进了牧师住宅。头歪向一边的珍妮特·麦克卢尔就在他的眼前，但见到他时并不怎么高兴。从那时起，他就总是想起他第一眼看到她时的模样，他冷不丁地打了个寒战——

他问道："珍妮特，你见过一个黑人吗？"

她说："黑人？饶了我们吧！你是不是得了失心疯，牧师？整个巴尔韦里都没有黑人。"

但她口齿不清，你们应该明白，是那种含混不清的嘟嘟囔囔，就像嘴里衔着嚼子的小马一样。

他说："好吧，珍妮特，如果没有黑人，那我刚才就是在跟魔鬼谈话。"

他坐了下来，像发高烧似的牙齿咬得咯咯作响。

她说:"胡说八道!你可真是丢人现眼哪,牧师。"然后给他倒了一点儿白兰地压惊,这是她经常喝的。

然后,苏里斯先生走进了他的书房,这里堆着他所有的书,是他在书海遨游的宝地。这是一个长长的低矮房间,阴暗潮湿——因为就在溪边,冬天冷得要命,即使盛夏也潮乎乎的。他就这样坐着,往事幕幕,如波澜起伏。他思及到巴尔韦里以来,所有来来去去的人;思及故乡,忆起幼时在山巅欢快奔跑的日子。但就像歌曲的副歌反复出现一样,那个黑人总是在他的脑海里游来荡去,出现得越来越频繁。他试着念诵《主祷文》,却怎么也想不起来内容。人们说,他试着在书上写字,却难以写出只字片语。有一段时间,他以为黑人就在他的身边,他全身被冷汗浸透,像被冰冷的井水浇了一身。还有几次,他恢复清醒,像个受洗的婴儿一样,无忧亦无虑。

最后,他走到窗前,站在那里愠怒地瞪着杜勒河。那些树长得出奇茂密,牧师住宅下方的河水深邃黝黑。珍妮特正在那儿洗衣服,她用别针别好斗篷,成了苏格兰裙的式样。

她背对着牧师,牧师很茫然,几乎不知道自己在看的是什么。这时,她转过身来,露出了她毫无生气的脸。苏里斯先生和前一天一样打了两次冷战,恍然领悟传闻不虚:珍妮特早就死了,这是一个浑身冰冷的行尸走肉。他向后退了一点儿,仔细打量着她。她用脚踩踏着衣服,自顾自地低声哼着歌。哦!上帝保佑,那可真是一张可怕的脸。不一会儿,她唱得更大声了,但没人能听懂她的歌词。她一直侧着头斜着眼睛往下看,但那里空无一物有。有种厌恶感从他的骨头缝里钻了出来,让他直犯恶心,那是上天的警示。但苏里斯先生只是自责一番,说不该把一个受苦受难的可怜老太太想得如此可怖,因为除了他自己,她在这个世界上没有一个朋友。他为珍妮特和自己简短祈祷了一会儿,喝了一点儿清水——忍受着烧心的痛苦——然后在暮色中回到了他光秃秃的床上。

1712年8月17日的那个夜晚,让巴尔韦里的人们永生难忘。我已经说过,以前天气很热,但那晚的酷热程度前所未有。太阳在一片诡异的云层中落山了。天黑得犹如地狱一般,没有一颗星星,没有一丝风,伸手不见五指。就连畏寒的老人也掀开床上的被子,躺在床上喘着粗气。苏里斯先生的思绪有如乱麻,不太可能睡得着。他躺在床上,辗转反侧。往日里舒适凉爽的床,此刻却如同火炭般炙热,让他觉得浑身的骨头都要被烤化了。他时而沉睡,时而惊醒,各种声音在他的耳畔萦绕。有时听到夜幕降临的声音,有时听到猎狗在长有欧石兰的荒凉高原上嚎叫,就像有人死了。有时他觉得听到鬼魂在耳边喋喋不休,有时他看到房间里有幽灵般的灯光舞动。他觉得自己应该是病了,而且他确实生病了,但他想不出是因何而病的。

夜色渐沉,他的头脑清醒起来,穿着睡衣坐到床边,再次想起了那个黑人和珍妮特。他无法解释原因——也许是因为脚底发凉——但他突然觉得这两个人之间有某种联系,黑人或者珍妮特,或者他们两个都是幽灵。就在这时,在离他最近的珍妮特的房间里,传来一阵跺脚声,好像有人在相互扭打,接着传来一声巨响。然后一阵风在房子的四面八方呼啸而过,然后一切又恢复了坟墓般的寂静。

苏里斯先生既不怕人,也不怕魔鬼。他拿起火绒盒,点燃蜡烛,三步并作两步,来到珍妮特的门前。

门没有上锁,他推开门,大胆地往里偷看。这是一个很大的房间,和牧师自己的房间一样大,里面摆放着结实的老式实木家具——他只有这样的家具。有一张四柱床，上面挂着古董挂毯，还有一个漂亮的橡木柜子，里面装满了牧师的神学书籍，放在那里是为了不碍事。地板上四处散落着珍妮特的几件衣服。但苏里斯先生没有看到珍妮特，也没有看到任何打斗的痕迹。他走了进去（很少有人会跟着他），环顾四周，侧耳倾听。但牧师住宅里和整个巴尔韦里教区都听不到任何声音，除了绕着蜡烛转动的巨大阴影，什么也看不见。就在这时，牧师的心跳如擂鼓般怦怦作响，他呆呆地站在原地，仿佛被某种未知的力量钉在了这个时刻。一阵冷风吹过他的头发。这可怜人的眼中是多么可怕的景象啊！珍妮特被吊在老橡木柜子旁边的钉子上，头靠着肩膀，眼睛凸出来，舌头从嘴里伸出来，脚后跟离地面足有两英尺高。

苏里斯先生想："上帝，宽恕我们所有人吧！可怜的珍妮特死了。"

他向尸体走近了一步。这时，他的心几乎要从喉咙里跳出来了。因为——似乎很难判断用了什么精巧装置——一根织补长筒袜用的精纺线把她吊了起来，吊在一根钉子上。

旁人在夜里面对这样骇人的黑暗异象，必定会毛骨悚然，但苏里斯先生很坚强。他转身走出房间，随手锁上了门，一步一步走下楼梯，双腿像灌了铅一样沉重，然后把蜡烛放在楼梯脚的桌子上。他无法祈祷，无法思考，浑身冷汗淋漓，除了自己咚咚的心跳声，他什么也听不见。他可能在那里站了一个小时，也可能是两个小时，因为他不太在意。突然，他听到楼上传来一阵低沉、不自然的喧闹声，在悬挂着尸体的房间里有来回走动的脚步声，似有亡魂游荡。然后门被打开了，尽管他很清楚他已经锁上了门。接着，楼梯口传来一阵脚步声，在他看来，那具尸体好像正越过栏杆，俯视着他所站的地方。

他又拿起蜡烛（他不能忍受没有光），尽量轻手轻脚地径直走出牧师住宅，来到堤道的另一头。周遭漆黑如墨，一切似被黑暗的深渊吞没了。当他把蜡烛放在地上时，烛火像在房间里一样稳定而清晰地燃烧着。什么动静也没有，只有杜勒河水在幽谷中流淌着，发出呜咽之声，如泣如诉，仿佛预示着不祥。那邪恶的脚步声从牧师住宅里的楼梯上缓缓走下，步声沉重，如坠千钧。他太熟悉那脚步声了，因为那是珍妮特的。听着脚步声越来越近，他的血液越发冰冷。他把自己的灵魂交托给了创造他和保护他的主。"哦，主啊！"他说，"今夜请赐予我力量，助我抗衡邪灵。"

说时迟那时快，脚步声穿过了门口。他听到一只手在墙上扫来扫去，似乎那可怕的东西正在摸索着前进。那些柳树一起疯狂地摇摆着，呻吟着，一声长长的叹息从山上传来，蜡烛的火苗被吹得四处乱窜，珍妮特扭曲的尸体就站在那里。她穿着罗缎长袍，戴着黑色睡帽，头还歪在肩膀上，脸上还挂着诡异的笑容，你会以为她还活着。但苏里斯先生很清楚，她已离世，她曾经的躯壳，就站在牧师住宅的门槛上。人类的灵魂本应融入易朽的躯体里，现在却灵肉分离，这真是不近情理的怪事。但牧师看到这一幕后，没有被吓得心胆俱裂。

她没有站多久，又开始移动，慢慢向站在柳树下的苏里斯先生走来。他怒视着她，体内所有的生命力和精神力，都凝聚在犀利的目光中。她似乎想说话，但又说不出口，于是用左手做了一个手势。顷刻间，阴风刺骨，声如猫嘶，烛火熄灭，群柳尖叫，宛如地狱。苏里斯先生知道，无论生死，了结这一切的时候到了。

他断喝出声："女巫、干瘪老丑婆、魔鬼！吾以上帝之力，命汝滚开！汝若已逝，速入墓穴！汝若受诅，速下地狱！"

就在这时，上帝之手陡然从天而降，狠狠地朝那个怨灵站立的地方劈去。巫婆女佣那衰老的、无生命的、受尽亵渎的尸体——长久未能入土为安，饱受恶魔附身的折磨——突然像硫黄一样燃烧起来，随即销形灭迹，化作灰烬落在地上。雷声滚滚紧随其后，一阵接着一阵，暴雨如注，大颗大颗的雨点呼啸而来。苏里斯先生跳过花园的篱笆，尖叫着向村子跑去。

就在同一天早上，约翰·克里斯蒂看到那个黑人在六点钟之前经过了那个大坟墓，八点钟之前，他经过了诺克多的小客栈，不久之后，桑迪·麦克莱伦看到他从基尔马科里潇洒地冲下山去。毫无疑问，就是他在珍妮特的身体里寄居了那么久，但他最后还是走了。从那以后，魔鬼再也没有在巴尔韦里骚扰过我们。

但对牧师来说，这是一种痛苦的解脱。他躺在床上，呓语了很久很久。从那时起到现在，他就成了你们如今所见的样子……

黄色猫咪

THE YELLOW CAT

〔美〕威尔伯·丹尼尔·斯蒂尔
Wilbur Daniel Steele

《黄色猫咪》导读

1.《黄色猫咪》的作者是美国小说家威尔伯·丹尼尔·斯蒂尔(1886—1970)。在第一次世界大战和大萧条期间,他被称为"美国公认的流行短篇小说大师"。

2.1915年至1933年间,斯蒂尔有至少十篇短篇小说被选入资深选集编辑爱德华·奥布莱恩的"美国年度最佳短篇小说"中。同一时期,他有十一篇短篇小说入选"欧·亨利奖"。

3.《黄色猫咪》于1915年3月首次发表在《哈泼斯》杂志上。次年被爱德华·奥布莱恩收入《1915年美国最佳短篇小说》。

4.故事中提到了一种叫"大管轮"的职务,是船上仅低于轮机长的轮机员,在轮机长领导下,履行航行和停泊值班职责,主管船舶推进装置及其附属设备。

5.故事中有一位叫麦考德的角色,他在讲述自己的经历时,会念一本航行日志里的内容。本文在排版时,对航行日志里的内容做了字体上的区分。

在我的一生中，我至少有一次"有幸"在海上登上了一艘被遗弃的船。我说"有幸"，是因为这一次的经历让我感受到了独特的心灵震撼。后来，我曾两三次从废弃房屋的门口谨慎地向内观察，那时候也有过一丝类似的感觉。

既然那艘船还能航行，那它就是一艘好船，结构完整，外形美观大方。它的船头钝圆，仅用四张下桅帆航行，沿岸行驶，穿过我所见过的最蔚蓝、最闪亮的海洋。整个航行过程均可圈可点，无可指摘。然而，在两英里之外观察那艘双桅纵帆船时，不知怎的，人们就能感觉到一种无法言喻的恐惧——那艘船上无人掌舵。有时我能想象得出来，一艘被撞成那样的船只，在茫茫大海上航行，如果不是因为那种难以形容的摇晃感，它的航行可谓出色。我还可以想象得出来，所有那些陆地人永远不会信仰的海洋之神，正面面相觑，轻拍额头，脸上带着一丝微笑。

这些业已失去灵魂的船只，不知道它们是否都会发出尖锐的响声。反正我遇到的这艘船发出了尖锐的响声。我们把船开到它的船尾下方，看到了船名——哈利法克斯的"玛丽昂奈特"号。我们听到了它发出的声音，是我以前从未听到过的。我记得，在炎炎烈日下，听到它那样发出荒凉的咆哮和尖叫，我是如何颤抖的。我还记得，我们四处寻找那亡灵守护神般的声音是从哪儿传出来的，脚步声在那些空荡荡的舱室里嗒嗒作响，让我想起夜间被惊醒的狱卒匆忙赶来的脚步声。

我们在鸟笼里发现了一只鹦鹉，仅此而已。它口渴想喝水，我们给它喂了点儿水，然后就离开去仔细检查船只了，大家都紧挨在一起。住处的桌子上摆放着四人份的餐具，从盘子的使用情况来判断，当时有两个人已经开始吃饭了。船上没有任何混乱的迹象，除了一只从海底捞起的箱子破了，显然是匆忙中摔坏的。船上的文件都不见了，尾锚的吊锚杆也是空的。那天的情形就是这样，直到现在也是这样。一周之后，我又看到了这艘"玛丽昂奈特"号，它被拴在霍博肯[1]的一个码头上，等待着船主的消息。但即使在那里，在码头的一片喧嚣忙乱之中，我还是无法摆脱这样一种感觉：它依然远在千里之外，像是另一个世界的船。

这种事情时有发生。有时，六年过去了，都没有一艘这样形单影只的海上流浪者穿过洋流的轨迹；然后在一个季节里，也许会扎堆出现好几艘这样的"幽灵船"：空无一人，无人认领，随波逐流，神秘莫测——它们的信息隐藏在晚报的第二版中，占四分之一的专栏。

我就是在那里读到关于"阿比·罗斯"号的故事的。我记得它在那里显得多么突兀和格格不入，挤在黑色边框之间，散发着刚印刷出来的油墨味——这气味基本上只与空气和大面积着色的版面有关。我忘了标题的确切字眼——大概是什么"在海上打捞起被遗弃的船只"之类的——但我仍然保留着那张剪报，是用海洋新闻记者的正式文体写的：

  今日，另一个海洋之谜初露端倪。"阿比·罗斯"号双桅帆船在上游河域抛锚，船上仅有一名船员。上周四，货轮"水星"号在布洛克岛附近海域发现"阿比·罗斯"号行迹异常，

---

1 霍博肯：美国新泽西州的城市，临哈得逊河，对岸为纽约市的曼哈顿岛。

于是派出一组船员登船探查，发现这艘双桅帆船秩序井然，状况良好，仅用四张下桅帆航行，上桅帆收至桅顶，但并未完全收起。除了一只黄色猫咪，船上空无一人，连小艇都稳稳地停放在吊艇柱上。船上毫无混乱迹象。盘子洗得干干净净，厨房里的炉子余温尚存，所有东西都整齐地摆放在原位，唯独船上的文件不知所终。

所有迹象均表明当时天气晴朗，"水星"号的船长罗默派两名船员将这艘船开回港口，航程约一百一十五英里。大管轮斯图尔特·麦考德是唯一会掌舵且熟悉纵帆装置的人，因此担起重任，一个名叫比约恩森的水手与他搭档。经过五天的艰苦航行后，麦考德于今日正午抵达港口。他报告说，在展开前桅中桅帆的过程中，比约恩森不慎落水失踪。麦考德本人也显露出经历艰难困苦的迹象，几近精神崩溃。

斯图尔特·麦考德！是的，斯图尔特·麦考德对纵帆装置，或是与海洋事务相关的种种，无不了如指掌。碰巧我以前认识这个家伙。过去，我和他很要好，甚至在某些热带国家的港口与他一同畅饮啤酒。在我的印象中，他是那种稳重的人，深思熟虑，有着惊人的大杂烩式的渊博知识，对邮票收藏情有独钟，还向我大谈特谈热带阳光对高加索人种的影响的理论。当时我光着身子躺在货船的甲板上，大半个晚上都在听他侃侃而谈。他给我的印象并不是一个会受到精神困扰的人。

这个故事还有一点让我十分疑惑。或许是航海生涯留下的后遗症，但我一直是天气预报的忠实读者。在我的记忆中，上一周的天气并没有恶劣到能让一个人从桅杆上失足落水，尤其是一个名叫比约恩森的人——一个彻头彻尾的航海老手。

那天晚上，我注定要从那个划着小船送我到上游的老船夫口中听到更多这方面的信息。他年轻时曾经出过海。他知道的东西让他对此事表现出深深的疑惑，甚至抱着几分充满迷信的敬畏。

"不，先生。那四个家伙肯定遭遇了什么变故。还有一件事……"

我仿佛听到一只海鸟在头顶的黑暗中发出悲鸣。前方隐约出现了一艘船影，高大而又寂静，无声无息地掠过左侧，然后又和后面的黑暗融为一体——那是一艘抛锚的驳船，海草紧紧地缠绕在它的吃水线上。

"另一个家伙的情况有点儿古怪。"老船夫推测道，"比约恩森——我想他叫他比约恩森。这个故事在我看来有点儿……"他用力划桨，用狐疑的眼光打量着我。"这个麦考德是你的朋友吗？"他问道。

"某种程度上算是吧。"我说。

"嗯嗯——唔，这个——"他在小船的划手座上转过身去，斜视着前方，"那艘船就在那儿呢。"他宣布道，我觉得他松了口气。

在那个夜晚，除了一个黑色的斑点，很难看清"阿比·罗斯"号的身影。当然，我看得出它中部隆起，就像沿海地区其他的船一样。麦考德也没有收起上桅帆。我能辨认出它们的样子，它们在桅顶上皱巴巴地耷拉着，一直垂到横木上，就像是巨大的、熟透了的梨子。后来我才想起来，他发现船时，它们就是这样——可能从那以后就再也没有碰过它们了。在我看来，让上桅帆处于这种状态很奇怪。我还看到一根冒烟的雪茄头在远处的栏杆上不安分地浮着。我叫道："麦考德！哦，麦考德！"

那个红红的烟头游过甲板。"喂，你好——啊——"他的声音里带着一丝焦虑不安，不知怎的，与我对这个人的记忆相抵触。

"里奇韦。"我解释道。

他不确定地重复着这个名字,仍带着一丝暴躁的恼怒。他把头探出栏杆,向下俯视着我们。他突然提高了音量,惊呼道:"哦,天哪!我很高兴见到你,里奇韦。在这之前,我已经叫了一个船夫过来,不过我想——嗯,我想他会来的。天哪!我很高兴——"

"你可以走了。"我对那个矮个儿老船夫说,把钱放在他的掌心,然后伸手去抓栏杆。麦考德伸手握住我的手腕,帮了我一把。然后,当我站在他身边的甲板上时,他似乎忘记了我的存在,身子向前重重地靠在栏杆上,眯起了眼睛,目光追随着那个渐行渐远的老船夫。

"啊嗬——船!"他用手遮住嘴唇,尖声叫道。这粗暴举动似乎让他从茫然中清醒了过来,因为他立刻猛抽雪茄,并用颇为羞愧的语气解释说,他刚才觉得自己的船夫"把他抛弃了"。

"进来喝口烈酒吧。"他拍拍我的肩膀,突然热情地催促我。

"这么说,你有……"我没有说出原本想说的话。我在想,麦考德以前最多只喝啤酒。也从来不会那样拍人肩膀。"这么说,你在船上找到了些酒?"我换了一种问法。

"死人的烈酒。"他咯咯地偷笑。听了他的话,我的胃里涌起一种异样的感觉,我开始后悔自己来了,但此时已无退路,只能硬着头皮跟着他走进船尾甲板室。舱室本身可能不到九平方英尺,狭窄而压抑。左侧有三张床,分为上、中、下三层铺。右边可以打开船长的睡舱,前舱壁上有扇门通向厨房。

我不经意地扫了一眼,便把这些特征看了个清清楚楚。然后,我几乎不知道自己为什么要这样做,开始更加仔细地打量它们。

"你有火柴吗?"我问道。我的声音听起来很微弱,仿佛空气中发生了什么不寻常的事情。

"要抽烟吗？"他问道，"我给你拿支雪茄。"

"不抽。"我接过他递来的火柴，在厨房门的旁边轻轻一划，然后差点儿被亮瞎了眼。那里似乎有上千个平底锅，火柴光从这个盒子般狭窄的房间的四面八方反射了回来。就连门口麦考德的眼睛也瞪得溜圆，闪闪发光。他可能觉得我疯了。也许我确实有点儿疯了。我把火柴放在靠近天花板的地方，然后在中间偏上一点儿的地方发现了一个生锈的钩子。

我说："在那儿。这上面以前挂过什么东西吗，比如鹦鹉什么的，麦考德？"火柴烧到了我的手指处，熄灭了。

"你这是什么意思？"麦考德在门口问道。在回答之前，我先走回船舱不刺眼的黄色灯光中，然后又问了个问题。

"你知道这艘船的历史吗？"

"不知道，你在说什么呢？这是怎么回事？"

我说："嗯，我知道。首先，它改名换姓了。而且这也不是它第一次出现这样的情况——哎呀，该死的，十四年前，我曾帮忙把这艘鬼东西从弗吉尼亚海角弄了回来，当时也是这种情况。就这样！"我像只紧张兮兮的小狗一样大叫起来。

麦考德身体前倾，双手撑在桌子上，把脸凑到吊扇灯的风扇下面。这是我第一次留意到他的面容发生了多么惊人的变化。他的脸几乎毫无血色，下颌线不知为何失去了原有的坚毅，变得松垮垮的，眼珠似乎也在眼眶里晃荡。我本以为他听了我这条消息会吓一跳，没想到，他只是对着灯光眨了眨眼睛。

他最后说道："我并不感到惊讶。在看到和听到那些之后——"他举起拳头，猛地砸在桌子上，"伙计，我们来喝一杯吧！"

我还没来得及说话，他就走了，在狭窄的舱室里摸索着离开了我的视线。不一会儿，他重新出现，两手各拿着一个酒杯，腋下夹着一个深色的酒瓶。他放下酒杯,把瓶子举到眼睛和灯之间,光落在他脸上,形成了一片泛绿的阴影,中间发亮,让他的样子显得极为可怖,就像一道伤痕或者一个难以形容的胎记。他轻轻摇晃着酒瓶,又咯咯笑着说起了"死人的烈酒"。然后,他倒了两个半杯杜松子酒,一口就吞下了自己的那份,然后坐了下来。

"一只鹦鹉。"他喃喃自语,酒气上头,脸颊渐渐红了起来,"不,这次是一只猫,里奇韦。一只黄色猫咪。它曾经……"

"曾经?"我追问道,"出了什么事,它怎么了?"

"消失了。蒸发了。前天晚上我当场撞见它正试图把小艇放下去,从那以后我就没见过它了……"

"别说了!"我毫不客气地敲了桌子,"麦考德,你喝醉了,我告诉你,你喝醉了。一只猫!让一只猫把你弄昏了头!它可能正躲在下面,忙它自己的事呢。"

"躲起来了?"他用一种该死的怪异优越感凝视了我一会儿,"我猜你还不知道,我拿着木槌和锤子,在这个破玩意儿上,从甲板到龙骨,已经搜过多少次了。"

"或者掉进海里了。"我移开视线,不那么有把握了,"像那个叫比约恩森的家伙。顺便说一句,麦考德——"看到他的眼神,我不由得停了下来。

他伸出手,给自己倒了一杯烈酒,咕咚一口喝下肚,然后站起身来,在狭小的舱室里拖着脚走来走去。我看着他们俩不安分地绕圈圈——我的朋友和他跳跃的影子。他停了下来,弯下腰去瞅钉在墙上的一份星期日增刊的彩图,人和影子的两个脑袋凑在一起,好像有什么悄悄话要说。突然,我似乎听到那个老侏儒用嘶哑的声音咕哝道:"这故事听起来有点儿……"

麦考德直起身子,转过身来面对着我。

"你对比约恩森有多少了解?"他问道。

我告诉他:"嗯——我只知道他们让你在报纸上报道的那些内容。"

"哼!"他打了个响指,暂时不提此事,"我找到了这艘船的航行日志。"他用一种完全不同的语气宣布。

"啊,你找到啦?从我在报纸上看到的情况来看,根本没啥线索嘛。"

"不,不,这是我那天晚上碰巧发现的,就在里面的床垫下面。"他把头扭向船长的睡舱那边,"等一等!"我听到他在暗处把东西翻得七零八落,嘴里还嘟囔个不停。过了一会儿,他走出来,把一本布面的长账本扔在桌子上,是那种普通的商业账本。它摊在桌上,正好在中间部分打开,显示出密密麻麻的潦草字体,毫无章法地划过那些条条框框。

他接着说:"刚才说'航行日志',我想我说得有些夸张了。至少,我不希望在我的船上发现这种航行日志。还是叫它个人记录吧。这儿有他的照片,在某个地方——"他抖了抖账本的背面,一张普通的柯达照片飘到了桌子上。照片上是个光头的壮汉,肚子圆滚滚的,留着浓密的大胡子,小眼睛眯成了一条缝。"你觉得这人怎么样——有写作才能吗?"

"鼻子以下可以说是。"我评价道,"鼻子以上,严格来说,只要你'别招惹他',他就'不会找麻烦'。"

麦考德一拍大腿。"天哪!就是这个家伙!他讨厌亚洲人。他明明知道自己不该把对亚洲人的讨厌写得这么露骨,可他还是偷偷溜到自己的小天地里,咬着铅笔头,还有——史蒂文森怎么说的来着?——'创作的痛苦',你还记得吗?你能想象那个家伙,里奇韦,在发高烧的情况下蜷缩在这里——"

我打断了他的话:"关于那个亚洲人,我想你之前提过一个亚洲人的事?"

"对,应该是那个厨子。从这里读到的内容就可以看出,我猜他不是船长选中的人。可能是船长从其他船长那里临时换来的,最后时刻换了人,这事有点儿诡异。听好了。"他拿起书,用拇指选择性地飞快翻了几页,读了起来:

"八月二日——前半段,和煦的西南风——

"诸如此类的——呃——但在这儿他提到了:

"人在海上,什么事都可能发生,即使葬礼也有可能。特别是对一个亚洲人来说,他对社会福利毫无价值,在我看来,他就是一个野蛮人。

"这家伙有点儿像哲学家,你看。你明白'即使葬礼也有可能'的含义吗?我告诉你,他是个艺术家。等等,让我找找他更狂暴的描述。看这儿:

"我要抓住那个芥末色的——(这是几天前的事了。)永远也听不到——他发出的动静,因为他穿着地毯拖鞋。今天早上我回过头,发现他就站在我的背后。用刀捅我也不是难事。'看这儿!'我说,然后打了他一记耳光。我保证,这样他下次走路的声音就会更响亮一些。他本可以轻而易举地捅我一刀。

"我应该说,这明显是道德上的恐惧。里奇韦,你能想象出那个家伙——"

"是的,哦,是的。"我已经准备好怎么接话了,"一个被想象力束缚住的人。你看,他无法完全理解这个'野蛮人',而这个'野蛮人'的文明比他的文明大约多出了三千年,他需要有些事情来消耗他的想象力,例如,'打一记耳光'来发泄情绪,你知道的。"

"天哪！就是这样！"麦考德捶了捶膝盖，"现在又有一个家伙要崩溃了，他叫彼得斯，八月三日那天拒绝吃晚饭，声称他看见那个亚洲人用拇指在杂烩锅上划来划去。你能相信吗，里奇韦，就在这间船舱里？"然后他又匆匆忙忙地继续说下去，好像是自己说漏了嘴，"好吧，不管怎么说，这病似乎正在传染。第二天，又有一个水手巴赫开始感到不妙。听听这段：

"巴赫今晚来找我，抱怨被人盯梢，说那个——有恶魔之眼，说他能透过两英寸厚的舱壁看到你之类的。那个亚洲人正躺在他的铺位上，背对着人。我说：'为什么你不过去找他呢？'那个荷兰人什么也没说，只是走到自己的铺位前，在稻草下面摸索了一番。当他回来时，他的表情很怪异。他说：'天哪！魔鬼偷走了我的枪！'……如果这是真的，那么在这艘船上很快就会有天大的麻烦了。我想我还是这艘船的船长。"

我咕哝道："恶魔之眼，良心在某个地方发生了扭曲。"

"不完全是，里奇韦。我能明白那个亚洲人偷看的原因。你想想看，在离家将近八千英里的地方，在茫茫大海上，独自和一群被吓疯了的异教狂热分子待在一起，那群家伙还鬼鬼祟祟地到处找枪什么的。你不觉得你应该多留个心眼四处观望一下吗？我敢打赌，他躺在铺位上，'背对着人'，把这一切都记在心里了。是吧？我同情那个可怜的家伙——好了，之后只有一条记录了。他已经气急败坏了，看这里：

"天哪，这下完了。我的枪也不见了，就这么不明不白地从柜子里消失了，天啊！今天早上我还跟巴赫谈过。为了不让别人知道，我让他进来擦我的灯。他说还有别的方法，我也这么认为。"

麦考德合上本子，把它丢在桌子上，说："结束了，剩下的都是白纸。"

"嗯！"我得承认，我感觉此刻的心情比刚才好多了，"不管怎么说，有一个'海洋之谜'被解开了。现在，如果你不介意的话，我想再喝杯你的酒，麦考德。"

他把我的酒杯推过桌子，站起身来，背后的影子像个忠诚的哨兵，彻底搜索着房间的各个角落。我看着他，忘了拿起杜松子酒。我惴惴不安地过了一分钟左右，他回到桌边，用食指尖在那个本子上按了一下。

他说："里奇韦，你似乎不明白。这个特殊的'海洋之谜'还没有被解开——甚至还没什么线索呢，里奇韦。"他坐下来，身体前倾，用一根说教的手指着我，"怎么啦？"

"嗯，我有个想法，'野蛮人'在紧急关头干掉了他们。"

"然后把遗骸扔到了海里？"

"我想是的。"

"然后他们的鬼魂回来抓住了'野蛮人'，把他扔进了海里，嗯？你还记得吧，船上空无一人。"

"哦，天哪，我不知道！"我对他的这种责问产生了孩子气的不满。但他的手指仍停留在那里，挑衅着我。

他宣称："我知道。正如我们之前所说的，那个亚洲人把他们扔到了海里。然后，他就死了，死因是头部受伤。"

"所以呢？"我还在挖苦他。

他继续说："你还记得的，船长在自白书中并没有提到猫，一只黄色猫咪。"

我恳求他："麦考德，别说了。他为什么要提到一只猫？"

"没错。他为什么要提猫？我想他不提猫的原因之一就是，当时船上碰巧没有猫。"

"哦，好吧！"我伸出手，把酒瓶拉到我这边的桌子上，然后拿出手表，建议道，"如果你不介意的话，我想我们最好还是上岸吧。我明天一大早就得赶到办公室。你觉得怎么样？"

他一时没有说话，但指着我的手指已经垂了下来。他往后一靠，眼睛眯成一条缝，直勾勾地盯着上方光亮中心的光源。

"他可能来自东南亚。"他似乎在自言自语，"我听说那里有相当多的信仰。灵魂的轮回转世真是件不可思议的事情。"

我个人实在是受够了。麦考德的手在桌子上摸索着酒瓶。我立刻一手抄起酒瓶，从敞开的舱门扔了出去，然后，这酒瓶就咕咚一声消失在河水里。

我摇晃着这家伙的手腕对他说："现在，要么你跟我上岸，要么你进去窝在毯子里。你喝醉了，麦考德，醉得不轻。你听见了吗？"

他垂下目光看着我，说话慢吞吞地："里奇韦，你真是个傻蛋，这么简单的事都看不懂。我才没有喝醉呢。我是病了。我已经三天没合眼了，现在也睡不着。你说你……"他突然勃然大怒，跳了起来，把椅子腿重重地砸在甲板上，冲着我大喊大叫地发飙："你居然敢这样说，你——你这个旱鸭子，你这个整天坐在办公室的呆瓜！你就那么笃定，觉得全世界的一切都有得救。回娘胎里去，学着好好琢磨琢磨，别再像个傻瓜似的瞎说八道了。你知道哪里——你的市政预算里有什么能告诉我比约恩森去哪儿了吗？听好了！"他坐了下来，挥手示意我也坐下，然后带着一种绝望的压抑继续说下去。

"事情发生在我们接手这个小恶魔后的第一个晚上。我一下午都在开船——隔一会儿转转舵盘就成，因为它自个儿就跑得挺顺溜。你知道，只要横风行驶，它就跑得特别顺溜。"

"我知道。"我点了点头。

"好吧，大约七点钟的时候，我们大吃大喝了一顿，厨房有很多罐头食品，比约恩森煮咖啡挺拿手的。他是个地地道道的北欧佬——高高瘦瘦的，黄头发，圆脸，白胡子。人还不赖。他开船一直开到半夜，我上床睡觉了，但好长一段时间都没睡着。我能听到他的靴子在我头顶上方晃悠，一会儿向前走，一会儿又回来。我时不时听到他吹口哨的声音，怪腔怪调的。偶尔，我还能看到他脑袋的影子，在甲板上的月光中晃来晃去，就在舱门前。月光是从舱梯那边洒下来的。为了省灯油，船舱里面黑漆漆的。不知为啥，他们没留下多少灯油。"

麦考德向后靠了靠，用手指在空中描着灯光照亮甲板的地方。

"在那儿！我躺在铺位上就能看到，你懂的。我有一次快睡着时，听到他在船舱里来回摆弄，然后他小声说了些什么，我猜他是想看我是不是醒着吧。我问他怎么了。他走过来，把头伸进了门。

"他说：'风快要停了。我在想，我们能不能再多挂点儿帆。'只是我没法给你模仿出他那种严肃的北欧佬口音。他建议说：'多挂点儿上桅帆怎么样？'

"我太困了，根本没在意，就跟他说：'行吧。'他说：'好吧，但我想，我可能会展开一面上桅帆。'然后我听到他驱赶外面的东西，'滚开，你——'他接着说，'麦考德先生，这只猫要把我逼疯了，它到处跟着我。'他踢了一脚，我看见有个黄色的东西浮在月光下。它没有发出声音，只是浮着。你根本不知道它停在了哪儿，就像——"

麦考德停了下来，用拳头在桌子上敲了几下，似乎想让自己回到正题上来。

他又开始说："我睡着了，梦见了很多事情，醒来时浑身都是冷汗。你知道做完这样的梦后醒来，发现梦见的一切都不是真的，你会有多欣慰吗？好吧，我翻了个身，准备再美美睡上一觉，然后我又清醒了一些，心想差不多该到我上甲板的时候了。我划了一根火柴，看了看表，对自己说：'那家伙要么是个好人，要么就是睡着了。'我迅速翻身下船，来到甲板上。他不在驾驶室。我叫他：'比约恩森！比约恩森！'没人回答。"

麦考德现在真的在讲故事了。他停顿的时间长得出奇，用一只手捂住耳朵，眼珠子瞪得溜圆。

"那是我第一次真正翻过船的残骸。"他继续说，"我提着灯，从船舱前端开始搜，一直搜到船尾，结果连一丁点儿蛛丝马迹都没找到。没有任何痕迹，没有任何血渍，没有衣物碎片，什么都没有。你应该能理解，我开始觉得心里怪怪的。我把甲板、栏杆和甲板室都彻彻底底地翻了个遍，一寸一寸地找，结果还是什么也没找到。我又来到船尾，发现那只猫坐在齿轮箱上洗脸。我以前没注意到它头上的伤疤，一直延伸到两耳之间，那伤疤相当新，应该就是三四天前留下的。在阴森可怕的月光下，它看起来惨不忍睹，泛着青白色。我跑过去抱起它，把它扔到一边，你知道我有多难过吗？现在你知道了，一般来说，当你这样抱着它时，猫会扭动身体并抓住什么东西。但这只猫没有。它只是耷拉着脑袋，开始咕噜咕噜地叫，并从那道疤痕下抬起月光般明亮的眼睛看着我。我把它扔在甲板上，然后退了回来。你还记得比约恩森踢了它一脚吧？我可不想类似的事情发生在——"

讲这段故事的人突然怒火中烧地转向我，俯下身来，在我面前晃了晃手指。

他喊道："就是这样！你们这些人，住着结实的石头房子，周围有警察，有社区教堂，所以你们这么该死地肯定。但要是让我看到你到那儿去,独自一人,随着月亮落下,所有的灯光都变得高高的,很怪异,还有一个同船水手——"他把手举过头顶,指尖紧紧地合在一起,然后突然分开,仿佛向空气中释放了一个无形的东西。

"接着说。"我对他说。

"当天色再次变得亮堂起来,温暖的阳光照耀着大地,我才和你有同样的感觉。我对整件事说了声'呸!'我甚至喂了那只猫,还在甲板室的屋顶上睡了一会儿——我那时非常自信。我们死气沉沉地躺了大半天,连一丝风都没有。但是那天晚上——嗯,那天晚上我还是有点儿过于自大了。要知道,要撼动几十代人的传统观念,需要相当大的冲击。微风徐徐吹来,气压计显示气压升高[2],船身平稳得就像个玩偶,所以我想,即使我睡不着,躺在下面的床铺上也能休息一会儿。"

"我尽量不睡觉,以防万一有什么事情发生,比如暴风雨之类的。但我想我一定是睡着了一两次。我记得我听到厨房里有动静,我大叫了一声'滚开!'然后一切又恢复了平静。我翻了个身,向左侧卧,久久地凝视着门外的那片月光。你会以为我在那里看到的一切都是一场梦。"

"继续说。"我说道。

"大致来说,这个桌面对应那个亮的地方。"他说着,把手指尖放在前边那一侧的中间位置,然后慢慢地向桌面中间移动,"这里,大概对应着舷梯上方,有一条尾巴的影子渐渐落了下来。我看着它在甲板上横冲直撞,时不时地轻轻摆动一下。当它跑到光亮处约莫一半位置的地方时,动物的实体部分——你知道,它

---

[2] 气压计是航海者预测天气的重要仪器。当气压明显升高时,天气转好。

的影子——变得清晰可见,又大又圆。但是,它怎么能缩成一团挂在舱门上呢?"

他把手指移回桌边,在周围画了一圈,用来表示那个影子的身体。

"我从背后掏出了枪。你看,我又一次觉得心里怪怪的。然后我开始把一只脚滑过床铺边缘,眼睛始终盯着那个影子。我发誓我没发出丝毫声音,但我刚动了一下,那个影子就瞬间扭动变幻——在我面前的地板上,出现了一个人头的侧影,倒立着,正在倾听——一个留着长发的人头。"

麦考德急忙站起来,走到舱室门前,弯下腰划着了一根火柴。

"看,"他说着,把那小小的火苗举到木板一道绽开的裂缝上方,"你不会以为有人会傻到对着影子开枪吧?"

他回来坐下。

"在我看来,一切都乱套了。你不知道,里奇韦,枪在这样的小屋里会引起多大的乱子。后来我才发现那颗子弹跳飞进了厨房,打落了几个平底锅,这倒是帮了大忙。哦,是的,我极其迅速地逃离了现场。我站在那里,从舱梯探出半个身子,双手放在舱门上,枪就夹在手和舱门之间,我的影子在甲板室的顶部掠过,像一片枯叶在我眼前瑟瑟发抖。这个世界没有一丝声响——只有惨白的水波流过舷边,船帆高高耸立,像一对叽叽喳喳的幽灵。一切都呈现出疯狂的颜色——

"唔,不一会儿,我看见它就在主桅杆旁边,蜷缩在风帆的阴影里,慢慢地向前溜去。这次我慎重地瞄准了很久才开枪。你有没有碰巧在月光下看过黑火药的烟雾?它像一个巨大、苍白的热气球一样鼓了起来,滴溜儿圆,刹那间,有什么东西蹦来蹦去,从里面无声无息地穿了过去,你明白的。在我看来,那东西的影子比烟雾更浓一些,大得像头牛。它从迎风面转到背风面,躲到了主帆的后面,就像这样——"麦考德在灯光下用大拇指和食指打了个响指。

我说:"继续说,然后你做了什么?"

麦考德半抬起眼皮,看了我一眼,神色不定。他的拳头悬在桌子上方。"你是——"他犹豫了一下,嘴唇茫然地翕动,竖起一根食指在我面前比画着,"如果你在笑,哎呀,该死的,我要……"

我重复道:"继续说,然后你做了什么?"

"我跟踪了那东西。"他仍然闷闷不乐地看着我,"我站起来,沿着甲板室的屋顶往前走,以便能时刻注意两边纵桁的动静。你知道,这件事必须有个了结。我一直向前走。每一个不能百分百确定的影子,我都要花费一番心血去确定——近距离平射。最后,我在船尾堵住了那东西。里奇韦,它坐在船头斜桅的屁股上,在月光下洗着它那张黄色的脸。这一次,我毫不含糊。我把枪口对准它头上的伤疤,扣动了扳机。没子弹了,发出咔咔空响。我告诉你一个事实:空弹夹的射击声几乎震聋了我的耳朵。

"它一直跟着我到了船尾,我甩不掉它。我走到齿轮箱上坐着,它走过来坐在甲板室边上,面对着我。我们就这样一动不动地僵持了一个多小时。最后,它走过去,把爪子伸进我为它准备的水盆里。然后,它抬起头,看着我,打了个哈欠。日落时,水盆里还有近两升水。你不会认为一只猫能带着近两升水逃跑吧?"

他又打住不说了,用一种疲惫而又蔑视的神情打量着我。

"说这些有什么用呢?"他摊开双手,摆出一副绝望的姿态,"我一开始讲的时候就知道你不会相信。你不会相信的,那无异于亵渎神灵。你太自以为是了,里奇韦。我没法改变你的态度。你从没有过我这样的经历,坐了两天两夜,咬紧牙关睁着眼睛,直到眼睛习惯了，闭不上为止。当我告诉你，我发现那只黄色的小东西在吊艇柱附近窥探，还有三个绳圈从吊艇滑车索掉下来，松垮垮地堆在甲板上——你却还用衣领捂着脸偷笑。当我告诉你它踱到前面去了，消失得无影无踪——一闪又回到了地狱，从那以后就再也没有出现过，然后——哎呀，你却自圆其说地说我喝醉了。我告诉你——"他突然把头扭了回来，转过身来面对着舱梯，嘴唇仍然紧闭着。他倾听着，似乎一度失神，然后摇了摇头，继续说下去：

"我告诉你，里奇韦，我已经把这艘船翻了个底朝天。没有哪一寸我没摸索过，没有哪一块甲板我……"

这一次，他站起身来，朝舱梯走了一步。他站在那里，头往向前伸，微微偏向一边。大概过了二十秒钟，他低声问道："你听到什么了吗？"

在下游很远很远的地方，一艘渡船发出了微弱的呜咽声，然后夜晚的河水变得静谧，深沉而不可捉摸。我头顶上方的灯芯一角发出了轻微的噼啪声，仅此而已。

"听到什么了？"我低声问道。他小心翼翼地抬手指向舱门。

"有人。仔细听。"

这个人的耳朵一定是和他的神经一样绷得很紧，因为对我来说，黑夜就像地下洞穴一样寂静无声。我对他这种与现实脱轨的犹如戏瘾发作般的行为感到非常恼火，心里呐喊着反对他的过度臆想。突然，外面黑暗中的某个地方传来了声音——涟漪荡开的微弱水声，仿佛有人小心翼翼地把什么东西放进了水里。

"你听到了吗？"

我点了点头。背心口袋里的表发出滴答响声，传入耳中，时间一秒一秒地溜走，而麦考德的指甲却使劲儿抠着自己的手掌。

这家伙真的病得不轻。他转过身来对我喊道:"我的天啊!里奇韦,我们为什么不出去呢?"

我可不想当傻瓜。我绕过他,从舱口爬了出去。他远远地跟着我,把胳膊肘靠在舱门上,而双腿和双脚还留在船舱安全的灯光中。

"你看,什么也没有。"我的自信可能有点儿过头了。

他把头扭向岸边的灯光,嘟囔着:"那边,有东西在游动。"

我走到甲板室的角落里,侧耳倾听。

我争辩道:"是河盗吧。这地方到处都是……"

"里奇韦。看看你身后!"

也许要撞见什么东西了——不过没关系,我通常不是那种会吓得跳起来的人,然而,就在我转身的一瞬间,肩后传来的声音却让我的头皮发麻,每个毛孔都急速沁出了汗水。

一只猫就坐在舱口,毫无表情,在黑暗中一动不动。

我一言不发,扭头下到了船舱。麦考德已在那里了,站在桌子的另一边。过了一会儿,那只猫也跟了过来,蹲坐在梯子脚下,目不转睛地盯着我们。

"我觉得,它是想要点儿吃的东西。"我对麦考德说。

他点燃一盏提灯,走进了厨房,然后拿着一大块咸牛肉回来,把肉扔到了远处的角落里。那只猫走过去,开始撕咬那块肉,隐匿在松弛下垂的黄色兽皮下的肌肉不断动作,影子抽搐不已。

现在是它在倾听,听着以麦考德的耳力都听不到的东西,它梗着脖子,耷拉着耳朵。我看了看麦考德,发现他正盯着这只动物,带着点儿倦怠的恶意。"快点!它肯定在附近的某个地方生小猫了。"我猛地摇了摇他的胳膊肘,"趁现在她刚开始……"

他喃喃地说:"你似乎不明白,我们完全在做无用功。"

它已经转过身去，以其种族特有的无声无息的敏捷，向着梯子走去。我抓住麦考德的手腕，拽着他跟在我后面，提灯撞着他的膝盖。当我们爬上来时，那只猫已身处船的中央，在提灯光晕的边缘游荡，成了一道影子，几乎看不清。它停了下来，用发光的眼睛回望着我们，似乎犹豫不决，对我们的追赶感到不安，它挪动着身体，动作敏捷而又柔和，接着又在桅杆脚下弓着背停下来献媚。然后，它以惊人的速度突然消失在前方的阴影中。

"现在，打起精神来！"我冲麦考德喊道。他在我的身后走过来，脚步声很重，还在抗议说这没用。到了前桅旁，我从他手中接过提灯，举过头顶。

"你看，"他抱怨着，在被提灯照亮的甲板上东张西望，"我告诉你，里奇韦，这个小东西……"但我的眼睛盯住了另一个地方，然后拍了拍他的肩膀。

我对他喊道："你可是个轮机员，一个地地道道的轮机员。向上看，伙计。"

我们的猎物已经快爬到横木上了，正在爬上桅索，攀爬时的灵活程度任何水手都赶不上，它那黄色的身体，被晃动的绳梯影子切割成几个部分，在夜幕的映衬下显得格外诡异。麦考德闭上嘴，又张开嘴说了两个字："天哪！"紧接着，他提着灯追了上去。我看着他爬上我的头顶，一个笨重的身影摇摇欲坠地爬向天空，来到横木上，双膝夹住桅杆蹲在那里。提灯的灯火宛如星星，忽明忽暗、忽左忽右地晃来晃去，一会儿就消失了，在它原来的位置上冒出一团黄色的光，就像一只停在天上的火气球。我看到他的头和手的影子在帆布的内表面移动着，犹如幢幢鬼影，闷闷的、毫无意义的惊呼声传到我的耳中。过了一会儿，他把头伸出来，喊道："好了，它们来了。小心脑袋！下来了！"

听到他的警告,我躲开了,有什么东西砸在了离我脚近一码远的甲板上。我走到那模糊不清的东西旁边,捡起了一只拖鞋——一只用稻草编织的拖鞋,鞋底是一层粗糙的垫毡,厚约半英寸。另一只拖鞋击中了桅杆后面的某个地方,然后麦考德再次出现在上面,开始跟跟跄跄地沿着护桅索走了下来。他的左臂下夹着一堆稀奇古怪的杂物:一叠文件、两把左轮手枪、一件灰色袍子和一条脏兮兮的围裙。

走上甲板之后,他说:"嗯,我觉得自己就像下了地狱又回到了人间。要知道,我终于相信了猫的存在。你想想看,天哪!我们毕竟离丛林不远。"

我们来到船尾,走下甲板,像之前一样坐在桌旁。麦考德打破了长时间的沉默。

"我倒有点儿高兴他逃走了,可怜的家伙!也许这会儿他正扒拉在码头上,浑身发抖,吓得魂飞魄散。顺便说一下,看他游泳的样子,是往油箱那个方向去了。天哪!现在世界终于又恢复正常了,我觉得我可以睡上整整一个星期。可怜的家伙!你能想象他的样子吗,里奇韦……"

我插嘴道:"是的,我想我想象得出。当他发现你的黑火药烟雾后,一定是吓破了胆,带着船上的文件蹓了。他一定非常重视这些文件,别忘了,他可是离家近八千英里的'野蛮人',可能一个字都看不懂。我猜是那只猫要跟着他,因为以前是他在喂猫。他一定非常想喝水。"

"我想也是!不然他不会冒那么大的险的。"

我宣布道:"好吧,无论如何,我现在可以说——又一个'海洋之谜'解开了。"

麦考德抬起沉重的眼皮。

他咕哝道:"不,令人费解的是,一个一辈子都在海上航行的人,竟然带着一个在上方藏得严严实实的人在海上航行了整整三天,却毫不知情。每当我想到他低头偷看我和那只该死的猫嬉戏——也许他自己都没有意识到——我就吓得要死——我的天哪!里奇韦,这艘船上有两个疯子,是吗?哇哦,我可以睡觉了……"

"我想你可以。"

麦考德没回答。

我猜测道:"顺便说一下,我猜你对比约恩森的看法是对的,麦考德,也就是说,他在前桅楼上做了手脚。他一定是被抓了个现行,是吗?"

麦考德还是没有回答。我略带惊讶地抬起头,发现他的头向后耷拉在椅背上,嘴巴张得大大的。他睡着了。

给苏拉的信

LETTER TO SURA

〔古罗马〕小普林尼 Pliny the Younger

《给苏拉的信》导读

1.《给苏拉的信》的作者是古罗马作家小普林尼（61—113）。他的全名叫盖尤斯·普林尼·采西利尤斯·塞孔都柄，是一位罗马帝国的元老。

2.小普林尼的很多信件流传了下来，成为研究当时历史的珍贵资料。这封信在他的书信集里题为"第 27 封信"，其内容在他数量众多的书信中显得十分怪异——小普林尼向他的朋友提出了一个我们都曾经问过的问题：你相信有幽灵吗？

3.故事中提到了一些关于古罗马的知识：库尔提乌斯·鲁弗斯，生活在公元 1 世纪的罗马帝国元老院议员，著有《亚历山大传》；阿非利加行省，罗马帝国的地方行省之一，大致区域为今天的突尼斯；迦太基，诞生于公元前 8 世纪的古国，公元前 146 年被古罗马灭亡，之后成为罗马帝国阿非利加行省的首府；图密善，原名提图斯·弗拉维乌斯·多米提安努斯，罗马帝国第十一位皇帝，弗拉维王朝第三位也是最后一位皇帝，他通过自我任命为终身监察官的方式，试图控制公众和个人的行为及道德，其统治表现出强大的威权主义和专制主义特征。

闲来无事，让我有机会向您学习，也让您有机会教导我。因此，我特别想知道，您是否认为我们的世界真的存在诸如幽灵之类的东西，它们拥有自己特有的外表，具有某种超自然的力量；或者，它们只是我们的恐惧所产生的空洞妄想。就我而言，我相信它们的存在，特别是我听闻了库尔提乌斯·鲁弗斯的遭遇之后。他担任阿非利加行省总督的贴身侍从时，地位卑微、默默无闻。一天下午，当他在石柱回廊上踱步时，眼前突然出现了一个女子，体型极其妖娆而且貌美过人。她告诉那个惊慌失措的男人，她是"阿非利加"，是来预言未来之事的。她预言鲁弗斯将会去罗马，在那里担任官职，然后返回阿非利加行省，在那里执掌最高权柄，最后死在那里。所有这些事情都应验了。此外，当他抵达迦太基并下船时，据说那个女人的身影也出现在了岸上。可以肯定的是，由于疾病缠身，而且过去就预知到了未来，知道自己会从以往的功成名就变为不幸缠身，所以，他自己放弃了对人生的所有希望，尽管他身边的人都没有感到绝望。

下面这个故事是不是更加骇人听闻，更加不可思议呢？我将如实讲述。

故事发生在雅典，那里有一处宅邸，宽敞舒适却对健康有害，故而声名狼藉。夜深人静时，那里会传来铁器碰撞声——仔细听的话，会听到铁链叮当作响的声音，先是从远处传来，须臾就到了近处。不一会儿，就会出现一个游荡的幽灵，是个面容憔悴、肮脏不堪的颓丧老人，留着长胡子，粗硬的头发像刺猬一般根根直竖，脚上戴着脚镣，手上戴着枷锁，还在不停地摇晃。因此，由于恐惧，居住者度过了一个个悲惨而可怕的不眠之夜。睡眠不足就会生病，恐惧与日俱增，死亡就随之而来。尽管白天幽灵不会出现，但还是感觉鬼影幢幢，从眼前迅疾闪过，从而备觉凄惶。于是，这座宅邸彻底荒废了，注定荒无人烟，完全被遗弃给了可怕的鬼魂。然而，屋主还是登出了广告，希望有人碰巧不知道如同附骨之疽般的可怕诅咒，愿意购买或租用它。

哲学家阿西诺多鲁斯来到雅典并看到了这则广告。得知房子的租金低到令人生疑后，他四处打听了一下，了解了全部细节。尽管如此，他还是欣然租下了这栋房子。夜幕降临时，他吩咐仆人在房子前面为自己摆了一把软椅，并叫人拿来笔记本、书写工具和一盏灯。他把所有仆人都打发到了内室，他自己则全神贯注于写作，心、眼、手全都没闲着，这样他就不会因无所事事而想象出自己听说过的幻影或者任何其他幻影。夜幕降临，万籁俱寂。很快，镣铐的摇晃声和锁链的叮当声响起，但他始终没有抬起眼睛，也没有放下笔，而是硬着心肠，塞住了耳朵。噪声越来越大，越来越近。开始似乎是在门外，接着到了门内。他环顾四周，看到并认出了他听说过的那个人影。它站着，用手指向他示意，仿佛在邀请他。作为回答，他做了个手势，示意它稍等片刻，然后重新拿起笔记本和笔。他一边写，那个人影一边不断地在他头上摇晃铁链。他再次环顾四周，发现它又发出了和之前一样的信号，赶紧毫不迟疑地拿起一盏灯，跟了上去。它步履缓慢，仿佛因锁链加身而迈不动腿，拐进院子后，就突然消失，离开了同伴。

就这样，阿西诺多鲁斯独自一人，用摘下的一些草和树叶在这个地方做了记号。第二天，他向地方法官提出申请，敦促他们挖掘那个地方。他们在那里发现了一堆骨头，这些骨头与枷锁、脚镣相连并混杂在一起。它们原来所属的尸体，由于时间和土壤的侵蚀，已经腐烂了，只留下了森森白骨和锈迹斑斑的铁链。这些骸骨被收集起来，并由政府出资安葬，此后，这所房子里就再也没有亡灵的踪迹了，因为亡灵已经得到了应有的安息。

上述故事，已被证实，我相信它的真实性。接下来要说的这个故事，我能亲自向大家证实其真实性。

我手下有个获得了自由的奴隶，他颇有点儿学问。他的一个弟弟和他睡在同一张床上。后者梦见自己看到有个人坐在软椅上，拿着一把剪刀靠近他的头，剪掉了他头顶上的头发。天一亮，人们就发现他头顶的头发被剪短了，头发散落一地。不久之后，同样的事情再次发生，证实了前一件事的真实性。我手下一个小伙子和其他几个人一起挤在书房里睡觉。两个穿着白色束腰外衣的人影从窗外潜入（他原话是这么说的），趁他熟睡之际剪掉了他的头发，然后又沿原路悄然离去。他的情况也是如此，白天人们也看到他被剪掉了头发，满地皆是碎发。后来再没发生什么引人瞩目的事，也许唯一值得提及的便是我没有遭受指控。如果图密善（这些事都发生在他执政时期）再多活几年，我就会受到指控。因为在他的办公桌上发现了一份要起诉我的材料，是卡鲁斯提交的。从这种情况可以推测——因为按照彼时的风俗，被告人要留长发——我的奴隶们被剪掉头发是个信号，表明危机已解，我已经脱离了威胁。

那么，我恳请您运用渊博学识研究这个问题。这个问题值得您长时间深思熟虑。就我而言，我可以从您赐予我的智慧之果中受益。您甚至可以对两种可能性都进行论证（按您的方式），只要您对一种可能性提出更能令人信服的论据,以免让我陷入悬而未决的焦虑之中即可。而我向您请教的初衷,归根结底,就是为了消除心头疑虑。

神秘诙谐故事
MYSTIC-HUMOROUS STORIES

前言

在我们对生活的理解与未解之谜之间,存在着一个中间地带,人们很容易将其理解为被神秘主义这一术语涵盖的领域。高度悬疑的故事通常都属于这一范畴。这些故事既非源自尘世,亦非来自天堂或地狱,而是兼具三者的特点,可以让人们从中领悟到上述任何一种情境。在优秀小说家的手中,这些故事有时会呈现出罕见的,甚至有时是过分惊心动魄的美学魅力。本作品集所收集的均为此类作品中的翘楚。

谢天谢地,诙谐大师总是伴随在我们左右。幽灵吓不倒他们,世俗的恐惧也无法让他们偏离自己的道路。他们将尘世与天上的事情看得云淡风轻,这是他们的天赋秉性使然。此合集首次集结了诙谐大师在神秘领域中留下的一些杰出作品,让大家一睹其风采。

约瑟夫·刘易斯·弗伦奇

五朔节前夕
MAY DAY EVE

〔英〕阿尔杰农·布莱克伍德　Algernon Blackwood

《五朔节前夕》导读

1.《五朔节前夕》的作者是英国小说家阿尔杰农·布莱克伍德（1869—1951）。他是欧美最著名的恐怖小说家之一，洛夫克拉夫特在其文学评论《文学中的超自然恐怖》中，将布莱克伍德列为四位"现代恐怖大师"之一（另外三位是邓萨尼勋爵、亚瑟·梅琴、蒙塔古·罗兹·詹姆斯）。

2. 洛夫克拉夫特在《克苏鲁的呼唤》的开篇，引用了布莱克伍德的长篇小说《半人马》中的句子："可以想见，像这样超凡的力量或生物体，无疑有可能存活至今……那些太古时代的幸存者……它们的意识或许以某种形态显现，而这些形态，早在人类文明出现的很久以前就已消亡……只有诗歌和传说，可以捕捉到一些吉光片羽，并将它们称为神祇、怪物以及形形色色的怪力乱神……"

3.《五朔节前夕》最初收录于布莱克伍德的故事集《偷听者及其他故事》（1907）。

4. 五朔节是欧洲传统民间节日，每年5月1日举行，用以祭祀树神、谷物神，庆祝农业收获及春天的来临。

一

　　正值春暖花开，草长莺飞，一直在医院忙得不可开交的我终于腾出空来，去看望朋友。那位上了年纪的民俗学研究者住在偏远乡村。我暗自窃笑，因为我在包里带了一本书，其内容足以将他那些恼人的关于魔法和灵魂力量的理论通通驳倒。

　　他那些理论五花八门，常常让我觉得伤透脑筋。首先，出于职业原因，我对它们嗤之以鼻。其次，因为无论提出多少论据，我也无法说服或动摇他那深植于心的信仰，哪怕在最微不足道的细节上。我提出的所有科学依据都只能给他提供确凿的数据，反而会被他看作对他观点的认可与印证，只会让他更加固执己见。因此，找到这样一本书，并知道它安稳地装在我的包里，用牛皮纸包裹得严严实实，上面写着他的姓名、地址，这让我心中充满了深深的满足感且愉悦无比。这本书力证了在感知知觉[1]世界之外不存在任何重要领域。在旅途中，我一直在猜测他会如何应对。

　　我也在揣测，习惯沉浸于幻想世界和专注于实验的他是否记得我的到访。因此，当唯一的车站脚夫告知那位"教授"已经派专人来接我时，我不由得松了口气。我的行李有人运了，这样我就可以轻轻松松空出双手，然后步行六七公里，越过山丘到达他的家。

---

[1] 感知知觉：指通过感觉器官接收和理解外界刺激的能力。

那是一个静谧无风的黄昏，太阳刚刚落山，空气暖洋洋的，弥漫着芬芳的气息，周围万籁俱寂，静谧得令人愉悦。火车已经消失在遥远的天际，喧嚣的人群和城市的喧闹声随之远去，紧张生活的最后一丝痕迹也被我抛诸身后。我走出那个坐落在旷野之上的小车站，立刻踏入了一个安静却生机勃勃的自然世界，耳畔传来叮当作响的羊铃声。那片荒无人烟的空旷大地上，只有牧羊人和肆意生长的动植物。

我走的小路斜穿过青草丛生的山丘，地势曲折向上，斜坡长达一英里，又突然转向，在山顶的金雀花灌木丛中蜿蜒曲折了两英里，经过松树林旁汤姆·巴塞特的小屋，在另一侧急转直下，穿过稀稀疏疏的树林，来到老学者居住的那座古朴的老房子——在那里，他沉醉于虚幻的理论和幻想世界。在上山的前半段，我一直忙着想他的事，像往常一样，我确信，若非他对穷人慷慨大方，外貌又和蔼可亲，那些农民肯定会把他当成一个在灵魂领域里呼风唤雨的巫师，还会与妖精世界进行黑暗交易。

几年前的一个冬日，我走过一次这条小路，所以对路还算熟悉。从小屋开始，我本来对前面的路很有把握，但刚走了一英里，就发现大量杂乱的牛蹄印纵横交错，天色也变得昏暗。我觉得还是再找人问问路比较安全。幸运的是，我找到了一个人。他之前一直躺在灌木丛后面，然后突然从草地上站了起来，从我前面几码远的地方下山，大步流星地向着夜幕降临的山谷走去。

他走得非常匆忙，我急忙大声叫住他，生怕晚一秒就叫不住人了。但他一听到我的声音，就猛地转过身，几乎一下就到了我的身边。刹那间，他就站在那里，距离很近，注视着我的脸，面带微笑，还流露出几分好奇。记得当时我还在暗想，他面容苍白，完全没晒黑，对于乡下人来说堪称奇迹。他的双眸充满异国风情，行动起来迅捷如风,这无疑给我带来了强烈的震撼——那是一种近乎惊悚的感觉。尽管我知道,即使在光线最好的时候,我的视力也会出错,当然,更别提在开阔山坡的迷蒙暮色中了。

而且,就像指路常有的情况,他说完那番话之后,我没记清他到底说了什么。他的身影随即迅速消失在山坡上,动作迅捷得犹如驰骋山间的豹子,只留给我一个明确的手势,为我指明要走的路线。毫无疑问,他从金雀花丛后面突然站起来,出奇的敏捷,他盯着我的脸看的样子,甚至碰我肩膀的触感,在某种程度上都分散了我的注意力,让我忘记了他实际使用的言语。而事实上,我走错了方向,应该再向右走一英里。当时的我没意识到这一点,反而更加确信有他指路的手势就足以认路了。

到达山顶时,我因体力不支而有些气喘吁吁,于是躺在草地上休息了一会儿,旁边是一丛金灿灿的金雀花灌木丛。预计朋友还会过一阵子才派人寻我,时间还很充裕。草地非常柔软,宁静舒适,令人心旷神怡。我慢悠悠地逗留此处,点燃了一支香烟。我想,就在这时,我的潜意识终于回忆起了那个人说过的话,他用古怪的外国嗓音强调那个人称代词的重要意义,让我隐约感到一丝好笑。他说:"现在对'你'来说,这是最安全的路。"好像我俨然是个城里人,在漆黑的晚上冒险孤身走在荒凉的山丘上,会陷入危险之中。他迅速走到我的身边,然后又像影子一样从陡峭的山坡上溜走了,这在我脑海中形成了一幅清晰的小画面。接着,其他的想法和记忆也纷纷涌现,形成了一连串快速闪现的画面,既无目的也无意义,完全不受意志支配。换句话说,我陷入了愉快的遐想之中。

在我的脚下,似乎是无涯无际的远方,山谷在蓝色暮霭的缭绕中静静沉睡,尽头隐没在逐渐变暗的群山之中。群山层峦叠嶂,就像巨大的羽翼起伏，等到最后一线阴影落下，它们肯定会点头致意，呼唤着彼此。村庄近在咫尺，一片雾蒙蒙的，灯火微茫。在暮色四溢的喧嚣中，传来白嘴鸦微弱的嘎嘎叫声，海鸥在遥远的天际翱翔，叫声随海风轻扬，狗在远方吠叫着。农场、田地和旷野的气味扑面而来，一切让我觉得自己仿佛置身于世界之巅，与广袤星空全无阻隔，大地上，所有浩渺而自由的万物——丘陵、山谷、树林和坡地——都在我周围深深地呼吸着。

白天的时候，有几只海鸥霸占了附近的整片天空，现在它们仍然在视野之内盘旋，不时发出尖锐、性急的叫声。远处，海岸线依稀可见，显示出大海所在的位置。

然后，当我躺着，出神地凝视着脚下这片静止不动的阴影时，有什么东西从地表冉冉升起，如一片片硕大无比的薄纱，脱离了地图上整个乡村的地表，以令人难以置信的速度向山谷移动，瞬间攀附上我躺着的那个小山丘，从我侧旁掠过，但并无匆忙之意，从某种意义上说也没有速度可言。薄雾就这样一层层地冉冉升起，弥漫在山峦之间，途经之处，无论是田野、村庄还是山峦，都被一一掩盖，然后在我身后山脊的某个阴暗处沉淀下来，或如水汽般悄悄消失于遥远天际。

这究竟是从急剧变冷的地表升起的薄雾，还是大地将热量传递给黑夜？我无法判定。黑夜的降临从来都是谜团重重。我只知道在我看来，这浩瀚激荡的风景实在难以描绘，就像地球从两侧展开了巨大的黑貂皮翅膀，无声地拍打着，这样就能更快地飞离太阳，投入夜的怀抱。不管怎么说，夜幕的黑纱很快笼罩了万物。我匆忙站起来，沿着小路走去，感受着薄暮时分的魔力，向下俯瞰是蔚蓝开阔的深邃山谷，向上仰望是水汽丰富的淡黄色天穹。

我疾步前行，感受到一阵寒意袭来。很快就完全看不到山谷了，因为我已经来到了孤寂荒凉的山脊上。

我躺在那里遐想的时间可能还不到十五分钟，但我立刻注意到，天气突然发生了显著变化——四周雾气萦绕，从远处山峦的小山谷中升起，遮蔽了道路，头顶上清晰地传来呼啸而过的裂空风声，伴随着远处高亢的呼喊声。刚才还是温暖春夜的寂静，而此刻一切都已改变。湿漉漉的雾气包围了我，雨滴狠狠地拍打在脸上，带来火辣辣的痛感。凛冽狂风从高空咆哮而下，开始猛烈地向我袭来。于是我扣紧了大衣的扣子，戴紧了头上的帽子。

真正的变化是——有生以来，我首次产生这么强烈的信念——我周围的一切似乎瞬间变得鲜活起来。

奇怪的是，我这个平凡务实、笃信唯物论的医生突然意识到，我周遭的世界焕发勃勃生机，变得动感十足。我说它奇怪，是因为我一直将自然视为若干明确的度量、质量和色彩的组合，而这种新的呈现形式与我的性情格格不入。原来对我而言，山谷就是山谷，山丘就是山丘，田地就是许多亩平地，有的青草葱葱，有的是已翻犁过的耕地，有的排水良好，有的积水泥泞。而现在，我竟突然生出奇怪而不安的疑念，那就是它们可能不仅仅是山谷、山丘和田野。迄今为止，我通过这些名称所感知到的一切，只是隐藏在其中的某种东西的面纱，某种有生命的东西的面纱。一言以蔽之，我一直对诗意嗤之以鼻，或者用一些浅薄的生理标签来诠释诗意，但显然我突然敞开了心扉，深深沉浸在这片凝练的诗意之中，而且毫无缘由。

我越琢磨，就越清晰地意识到，这种开悟可以追溯到我躺在金雀花灌木丛下那几分钟的遐想。（遐想，我一生中从未沉迷于此！）或者说，现在我能更准确地回想起来，可以追溯到我与那个眼神狂野、动作敏捷、形影模糊的男人的短暂相遇，起初我就是向他问的路。

我回忆起自己的奇异幻想：山丘和田野上笼罩的层层薄纱冉冉升起，回忆让我内心深处荡漾起兴奋的涟漪。对我这么个务实的聪明人来说，这样的事情以前是不可能发生的，这让我疑虑重重——怀疑我自己。我静静地站了一会儿，环顾四周，看到雾气越来越浓。抬头仰望，是消失的繁星；低头俯瞰，是隐蔽的山谷。然后我紧急召唤对自我身份的认知，让它阻止并驱除这些不请自来的幻想。

但我的召唤是徒劳的，没有任何回应。我焦躁不安、匆匆忙忙、困惑不已，想要努力恢复正常状态，却怎么也恢复不了。这种没有回应的情况使我产生了一种不安的感觉，近乎恐慌。

我步履匆匆，沿着长满野草的幽径，穿过繁盛的金雀花丛，越走越快，生怕自己会彻底迷路，心中焦急万分，只想尽快到达目的地。然后，没有任何先兆，我意外地再次置身于晴朗之中，水汽像一堵奔腾的墙从我身边席卷而过，直冲云霄。我回首遥望，再次看到了身后村庄深处的灯火闪烁，时有一线炊烟袅袅升起，丝丝缕缕的烟霭轻轻扬起，又飘散在淡黄色的苍穹中。头顶上满天星斗，透过流动飘逸的薄云向下俯瞰，云朵在夜色中舒展着，显露出风的踪迹。

说到底，这不过是从海岸拂来的一缕海雾，因为我记得，在山麓的另一边，白垩岩的高耸悬崖巍峨险峻，陡直插入波涛汹涌的大海。每逢日落时分，气温急遽变化，奇异的迷失之风会经常回旋于此。尽管如此，意识到薄雾和风暴就近在咫尺，还是让人心神不宁，为了能看到汤姆·巴塞特的小屋和一英里外山谷中庄园的灯火透出的光华，我加快了脚步。

然而，晴朗的空气转瞬即逝，我周围很快又弥漫起了水汽，如同之前一般，遮住了小路，灌木丛和石头墙消失在朦胧之中，影影绰绰，仿若奔跑的虚影。这些水汽显然来自山谷两侧的小溪沟壑，被小股小股的风刮了过来，寒冷无比，犹如湿漉漉的床单触及肌肤。当风来回穿梭时，水汽也浮现出奇异的巨大形状：人影兽形，怪诞巨大的剪影，不断变幻，无声无息地在地面移动和奔跑，或当阵阵狂风扭曲了它们的内部结构并赋予它们声音时，猛然跃入空中，发出尖锐的啸声。我越走越快，越来越多的阴霾和水雾遮蔽了视线。在晦暗的环境中，我举步维艰，屡屡被绊倒，跌入长满尖锐棘刺的金雀花丛之中，从小腿到膝盖很快一阵剧痛。时断时续的雨水打在脸上，刺痛肌肤，一片寂静之后，总会狂风大作，每次都从新的方向呼啸而至。用"心慌意乱"来形容自己的情绪也许稍显夸张，但我确实感到一种无言的恐惧。虽然我意识到这是由于所处的乡野环境与我所习惯的城市生活大相径庭，但我发现自己无法完全抑制住悄然袭来的忐忑不安。我越来越心急如焚，四处寻找巴塞特小屋亮着灯的窗户。

随着时间的推移，我心中积累的忧虑和困惑越来越多，它们就像无数细小的针刺，密集而锐利。这种感觉让我更加清晰地意识到，自己已经远离了喧嚣的街道和繁华的商店，远离了那些我可以轻松分类并应对的事物。周围的迷雾翻腾不休，层层扭曲，遮遮掩掩，戏弄着听觉和视觉。有一两次，我偶然发现几只蜷伏在地的绵羊，它们却没有像羊群通常那样惊慌失措地跳起来，而是慢悠悠地起身，走向黑暗的深处。但它们行走的方式如此奇特，我几乎可以发誓它们根本不是绵羊，而是四肢着地匍匐爬行的人类，一边走一边回头对我做鬼脸。在这种情况下——不止一次——我本想靠近它们，去摸摸它们毛茸茸、湿漉漉的背，却一直做不到。叮当作响的羊铃声透过薄雾隐约传来，有时从一个方向传来，有时从另一个方向传来,有时仿佛四面八方都能听见,好像整个羊群都在围着我转悠。我发现无法分析或解释我的这种想法,即那声音其实完全不是真实的羊铃声,而是一种完全不同的声音。

然而,迷雾和黑暗,以及完全陌生的环境带来的刺激,导致我的感知出现了混乱。这种混乱可以解释很多现象。我赶紧加快了步伐,然而,却越来越觉得自己偏离了路线,因为我周围不时传来海鸥的喧闹声,它们似乎因为我打扰了它们安静的休息而感到不满。空气中充斥着它们哀怨的叫声,我听到无数翅膀的拍打声,有时近在耳边。但由于雾气太浓,总是难以看清它们的存在。有一次,在湿润的风掠过金雀花灌木丛的嗖嗖声中,我确信自己听到了汹涌海浪的微弱轰鸣声,甚至捕捉到了滔天巨浪翻涌着撞击悬崖峭壁的声音。在这之后,我小心翼翼地前行,改变了路线,稍稍偏离了浪涛之声传来的方向。

然而,我越来越觉得,海鸟的叫声听起来就像笑声,永不停息的风有目的地在我身边吹来吹去,低矮的灌木丛不停变换着形状,犹如弯腰驼背的人们从我身边悄悄掠过。薄雾越来越像变幻莫测的巨人,迈着巨大的脚步,在寂静中护送着我穿过荒凉的山丘。因为无生命的世界现在以一种前所未有的方式触动了我的内心深处,让诗意觉醒,变得满蕴着朦胧神秘的生命孕育信息。我第一次轻而易举地明白了,迷信的农民是多么容易在这样的世界里幻想出鬼怪,即使是受过教育的人也会沉迷于这种充满神话色彩的氛围。我一路跌跌撞撞地走着,焦急地寻找着村舍茅屋的灯光。

骤然,一团翻腾的雾气盘旋而过,强风直接吹到我的脸上,宛如一记当头重击。有什么东西急匆匆地呼啸而过,发出尖锐的叫声,冲进了黑暗之中。我忍不住跳到一旁,举起手臂护住自己,只来得及瞥见有只海鸥突然改变了飞行方向,拍打着有力的翅膀从我头顶飞过。当雾气吞没它的白色身躯时，它显得巨大无比。就在这时，一股狂暴的风掀跑了我的帽子，吹得大衣的衣领扬了起来，挡住了我的眼睛。但此时的我已经训练有素，快速冲向那个黑色的物体，在追上它时才发现自己抓住了一根带刺的金雀花枝条。风狠狠地吹着我的头发。这时，我眼角余光瞥见帽子还在滚动，于是我迅速地抓住了它，但就在我紧紧抓住它的一刹那，真正的帽子从我面前飞过，像球一样在风中旋转翻滚，我立刻松开刚才抓住的树枝去追它。但还没等我够到它，又有一顶帽子从我的两脚之间飞过，我一脚踩了上去。草地上似乎到处都是会动的帽子，然而，当我抓住它时，帽子就变成了木头，或者是一小丛金雀花，或者是一个黑洞洞的兔子洞，直到我的手上扎满了刺，血流如注。我回想起来，在黑暗中，所有的物体看起来都差不多，仿佛是合谋与我作对。我挺直身体，长长地出了一口气，用手帕擦了擦血迹。这时，有东西轻轻碰了碰我的脚，低头一看，原来是那顶帽子，触手可及，于是我弯下腰捡起帽子，又把它戴在了头上。当然，我的困惑和愚蠢有很多解释，我一边走一边纳闷到底是哪个原因。首先是我的视力——但在这种情况下，何必深究呢？毕竟这没什么大不了的，头晕也只是因为用力和弯腰造成的短暂影响。

但是，尽管如此，我还是大声呼喊，希望某个漫游山野的牧羊人能听到我的声音。当然，没有人回应我，因为这就像在一间超级隔音的房间里呼喊一样，雾气压抑了我的声音，湮没了它的回音。

这真的非常令人沮丧：我又冷又湿又饿，双腿和衣服被金雀花带刺的枝条撕破了，手被刺扎得伤痕累累，还淌着鲜血。风不停地刮，把雨水吹进了我的眼睛，我的皮肤因为接触到寒冷的雾气而变得麻木。幸好我随身带有火柴，等好不容易蜷缩在一堵墙下，我划燃火柴，飞快地瞥了一眼手表，发现时间才过八点不久。我知道晚餐是在九点钟，所以此刻我应该已经走过路程的一半以上了。但这里又有一个例子，表明一切似乎都在合谋与我作对，显得很不寻常。在火柴的微光中，我的表盖玻璃上映出了一个白发苍苍的小老头的脸，和那位民俗学研究者本人非常相像，他正带着古怪的笑容抬头仰望着我。这不可能是我自己的倒影，因为我胡子刮得干干净净，而这张脸正透过乱蓬蓬的白发抬头望着我。然而，第二根和第三根火柴燃起的火光照亮的，只有手表白色的表面和在上面移动的细长的黑色指针。

二

我记忆犹新，就在那一刻，我领悟到了此次冒险的真谛。从这次经历中汲取的宝贵经验，深深地烙印在我的心里，从此一直伴随着我在伦敦的医疗生涯，并助我以全新的同情视角，去深入了解那些复杂心理案例的千丝万缕。那些我原先从未真正理解的人和事，都变得清晰起来。

当时我已经明显地意识到，从我和山坡上那个行色匆匆的影子人交谈的那一刻开始，我的内心深处就发生了某种奇妙的变化。现在回想起来，我开始意识到，第一次明确表达出这种转变，或许就是我平淡无奇的生命中唤醒了"诗意的悸动"。我突然惊奇地发现，周围的世界是生机勃勃的。从那一刻起，我身上的变化开始悄无声息地发生，微妙而又迅速。然而，这种变化的开始是如此自然，以至于尽管我的性情有了全新的转变，但我起初其实并不清楚究竟发生了什么变化。直到现在，在经历了这么多事情之后，我才最终被迫意识到这一点。

这种变化尤其强烈，因为迄今为止，我传统的美学观念总是跟阳光和天然的现象联系在一起。然而，这新的启示恰恰是通过风、雾和荒芜的寂静山坡，通过深夜的黑暗和不适，毫无预兆地跃入我的视线。新的价值观从四面八方向我涌来。一切都变了，而新的价值观如此轻易地呈现在我面前，证明了这种改变和重新调整是多么深远。在这些琐碎的事情中，我已经意识到了这一点，直到重复的事物迫使我注意到它：从山谷和山丘上升起的层层薄雾；山顶就像在黑暗中呐喊或喃喃低语的人物；海鸟的哀鸣和有生命、有明确目标的风；最重要的是，我感觉到我周围的大自然充满生命的韵律，这种生命与我自己的生命相比，只是程度不同，而不是种类不同。从金雀花灌木丛合谋与我作对到消失的帽子，一切都表明我的基本心态已经发生了变化，而且是在我浑然不知或并未认可的情况下发生的变化。

此外，与此同时，关于美的哀愁深深触动我的心灵，好像一记重拳。因为我深刻地意识到，所有这些神秘和美丽都是完全独立的，与我无关。岁月一定会逝去，生命会逐渐衰退，人会逐渐老去，可这些神灵却永葆青春，永远具有强大的生命力。就这样，我逐渐认识到了一个迄今为止我所不了解的领域，那是我一直轻视的，尤其是我的朋友——那个民俗学研究者——的领域。

我想，这无疑是疾病的开端，再发展下去，一定会成为致病因素。我毫不怀疑这种变化是真实存在的。我的意识正在扩展，而我正是在这一过程中抓住了它的微妙变化。当然，我读过很多关于人格变化的书，可谓瞬息万变——我在实践中也遇到过一些这样的变化——我还听那位民俗学研究者滔滔不绝地讲述过一些方法和手段，可以深度发掘人类意识的深层领域，揭示所谓神秘事物的奥秘，从而解放自我，窥见更大的宇宙。但直到此刻，站在这些光秃秃的山丘上，接受风和雨的洗礼，我才第一次意识到，意识的边界可以如此简单地转换方向，或者说，带着多么真切的敬畏之情。我确信自己站在了新的、未曾尝试过的、也许是危险的体验的边缘地带。

无论如何，我现在终于意识到，我的意识边界已经发生了很大的变化，无论发生什么，都不会显得异常，而是非常简单和不可避免的，当然也是完全真实的。然而，这种简单性并没有对我的身心造成任何伤害，反而使我感到恐惧和不安。我朦胧地意识到，在黑夜中，未知的可能性就潜伏在我身边，这让我感到困惑和苦恼，也许比我想承认的还要多。

三

说时迟那时快，我瞬间就明白了，我以往一直轻视的事物现在占据了统治地位。

但现在找到了巴塞特的小屋，找到了这个离家不远的路标，我无疑会重拾先前的冷静和理智。因此，当薄雾中终于显现出一丝微弱的亮光，烟囱的方形黑影直指天空时，我如释重负地松了一口气。毕竟，我并未偏离原本的道路过远。现在，我可以明确地确认自己走错了方向。

我匆忙地加快步伐，慌乱地翻过一堵破败不堪的石头墙，近乎狂奔地穿过空旷的草地，急切地来到门前。就在前一瞬，小屋黑乎乎的轮廓还在我眼前清晰可见，可下一刻，当我真正站在它面前时，却惊愕地发现空无一物！我不禁哑然失笑，感到自己被彻底地愚弄了一番。然而，事实并非完全如此，因为当我再次摸索着越过围墙往回走时，小屋在左边隐隐约约地露出了一角，窗口透出灯光，显得温暖而又亲切，我只是搞错了靠近的角度而已。然而，当我匆忙跑到门口时，雾气再度弥漫开来，且越发浓厚——小屋并未出现在我看到的地方！

在那之后，我的混乱感倍增。我慌慌张张地向四面八方乱跑，像无头苍蝇似的，似乎越过了数不清的石头墙，已彻底迷失方向。突然，就在我陷入绝望之际，小屋稳稳地矗立在我眼前，我发现自己离门不到一米。以前何曾见过那么误导人的迷雾呢？就在那后面，我看到了一排松树，就像黑暗的波浪划破黑夜。我欣喜地嗅着湿润的树脂气味，当我看到窗户上清晰可见的黄色灯光时，一股真正的兴奋感流遍全身。我终于快到了，麻烦很快就会过去。

当我用手杖敲击门扉时，一群鸟儿跟炸了锅似的，发出尖锐的鸣叫，从屋顶腾空而起，盘旋着冲进黑暗中。我几乎可以肯定，其中夹杂了人声，却无法分辨声音来自屋内还是屋外。嘈杂的声音与空气流动的呼啸混合在一起，混乱无比，犹如一阵小型龙卷风咆哮而过。我站在那里，听到敲门声引起的喧闹，不禁心惊肉跳。此外，为了进一步证明我的想象力已经苏醒，敲门的意义让我的内心产生了某种前所未有的震动，我突然意识到，仅仅是敲门这个动作就充满了神秘的暗示——敲门的人不知道打开门后会看到什么，而站在门内的人则在等待敲门者的召唤。我只知道，我犹豫再三，才下定决心再次敲门。

不管怎么说，对于随后发生的事，我的记忆模糊不清。当我试图如实描述时，语言和记忆都失灵了，就连那些曾经鲜明的面孔都难以在心中再次浮现，听不清楚那些话语。

还没等我反应过来，门就被打开了，我还没来得及问一个简短的问题，就已经跨进了门槛，门在我身后关上了。

我做好心理准备，本以为会进入一间黑暗狭窄的村舍，充斥着沉闷的空气和难闻的气味，结果却意外地直接进入了一个光线充足、人潮熙攘的房间。空气就像在山巅一般清新宜人。

直到最后，我也没有看到照明的光源是什么，也不明白这么多男男女女是如何在这四壁环绕的狭窄空间内穿梭自如，舒适地来回走动的。初来乍到，我首先感觉局促不安，觉得自己突兀地闯入了某个隐秘的私人聚会。不过，穷乡僻壤怎么会有如此繁华盛会，这委实让我百思不得其解。继而，我被眼前的景象深深震撼，如果说在被惊奇的浪潮冲昏头脑的时候，我还能有什么别的情绪的话——就是在这样一种绚丽多彩、生机勃勃的青春氛围中，我感到一种无上的荣耀。我周围的一切都在震动、颤抖、摇晃，相比之下，我差点儿觉得自己是个老迈多病的人。

我知道，当我看到他们时，我的心在火热地跳动，因为放眼所及，都是一张张精致出色、朝气蓬勃、美丽动人的面孔，而在他们成熟的外表下，每个人都洋溢着青春的激情和永不熄灭的热情。他们虽年华已逝，却依然充满着年轻的气息，就像江河山川，历经岁月沧桑，却依然青春永驻。所有人抬眼与我对视的刹那，我的心头掀起一阵莫名的激动，让我既恐惧又欣喜，喘不过气来。感受到对死亡的恐惧，同时又有一种触及永生不灭且博大无边的永恒存在的感觉，我心潮澎湃，对于死亡的畏惧和对生命的渴望在胸中翻涌不停。

我进去后，众人鸦雀无声，全都转过头看着我。他们站着，有男有女，围着一张桌子，他们身上有某种特质——不仅仅是身材高大——给人一种巨大无比的印象，让我对自由、力量和超越人类的宏伟壮观产生了奇异而新奇的认知。

我只能记录下我当时的想法、印象，依照现在依稀的记忆，去描述当时的情境和感悟。我本以为会看到老汤姆·巴塞特昏昏欲睡地蜷缩在泥炭火堆前，旁边的桌子上放着一盏昏黄的灯，但实际上，迎接我的是一群高大魁梧的男男女女，他们一言不发，静静地站在那里。难怪我本来准备好了问题，可话到嘴边又咽了回去，几乎连自己的母语都忘了怎么说。

"我还以为这是汤姆·巴塞特的小屋呢！"我终于艰难发出了询问，目光直接落在了桌子对面离我最近的那个人脸上。他一头散乱的头发披散在肩上，容貌俊美迷人。他的眼睛也和其他人一样，似乎被类似面纱的东西遮住了，这让我想起了我第一次问路的那个影子人。他的眼睛被遮住了——出于某种原因，我很庆幸他的眼睛被遮住了。

我的声音虚幻而尖细，房间里顿时骚动起来，好像每个人都换了位置，彼此擦肩而过，就像我在外面薄雾中看到的那些流动的影子一样无声交错。但没有人回答。我感觉迷雾甚至渗入了房间，向内蔓延，占据了我的思绪。

"这是去庄园主家宅的路吗？"我再次问道，音量提高了些许，努力克服内心的困惑和虚弱，"没人能告诉我吗？"

然后，似乎每个人都立刻开始回答，更确切地说，他们并未直接回答我的问题，而是以一种我很容易听到的方式彼此交谈。男人们的声音低沉有力，女人们的声音美妙动听，节奏缓慢，仿佛大海波涛之声，亦如山间松涛阵阵。但是，他们说的话并不令人满意，反而让我的困惑感和沮丧感愈加强烈。

有个人说："是的，汤姆·巴塞特在这里放过一段时间的羊，但他的家不在这里。"

"他连通往自己心灵的路都不知道,还问去别人家怎么走!"另一个声音说,听起来似乎是从头顶上传来的。

"如果我们告诉他路线,他能认出路标吗?"我身后传来一个女人的声音,犹如莺歌呖呖。

紧接着,几人的插话声一起传来,背景声像淙淙的流水声,又像从鸟儿翅膀上掠过的飒飒风声。

"那么,他到底想找什么样的道路呢?是辉煌之路,还是轻松之路?"

"或者是傻瓜的捷径!"

"但他得有某种资格才行,否则他永远不可能走到这一步。"另一个人不服气地反驳道。

听到这句话,房间里顿时爆发出一阵笑声,虽然我想不出有什么好笑的。笑声响彻房间,听起来就像疾风在山间呼啸。我突然觉得头顶上的屋顶是敞开的,仿佛直接通向天际,因为他们的笑声很空旷,听起来无边无际,空气是如此凉爽清新,四处流动,就像波浪一样。

"是我给他指的路。"一个声音喊道,这个声音的主人正隔着桌子直视着我的脸,"对他来说,这是最安全的路,既然他已经走了这么远……"

话还没说完,我猛地抬起头,与他对视。原来是山坡上那个给我指路却匆匆消失的神秘身影。他现在的轮廓和其他人一样在不断变化,眼睛也被遮住了。当我看着他时,恐惧感在我心中涌动并不断增长。我进来是为了寻求帮助,但现在我只想摆脱他们,冒着风雨穿过黑暗,重回荒野。逃跑的念头充斥着我的脑海,我迅速寻找着我进来时的那扇门。但我再也找不到了。墙壁光秃秃的,连窗户也看不见。房间里人潮如织,这些身影似乎时隐时现,就像海浪填满又流出洞穴一样,但所占的空间从未增加一分,也从未减少一分。这些来来往往的男男女女总是避开我。

我的恐惧变成了单纯的害怕,害怕他们眼上蒙的面纱会被揭开,害怕他们会用清晰、赤裸裸的眼神看着我。我变得极度恐惧他们的眼神。我并不是觉得他们邪恶,而是害怕他们无情而骇人的洞察力会在我的内心深处激起新的波澜。我的意识在今晚已经膨胀得够多了!我必须不惜一切代价逃出去,重新找回自我,即使仅仅是有限的部分。我必须有理智,即使是有限制的理智,但也要不惜一切代价重获理智。

但与此同时,尽管我拼尽全力试图重新发出声音,却只能发出一阵尖细的哨声。这声音如同寒风穿梭在荒芜的角落,吹过枯黄的芦苇时所发出的沙沙声响。我的喉头紧缩,像被一只无形的手紧紧扼住,使我只能发出微弱而滑稽的声音。我的行动能力也急剧下降,远不如刚进来时那样灵活了,随着时间的推移,我身体的每一寸肌肉都变得越来越僵硬,所以我只能站在原地,身体僵硬而笨拙,面对着这群身形变幻莫测的奇妙的人。

最后说话的那个人继续说道:"眼下对他来说,最安全的方法是通过另一扇门,在那里他将看到他更容易理解的东西。"

费了九牛二虎之力,我才恢复了行动能力,与此同时,一股怒火驱使着我向前。我决心摆脱这一切,克服那可怕的困惑。

当然,他看到了我的到来,其他人也确实为我纷纷让出一条路来。每当我离他们太近时,他们就向两侧移动,绝不让我碰到他们。但最后,当我走到那个人面前,准备说话和行动时,他却消失不见了。我从未看清实际的变化——原先的男人已经变成了一个女人!当我惊讶地转过身时,我看到其他的人像古代仪式中的大人物一样,正慢慢地走向房间的另一端。他们一个接一个地走过去，抬起平静而淡漠的脸庞对着我，充满活力、冷峻高傲、坚忍严肃，然后，没再多说什么，也没做什么动作，他们打开了我刚才遍寻不着的那扇门，一个接一个地消失在门外的深沉夜色中。随着他们离去，迷雾似乎吞噬了他们的身影，一阵风卷走了他们的踪迹，连光线也跟着他们一同消散，只剩下我独自面对最后跟我说话的那个人。

而且，就在此刻，一个极为令人不安的想法如同闪电般毫无道理地掠过我的脑海，仿佛从根本上动摇了我的自我认知：也就是说，迄今为止，我一直用宝贵的人生追求虚假的知识，仅仅是对结果进行分类和贴标签，对结果进行所谓科学分析。而那个民俗学研究者和像他一样的人，他们怀着梦想，一路祷告，始终在追寻真正知识的道路上，追寻着产生这些结果的原因。前者只是单纯给身体增加机械舒适度和安全性，最终使人类最高尚的部分堕落，而不会提升类型，而后者——但那时我尚未相信灵魂的存在，而且现在也不是开始深究这个问题的时候，无论是否恐怖。显然，我的思绪已经飘远。

四

就在这个时候，那咕噜咕噜的声音首次传入我的耳中——低沉的咕噜咕噜声，这让我立刻想到了某种隐藏起来的大型动物。这正是我在动物园里多次听到的声音，我立刻想象到牛在反刍，或者马在小屋外的马厩里咀嚼干草。这无疑是动物发出的声音，一种愉悦和满足的声音。

房间里半明半暗。只有一抹非常微弱的月光挣扎着穿过薄雾，透过窗户照了进来,我本能地向后退去,靠着墙壁支撑自己。在屋顶上传来某个地方夜间的疾风呼啸而过的声音,在远处,我看到那些永不停息的狂风带着大陆般大小的云急速飞过。我内心的一部分产生了想要高歌欢呼的冲动,但与此同时,内心的另一部分却陷入了失去理智的逼真恐惧之中。我感到自己巨大无比,仿佛能撼动天地;却又觉得自己渺小无比,如同尘埃般微不足道。充满自信,却也羞怯胆小。我是宏伟宇宙中的一员,但又是一个完全渺小的、个人的、局限性十足的存在。

在我右边房间的角落里,站着那个女人。她的脸被一团乱蓬蓬的头发遮住了,让我想起六月田野上蓬勃生长的青草。因此,她的头偏向我,月光恰好勾勒出她的轮廓,正好把影子映照在墙壁上,就像印象派画家的画作一样。奇怪的隐秘记忆在我内心深处涌动,有那么一瞬间,我觉得自己对她的情况了如指掌。我紧张地快速环顾四周,试图一下子把一切都看在眼里。然后,"咕噜咕噜"的声音越来越响,越来越近,我忘记了这个女人对我来说并不陌生,也忘记了我了解她就像了解我自己一样。那只咕噜咕噜叫的东西就在我身边的房间里。事实上,它就在我们两个人之间,因为我现在看到她离我最近的手臂抬了起来,正指着我们面前的那堵墙。

顺着她手指的方向,我看到那面墙是透明的,我可以透过其中的一部分看到墙外的一个小方形空间,就好像我是隔着纱布而不是砖块在看一样。那个小空间里亮着灯,我弯下腰一看,原来是一个嵌在墙上的柜子或囚笼似的东西。那个发出咕噜声的东西就在笼子中央。

我凑近一看。那是一个生物,显然是人类,正蹲在狭窄的笼子里进食。我看到它弯着腰,趴在一堆看起来很粗糙的东西上,那显然是食物。它就像一个蜷缩成一团的人。它蹲在那里，快乐而满足，空气、光线和空间都很有限，它对铁栏后面的牢笼心满意足，完全没意识到笼子外面广阔的世界。它快乐地咕噜着，像一只大猫一样咕噜咕噜地叫着，对外面可能存在的一切一无所知。此外，我看到的那间牢房，是机械装置和发明创造的完美杰作，在舒适、安全和科学技术方面都达到了极致。我正试图把它的构造和布置的一些细节记在脑子里，突然听到一声响动，我一下子激动起来，来不及仔细记下我所看到的一切。因为听到声音后，那怪物转过身来，我看到那是一个人——一个男人。当它向前挤的时候，我意识到有一张脸伸了过来，紧贴着我的脸——但那是一张胎儿般没长开的脸，难以形容具体的特征，而且极其令人厌恶，它的眼睛、耳朵、鼻子和皮肤只是刚刚发育成熟，有足够的活力，能把最基本的感觉传递给大脑。不过，它的嘴巴很大，嘴唇很厚，下颚还在缓慢咀嚼的动作中动弹着。

　　我如同触电般猝然退缩，怜悯和厌恶交织在一起，让我不寒而栗。就在这时，我身边的女人轻声呼唤了我的名字。她向前走了一点儿，站在离我很近的地方，完全沐浴在洒向地板的薄薄月光下。我的目光从那张胎儿般的脸庞转到那位女士的脸上，就像从地狱迅速过渡到了天堂，因为她的面容如此精致、尊贵、具有神性力量，令人惊艳，仿佛魔鬼的面孔转瞬之间就被女神的面孔所取代了。

　　就在这一瞬间，我意识到那两个生物——怪物和女人——都在快速地向我奔来。

　　疼痛如同一把锐利的剑，深深地刺入我的肉体，使我的心脏痛苦地扭曲——我望向他们步步逼近的身影，瞬间感受到一股令人战栗的强烈直觉，他们的生命之源在我体内涌动，他们诞生于我自己的存在，实际上就是我自身的存在和人格的投影。它们是我意识的一部分投射在外部客观世界中的样子，与我身体的其他部分同样真实存在。

他们以一种令人惊骇的速度冲向我，瞬间融入我的身体。我以某种不可思议的方式清楚地理解到，它们象征着我自身的灵魂：迄今为止，我那个单调乏味的动物本能，除了狭小的感知牢笼，对其他东西都一无所知；而更高层次的自我，几乎遥不可及，与星辰相接，在我翻山越岭的旅途中首次朦胧地苏醒过来。

五

我完全忘了自己是怎么逃出生天的，究竟是破窗而逃，还是惊慌地打开门逃走，一切都模糊不清。我只知道，片刻之后，我发现自己在荒野上飞快地跑着，径直沿着下山的小路奔向庄园，身后紧跟着尖声鸣叫的鸟儿，狂风也呼啸着紧随其后。一定是有什么东西指引着我，因为我像动物似的完全依靠直觉一路飞奔，在转弯处毫不犹豫。刚刚跑了一英里，就看到了窗口透出的灯光，令人欣慰。一路上，我感觉好像打开了一个巨大的水闸，新的感知如同海浪般奔涌而来，冲击着我的内心世界，我的内心充满了矛盾，既羞愧难当又欣喜若狂，既愤怒不已又充满着无尽快乐。

有好几个仆人在门口迎接我，我立刻意识到屋里充满了骚动不安的气氛。我气喘吁吁地来到这里，没戴帽子，浑身湿漉漉的，双手布满划痕割痕，靴子上沾满了泥巴。

"我们原本以为您迷路了，先生。"我听到老管家说，我听到自己的回答，声音虚弱，像是另一个人的声音：

"我也是这么想的。"

片刻之后,我已经进了书房,对面站着那位上了年纪的民俗学研究者。他手里拿着我放在包里准备送他的那本书,上面已经写好了他的姓名、地址。他的脸上露出了奇异的笑容。

他说:"我从来没想过你敢在晚上散步,尤其在今晚。"

我一言不发地盯着他。我迫不及待地想告诉他发生了什么事,并试着耐心听他解释,然而当我试图寻找合适的词语和句子来描述所发生之事的时候,我的故事突然变得平淡无奇且毫无意义,冒险经历的细节开始消失和消散,似乎很难回忆起来。

"刚才,我散了散步,十分惊险刺激。"我结结巴巴地说,跑得还有点儿气喘吁吁,"我从车站出发时,天气还不错。"

他说:"天气依旧不错,虽然在山顶上你可能发现有些晚雾。但我要说的不是那些。"

"那你到底想说什么?"

"我的意思是,"他说道,仍然带着戏谑的笑容,"今晚走在被施了魔法的山丘上,你真是一个非常勇敢的人。因为今天是五朔节前夕,你知道的,在五朔节前夕,他们拥有操控人心的力量,能够魅惑人类的想象力制造幻象——"

"谁?你所说的'他们'是指谁?"我打断他的话,追问道。

他把我的书放在他旁边的桌子上,静静地与我对视了好一会儿。当他这样做时,冒险经历的细节开始重新浮现在我的脑海中。我迅速想起那个一开始给我指路的影子人。那位上了年纪的民俗学研究者脸上有什么让我想起了这个人?很多事情犹如闪电般掠过我兴奋的脑海,正当我努力捕捉这些影像时,我听到老人的声音还在继续。他似乎是在自言自语,又似乎是在对我说话。

"当然是你一直嗤之以鼻的'元素生物'。他们在表象的幕布后面无休止地活动，操控和影响人们的思想情绪。而像你这样的极端主义者——因为极端总是蕴含着令人担忧的脆弱——就成了他们理所当然的猎物。"

"真是荒谬！"我打断了他的话，我知道我的举止无可救药地暴露了我的底细，他肯定已经猜到了很多事情，"任何人都可能有主观体验，我想……"

我突然打断了他的话。他脸上的变化让我惊呆了。那一刻，他的表情简直跟山坡上那个男人的表情如出一辙。我想，那双坚定地注视着我的眼睛里有深沉的阴影。

他说："魔力！全是魔力！他们中的一个一定离你很近，也许还触碰过你。"然后他急促而大声地问道，"你见过什么人吗？你是否跟谁说过话？"

我答道："我曾路过汤姆·巴塞特的小屋。我不太确定自己的方向，就进去问了问路。"

"全是魔力。"他自言自语地重复了一遍，然后大声对我说，"至于巴塞特的小屋，三年前就被烧毁了，现在除了残破的、没有屋顶的墙壁，什么都没有了——"

他停住了，因为我抓住了他的胳膊。在他身后灯火通明的房间的阴影里，我仿佛看到了一些模糊的身影从书架旁边掠过。但当我的视线试图聚焦在它们身上时，它们却渐渐消散，再次融入天花板和墙壁中。然而，看到这一幕，山顶小屋的细节再一次浮现于眼前，我抓住朋友的胳膊想告诉他。但是，在我试图这么做的同时，所有画面立刻消失得无影无踪，仿佛只是一场梦境，我什么也想不起来，也无法向他复述。

他看着我，愉悦地笑了。

他温和地说："他们总是在事后抹去记忆。因此，除了情绪或情感，几乎没有留下什么东西能表明他们造成的影响有多么深远。尽管有时部分变化会保留下来，并成为永久性的——我希望你的情况也是如此。"

然后，我还来不及回答、咒骂或反驳，他步履轻快地从我身边走过，关上了通往大厅的门，然后把我拉进了房间的更深处。我无法理解的变化仍在显现在他的脸上和眼睛里。

他非常严肃地说："如果你还有足够的勇气跟我来，我们就再出去看看。你知道，还有机会的，直到午夜。与我同行，也许你不会觉得那么——那么——"

不知何故，我无法拒绝，一切都在促使我出门。我们吃了点儿东西，然后来到门厅，他把一顶宽边帽扣在满头白发上。我拿了一件斗篷，从架子上拿了一根拐杖。我真的不清楚自己在做什么。我之前唤醒的新世界似乎还在我身边颤动不已。

当我们走到砾石车道上时，门厅的灯光透过窗户照在他的脸上，我看到我观察已久的变化已接近尾声，因为他身上散发出那种热烈而又奇妙的永恒青春的气息，就如同我在小屋居民身上曾感受到的那般。他仿佛穿越了时空的束缚，年轻了四十岁，一层类似面纱的东西正在遮住他的眼睛。我敢发誓，不知怎的，他的身形变得更高大了，他在我身边行走时，身上充满了前所未有的活力和力量。

当我们开始一起默默地爬上山顶时，我看到头顶上星光璀璨，清晰可见，没有一丝雾气遮挡，树木静止不动，没有一丝风在吹拂。而在我们身后的山顶上，灯光来回舞动，忽隐忽现，就像星光在水中发生折射一样。

钻石透镜
THE DIAMOND LENS

〔美〕菲茨·詹姆斯·奥布赖恩
Fitz James O'Brien

《钻石透镜》导读

1.《钻石透镜》的作者是爱尔兰裔美国作家、诗人菲茨·詹姆斯·奥布赖恩（1826—1862）。他被认为是当今科幻小说的先驱之一。

2.奥布赖恩的小说中有不少在当时属于突破性的科幻设定：《奇迹工匠》（1859）是机器人叛乱故事的前身，其中被恶灵附身的玩具被转变为活生生的自动机，反抗其创造者；《那是什么？一个谜》（1859）是最早讲述隐形生物的小说之一，也是莫泊桑的小说《奥尔拉》的原型。

3.《钻石透镜》是奥布赖恩最著名的短篇小说，最初发表于1858年的《大西洋月刊》。洛夫克拉夫特十分推崇这篇小说。

4.故事中提到了一些希腊神话中的角色：赫马佛洛狄忒斯，希腊神话中赫尔墨斯和阿佛洛狄忒之子，他的名字是父母姓名的结合体；萨耳玛西斯，希腊神话中的女水仙，赫马佛洛狄忒斯在路过一处湖水时，湖中水仙萨耳玛西斯疯狂地爱上了他，向诸神祈求要永远与赫马佛洛狄忒斯结合在一起，于是赫马佛洛狄忒斯变成了雌雄同体。

5.故事中提到了一种叫卡索灯的物品。它是法国钟表匠卡索于1800年发明的灯，通过活塞把植物油送往灯嘴，可以跟钟表一样用钥匙上弦，保证十小时以上的照明。这种灯昂贵又脆弱，只有富人才有能力拥有。

6.故事中提到了一位加巴利斯伯爵。他是1670年出版的同名著作里的人物，是一位向作者解释世界奥秘的神秘主义者。

一　人生转向

我从小就痴迷于研究显微镜。快满十岁时,一个远房亲戚给我做了个简陋的显微镜,想让我这个没怎么见过世面的小家伙大吃一惊。他在一只铜盘的中心钻出一个小孔,然后往小孔里滴了一滴纯净水,毛细吸力使水珠恰好悬挂在孔中。尽管这个自制仪器相当原始,仅能将物体放大约五十倍,且成像模糊不清,并不完美,但对于我来说,它已经足够神奇啦!每一次的观察都会让我的想象力无限驰骋,整个人超常兴奋。

看到我对这个简陋的仪器这么着迷,堂兄向我解释了他所知道的显微镜原理,还向我讲述了通过显微镜实现的一些奇迹,最后信誓旦旦地说,等他回到城里,就马上让人给我捎一台正规的显微镜。从他许下承诺到离开,我每天都掰着手指数日子,甚至精确到每个小时、每一分钟。

在等待的日子里,我并没有闲着。所有透明的东西,只要与透镜有几分相似,我都迫不及待地拿来试一试。尽管对透镜的构造理论只有一知半解,我还是徒劳地试图制造它,无所不用其极。家里那些俗称"牛眼"的椭圆球状窗玻璃通通惨遭毒手成了我的实验对象,希望能得到威力惊人的透镜。我甚至摘取了鱼类和兽类眼睛中的晶状体,试图以此来制作透镜。我还偷了阿加莎姨妈的眼镜镜片,准备加工成放大效果绝佳的透镜。但这次尝试彻底失败了,这一点无须多言。

堂兄承诺的显微镜终于送到了，是一台菲尔德简易显微镜，大约花了十五美元。就教育目的而言，没有比这更好的仪器了。除此之外，还附赠了一本详述显微镜发展历程、应用领域及发明成果的专业书籍。那时，我首次理解了《一千零一夜》的魅力。笼罩着整个世界平凡生活的沉闷面纱似乎突然间被揭开了，展现在眼前的是一片充满魔力的土地。我对同伴的感觉就像先知对凡人一样。我用他们听不懂的语言与大自然对话。我每天都在与活生生的奇迹打交道，这是他们最狂野的幻想也从未想象过的。我穿越了万事万物的外部入口，在圣殿中漫游。他们看到的只是一滴雨水缓缓地从窗户玻璃上滚落下来，而我看到的是一个生机盎然的宇宙，其中蕴含着肉体生命所共有的一切激情，在微观世界里，进行着与人类一样激烈而持久的斗争。我母亲是个勤快的管家，她从果酱罐里狠狠铲掉了一些普通的霉斑，可我看到的却是以霉菌为名的魔法花园。花园里，到处都是溪谷和枝叶茂密的林荫道，草木青翠欲滴，而在这些微观森林的奇妙枝丫上，挂满了奇异的果实，闪烁着绿色、银色和金色的光芒。

那时，我头脑中充斥的不是对科学的渴求，而是诗人般纯粹的享受，因为我发现了一个奇妙的世界。我独自享受着这份快乐，对他人闭口不提。我独自拿着显微镜，夜以继日地凝视着它向我展现的奇迹，就像发现了古老的伊甸园还保留着原始的辉煌。我决心独自享受，绝不向凡人泄露它的秘密。在这一刻，我的人生发生了转向，我立志要成为一名显微镜学家。

当然，像每个初出茅庐的新手那样，我把自己想象成一个发现者。那个时候，我对这个领域中与我志同道合的众多才华横溢的研究者全然不知，对他们所拥有的仪器比我的强大千百倍也毫无概念，对列文虎克、威廉姆森、斯潘塞、埃伦伯格、舒尔茨、杜雅尔丁、沙克特、施莱登等人一无所知。即使知道了，我也不知道他们耐心而精彩的研究。尽管如此，但当我每次将新鲜独特的植物样本置于显微镜之下，就觉得自己发现了那些尚未被世人洞察的惊天大秘密。首次在显微镜中捕捉到平凡的轮虫时，激动和惊喜的情感席卷全身，简直刻骨铭心。轮虫伸展与收缩灵活的轮轴，似乎在水中欢快地旋转舞蹈。可惜啊，等到我渐渐长大并拜读了各类相关的文献之后，才意识到自己只是站在科学知识海洋边缘的初学者。彼时，早已有无数杰出的科学家们历尽艰辛、砥砺探索，将毕生心血与智慧投入这项科学研究之中。

长大后，我的父母认为，通过一根铜管和玻璃片来观察苔藓碎片和水滴，几乎不可能有什么好前程。他们急切地希望我找个正当职业，比如去我叔叔伊桑·布莱克那儿当会计，他是个富商，在纽约做生意。我果断拒绝了这个建议，因为我对做生意毫无兴趣，没有经商才能只会造成亏损。总之，我不想当个商人。

但是，我必须选择某种职业。我的父母是保守稳重的新英格兰人，他们坚信劳动是生活中不可或缺的一部分。因此，尽管托阿加莎姑妈的福，我成年后会继承一小笔财产，足以维持生计。但我还是决定，与其坐等继承遗产，不如表现得高尚一些，利用这几年的时间磨炼出独立的本领。

再三考虑之后，我顺从了父母的意愿，选择了一份职业。我决定在纽约学院学习医学。这种未来规划深得我心。搬离亲戚家可以让我随心所欲地支配时间，而不用担心被发现。只要交了学费，我就可以自由选择是否去上课。而且，我从没想过要参加考试，所以也不用忧心会被开除。再者说，繁华都市恰好是我心中理想的归宿。在那里，我可以接触到尖端仪器和知识前沿，可以结交与我志同道合的人。总之，我可以获得一切必要的东西，确保一生都能献身于我所钟爱的科学，并做出有益的奉献。我拥有大把的钞票，心心念念都是获得更好的反光镜和物镜，除此以外几乎没有什么欲望。因此，还有什么能阻止我成为一位杰出的研究者，撩开神秘世界的面纱呢？我离开了新英格兰的家，满怀希望地来到纽约定居。

二 科学家的渴望

到达纽约之后，我首先需要找到合适的寓所。历经数日的搜寻，我终于在第四大道找到一栋精致的二层小楼，里面有起居室、卧室和一个小套间，没有任何家具。我打算把这个套间打造成实验室。把住处布置得简单而雅致后，我便全身心投入，去打造我所敬仰的科学圣殿。我拜访了著名的光学仪器商派克，参观了他收藏的各种精美显微镜——菲尔德的复式显微镜，欣厄姆、斯宾塞、纳切特的双目显微镜（基于立体显微镜的原理发明），最后我选定了斯宾塞的耳轴显微镜，因其经过大量改良，且减震性能几乎达到了极致。购买显微镜之际，我还购入了各种可能需要的配件：活镜筒、千分尺、转写镜、载物台固定水平板、消色差聚光器、白炽灯、棱镜、抛物面聚光镜、偏振器、镊子、水族箱、玻璃吸管以及大量其他物品，一应俱全。在经验丰富的显微镜学家手中，所有这些物品均能派上用场。但我后来发现，它们对我来说没有丝毫实用价值。掌握结构复杂的显微镜的运作，需要多年的实践。在我大量买进这些东西时，光学仪器商满脸疑惑地看着我。显然，他有点儿拿不定主意，我到底是个科学名人还是个疯子。我认为他倾向于后一种观点。我想我确实有些疯狂。其实每一个伟大的天才都对自己所从事的研究痴迷不已,这也是他走向成功的动力。但疯狂的失败者不光彩,才被世人贬为疯子。

不管是不是疯了,我都以科学学生少有的热忱开始工作。对于所从事的这项精细研究,我有许多东西要学——需要最诚挚的耐心、最严谨的分析能力、最稳定的双手、最不知疲倦的双眼,以及最精确、最细致的操作。

在很长一段时间里,一半仪器都闲置在实验室的架子上,而现在,实验室里各种设备都摆了出来,以方便我的研究。事实上,我不知道如何使用一些仪器,因为从未有人耐心地指导过我,我仅在理论上知道如何使用,在实际操作中却总是眼高手低。直到我不断实践,掌握了必要的精细操作技巧,它们才真正派上用场。尽管如此,凭借雄心壮志和坚持不懈的实验,我还是在短短一年内,从理论到实践都成了一名出色的显微镜学家。

在这段时间里,我把看到的每一种物质的标本都放在显微镜下观察,我成了一个发现者——从某种程度上来说,这是真的,因为我当时还很年轻,所以只是一个小小的发现者,但我仍然是一个发现者。是我推翻了埃伦伯格关于球团藻是动物的理论,并证明了他的有胃和眼睛的"单孢体"只是植物细胞形成过程中的一个阶段,当它们达到成熟状态后,无法进行交配,也无法进行任何真正的繁殖活动。没有这种繁殖活动,任何生物体都无法上升到比植物更高的生命阶段,因此无法被称为完全的生命体。正是我将植物细胞和毛发的旋转这一奇特问题归因为纤毛的吸引力,尽管韦纳姆先生和其他人断言,我的解释是视错觉的结果。

然而,尽管我费尽周折才有了这些发现,但我还是感到非常不满意。每探索一步,我都会发现自己因为仪器有缺陷而受到限制。像所有活跃的显微镜专家一样,我充分发挥了自己的想象力。事实上,许多显微镜学家都抱怨,他们在用头脑的创造力来弥补仪器的缺陷。我猜想透镜能力有限,使我无法深入探索自然的奥秘。我彻夜难眠,想象着制造出威力无穷的显微镜,可以用它穿透物质的外壳,直达原子。我咒骂那些不完美的透镜,却不得不使用它们!我多么渴望发现某种完美透镜的秘密,它的放大能力只受物体分辨率的限制,不会受到球差和色像差的干扰。简而言之,不存在可怜的显微镜学家会经常遇到的麻烦!我深信,制造一架结构简单、只有单透镜却具备无限放大功能的显微镜是可能的。如果试图将复式显微镜提高到这样的水平,那将是错误的开端。复式显微镜只是部分成功地弥补了简单显微镜的缺陷,如果克服了这些缺陷,就不会留下任何遗憾了。

正是在这种心态下,我成了一名建设性的显微镜专家。在这项新的研究中又过了一年,我对所有能想象到的物质都进行了实验——玻璃、宝石、燧石、水晶、由各种玻璃材料融合形成的人造水晶——总之,我制造的透镜品种像阿耳戈斯[1]的眼睛一样多,我发现自己又回到了起点,除了渊博的玻璃制造知识,一无所获。我几乎绝望至死。父母对我在医学研究方面明显缺乏进步感到惊讶(自从我来到这座城市,我还没有上过一堂课),而我疯狂追求的花费又是如此之大,以至于让我的日子过得非常窘迫。

有一天,我正处于这种心境中,在实验室里对一颗小钻石进行实验。这颗钻石具有强大的折射能力,总是比其他宝石更吸引我的注意力。这时,一个住在我楼上的年轻法国人走进了房间,他习惯偶尔来拜访我。

其实我觉得朱尔斯·西蒙是个犹太人。他身上有许多希伯来

---

[1] 阿耳戈斯:希腊神话中的百眼巨人。

人的性格特征：喜欢精美珠宝，醉心华美服饰，热爱舒适生活。他身上有种神秘感。他总是有东西要卖，而且跻身于上流社会。与其说"卖"，我也许应该说"兜售"。因为他的业务一般仅限于处理单件物品，例如一幅画，一件罕见的象牙雕刻品，一对决斗用的手枪，一件墨西哥骑士的衣服……在我刚开始布置房间时，他来拜访过我，最后我买了一盏古董银灯。他向我保证那是意大利金匠大师切利尼的作品，做工很精致。我还从他那儿买了一些小摆设，用来装饰起居室。我一直想不通西蒙为什么要做这种小买卖。他显然很有钱，也有能力买下城里最豪华的宅邸，不过我认为，他还是小心翼翼地避免在上流社会中讨价还价。我最终得出结论，这种兜售不过是掩盖某种大买卖的幌子，我甚至认为这位年轻的朋友与奴隶贸易有牵连。不过，那与我无关。

这一次，西蒙怀着相当激动的心情走进了我的房间。

"啊，我的朋友！"我还没来得及跟他打招呼，他就喊道，"我突然意识到自己亲眼看到了这世上最令人吃惊的事。我去了某位夫人的家。狐狸这种小动物怎么用拉丁文称呼？"

"沃尔沃斯。"我回答道。

"啊！对，沃尔沃斯。我兴致勃勃地去了沃尔沃斯夫人家。"

"那个灵媒？"

"是的，那个神通广大的灵媒。天哪，她真是个不可思议的女人！我在纸条上写了许多问题，都是关于最隐秘的——那些隐藏在我内心最深处的事。你猜发生了什么？那个魔鬼般的女人居然给出了对所有问题最真实的回答。她对我说了一些我自己都不爱提的事情。我该怎么想？我简直惊得无法动弹！"

"西蒙先生，我是否可以这样理解——这位沃尔沃斯夫人回答了您秘密写下的问题，而这些问题涉及的事只有您自己知道？"

"啊！不止如此，不止如此。"他带着几分惊慌的神情回答，"但是，"他停顿了一下，突然话锋一转，补充道，"我们为什么要纠缠于这些蠢事呢？毫无疑问，这都是生物学的问题。不用说，我是不信的。但是我们为什么在这里，我的朋友？我突然发现了一件你能想象到的最美的东西——一个花瓶，上面有绿色的蜥蜴图案，是伟大的伯纳德·帕利塞创作的。它就在我的公寓里，我们一起上楼吧。我去拿给你看看。"

我机械地跟在西蒙后面，思绪却远离了帕利塞和他的珐琅器皿，尽管我喜欢他的作品，但我正在黑暗中寻找着重大发现。这个不经意间提到的灵媒沃尔沃斯夫人，让我有了新的思路。如果这种招魂术真是伟大的事实呢？如果与比我自己更敏锐的生物通灵，我可以一蹴而就地实现梦寐以求的目标，而这个目标也许是我毕生都无法通过痛苦的脑力劳动达到的，那有何不可呢？

在向朋友西蒙购买帕利塞出品的花瓶的同时，我也在心里默默盘算着如何拜访沃尔沃斯夫人。

三　列文虎克的幽灵

两天后的晚上，由于事先用书信约好了，并许以丰厚的酬金，沃尔沃斯夫人独自在住所等着我的到来。她是个相貌粗犷的女人，一双黑眼睛锐利而残忍，嘴角和下颌的线条非常性感。她在一楼一间陈设简朴的居室里悄无声息地接待了我。在房间的中央，离沃尔沃斯夫人坐的地方很近，有一张普通的圆形桃花心木桌子。她对我的出现十分漠然，就像我是来给她扫烟囱的。这里丝毫没有试图让访客感到敬畏的痕迹，一切都显得简单而实用。显然，与幽灵世界的交流对沃尔沃斯太太来说,就像吃晚饭或坐公共汽车一样平常。

"你是来通灵的吗,林雷先生?"灵媒用一种公事公办的语气干巴巴地说道。

"按照预约方式,是的。"

"你想以什么方式通灵,书面形式吗?"

"是的,我希望以书面形式通灵。"

"来自某个特定的幽灵吗?"

"是的。"

"在这个世界,你是否曾有幸接触过这个幽灵?"

"从来没有。他早在我出生前就过世了。我只想从他那里得到一些信息,比起其他人,他应该能提供更好的信息。"

灵媒说:"林雷先生,请你坐在桌边,把你的双手放在桌子上好吗?"

我听从了她的指示,沃尔沃斯夫人坐在我对面,双手也放在桌子上。我们保持这种姿势大约一分半钟后,桌子上、我的椅背上、我脚下的地板上,甚至窗玻璃上都传来了接二连三的猛烈敲击声。沃尔沃斯太太镇定地笑了笑。

她说:"今晚的敲击声格外有力。你很幸运。"她接着问,"有幽灵愿意和这位先生通灵吗?"

得到了充满活力的肯定回答。

"他渴望交流的那个特定幽灵愿意通灵吗?"

问完这个问题之后,传来一阵非常混乱的敲击声。

沃尔沃斯夫人对我说:"我知道他们的意思了。他们希望你写下你想与之通灵的特定幽灵的名字。"她又对那些看不见的客人问道,"是这样吗?"

从众多肯定的回答中可以看出是这样的。就在这时,我从小本子上撕下一张纸条,在桌子下面潦草地写了一个名字。

她再次问道:"该幽灵愿意以书面形式与这位先生交流吗?"

短暂的沉默之后,她的手似乎被某种无形力量攥住,剧烈地颤抖起来,引得桌子随之震动。她说有个幽灵抓住了她的手,想要借她的手写字。我将桌上的几页纸递给她,还递了一支铅笔。她的手松松握住铅笔,铅笔开始在纸上移动,动作很奇怪,似乎像被一只无形的手牵引一样。过了一会儿,她把纸递给了我,我发现上面用一种粗大、未经雕琢的字体写着:"他不在这里,但已被召唤至此地。"随后暂停了一分钟左右,在此期间,沃尔沃斯夫人保持着沉默,但敲击声仍在有规律地响着。一分钟过去后,灵媒的手又开始抽搐颤抖,在陌生力量的影响下,她在纸上写了几个字,递给了我。内容如下:

"我已在此。向我提问吧。我是列文虎克。"

我惊呆了。这个名字和我在桌子底下悄悄写出并小心藏起来的名字一模一样。像沃尔沃斯夫人这样一个没有文化的人,根本不可能知道这位伟大的显微学之父的名字。我曾想过这可能是某种生物学现象,但这种设想很快就被否定了。我在纸条上写下了一连串的问题,仍然藏在沃尔沃斯夫人看不见的地方。为了避免行文沉闷乏味,我把我的问题和列文虎克的回答放在一起,按照先后顺序列出——

我问:能否改良显微镜至完美境界?

幽灵答:能。

我问:我是否命中注定,要完成这项伟大的任务?

幽灵答:注定是你。

我问：我渴望了解如何实现这个崇高的目标。因为您热爱科学，请助我一臂之力！

幽灵答：弄一颗一百四十克拉的钻石，在电磁流的长期作用下，它内部的原子结构会重新调整，你就可以用这颗钻石制成万能透镜。

我问：使用这样的透镜能获得重大科学发现吗？

幽灵答：非常重大，所有先前的科学发现都将变得微不足道。

我问：但钻石的折射率很高，导致图像将在透镜中成像。如何克服这个困难呢？

幽灵答：从视轴处看透镜，这个难题就迎刃而解了。图像将在被光线穿透的空间中成像，而空间本身就成了透视管。现在，召我回去了，那么晚安。

我完全无法描述这些超乎寻常的通灵体验带给我的震撼。我感到极度困惑，任何生物学理论都无法解释透镜的发现。那个灵媒可能通过与我思维的生物学联系，读懂了我的问题，并连贯地回答了我的问题。但是，生物学不可能使她发现磁流可以改变钻石晶体，从而弥补它以前的缺陷，使它可以被打磨成一个完美的透镜。的确，我的脑子里可能闪过一些这样的理论，但即使有，我也已经忘记了。那天晚上，我是在极其痛苦的神经亢奋状态下离开灵媒家的。她陪我走到门口，希望我感到满意。当我们穿过大厅时，敲击声一直跟随着我们，响在栏杆上、地板上，甚至门楣上。我急忙表示满意，然后匆匆逃进凉爽的夜风中。我走在回家的路上，脑子里只有一个念头，那就是怎样才能买到一颗这么大的钻石。我的全部家当再翻上一百倍也买不起。此外，这种钻石稀有，而且已经成为历史。我只能在东方或欧洲君主的礼服上找到这种宝石。

四　晨曦之眼

我走进所住的房子时，看到西蒙的房间里亮着灯。一种莫名的冲动促使我去拜访他。我没打招呼就推开了他起居室的门，看见他正背对着我，弯着腰，伏在一盏卡索灯上，显然他是在端详手里拿着的东西。当我走进去时，他被吓了一跳，赶紧把东西往胸前的口袋一塞，然后才转过身来，满脸慌乱地看着我。

我喊道："哇哦！正在细细品味某个美女的靓照吗？好了，别这么脸红，我不会要求看的。"

西蒙局促不安地笑了笑，往常我要是这么调侃他，他一定会赶快辩解，这次却没有否认。他请我坐下。

我说："西蒙，我刚从沃尔沃斯夫人那里过来。"

我的话音刚落，西蒙的脸色瞬间煞白，似乎突遭电击，整个人都僵住了。他含糊不清地说了几句话，语无伦次，然后急匆匆地走向他平时放酒的小壁橱。虽然我对他表现得这么反常惊诧不已，但当时我满脑子都是自己的想法，所以就没有过多在意。

我继续说道："你说沃尔沃斯夫人是个魔鬼般的女人，你说得对。西蒙，今晚她告诉了我很多奇妙的事情，或者说她就是告诉我奇妙事情的工具。啊！要是我能得到一颗一百四十克拉的钻石那该多好啊！"

我说出这个愿望时的叹息声还没出口，西蒙就像一头野兽一样，野蛮地瞪了我一眼，然后冲到壁炉前——那里的墙上挂着一些外国武器，他抓起一把马来短剑，狂怒地挥舞着。

"不！"他用法语喊道，他在激动时总是爱用法语，"不！你休想得到它！你背信弃义！你和那个女魔头商量好了，觊觎我的宝藏！但我宁死也不会放弃！我！我是勇敢的人！我可不怕你！"

他激动得浑身发抖，说话的声音震耳欲聋，令我大吃一惊。我立刻意识到，我无意中触及了西蒙的秘密。无论秘密是什么，当务之急是要安抚他。

我说："亲爱的西蒙，我完全不明白你的意思。我去找沃尔沃斯夫人，是为了咨询一个科学问题，为了解决这个问题，我发现需要一颗我刚才提到的那种大小的钻石。整个晚上我都没有提到你，甚至连想都没想过你。你突然发作是什么意思？如果你碰巧有几颗价值连城的钻石——不，你根本无须担心我会打它们的主意，我要的钻石你不可能拥有。或者说，如果你真的拥有，你也不会住在这里。"

我的语气一定是让他彻底放心了，因为他的表情立刻变成了一种抑制不住的喜悦，但同时又夹杂着对我行为的怀疑。他笑了笑，请我务必体谅他。他有时会感到眩晕，让自己语无伦次，好在发作来得快去得也快。他一边解释着，一边把武器放在一边，成功地装出一副比较开朗的样子。

我可不容易上当受骗。我习惯于遇事仔细分析，不会被表面现象所迷惑。我下定决心，一定要探个水落石出。

我愉快地说："西蒙，让我们忘记所有这些不快，尽情享受一瓶勃艮第[2]葡萄酒吧。我楼下有一箱洛桑的伏旧园葡萄酒，醇香扑鼻，色泽像黄金海岸的阳光一样红润。我们开怀畅饮几瓶，你

---

2 勃艮第：法国东部大区，以盛产葡萄酒闻名。

意下如何？"

"乐意之至。"西蒙微笑着回答。

我拿出葡萄酒，我们坐下喝了起来。这是有名的法国佳酿，酿造于1848年。那一年战争频发，葡萄酒产量很大。纯净而强劲的酒液似乎给身体赋予了新的活力。第二瓶酒喝了一半时，西蒙开始显得有些不胜酒力，他的头逐渐低垂下去。而我却一如既往地平静，只是每喝一口酒，我的四肢似乎都会涌出一股更新、更强烈的活力。西蒙说的话越来越含糊不清。他开始唱起了调情的法国香颂[3]。就在那首断断续续的歌曲结束时，我猛地从桌边站了起来，微笑着注视着他说："西蒙，我欺骗了你，今天晚上我知道了你的秘密。你还是对我说实话吧。沃尔沃斯太太，或者说一个幽灵通过她，把一切都告诉我了。"

他吓了一跳。他的醉意似乎在那一刻消散得干干净净，他做出了一个动作，要去拾起不久前放下的那件武器。我用手制止了他的行动。

他激动地喊道："怪物！我完了！我该怎么办？你永远也别想拿到它！我以我母亲的名义发誓！"

我说："我没想要它，放心吧。但你要对我说实话，把一切都告诉我。"

他再次醉意上头，以伤感而又诚挚的口吻抗议说，我完全弄错了——我喝醉了。然后他要我发誓永远保密，并答应向我揭开谜底。当然，我向他保证了一切。他眼里流露出不安的神情，双手因酒醉和紧张而略显不稳，从胸前掏出一个小盒子并打开。天哪！柔和的灯光落在盒子里闪闪发光的一颗巨大的玫瑰色钻石上，

---

3 香颂：法国世俗歌曲和情爱流行歌曲的泛称，以甜美浪漫的歌词著称于世。

顿时被折射成千万道五彩斑斓的棱形光箭!虽然对钻石我是外行,但我一眼就看出这是一颗大小罕见、极为纯净的宝石。我惊奇地看着西蒙,我必须承认,心里涌起些许嫉妒之情。他是怎么得到这件珍宝的?在他回答我的问题时,我只能从他醉醺醺的陈述(我想,其中有一半都前言不搭后语)中拼凑出,他一直在巴西监督一帮奴隶从事清洗钻石的工作。他看到其中一个奴隶私自藏匿了一颗钻石,但他没有向雇主告发,而是悄悄地监视着这个黑人,直到看见他把钻石埋起来。他把钻石挖了出来,然后带着钻石逃走了,但他至今还不敢公开处置钻石,因为如此珍贵的钻石肯定会引起人们对其主人来历的过多关注,而且他也没有发现任何可以把钻石安全转移出去的隐秘渠道。他还说,按照东方的习俗,他给自己的钻石取了一个奇特的名字——"晨曦之眼"。

当西蒙向我讲述这些的时候,我全神贯注地观察着这颗巨大的钻石。我从未见过如此美轮美奂的东西。所有关于光的赞颂,无论出于想象还是出于他人描述,似乎都在它晶莹剔透的晶体内脉动。我从西蒙那里得知,它的重量正好是一百四十克拉。这是一个惊人的巧合。命运之手似乎在其中发挥着某种作用。就在列文虎克的幽灵向我传达显微镜的伟大秘密的那个晚上,他指引我使用的无价之宝就近在咫尺!经过深思熟虑,我决定把西蒙的钻石据为己有。

在他沉迷于杯中之物时,我坐在他的对面,平静地回想着整个事件。我从未考虑过偷窃这种愚蠢的行为,不仅会被轻易察觉,还至少需要逃亡和藏匿,这无疑会严重干扰我的科学计划。那就只剩一个选择了——杀死西蒙。毕竟,与科学利益相比,一个犹太人小商贩的生命又算得了什么呢?每天都有死刑犯被带出监狱,成为外科医生的实验对象。这个人,西蒙,根据他自己的坦白,是一个罪犯，一个抢劫犯，我甚至相信他是个杀人犯。他和其他被法律定罪的重罪犯一样，罪该万死。那么，为什么我不能像政府一样，设法让他的死为人类知识的进步做出贡献呢？

杀死西蒙的工具唾手可得。壁炉架上放着一瓶半满的法国麻醉剂。我刚刚把钻石还给了西蒙，现在他正全神贯注于他的钻石，所以给他的杯子里下药并不困难。一刻钟后，他就沉沉地睡去了。

我掀开他的马甲，从内袋里取出钻石，把他移到床上，让他躺着，双脚垂在床沿上。我右手拿着马来短剑，另一只手通过胸腔的震动尽可能精准定位心脏的位置。他死亡的所有细节都必须符合自杀的特征。我计算出他手握利刃自杀时，刀刃插入胸腔可能会有的精确角度。然后，我用力一刺，将短剑刺入我想要刺入的部位。西蒙的四肢一阵猛烈抽搐。我听到他的喉咙里发出了一声咯咯闷响，就像潜水员浮出水面时发出的气泡爆裂声。他半侧着身子，似乎是为了更有效地协助我的计划，他的右手在某种痉挛性的冲动下紧紧抓住了短剑的手柄，非凡的肌肉力量使他的手一直紧紧地握着它。除此之外，没有任何明显的挣扎。我推测，麻醉剂麻痹了通常的神经活动。他肯定是当场死亡的。

还有一些工作需要完成。为了确保这桩罪行的嫌疑不会落在这栋房子里的其他住户身上，而完全集中在西蒙身上，必须在清晨反锁房门。怎样才能做到这一点，然后成功逃脱呢？不能从窗户逃走，那是不可能的。此外，我还决定把窗户也闩上。办法很简单。我轻手轻脚地回到自己的房间，取出一个特殊工具，我曾用它来固定一些滑溜溜的小物品，比如小玻璃球。这个工具只不过是一个细长的老虎钳，握力很大，杠杆作用也很强，这主要归功于其手柄的形状。最简单的方法莫过于，当钥匙插入锁孔时，从外面通过钥匙孔用老虎钳夹住钥匙的一端，然后锁上门。不过，在此之前，我在西蒙屋里的壁炉里烧掉了若干文件。自杀者在自我毁灭之前，总会先将文件焚毁。我又往西蒙的酒杯里倒了一些麻醉剂——首先清除了杯中所有的葡萄酒痕迹——清洗了另一个酒杯，并把酒瓶带走了。如果在房间里发现了两个人喝过酒的痕迹，自然会引发疑问：另一个人是谁？此外，酒瓶也可能被认出是我的。我倒出麻醉剂，是为了验尸时能解释得清胃里麻醉剂的来源。这样一来，人们自然会推断，他一开始企图服毒自尽，但吞下一点儿药后，要么对它的味道感到恶心，要么出于其他动机改变了主意，转而选择用那把短剑来结束生命。安排好这些之后，我就走了出去，任由煤气灯继续亮着。我用老虎钳锁上门，然后回自己的屋子上床睡觉了。

直到将近下午三点时，人们才发现西蒙的死亡。屋里的灯光从门缝里流泻而出，照进黑暗的楼道。仆人看到煤气灯还亮着，大吃一惊，于是透过钥匙孔往里窥视，看到西蒙躺在床上。她报了警。门被撞开了，其他住户都激动不已，引发了喧嚣的骚动。

这栋房子里的所有人都被捕了，包括我自己。警方进行了死因调查，但除了自杀，没发现任何其他线索。奇怪的是，前一周他对朋友们说过几次话，似乎都暗示着自我毁灭。一位先生发誓说，西蒙曾当着他的面说"厌倦了生活"。他的房东证实，西蒙在上个月付给他房租时说"他以后不会再支付租金了"。所有其他证据都与自杀相吻合——房间的门从里面反锁，尸体的位置，烧毁的文件。正如我预料的那样，没有人知道西蒙拥有那颗钻石，因此也就不存在谋杀西蒙的动机。经过漫长的审议后，陪审团得出西蒙自杀的结论，邻居们也重新恢复了往日的平静生活。

五　玲珑美人阿妮姆拉

在西蒙死后足足三个月,我夜以继日地制作我的钻石透镜。我造了一个巨大的原电池,由将近两千对电极组成——我不敢使用更大功率,以免钻石被完全焚毁。借助这个庞大的引擎,我得以将强大的电流持续输入那颗大钻石。在我眼中,钻石焕发的光彩与日俱增。一个月后,我开始打磨和抛光透镜,这是一项无比精细的工作,需要投入大量精力。钻石的密度很大,而且需要小心翼翼地处理透镜表面的曲率,结果成了我迄今为止经历过的最艰巨、最令人疲惫的工作。

不平凡的时刻终于到来了,透镜完工了。我站在新世界的门槛上,因为激动战栗不已。亚历山大了不起的愿景终于实现了。透镜放在桌子上,随时都可以装到镜台上去。我用一层薄薄的松节油裹住一滴水,准备对其进行检查——为了防止水迅速蒸发,这个过程是必要的——此时,我的手抖得厉害。现在,我把这滴水放在透镜下的薄玻璃片上,然后借助棱镜和反光镜的共同作用,在上面投射出强大的光束,我把眼睛凑近透镜轴上钻出的小孔。刹那间,我什么也看不见了,眼前似乎是一片被照亮的混沌,一个巨大明亮的深渊。我的第一印象是纯净、无云、宁静的纯白光芒,似乎就像宇宙空间本身一样无边无际。我小心翼翼地将镜头轻轻压低了几毫米。那奇妙的光亮仍然存在,但当镜头接近那滴水时,一幅无法形容的美丽景象展现在我的眼前。

我似乎看到了一个广袤无垠的空间,其边界远远超出了我的视野。整个视野中弥漫着神奇的光晕。我惊讶地发现,这里没有任何微观生命的痕迹。显然,在那片炫目的广袤领域,没有任何生物栖息。我立刻明白了,凭借透镜的神奇能力,我已经穿透了较粗大的水物质粒子，超越了纤毛虫和原生动物的领域，深入到原始气态球体的内部，我正在凝视着它发光的内核，仿佛进入了一个几乎无边无际的穹顶，里面充满了超自然的光芒。

然而，我所目睹的并非一片灿烂的虚空，而是一场视觉盛宴。无论向各个方向望去，都能窥见美丽的无机物，质地不明，却有着最迷人的色彩。我无法给它们呈现的形态一个更具体的定义，只能称之为最稀有的"叶状云"。也就是说，它们犹如波浪般跌宕起伏，迸溅成各式各样的植被形态，并染上了绚丽的光晕，与之相比，秋日里金灿灿的森林显得无比粗糙，如同提取黄金后剩余的矿渣般黯淡无光。这些气态森林绵延伸展至无边无际的远方，朦胧透明，色彩斑斓犹如彩虹，其辉煌程度超乎想象。下垂的树枝在流动的林间小道上摇曳生姿，半透明、五彩缤纷的丝质垂幔影影绰绰地透出远景。仙女花冠般的树冠上似乎结满了果实或花朵，千姿百态，光彩夺目，宛如梦境般奇幻。这里没有山丘、湖泊、河流，也没有其他生命体或非生命体的形态。只有那些宽广无垠的极光森林安详地浮在发光的静谧中，树叶、果实和花朵闪烁着不知名的火焰，这是仅凭想象无法感觉的奇幻景象。

我想，这个世界就这样注定孤寂荒凉，是多么奇怪！我曾希望，至少能发现一些新的动物生命形式——也许比我们现在所熟悉的任何生命形式都要低级，但仍然是某些鲜活的有机体。或许可以这样说，我刚刚发现的这个世界是一片美丽的彩色沙漠。

我猜想着大自然精致奇妙的内部构造，她常常用这种构造把我们最精密的理论分解成最基本的原子。恰在此时，在其中一片五光十色的森林中，我看到有个身影在林间小道上缓缓移动。我仔细看了看，发现自己没有看错。我等待着这个神秘物体靠近，焦灼的心情无以言表。它仅仅是某种无生命的物质，在气泡稀薄的大气中悬浮着,还是一种具有生命力和运动能力的动物?它靠近了,在叶状云轻薄透明的彩色帷幕后面轻盈穿梭,一闪而过。显现几秒钟,旋即消失。最后,离我最近的紫色垂幔颤动起来,它们被轻轻地推到一边,那个身影飘到了四处漫射的光芒中,显露出真身。

那是一个女性的人形。我说"人形"是指它具有人类的轮廓,但相似之处也就终止于此了。她的美魅惑无比,超凡脱俗,比亚当最美丽的女儿都要迷人千万倍。对于这位美人,任何赞美都显得无比单薄。

我无法,也不敢尝试去描述那种天赐般完美无瑕的魅力。那双神秘深邃的紫罗兰色的眼睛,露珠般晶莹剔透,清冷宁静,让我无法描述。她的长发阳光般耀眼,如同金色瀑布般从头上倾泻而下,就像流星坠落,在空中划过的轨迹。光辉四溢,让最炽热的言语都变得黯淡无光。即使海布拉[4]所有善于歌唱的蜜蜂都栖息在我的嘴唇上,唱至声嘶力竭,也歌颂不完她身形奇妙的和谐之美。

她从云状森林的彩虹帷幕之间飘逸而出,飞向云雾之外的浩渺光海。她举手投足仙气飘飘,充满了无尽的韵律和节奏,就像一位婀娜多姿的水中仙女,仅凭意念,就能分开清澈的海水,波澜不惊。她宛如脆弱轻盈的泡沫,在六月白昼静谧的氛围中优雅地冉冉上升,完美圆润的四肢形成了柔和迷人的曲线。欣赏着这和谐流畅的曲线,如同聆听贝多芬神圣的交响乐中最具灵性的乐章。这的确是值得付出任何代价也要享受的快乐。我还会在乎是踏着别人的鲜血才得以见识这奇迹吗?我甘愿流血,甚至献出自

---

4 海布拉:意大利西西里岛东南部的古城,以产蜂蜜闻名。

己的生命，只为拥有这一刻的陶醉与欢愉。

我屏息凝视着这个可爱的奇迹，刹那间，我仿佛置身于一个只有她的世界，其他的一切仿佛都消失得无影无踪。突然，我惊慌地从显微镜上移开视线——啊！当我的视线落在仪器下面的薄玻片上时，反光镜和棱镜发出的亮光在一滴无色的水珠上闪闪发光！在那小小的露珠里，这个美妙的生命被永远囚禁了。她像海王星那样离我遥不可及。我迅速再次把眼睛贴在显微镜上。

阿妮姆拉（请允许我用后来给她起的这个名字亲切地称呼她）调整了她的位置。她又走近了那片奇异的森林，认真地仰望树冠顶部。这时，其中一棵树——我必须这样称呼它们——展开长长的纤毛，抓住了树顶上闪闪发光的一颗果实，然后徐徐下降，把它举到了阿妮姆拉触手可及的地方。那个窈窕仙女用纤纤玉手捧起果实，开始品尝。我的注意力完全被她吸引住了，以至于无法确定这种奇特的植物到底是不是有意志的本能。

我全神贯注地凝视着她享用美食的过程。当她把美丽的眼睛转向我站立的地方时，我的心在疯狂地跳动。我多么希望自己能遨游在那片光辉的海洋中，和她一起漫步在那些紫色和金色的树林中！就在我屏息凝视着她的一举一动时，她突然站了起来，似乎倾听了片刻，然后像一道光一样劈开了她所飘浮的灿烂天空，穿过乳白色的森林，消失得无影无踪。

顷刻之间，一连串最奇特的感觉向我袭来。我好像突然失明了。那个发光的球体还在我眼前，我却失去了光明。是什么导致了她突然消失？她有爱人或丈夫吗？是的，这就是答案！一个幸福的伙伴发出的信号在森林的林荫道上回荡，她响应了召唤。

得出这个结论时，痛苦的感觉把我吓了一跳。我试图拒绝理智强加给我的信念。我奋力抵抗这个不可避免的悲惨结论，但徒劳无功。事实如此。我无法逃避。我竟然爱上了一个微生物！

的确，多亏了我的显微镜的神奇功能，她才在透镜下显得与真人一般大小。她没有像水滴中更容易分解的那些部分，呈现出令人厌恶的粗糙生物的面貌，而是白皙娇嫩、玲珑精致，美得无与伦比。但这又有什么用呢？每当我的视线从仪器上移开，目光就会落在一滴可怜的水珠上，我必须心甘情愿地承认，在这滴水珠里，住着能让我感到幸福的极品尤物。

但愿我能与她有一面之缘！如果我能够有那么一瞬间，穿透那些将我们无情隔开的神秘之墙，向她轻声诉说我内心的深沉情感，我的余生就心满意足了——她即使身处远方，回忆里也会温柔地为我留有一席之地。如果能建立起哪怕一丝丝的个人纽带，把我们紧密相连，也会是我此生最大的慰藉。我知道在某些时候，比如当她漫步在那些迷人的林间空地时，她可能会想起那个奇妙的陌生人，他的出现打破了她单调的生活，在她心中留下了温柔的记忆！

但这是不可能的。人类智慧的所有发明都无法突破大自然筑起的屏障。我可以尽情享受她不可思议的美丽，用充满爱慕的眼睛日日夜夜痴迷地凝视着她，即使闭上眼睛，也会在梦中看到她，但她必然永远无法察觉。我痛苦地大叫一声，逃离了这个房间，扑到床上，像个孩子一样抽泣着睡着了。

六　镜花水月终成空

第二天一早，天蒙蒙亮，我就起床了，急忙跑向我的显微镜。我颤抖着寻找那个包含了我全部生命的微观光明世界。阿妮姆拉就在那里。前一天晚上睡觉时，我没有关掉那盏被调节器包围着的煤气灯。我发现那个窈窕仙女正沐浴在灿烂的光芒中，脸上满是愉悦的表情，显得分外灵动。她甩了甩头，把那浓密光泽的金色秀发甩到了肩上，带着天真无邪的娇媚。她全身舒展躺在透明的介质中，轻松自如地支撑着自己的身体，悠然嬉戏，迷人优雅，就像湖中水仙萨耳玛西斯试图色诱羞怯的赫马佛洛狄忒斯时那般风情万种。为了验证她的反应是否灵敏，我试着做了一个实验。我把灯光调得很暗。在微弱的灯光下，我看到她脸上掠过一丝痛苦的表情。她突然抬起头，眉头紧皱。我再次用满满一束光照射显微镜的镜台，她的表情倏然一变。整个人像失重一样，轻飘飘向前一跃，明眸善睐，朱唇轻启。啊！如果科学能够像传导和复制光线一样传导和复制声音，那我的耳中会响起多么幸福的颂歌啊！在明亮的空气中，会有多么欢快的赞美诗四处回荡啊！

我现在明白了，加巴利斯伯爵的神秘世界中为何遍布着"空气精灵"——这些美丽精灵的生命之息是轻轻摇曳的火焰，她们永远在最纯净的空气和光线中嬉戏。炼金术士所预言的奇迹在我这里确确实实地实现了。

对奇异女神的顶礼膜拜持续了多久，我几乎不知道。我完全忘记了时间。从黎明到深夜，寸步不离，一直通过那奇妙的透镜凝视着。我谁也不见，哪儿也不去，吃饭也囫囵吞枣，扒两口就完事。我全身心投入对她的观察中，就像罗马天主教的圣徒膜拜上帝那样如痴如醉。每一次凝视这个神圣的身影，我的情感就会更加浓烈——但这种激情总是被疯狂的信念所掩盖，那就是，虽然我可以随心所欲地凝视她，但她永远、永远看不见我！

最后，由于缺乏休息，以及持续反思我那没有成功可能的疯狂爱情，我变得面色苍白，神态憔悴。我决定努力摆脱这种消极状态。我说:"好了,这充其量不过是种幻想。阿妮姆拉之所以在你眼中拥有如此不可抗拒的魅力,完全是想象力作祟。与女性社会的隔绝导致了你这种扭曲的病态心理。把她和现实中的美女比较一下,就会发现她的所谓魅力不过是虚假的幻象而已。"

我漫不经心地翻着报纸,碰巧看到一位著名女舞蹈家的广告,她每晚都会在尼布罗的剧院演出。卡拉多尔采夫人素有美誉,被称为世界上最美丽、最优雅的女人。我立刻穿戴整齐,前往剧院。

幕布缓缓拉开了。身着白色薄纱的仙女们像往常一样围成半圆,用右脚尖站立,围绕着绿色帆布做成的花池,姗姗来迟的王子正睡在上面。突然,一阵笛声传来。仙子们惊起,树木分开,仙女们都换成左脚尖站立。女王驾到。正是那位夫人。在雷鸣般的掌声中,她向前一跃,单脚着地,另一条腿跷在空中。啊!这就是那位迷得众多君主拜倒在她石榴裙下的绝代妖姬吗?肌肉发达的四肢、粗壮敦实的脚踝、深深凹陷的双眼、僵硬刻板的笑容,还有涂抹着庸脂俗粉的双颊,怎么能与阿妮姆拉红润的面颊、灵动的眼睛、协调的肢体相媲美呢?

那位夫人跳起舞来。她的舞姿是多么粗犷、多么不协调啊!她四肢的动作显得极其不自然,矫揉造作。她的步伐很不流畅,仿佛在进行痛苦的体育训练。她的姿势十分僵硬,让人不忍直视。我再也无法忍受了,我厌恶地叫了一声,引来了所有人的目光。我在那位夫人的"魅力舞步"跳到一半的时候从座位上站了起来,然后突然离开了这所剧院。

我匆匆赶回家,想再一次欣赏我那美丽的精灵。我觉得从今往后再也无法抗拒这种激情了。我把眼睛凑近透镜。阿妮姆拉就在那儿,但到底发生了什么啊?在我不在的这段时间里,似乎发生了某种可怕的变化。我凝视着她可爱的面容,似乎蒙上了某种隐秘的悲伤。她的面容变得消瘦而憔悴；她的四肢沉重地垂下，她金色头发的奇异光泽已经褪去。她病了！病了，而我却无法帮助她！我相信，在那一刻，只要能让我变得像微生物一般大小，好让我去安慰因命运而永远与我分隔两界的她，我会很乐意放弃身为人类的所有权利。

我绞尽脑汁，想解开这个谜。到底是什么折磨着这个精灵？她似乎承受着极大的痛苦。她的五官在收缩，甚至扭动着身体，仿佛内心在承受着极度痛苦。那些奇妙的森林似乎也失去了一半的美丽。它们的颜色暗淡无光，有些地方甚至完全消失不见。我观察了阿妮姆拉几个小时，她似乎就在我的眼皮底下枯萎了，这让我的心都要碎了。我突然想起，我已经好几天没看那滴水了。事实上，我讨厌看到它，因为它让我想起了阿妮姆拉和我之间的天然屏障。我急忙低头看显微镜的镜台。载物玻璃片还在原处，但是，天哪！那滴水不见了！可怕的事实突然出现在我的脑海里：它蒸发了，变得如此微小，以至于肉眼无法看见。我一直在凝视着它的最后一个原子，那个包含着阿妮姆拉的原子，而她已经奄奄一息了！

我再次冲到透镜前，透过透镜看了看。唉！她已经走到了生命的尽头。彩虹般的森林已经全部消失，阿妮姆拉无力地躺在昏暗的光斑中，虚弱地挣扎着。啊！这景象太可怕了，曾经那么圆润美丽的四肢，现在干瘪枯萎，变为虚无。那双眼睛——那双像天堂一样闪闪发光的眼睛——熄灭了，成了黑色的尘埃。那一头光泽鲜亮的金色头发现在变得枯黄褪色。最后的痛苦来临了。我看到了那逐渐变黑的身体最后的挣扎，然后我昏倒了。

当我从几个小时的恍惚中醒来时，我发现自己躺在显微镜的残骸中，自己的身心也和它一样支离破碎。我虚弱无力地爬到床上，好几个月都起不了身。

　　现在，他们说我疯了，但他们错了。我变得一贫如洗，因为既没有心情也没有意愿去工作。我所有的钱都花光了，只能靠救济施舍勉强维持生计。那些爱开玩笑的年轻人社团邀请我去给他们做有关光学的讲座，他们为此付钱给我，并在我讲课时嘲笑我，叫我"林雷，疯子显微镜学家"。我想，我讲课的时候一定语无伦次。不过，当脑海中充斥着如此可怕的记忆时，谁还能说出理智的话来呢？而在死亡朦胧的影像中，我时不时会看到与我永别的阿妮姆拉那光彩照人的形象。

木乃伊之足
LE PIED DE MOMIE

〔法〕特奥菲尔·戈蒂埃
Théophile Gautier

《木乃伊之足》导读

1.《木乃伊之足》的作者是法国诗人、剧作家、小说家特奥菲尔·戈蒂埃（1811—1872）。他是浪漫主义的热心捍卫者，他受到巴尔扎克、福楼拜、庞德、艾略特、王尔德等不同作家的广泛推崇。

2.法国诗人夏尔·皮埃尔·波德莱尔的著名诗集《恶之花》，是献给戈蒂埃的作品。波德莱尔称"献给法国文学的完美魔术师"。

3.洛夫克拉夫特在其文学评论《文学中的超自然恐怖》中说："在特奥菲尔·戈蒂埃身上，我们初次品尝到了虚幻世界里正统法国文学的风味。"

4.《木乃伊之足》最初发表于1840年9月的《家庭博物馆》杂志。1908年被拉夫卡迪奥·赫恩（小泉八云）翻译成英文。

5.故事中提到了一些古代神话传说中的角色：梵天，印度教三相神之一，创造之神；毗湿奴，印度教三相神之一，维护之神；伊希斯，古埃及神话中的生命和魔法女神；阿门泰特，古埃及神话中的冥界女神；克罗诺斯，古希腊神话中的丰收之神，在古罗马统治埃及时期，成为对埃及大地之神盖布的别称；西绪特罗斯，苏美尔神话人物朱苏德拉的希腊化名字，他是苏美尔大洪水传说里的英雄；土八该隐，传说中以色列人打造铜铁利器的始祖；奥西里斯，古埃及神话中的冥王，植物、农业和丰饶之神。

6.故事中提到的"科林斯式"，是一种在古希腊发展起来的华丽柱式风格，由伊奥尼亚式演变而来，柱头呈花篮形状，更加华丽、轻巧，体现了少女胴体的窈窕之美。

我闲来无事，漫步在巴黎街头，走进了一家卖古董的小店，巴黎人称这种店的店主为"杂物商人"，这是本地特有的俚语，出了巴黎根本没人听得懂。

你们肯定偶尔也会往这些店大大小小的橱窗里瞥上一两眼。现在买古董家具已成时尚，所以在巴黎的街头巷尾，这些古董店多如牛毛，每个小股票经纪人都寻思着在家里弄个中世纪风格的房间以附庸风雅。

旧铁器商人的店铺、挂毯匠的仓库、化学家的实验室和画家的画室，表面看似截然不同，却有一样东西是相同的：在所有这些黑魆魆的巢穴里，阳光透过百叶窗偷偷洒落，形成斑驳的光影。其中最显眼的古物就是无处不在的灰尘。在这层薄薄的尘埃中，蜘蛛网以其精妙绝伦的纹理和形态，比任何凸纹花边的华丽蕾丝都更真实、更生动地诠释出时间的印记。摆放在外的老梨木家具虽然看似历尽沧桑，实际上却比昨天才从美洲运来的桃花心木家具更为崭新。

那个古董贩子的仓库是个名副其实的杂物堆放地。各个时代、各个国家的古董似乎都汇聚于此，宛如一个跨越时空的博物馆。一盏伊特鲁里亚[1]的红黏土灯立在一个布勒橱柜上，黑檀木面板上镶嵌着条纹鲜明的黄铜线条。一位路易十五时期宫廷中的公爵夫人像没事儿人似的，把宛若小鹿的双脚伸到一张路易十三时期的

---

[1] 伊特鲁里亚：处于意大利的古代城邦国家。

大桌子下面。桌子有沉重的螺旋形橡木桌脚，雕刻着虚构的怪物和交错的树叶图案。

在几个餐具柜锯齿形装饰的镶嵌架上，巨大的日本餐盘璀璨夺目，盘子上有红色和蓝色的图案，上面有镀金的凹槽，与旁边伯纳德·帕利西[2]的珐琅作品相映成趣，珐琅上面有蛇、青蛙和蜥蜴的浮雕。

被拆开的柜子里，银光闪闪的丝绸像瀑布一样倾泻而下，闪闪发光的小珠子被斜射的阳光映衬得珠光宝气，漾出亮丽奢华的光波。而各个年代的肖像画，在或多或少失去光泽的画框里，透过黄色的清漆，露出了灿烂的笑容。

在一个角落里有套米兰盔甲，上面的条纹胸铠镶嵌了金属，在阳光下熠熠生辉，架子上和房间的犄角旮旯里凌乱地摆满了瓷制的爱神和仙女，以及奇特的东方瓷器、青瓷花瓶和裂纹瓷器、撒克逊杯和老式的塞弗勒[3]茶杯。

那个古董商紧紧地跟着我，在成堆的家具之间迂回穿梭前进，时不时用手挡开我那危险地扫过古董的外衣下摆，像古文物研究者和高利贷者似的，紧张兮兮地盯着我的胳膊肘，生怕弄坏了他的宝贝。

这个商人面容奇特，颅骨硕大，像膝盖一样圆滑，周围是一圈稀疏的白发，把他那清澈的鲑鱼色皮肤衬托得更加醒目，给人一种家长式的和蔼可亲的假象。然而，两只黄色的小眼睛闪烁着光芒，在眼眶里颤动着，活像两个金路易[4]浮在水银上。他长着个

---

2 伯纳德·帕利西：16世纪的一位法国陶器专家、雕刻家。

3 塞弗勒：即塞弗勒国家瓷器厂，或称塞夫尔国家陶瓷制造局，法国著名瓷器品牌，所制瓷器精致、优美、豪华。

4 金路易：法国旧时金币名，面值为20法郎。

鹰钩鼻，让人联想到东方人或犹太人。他的手细长，手上青筋暴起，就像小提琴指板上的琴弦般紧绷着；指甲又长又尖，仿佛蝙蝠翅膀上延伸出来的利爪。他的手因年迈而颤颤巍巍，但当他拿起任何一件贵重物品——玛瑙杯、威尼斯玻璃杯或波希米亚水晶盘时，这双因痉挛而略微颤抖的手就会变得比钢钳或龙虾的爪子还要有力。这个古怪的老家伙看上去完全就是个犹太人，身上有一种神秘气质。若是在三百年前，仅凭这副长相，他可能就被判为异端，绑在火刑柱上烧死了。

"先生，您今天不从我这儿买些东西吗？这是一把马来刀，刀刃像火焰一样起伏。您瞧，那些凹槽是为了方便快速放血，再看看那些锋利的倒齿，拔刀时可以瞬间撕裂敌人的内脏。这是一把质地优良的凶猛武器，在您的收藏中肯定会很抢眼。这把双手剑精美绝伦，是铸剑大师何塞佩·德拉赫拉的得意之作。还有这把克里希马德剑[5]，护手上钻了孔，巧夺天工，做工精湛，堪称手工艺品中的极品！"

"不了，我收集的武器够多了。今天，我想找个小雕像，适合拿来当镇纸的那种。因为文具店卖的那些青铜器中看不中用，可能每张书桌上都有，太俗，我实在是受够了。"

老侏儒在他的货堆里东翻西找，最后在我面前摆放了几件古董，至少是所谓古董。孔雀石碎片，印度的小神像，用玉石做的不倒翁玩具——是梵天或毗湿奴的化身，挺适合用来固定纸张和信件这种不太神圣的东西。

我纠结得要命，是不是该买那条浑身都是疙瘩的瓷龙，龙嘴里伸出令人生畏的獠牙，还有两排尖牙，真是威风凛凛。要不就

---

5 克里希马德剑：17—18世纪法国的一种剑，改良自意大利或西班牙击剑学校用剑。此剑属于轻剑类，只用于运动，不用于战场。

买个外形不太讨喜的墨西哥小物神，它代表的是自然之神维兹里朴茨特里。正在举棋不定之时，我看到了一只迷人的脚，起初我还以为是某个维纳斯古董神像的碎片呢。

它透出红褐色和茶色的绝美光泽，这是佛罗伦萨青铜器独有的魅力，与普通青铜器常见的灰绿色相比，这样的颜色显得更加温暖，也更加充满活力，因为灰绿色很容易给人一种雕像被岁月锈蚀的错觉。铜器圆润的身躯上闪耀着绸缎般的光泽，无疑是被两千年多情岁月亲吻而成的，看造型像是科林斯式的青铜器，是艺术盛世的巅峰之作，说不定是由古希腊雕刻家利西普斯亲手铸造的。

我对商人说："我就选那只脚了。"商人看着我，面露讥讽之色，眼神中又透出几许阴鸷。然后他把我想要的东西递给我，让我仔细检查一下。

我对它的轻盈程度感到惊奇不已。这哪是金属铸成的脚，明明就是活生生的肉脚，一只经过防腐处理的脚，一只木乃伊的脚。再仔细一看，皮肤的纹理清晰可见，就连包裹布在上面留下的那一点点不易察觉的痕迹都看得清清楚楚。脚趾纤细而精致，末端是形状完美的指甲，像玛瑙一样晶莹剔透。大脚趾与其他脚趾略微分开，形成了鲜明的对比。这是一种古老的美，并赋予它一种轻盈的感觉——如鸟足般优雅。脚底仅有几根像头发丝一样细的纹路，不易察觉，几乎看不见，证明它从未踩踏过露天的地面，只接触过尼罗河畔最精美的灯芯草席和最柔滑的黑豹皮地毯。

"哈哈，你竟然想要赫尔蒙蒂斯公主的脚！"商人怪笑一声，用他那双猫头鹰般的眼睛盯着我。"哈哈哈！当镇纸用！真是一个新颖的想法！一个艺术性的想法！如果有人告诉老法老，他爱女的脚还能用来做镇纸，他肯定会大吃一惊的。因为他动用全国的物力人力,挖空了一座花岗岩山,作为三重棺椁的容器,棺木上面绘满了象形文字和灵魂审判的美丽图画。"这个古怪的小个子商人继续说道,他的声音不大,仿佛在自言自语。

"这只木乃伊的断足你要卖多少钱?"

"啊,我可得要个最高价,因为这真是一件极品。如果有另一只脚能跟它配对,价格不会低于五百法郎。法老女儿的脚,没有比这更难得的珍品了。"

"这当然不是普通物件,但你想要多少钱?首先我得提醒你,我全身上下只有五枚金路易,我顶多给你五枚,再多就真没钱了。你搜遍我的背心口袋和最隐秘的抽屉,除了这可怜的五枚金路易,你再也找不出一个子儿了。"

"五枚金路易就想买赫尔蒙蒂斯公主的脚!这太少了,确实太少了。这可是一只真正的脚。"商人喃喃自语,摇了摇头,眼睛诡异地转了转,闪烁着狡黠的光芒,"好吧,拿去吧,我把包裹布也给你,做个添头儿。"他补充道,用一块古老的破锦缎把那只脚包好,"非常精致!真正的锦缎,从未染过色的印度锦缎。质地结实,但也很柔软。"他喃喃地说着,用手指抚摸着破锦缎。长期做生意让他养成了吹嘘的习惯,就算这东西一文不值,甚至他自己也认为只能免费奉上,他还是能把它夸得天花乱坠。

他把金币倒进腰间挂着的一个中世纪钱袋里,嘴里重复着:

"赫尔蒙蒂斯公主的脚,要用来做镇纸!"

然后,他用那双闪着磷光的眼睛盯着我,活像吞了鱼刺的猫惨嚎一样,用尖锐的声音喊道:

"老法老会大发雷霆的。那个尊贵之人,十分疼爱他的掌上明珠!"

"你的口吻听起来就像你跟法老是同时代的人似的。你已经很老了,天知道你有多大年龄,但再老也老不过埃及金字塔吧。"我站在门口,笑着回答。

我回家了,为我的收获而欣喜不已。

我急切地想让它派上用场,于是把神圣的赫尔蒙蒂斯公主的脚放在一堆纸上。那些纸上潦草地写满了诗句,自身就成了无法辨认的马赛克画卷。刚刚动笔的文章,以及忘记寄出的信件,都被我塞进了桌子的抽屉里,而不是信箱里,健忘的人特别容易犯这样的错误。这只脚压在那些纸上,颇具艺术感,效果迷人,既奇异又浪漫。

我很满意这样的装饰,然后便态度严肃、神情骄傲地出门了。因为拥有法老之女赫尔蒙蒂斯公主的脚这样一件珍品,所以碰到那些平凡的路人时,我便自觉高人一等。

对于那些不像我一样拥有纯正埃及风格的镇纸的人,我不屑一顾。在我看来,明智之人都应当将木乃伊的脚作为书桌上的装饰,这才是正当消遣。

幸运的是,我遇到了几个朋友,他们的到来暂时分散了我对这个新入手的玩物的迷恋。我和他们共进了晚餐,因为我一个人总是不好好吃饭。

那天晚上,我喝了几杯酒,飘飘欲仙,脑子有点儿转不过弯来。回来时,隐约闻到一股东方香料的味道,微妙地刺激着我的嗅觉神经。房间里的热气让泡碱、沥青和没药的气味变得更加浓郁,古埃及剖开死者的尸体防腐者就是用这些东西浸润公主的。那是一种既甜美又有穿透力的香气,有着四千年都无法消散的芬芳。

埃及之梦是永生之梦。她散发出的馥郁香气像金字塔的花岗岩一样经久不衰。

睡意如同黑色佳酿,深深啜饮的我很快就沉沉醉去。几个小时后，一切都变得模糊不清。遗忘和虚无像漆黑的海水淹没了我。

然而，光明渐渐驱散了我内心的黑暗。在无声的飞翔中，梦境的羽翼开始轻柔地拂过我。

我张开了灵魂之眼，看到了我的房间，就像在现实中肉眼所见的那般。要不是模糊地意识到自己睡着了，我还会以为自己是醒着的，而且某种奇妙的事情即将发生。

没药的气味越发浓烈，我感到有些头痛，这自然是那几杯香槟酒的功劳，晚餐时我和朋友们为了未知的神灵和未来的好运猛干了好几杯。

我怀着期待的心情打量着我的房间，但我看不出有什么值得期待的。每件家具都摆放在原来的位置。那盏灯在支架上燃烧着，柔和地笼罩在水晶球的阴影下。水彩画在波西米亚风格的玻璃保护面下熠熠生辉。窗帘慵懒地垂下来，一切都蒙上了静谧沉睡的气息。

然而，片刻之后，这一切宁静的室内设计似乎都变得不安起来。木制品悄无声息地裂开了，覆盖着灰烬的圆木突然喷射出一股蓝色的火焰，装饰用的圆盘宛如巨大的金属眼睛，像我一样注视着即将发生的事情。

我的视线不经意间落在了书桌上，赫尔蒙蒂斯公主的那只脚就放在那里。

它并没有像一只被防腐了四千年的脚那样一动不动，而是开始紧张地行动起来，收缩身体，像一只受惊的青蛙一样在纸上焦躁地跳来跳去，像突然触了电一般。我能清楚地听到它小小的脚后跟与纸摩擦所发出的干涩之声，就像小羚羊坚硬的蹄子所发出的声音一样。

我开始对我的收获感到不满，因为我希望我的镇纸是静止不动的,我认为没有腿的脚走来走去太反常了,然后我开始体验到一种近似于恐惧的感觉。

突然,我看到床帷的褶皱在无声地颤动,伴随着一阵阵若有似无的碰撞声,就像有人正跳过地板。不得不承认,那一刻,我的身体仿佛经历了冰与火的交替煎熬。一股诡异的风悄然掠过我的后背,让我全身寒毛倒立。我的头发仿佛被某种超自然的力量牵引,陡然竖起,甚至连我头上的睡帽都被这股力量掀飞到了半空中。

床帷被人拉开了,有个十分奇特的身影出现在我的面前。

那是个年轻女孩,皮肤呈深咖啡色,就像舞蹈家阿玛尼一样,拥有最纯粹的埃及式的完美无瑕的美。一双迷人的杏仁眼,眼尾微翘,斜斜往上;眉毛浓密深黑,微微泛着蓝色;鼻子精致挺拔,轮廓细腻柔和,像极了希腊人的鼻子。她的颧骨略高,红唇丰润饱满,略带非洲风情,无疑表明她来自尼罗河畔,是那个使用象形文字的古老种族的后裔。否则,真会有人误以为她是科林斯式的青铜雕像。

她的手臂纤细修长,形状如同纺锤,就像正值豆蔻年华的女孩的手臂一样,上面缠绕着一种特殊的金属带和玻璃珠手链。她的一头秀发全部编成精致的小辫盘着,胸前戴着一个绿色黏土做成的小神像,神像手里拿着一根七尾鞭,那是伊希斯女神的象征。她的额头上缀着一块闪闪发光的黄金头饰,脸颊上涂了几抹胭脂,让她古铜色脸颊的色泽更加亮丽。

至于她的服装,更是非常奇特。

想象一下吧,她的裙子是用窄布条做成的,红色和黑色的象形文字点缀其上,并且覆盖着沥青用以加固,显然属于刚刚褪去束缚的木乃伊。

在梦境常见的浮想联翩中，我听到了那个古董小商贩嘶哑的假声，像单调的副歌一样重复着他在店里说过的那句话，语调神秘莫测：

"老法老会大发雷霆的。那个尊贵之人，十分疼爱他的掌上明珠！"

一个奇怪的情况让我的心情根本无法平静，那就是这个离奇出现的幽灵只有一只脚，另一只脚在脚踝处折断了！

她靠近那张桌子后，桌上那只脚突然一惊，更加躁动不安。她轻倚在桌子边上，我看到她的秀眸中噙满了珍珠般晶莹剔透的泪水。

虽然她一直不曾说话，但我完全理解她激动的心情。她看着自己的脚——那确实是她自己的——露出了娇媚忧伤的表情，更添几分婉约柔美的风韵，但那只脚却像脚底安了钢制弹簧似的，到处奔跑、跳跃。

她两三次伸出手想抓住它，但都没有成功。

然后，赫尔蒙蒂斯公主和她的脚——这只脚似乎被赋予了独特的生命——开始了一段非常奇妙的对话，用的是最古老的科普特语，大概只有三千年前塞尔国的斯芬克司才会说。幸运的是，那天晚上我完全听懂了科普特语。

赫尔蒙蒂斯公主喊道，声音甜美而充满活力，就跟水晶钟的音调一般悦耳：

"好吧，我亲爱的小脚丫，你总是从我身边逃走，但我总是悉心照料你。我把花露水盛在纯白的大理石盆里给你洗澡，用涂满棕榈油的浮石磨平你的脚后跟，用纯金剪刀修剪你的趾甲，用河马的牙齿擦亮它们，精心挑选色彩斑斓的绣花凉鞋，脚趾向上翘起，让埃及所有的年轻女孩都艳羡不已。你的大脚趾上戴着刻有圣甲虫的戒指,你支撑着所有懒惰的脚都梦寐以求的轻盈身躯。为什么你还要逃呢?"

那只脚用撒娇而又懊恼的腔调回答道:

"你很清楚,我不再属于我自己了。我已经被人买了,银货两讫。那个老商人知道他在做什么,他因你拒绝嫁给他而心怀怨恨。这是他对你的冒犯。在底比斯[6]卫城的地下墓穴里盗掘你棺椁的那个阿拉伯人,就是受他指使。他想阻止你出席在地下城举行的幽冥国度盛会。你能弄五块金币来赎我吗?"

"唉,不行啊!我的珠宝、戒指和金银钱包都被偷走了。"赫尔蒙蒂斯公主抽泣着回答。

于是我大声说道:"公主,我从没蛮横地霸占过任何人的脚。尽管您无法还给我五枚金路易,我还是很高兴奉还您的玉足。若是因我之过,害得赫尔蒙蒂斯公主这么可爱的人跛了脚,我会感到无比悲哀。"

我用游吟诗人的腔调说了这番话,语气高贵而又勇敢,肯定能让那位美丽的埃及姑娘大吃一惊。

她向我投来感激的目光,眼睛里闪烁着幽蓝的光芒。

这一次,那只脚乖乖听话不再挣扎了。她拿起自己的那只脚,就像女人穿上精致的鞋子一样,熟练地把它安在了腿上。

这项工作结束后,她在房间里走了几步,似乎是想让自己确信,她真的不再跛脚了。

"啊,我父亲一定会很高兴!他为我身体的残缺不全伤透了心。从我出生的那一刻起,他就发动整个国家的力量,为我挖了一个很深的坟墓,以便在最后的审判日,灵魂必须在阴间女神阿

---

6 底比斯:古代埃及政治、经济、宗教中心,中王国和新王国时代的埃及首都。

门泰特的天平上称重的时候，我的身体仍能被保存得完好无损！跟我去觐见父王吧，他会善待你的，因为你把我的脚还给了我。"

我觉得这个提议很自然。我穿上了一件大花图案的晨衣，这让我看起来很有法老的派头，又匆忙趿拉上一双土耳其拖鞋，然后告诉赫尔蒙蒂斯公主我已经准备好跟她走了。

出发前，赫尔蒙蒂斯公主从脖子上取下一个绿色黏土制成的小神像，把它放在桌子上那些散落的纸上。

她笑着说："我应该用它换掉你的镇纸，这样才公平。"

她向我伸出一只纤纤玉手，我握住了。她的手触感柔软且冰凉，宛如蛇皮般滑腻。然后我们就出发了。

我们如同离弦之箭，在一片流动的灰蒙蒙的苍穹中急速穿行了一段时间，有模模糊糊的剪影从我们左右飞驰而过。

有一瞬间，目之所及，除了苍穹和大海，别无他物。

片刻之后，高耸的方尖碑慢慢浮现，在地平线上清晰地显现出水晶塔和由狮身人面像守护的巨大阶梯。

我们到达了目的地。

公主把我带到一座深红色的花岗岩山前，山前有一个开口，狭窄而低矮，很难辨认。如果不是有两块刻着雕塑的石碑做标记，恐怕很难将它与岩石的裂缝区分开来。

赫尔蒙蒂斯点燃了一根火把，在我前面带路。

我们穿过在天然岩石上凿出的走廊。走廊两侧的墙壁上镌刻着密密麻麻的象形文字和一连串寓言画。如此浩大的工程，很可能需要数千年，由成千上万的灵巧工匠同心协力方可完工。这些走廊曲折悠长，通向一个个方方正正的房间，房间中间挖了一个个凹坑，我们可以通过金属磴道或螺旋阶梯走下去。这些坑洞又把我们引向其他房间，那些房间又通向其他走廊，走廊上同样装饰着各种彩绘图案，如雀鹰、盘绕成圈的毒蛇、头和足的符号。这些活人无法看到的艺术作品，令人叹为观止——花岗岩上的无尽传说，只有获得永生的逝者方有闲暇浏览，直至永恒。

最后，我发现自己置身于一个广阔无比的大厅中，辽远无尽，浩渺无垠。一排排巨大的柱子从四面八方伸向远方，柱子之间闪烁着青灰色的星辰，熠熠星光带着微黄的火焰。星星点点的光芒照出了远方深不可测的黑暗深渊。

赫尔蒙蒂斯公主仍然握着我的手，优雅地向她认识的那些木乃伊致意。

我的眼睛渐渐适应了昏暗的光线，眼前景象也变得清晰可辨。

我看到冥界的埃及诸王端坐在宝座上。他们都是气度不凡的老人，皮肤干枯，面容憔悴，满脸褶子皱得像羊皮纸，保存木乃伊的石脑油和沥青使他们的皮肉呈现炭黑色。但他们都佩戴着黄金首饰，胸甲和护腕都镶嵌着闪闪发光的宝石，眼睛像狮身人面像的眼睛一样一动不动，长长的胡须因为经历数百年的风霜而变得雪白。在他们身后，站着他们的子民，摆着埃及艺术所要求的僵硬拘谨的姿势，所有人都始终保持着等级制度所规定的毕恭毕敬之态。在这些平民的身后，与他们同时代的猫、朱鹮和鳄鱼——身上的缠绕带使它们的样貌显得更加狰狞——或发出喵喵的叫声，或拍打着翅膀，或张合着下颚，发出蜥蜴般的咯咯笑声。

所有的法老——基奥普斯、哈夫拉、普萨美提克一世、塞索斯特利斯、阿莫诺塔夫——都在那里，他们都是金字塔和斯芬克司的冥界统治者。在更高的宝座上还坐着克罗诺斯和与大洪水同时代的西绪特罗斯，以及在大洪水之前在位的土八该隐。

西绪特罗斯国王的胡须长得太长，在一张花岗岩桌子周围绕了七圈，他倚着那张桌子，迷失在深深的遐想中，沉醉于无穷的梦境中。

在更远的地方，透过一片尘雾，我隐约看到了七十二位亚当以前的君王和他们的七十二个民族——他们已经永远消逝。

在我尽情欣赏这令人眼花缭乱的奇景之后，赫尔蒙蒂斯公主把我引见给她的法老父亲，法老非常和蔼地向我点头致意。

"我又找到我的脚了！我找到我的脚了！"公主喊道，她的小手拍得啪啪作响，喜悦之情溢于言表，"是这位彬彬有礼的绅士把它还给我的。"

凯米人，纳哈西人——所有黑色、古铜色和红棕色皮肤的古埃及国民都齐声重复：

"赫尔蒙蒂斯公主又找到她的脚了！"

面对此情此景，就连西绪特罗斯也明显被深深地打动了。

他用手指捋了捋胡子，抬起沉重的眼睑望着我，目光中蕴含着厚重的岁月底蕴。

"以地狱犬奥姆斯之名，以太阳神与真理神之女特梅之名，嘉尔少年，果敢而可敬！"法老用他的权杖指着我赞叹道，权杖的末端雕着一朵莲花。

"汝欲何赏？"

身处梦境，万事皆有可能，我鼓足了勇气，向他求娶赫尔蒙蒂斯公主。在我看来，允婚是对公主那只玉足非常恰当的补偿。

法老睁大了他那双填充了玻璃眼球的大眼睛，对我机智的请求惊讶不已。

"尔自何国来，年几何矣？"

"吾乃法兰西人，年二十又七，敬告法老。"

"彼年仅二十又七，竟欲娶三千岁之赫尔蒙蒂斯公主乎！"所有端坐于王座上的法老都惊呼出声，整个冥界王国的人立刻一片哗然。

只有赫尔蒙蒂斯公主本人似乎并不认为我的要求不合理。

那位老法老回答说：

"若尔及两千岁，吾亦欣然以公主妻之，然尔等年岁悬殊！且吾必为女择可永伴之夫。尔已不知尸腐之法，不得永生之躯。千五百年前逝者，今亦仅余一抔黄土。尔且观之，吾之肉身坚如玄铁，吾之骨硬如钢！

"纵至万劫不复，吾之肉身与容颜仍如生时。吾之爱女赫尔蒙蒂斯，其寿将逾青铜雕像之久。

"然尔之骨灰终将随风飘散，纵伊希斯可寻奥西里斯之原子，亦难原尔之身。"

他又说："尔可细观之，吾犹神采焕发，握力甚强！"他以英国人的方式跟我握手，力道之大，箍得我手指上的戒指深深嵌入肉中。

他死死地攥着我的手，痛得我醒了过来，结果发现我的朋友阿尔弗雷德正拽着我的胳膊使劲儿摇晃，让我赶快起床。

"嘿，你这个永远睡不醒的家伙！一定要我把你拖到马路中间，在你耳边放爆竹才能弄醒你吗？现在都到下午了。难道你不记得答应过我，要带我去看 M. 阿瓜多先生的西班牙画吗？"

"天哪！我全忘了，忘得一干二净。"我急忙穿好衣服回答道，"我们马上就去。我的桌子上有门票。"

我开始去找，却不禁大吃一惊，前一天晚上买的木乃伊脚不见了，摆在原处的是赫尔蒙蒂斯公主留下的那个绿色黏土小神像！

走得太远的人
THE MAN WHO WENT TOO FAR

〔英〕爱德华·弗雷德里克·本森

Edward Frederic Benson

《走得太远的人》导读

1.《走得太远的人》的作者是英国小说家、传记作家爱德华·弗雷德里克·本森（1867—1940）。他以创作大气、有时幽默或讽刺的怪谈故事而闻名。

2.《走得太远的人》最初收录于他的作品集《高塔之内的房间及其他故事》（1912）。

3. 洛夫克拉夫特在他的文学评论《文学中的超自然恐怖》中，积极评价了《走得太远的人》和本森的同类型作品，称作者是该类型小说的"重要贡献者"。

4. 本故事显然受到了亚瑟·梅琴的小说《大潘神》的影响。潘神原本是希腊神话里的牧神，有人的躯干和头，山羊的腿、角和耳朵，掌管森林、田地和羊群，喜欢吹潘笛。欧洲中世纪的基督教将潘神视为恶魔。18世纪末，自由派学者重新燃起对潘神的兴趣，用诗歌赞美潘神。自19世纪末起，潘神的形象在文学和艺术中越来越常见。

圣菲斯这个小村庄位于汉普郡福恩河北岸，坐落在一个林木葱郁的山谷里，紧挨着那座灰色的诺曼教堂，仿佛在寻求精神上的保护，以抵御妖精、精灵、巨魔和"小人族"的侵袭。那些生物可能仍然逗留在新森林的广袤空地中，并在夜幕降临时出来行鬼祟之事。出了小村庄，你可以朝任何方向走（只要避开通往布罗肯赫斯特的大路），整个夏日午后，时间仿佛凝固了，漫长的路途中都不见人烟，甚至可能看不到其他人。当你经过时，毛发蓬松的野马可能会暂时停止觅食，受惊的白色野兔会一溜烟儿消失在它们挖的地洞里，棕色的毒蛇也许会从你脚边悄无声息地溜走，滑进帚石楠丛中，隐匿在灌木丛中的鸟儿发出诡谲的笑声。在漫长的一天里，很有可能一个人影也看不到，但你丝毫不会感到孤单寂寞。不管怎么说，炎炎夏日，蝴蝶欢快地飞舞，林间的空气中弥漫着各种声音，仿佛管弦乐队中的各种乐器，共同演奏着六月节日一年一度的盛大交响乐。风在白桦林间轻歌细语，在冷杉间深沉叹息。蜜蜂在帚石楠花丛中忙碌地采蜜，而在森林树木的绿色殿堂里，无数鸟儿啁啾歌唱。河水在石块上潺潺流淌，汩汩流进水潭，在转角处发出欢快的咯咯声和满足的咕咚咕咚声，让你深感周围充满了生命和伙伴。

然而，令人惊奇的是，尽管人们认为对健康有益的清新空气和广阔的森林是人类的良好伴侣，大自然却无法真正影响奇妙的人类物种。几个世纪以来，人类已经学会建造坚固的房屋以抵御最猛烈的风暴，控制激流并用水力发电照亮街道，凿穿山脉并开发海洋。可天黑后，圣菲斯的居民却不愿冒险进入森林。尽管黑夜静谧而又孤独，但人们总是无法确定自己会突然遇到什么。虽然很难从这些村民口中获得任何关于超自然现象的清晰故事，但这种感觉普遍存在。我确实听过一个故事，那就是有人看到一只巨大的山羊在树林里和阴暗的地方欢快地跳跃嬉戏，这也许与我在此处试图拼凑的故事有所关联。他们都很熟悉这个故事，因为大家都记得不久前在这里去世的一位年轻艺术家，他是个小伙子，或者说他给见过他的人留下了深刻的印象。他有着非同寻常的个人魅力，当人们看到他的时候，他身上的某种特质会让他们喜笑颜开。他们会告诉你，他的鬼魂经常在他深爱的小溪边和树林间"游荡"，尤其是他住过的村尾那栋房子，还出没在房子的花园里，他就是在那里过世的。就我而言，我倾向于认为村民们对森林的恐惧主要就是从他过世那一天开始的。因此，我把这个故事连贯起来讲给你们听吧。故事部分基于村民们的叙述，但主要基于达西的叙述，他是我的一个朋友，也是这些事件主要当事者的朋友。

盛夏的白昼绚丽多彩，犹如色彩流动的盛宴。当太阳快要落山的时候，暮光如梦，变得更加晶莹剔透，更加神奇莫测。从圣菲斯教堂向西望去，漫山遍野的山毛榉林，一直绵延至远方的荒地之巅，给村庄的红色屋顶蒙上了一层清晰的阴影，但那座灰色教堂的尖顶仍旧骄傲地高高矗立，犹如一根燃烧的橙色手指，指向广袤无垠的天空。福恩河流水淙淙，梦幻般的蓝色波光与天幕交相辉映，犹如仙境。小溪蜿蜒流淌，绕过这片树林的边缘，那里有一座做工粗糙的小桥，其实就是在河上架了两块木板。溪水从村里最后一栋房子的花园尽头穿过，通过一扇柳条编成的小门与树林相连。一出了树林的阴影，溪流就汇聚成水潭，在落日的余晖中变得火红,消失在远处林地的薄雾中。

村尾的那栋房子矗立在阴影之外,因此一直延伸到河边的草坪上还洒着点点阳光。砾石小径两旁是色彩绚丽的花坛,花坛中间是一座砖砌的凉亭,半掩在一簇簇蔷薇和紫色的星形铁线莲花丛中。在凉亭下面,两根柱子之间挂着一张吊床,吊床上躺着一个穿衬衫的人。

那栋房子离村里其他地方有些远,有一条小路穿过两块庄稼地,那是通往大路的唯一通道。庄稼地里现在立着高高的草垛,散发着干草的香味。房子建得不高,只有两层楼,和花园一样,墙壁上爬满了大片盛开的蔷薇花丛。花园正面有一个狭窄的石头露台,上面搭着遮阳篷,露台上有一位脚步轻盈的年轻男仆正忙着准备晚餐。他手脚麻利,很快就完成了工作,然后回到屋里,再次出现时胳膊上搭着一条粗布大浴巾。他拿着浴巾走到凉亭下的吊床边。

"快八点了,先生。"他说。

"达西先生到了吗?"吊床上传来一个声音,问道。

"还没到,先生。"

"如果他到的时候我还没回来,就告诉他我只是在晚餐前沐浴一下。"

仆人返回屋内。过了一会儿,弗兰克·哈尔顿摇摇晃晃地坐了起来,随即从吊床上一下子溜到了草地上。他中等身高,身材消瘦,但动作灵活自如,从容优雅,给人一种体魄强健的感觉。即使从吊床上下来,他的动作也丝毫不显笨拙。他的脸和手的肤色很深,这可能是常年风吹日晒的缘故,要么就像他的黑头发和黑眼睛所显示的那样,是因为他有某种南方血统。他的头不大,面容精致英俊,轮廓平滑流畅,这样的外貌会让你误以为他是个十来岁还没长胡子的少年。但有些东西,一些只有经历过生活沧桑才会有的神情,似乎与年龄不符。你发现自己对他的年龄感到困惑,但下一刻可能就不再去纠结这个问题了,只会惊异地看着这个充满青春活力的年轻男子,满心羡慕。

他的穿着打扮与季节和炎热的天气相称,只穿了一件领口敞开的衬衫和一条法兰绒裤子,留着一头浓密且略显叛逆的短卷发。他漫步穿过草坪,走向下面的浴池时,头上什么也没戴。片刻后,寂静被水花四溅的声音打破,紧接着传来他欣喜若狂的欢呼声。他逆流而上,水花泛起的泡沫像褶边一样围着他的脖上。然后,在与水流搏斗了大约五分钟后,他翻了个身,张开双臂,顺流而下,涟漪荡漾,他的身体静止而松弛。他闭着眼睛,双唇微分,轻声自言自语道:

"我和它是一体的,溪流与我,我与溪流。溪水的清凉和溅起的水花是我,在溪流中摇曳的水草也是我。我的力量和四肢不属于我,而属于溪流。一切都是一体的,一体的,亲爱的福恩河。"

一刻钟后,他又出现在草坪下面,穿回了之前的衣服,湿漉漉的头发已经干了,又恢复成了清爽的短卷发。他停顿了片刻,回头望着那条小溪,脸上带着人们看到朋友时的微笑,然后转身朝房子走去。与此同时,他的仆人来到通往露台的门前,后面跟着一个男人,看上去已经四十多岁了。弗兰克和他隔着灌木丛和花园的花坛互相看到了对方,两人都加快了脚步,在丁香花弥漫的芬芳中,他们突然在花园小径的一个拐角处迎面相遇了。

弗兰克喊道:"亲爱的达西,见到你我可真高兴。"

但对方惊讶地望着他。

"弗兰克!"达西惊呼道。

-278-

"是的,那是我的名字。"弗兰克笑道,"怎么大惊小怪的?"达西握住了他的手。

"你对自己做了什么?"他问道,"你又变回了一个男孩。"

弗兰克说:"啊,我有很多事要告诉你。很多事你很难相信,但我会让你相信……"

他突然停了下来,举起一只手。

"嘘,我的夜莺来了。"他说道。

迎接朋友时认出友人表示欢迎的微笑,已经从他的脸上褪去了,取而代之的是一种如痴如醉的神情,满是惊叹之意,就像热恋中的人在倾听心上人的声音。他的嘴微微张开,露出洁白如玉的牙齿,眼睛向外眺望,达西觉得他的眼睛似乎在注视着人类看不见的东西。这时,也许是什么惊动了鸟儿,因为鸟儿的歌声戛然而止。

他说:"是的,有很多事要告诉你。真的很高兴见到你。但你看起来脸色苍白,精神不振。发烧之后也难怪如此。这次来可不能胡闹了。现在已经是六月了,你就留在这里休息,等身体恢复了再开始工作。至少要待两个月。"

"啊,我不能叨扰到这种程度。"

弗兰克挽着他的胳膊,陪他走到草地上。

"叨扰?你把这叫叨扰?如果我对你感到厌烦的话,我会坦言相告,但你知道,我们一起在画室画画时,彼此都不会感到厌烦。不过,你一来就说要走,这可不太好。咱们先到河边散散步,就到晚饭时间了。"

达西拿出烟盒,递给对方。

弗兰克笑了。

"不,我不抽。天哪,我想我以前也抽烟。真奇怪!"

"你戒烟了吗?"

"我不知道。我想我一定是戒了。总之我现在不抽了。宁愿去吃肉。"

"又一个素食主义吸烟祭坛上的牺牲品?"

弗兰克发出疑问:"牺牲品?你看我是那样的人吗?"

他在溪边停下脚步,轻轻地吹了声口哨。紧接着,一只黑水鸡扑棱着翅膀,溅起水花飞过河面,跑上了岸。弗兰克用手轻轻地捧起它,抚摸着它的头,任由它把头依偎在他的衬衫上。

"芦苇丛中的房子还安全吗?"他问它,声音近似哼唱,"太太身体好吗,邻居们都过得很好吗?好了,亲爱的,回家去吧。"然后他把它抛向空中。

"这只鸟可真温顺。"达西略带困惑地说。

"确实如此。"弗兰克举步前行,跟随着它飞行的轨迹。

晚餐期间,弗兰克忙于了解这位六年未见的老朋友的最新动态和辉煌成就。现在看来,达西在这六年里经历了很多事,也取得了很多成功,他作为肖像画家,已经声名鹊起,有望在几个时尚轮回后还屹立不倒,而他的闲暇时光却很短暂。大约四个月前,他得了一场严重的伤寒,这导致他来到了这个僻静之地休养。

弗兰克最后说:"是的,你已经取得了非凡的进展。我一直深知你所具有的潜力。快要进入皇家艺术院了吧?前途无量。金钱嘛,我想,你已经腰缠万贯,可以在钱堆里打滚儿了吧?噢,达西啊,这些年来你过得多么幸福啊!那是唯一不朽的财富。这些年来,你学到了多少东西?哦,我不是指艺术方面。即使是我也能在那个领域做得很好。"

达西放声大笑。

"我真的做得很好吗？亲爱的朋友，我在这六年里所学到的一切，可以说你在摇篮里就知道了。你早期的作品价格高得惊人。现在你还会继续创作吗？"

弗兰克摇了摇头。

他说："不，我太忙了。"

"忙什么呢？跟我说说吧。那也是所有人一直问我的问题。"

"忙什么？我想你会说我无所作为。"

达西抬起头，瞥了一眼对面那张年轻而又才华横溢的面孔。

他说："这样的忙碌方式似乎很适合你。现在，轮到你来说说看了。你读书吗？还在不断学习吗？我记得你说过，如果我们花一年时间仔细研究任何一个人的脸，而不画下任何线条的话，我们所有人——我是说我们所有艺术家——都会受益匪浅。你一直在这么做吗？"

弗兰克又摇了摇头。

他说："我说的就是我的实际状况，我一直无所作为。但我从未感到如此充实。看看我，难道我没对自己做过什么吗？"

达西说："你比我小两岁，至少你以前是。所以你现在应该是三十五岁。可要是我之前从没见过你，我会说你只有二十岁。但为了让自己看起来像二十岁，花了六年的时间，到底值不值呢？这似乎更像是时尚女性会做的事。"

弗兰克狂笑起来，说：

"我这辈子还是头一遭被这么比呢。不，这不是我的消遣——实际上，我几乎没有意识到我的消遣有这样的影响。当然，如果仔细想想，肯定是这样。这并不重要。确实，我的身体变得年轻了。但这不值一提。真正重要的是，我已经重返青春了。"

达西把椅子往后推了推，侧身坐在桌边，望着对方。

"那这就是你消遣的内容吗？"他询问道。

"是的，不管怎么说，这是其中的一个方面。想想青春意味着什么！它代表了成长的潜力，无论是头脑、身体还是精神，一切都在提升，都在变强，每天都过得更充实、更坚定。鉴于普通人在达到巅峰期之后，他对生命的把握就会一天天减弱，因此青春很重要。等一个人到了壮年，我们说，他的黄金期会持续十年，甚至二十年。但是，在他达到巅峰时期之后，他就会慢慢地、无意识地感到力不从心，这便是身体衰老的迹象，可能也会反映在你的艺术乃至思维上。你不如以前那么有活力了。但是我，当我达到我的鼎盛时期——我已经快到了——啊，你会看到的。"

天鹅绒般的深蓝色夜空中，群星宛如璀璨的宝石悄然浮现，在东方，随着皓月缓缓升起，在村庄黑黝黝的剪影上方，地平线也逐渐泛白。白色的飞蛾隐隐约约地盘旋在花园的花坛上，黑夜蹑手蹑脚地穿过灌木丛。弗兰克突然站了起来。

他轻声说道："啊，这是至高无上的时刻。生命之流，永恒不灭之流，现在比任何时候都更接近我，我几乎置身其中。现在请安静片刻。"

他走到露台边，伸开双臂向外张望。达西听到他长长地吸了一口气，过了好几秒钟才又呼了出来。他这样做了六到八次，然后转身回到灯光下。

他说："我估计，你听到我说的话会觉得很疯狂，但如果你想听我说过的最清醒的实话，我就告诉你关于我自己的事。不过，如果你不怕太潮湿的话，请随我到花园里来。我从来没有告诉过任何人，但我想告诉你。事实上，我已经很久没有尝试整理我所学到的知识了。"

他们漫步到凉亭散发着幽香的昏暗之中，坐了下来。然后，

弗兰克开始了他的叙述:

他说:"多年以前,你是否还记得?我们常常探讨世间的快乐为何逐渐消失。我们认为,有许多冲动导致了快乐逐渐消失,其中有些冲动本身确实美好,有些则极其糟糕。在这些美好的东西中,我把我们可以称之为某些基督教美德的东西,诸如舍弃、顺从、对苦难的怜悯以及救助受苦之人的愿望归为一类。但是,这些美德孕育出了许多恶劣的行为,比如毫无意义的舍弃、为苦行而苦行、肉体的牺牲却没有任何回报,也就是没有任何相应的收获,还有几百年前摧毁了英格兰的可怕疾病,我们现在也因精神遗传而深受其害,那就是清教主义。那是一种可怕的灾难,那些人面兽心者坚持宣扬并教导人们,快乐、欢笑和嬉戏是邪恶的,那是一种最亵渎神明、最邪恶的教义。唉,人们最常见的罪孽是什么?愁眉苦脸。那恰恰揭示了事情的真相。"

"我一直坚信,我们的存在就是为了追求幸福,快乐是上天所有恩赐中最神圣的。我之所以离开伦敦,放弃我的职业生涯,是因为我打算把生命奉献给对快乐的追求,并通过持续不懈、不遗余力的努力来获得快乐。在人群中,在与他人的不断交往中,我发现这是不可能的。在城市和工作场所,充斥着太多的纷扰,人们承受的痛苦也层出不穷。于是我后退了一步,或者说向前迈出了一步,随你怎么说吧,直接投身于大自然之中,投身于树木、鸟类、野兽之中,走向所有那些明确地只追求一个目标的事物,它们盲目遵循快乐的伟大本能,丝毫不受道德、人类法则或神圣法则的约束,只追求快乐。你应该明白,我想获得最直接、不掺杂任何杂质的快乐,而且我认为这种快乐在人类中几乎不存在,它已经过时了。"

达西在椅子上转了个身。

他问:"啊,那是什么让鸟类和野兽感到快乐呢?食物,吃饱喝足,交尾配对。"

在寂静中,弗兰克轻轻地笑了。

他说:"别以为我成了一个追求感官享受的纵欲主义者。我没犯那种低级错误。因为那些沉溺于肉体欢愉的纵欲主义者背负着苦难,缠绕在脚踝上的裹尸布可能很快就会包裹他的全身。我可能是疯了,这是真的,但我无论如何也不会蠢到去尝试那种事。不,是什么让小狗咬自己的尾巴玩,又是什么让猫咪在夜里狂喜地四处巡游呢?"

他稍作停顿。

他说:"所以我投入了大自然的怀抱之中。我在这片富有朝气的森林里坐下来,光明正大地坐下来,仔细观察。这是我遇到的第一道难题,要安静地坐在这里,而不感到无聊;要耐住性子等待,别让火气冲头;要善于接受,而又保持警觉。尽管在很长一段时间里并没有发生什么特别的事情。实际上,在早期阶段,变化十分缓慢。"

"什么也没发生吗?"达西略显急躁地问,他对任何新奇的想法都抱持着强烈的抵触情绪,在英国人看来,任何新奇的想法都等同于胡说八道,"天哪,到底会发生什么呢?"

在达西的印象中,弗兰克是个最慷慨、脾气最暴躁的人,换句话说,他很容易生气,最微不足道的挑衅就足以使他怒火中烧,然后又会被一阵同样冲动的友好善意扑灭。因此,达西刚一开口,他就为自己草率的提问而表示了歉意。不过,他也没必要道歉到这个地步,因为弗兰克又笑了起来,笑容亲切而又真诚。

他说:"哦,要是在几年前,有人这么跟我说话,我肯定会气炸了。谢天谢地,我已经摆脱了这种怨恨。我当然希望你相信我的故事。事实上,你会相信的——但此刻你暗示自己不相信,我也无所谓。"

"啊,你的独居生活让你变得没有人性了。"达西揶揄道,口气仍然很像英国人。

弗兰克说:"不,我还是人类。反倒比之前更有人性一些,起码少了点儿猿猴的特性。"

他沉吟片刻,继续说道:"嗯,那就是我的首要追求,矢志不渝地刻意追求快乐,而我的方法就是热切地静观大自然。至于动机嘛,我敢说这纯粹是自私的,但就效果而言,在我看来,这是为人类同胞所做的最好的事情,因为快乐比天花更容易传染。于是,正如我所说的,我坐下来等待。我关注着快乐的事物,刻意避免看到任何不快乐的事物,渐渐地,这个幸福世界的快乐的涓涓细流开始渗入我的内心。快乐越积越多。现在,我亲爱的朋友,如果我能把日夜涌向我的快乐洪流的一半直接灌入你的心田,哪怕仅有片刻,你就会把世界、艺术等统统抛在脑后,尽情生活,纯粹生存。人死后,身体会融入树木和花朵。嗯,这就是我在生命结束之前一直尽力对灵魂所做的事情。"

仆人把一张桌子搬到凉亭里,桌子上放着吸管和烈酒,还放了一盏灯。弗兰克一边侃侃而谈,一边身体前倾,靠近了达西。达西一向秉持实事求是的常识,但仍可以发誓,他的同伴光彩照人。他那双深褐色的眼睛闪闪发光,孩童般无意识的微笑让他容光焕发,极富魅力。达西突然感到热血沸腾,兴奋不已。

他说:"继续,继续说,我能感觉到你在告诉我一些真相。我敢说你疯了,但我觉得这并不重要。"

弗兰克再次朗声大笑了起来。

他说:"疯了?是啊,如果你愿意这么说的话。但我更愿意称之为理智。不过，人们如何称呼事物根本无关紧要。上帝从不标注他的恩赐，他只是把它们交付到我们手中，就像他把各种动物放在伊甸园里，任凭亚当随心所欲地命名一样。"

他继续说道："因此，通过不断观察和研究那些欢乐的事物，我获得了幸福，找到了快乐。但是，在从大自然中寻找快乐时，我得到了更多的快乐，这些快乐不是我寻找的，而是偶然发现的。这很难解释，但我会尽力解释。"

"大约三年前，某日清晨，我坐在一个地方——明天我会带你去看，那地方在河边，阳光灿烂，绿树成荫，光影斑驳，倒映水中，河水静静流过，几丛芦苇掩映其间。我坐在那里，什么也不做，只是静静地观赏聆听，我清楚地听到某种像笛子的乐器在演奏一种奇特的旋律，无休无尽。起初，我以为是路上的某个喜爱音乐的庄稼汉在演奏，并没有太在意。但没过多久，这曲调奇异和难以形容的美妙就打动了我。从未重复，但也从未结束，甜美的乐句一个接着一个，逐渐地、不可避免地攀升到一个高潮，在达到高潮之后，它又继续下去，达到了另一个高潮，再来一个，又来一个。然后，我突然惊奇地倒吸了一口气，确定了它的源头。它来自芦苇，来自天空，来自树木。它无处不在，是生命的声音。亲爱的达西，就像希腊人说的，这是潘神用它的芦笛演奏的，是大自然的声音。那是生命的旋律，世界的旋律。"

虽然达西很想问一个问题，但他正听在兴头上，不忍打断弗兰克的话。于是弗兰克继续说了下去：

"嗯，那一刻我吓得魂飞魄散，就像被噩梦中的无助恐惧笼罩全身一样，我捂住耳朵，气喘吁吁地跑出了那个地方，回到了家里，浑身发抖、惊慌失措。当时的我只追求快乐，所以在不知不觉中开始与大自然接触，从中汲取快乐。自然、力量、上帝，随你怎么称呼它，都在我的脸上画了一张小小的生命本质之网。当我从恐惧中走出来时，我看到了这一点，然后非常谦卑地回到了那个曾听到潘神笛声的地方。但差不多过了六个月，我才再次听到潘神的笛声。"

"为什么会这样呢？"达西问道。

"当然是因为我反抗了，反叛了，最糟糕的是被吓坏了。因为我相信，世界上没有什么东西能像恐惧一样伤害人的身体，也没有什么东西能像恐惧一样封闭人的灵魂。你看，我害怕世界上唯一真实存在的东西。难怪它的显灵会消失。"

"那么，六个月之后呢？"

"六个月之后，一个幸运的早晨，我又听到了笛声。那次我没有害怕。从那以后，它的声音越来越响亮，越来越持续不断。现在，我经常听到它，而且我可以让自己对大自然采取这样一种态度，于是笛声几乎肯定会响起。而且，从未演奏过相同的曲调，一直是崭新的，比之前演奏得更饱满、更丰富、更完整。"

"你所说的'对大自然采取这样一种态度'指的是什么？"达西问道。

"我解释不清楚，但把它转换成身体的姿势就是这样。"

弗兰克在椅子上笔直地端坐了一会儿，然后慢慢地向后靠去，双臂张开，头低垂着。

他说："那是一种从容不迫的姿态，开放、平静、接纳万物。这恰恰是你的灵魂必须达到的境界。"

然后，他又坐直了身体。

他说："再多说一句我就不再烦你了。除非你问我问题，否则我也不会再谈论它了。事实上，你会发现我的生活方式非常理智。你会看到鸟儿和野兽对我表现得相当亲昵，就像那只黑水鸡，但仅此而已。我会和你一起散步,一起骑马,一起打高尔夫球,和你谈论任何你喜欢的话题。但在这关键阶段,我想让你知道我身上发生了什么。还有一件事会发生。"

他再次停顿片刻,眼神中流露出一丝恐惧。

他说:"会有终极启示降临,一次彻底的、干净利落的打击,它将一劳永逸地解除我心中的疑团,让我彻底洞察、领悟和理解到,我就是生命的一部分,正如你也是。实际上,并不存在'我',没有'你',没有'它'。生命是唯一且独一无二的,万事万物都是其中的一部分。我知道是这样,但我还没有领悟到这一点。但我终将彻悟。届时,我想,我会看到潘神。这可能意味着死亡,我肉身的死亡,但我不在乎。这可能意味着不朽,意味着永生,就在此时此地,直到永远。啊,亲爱的达西,获得了这份荣光后,我就会传播如此快乐的教义,把自己作为真理的活生生的证明,清教——这个愁眉苦脸的凄凉教派,就会像一阵烟雾,在阳光照耀下消散得无影无踪。但首先我必须完全领悟这个观念。"

达西仔细观察着他的脸庞。

他说:"你害怕那一刻的到来。"

弗兰克对他笑了笑。

"没错,你这么快就看出来了。但当那一刻来临时,我希望自己不会害怕。"

达西沉默了一会儿,然后站了起来。

他说:"你对我施了魔法,你这个特别的小家伙。你一直在给我讲一个童话故事。我甚至想说,'向我保证这是真的。'"

"我向你保证。"对方说。

"我知道我睡不着。"达西补充道。

弗兰克用略带不解的眼神看着他,好像不太明白。

"哦，那又何妨？"他说。

"我向你保证，那的确重要。睡不着觉我就会很难受。"

"当然，如果我想的话，就能让你入睡。"弗兰克用一种相当无聊的声音说道。

"哦，那就去吧。"

"很好，去睡吧。我十分钟后上楼。"

对方走后，弗兰克忙活了一会儿，把桌子搬回阳台的遮阳篷下，熄了灯。然后，他悄无声息地快步上楼，走进达西的房间。达西已经躺在床上，但双眼仍睁得大大的，毫无睡意。弗兰克带着宠溺的微笑，像对待一个焦躁不安的孩子，在床边坐了下来。

"看着我。"他说，于是达西望着他。

弗兰克轻声说："鸟儿在繁茂的灌木丛中酣睡，轻柔的风儿亦一同入眠。大海也进入了梦乡，涛声轻漾，潮汐不过是它胸口的微微起伏。星辰悠悠，在天空的大摇篮里摇啊摇，然后……"

他突然停了下来，轻轻吹灭了达西的蜡烛，让他沉沉睡去。

次日清晨，理性意识如潮水般涌入达西的脑海，就像洒满房间的阳光一样清澈明朗。他慢慢醒来，把昨晚断断续续的记忆碎片拼凑起来，他告诉自己，昨晚是以普通的催眠术作为终结的。这就解释了一切。他那番奇谈怪论，都是在那曾是成熟男子、非常活泼的男孩的暗示下进行的。他自己所有的激动，或对不可思议事物的接受，只不过是受了更强大、更有力的意念影响的结果。弗兰克一建议睡觉，他就立刻听从暗示，这足以证明弗兰克的意念力十分强大。他坚定不移地用常识武装了一下自己，下楼吃早餐。弗兰克已经开始吃了，他正在吃着一大盘燕麦粥，喝着牛奶，吃得很清淡，胃口很好。

"昨晚睡得好吗？"他问道。

"是的,当然睡得很好。你在哪儿学会催眠术的?"

"在那条河边。"

"你昨晚说了一大堆废话。"达西说道,声音中充满理智。

"的确如此。我觉得头晕目眩。对了,我记得给你订了份糟糕的日报。你可以看看有关金融市场、政治或板球比赛的内容。"

达西仔细地观察他。在晨光中,弗兰克看起来比前一晚更加精神饱满、朝气蓬勃、活力四射。看到他的样子,不知怎的,达西用以武装自己的常识铠甲产生了一丝裂痕。

他说:"你是我见过的最特别的人。我想再问你几个问题。"

"随便问吧。"弗兰克说。

在接下来的一两天里,达西向他的朋友提了许多问题,质疑并批评了生命理论。他逐渐从弗兰克那里获得了一份关于他的经历连贯而完整的叙述。简言之,弗兰克认为他"赤身裸体地接触"了控制星辰运行、波浪起伏、树木萌芽、男女相爱的力量,以一种迄今为止做梦也想不到的方式成功地掌握了生命的基本原理。他认为,随着时间的流逝,他越来越接近,越来越紧密地与创造一切生命的伟大力量——自然之灵、力量之灵或上帝之灵——结合在一起。就他自己而言,他承认自己的信仰是他人所谓异教信仰。对他来说,只需知晓有这样的生命原则就足够了。他不崇拜它,不向它祈祷,不赞美它。这样的生命之源,部分存在于所有人类身上,就像存在于树木和动物身上一样。意识到并使自己相信这一切都是一体的事实,是他唯一的目标和目的。

说到这里,达西也许要警告一句。

他说:"小心点儿。见到潘神就意味着死亡,不是吗?"

听到此话,弗兰克微微挑起了眉毛。

他说:"这有什么关系?诚然,希腊人总是有道理的,他们也是这么说的,但还有另一种可能。因为我越是接近它,就越有生命力,越有活力,越年轻。"

"那么,你希望终极启示会对你产生什么影响呢?"

他说:"我已经告诉过你了。它会让我永生不灭。"

但达西并不是通过聊天和争论,而是通过观察生活的日常细节逐渐理解他朋友的想法的。比方说,有一天早上,他们正走过村里的街道,一位老妇人步履蹒跚地从她的茅屋里走出来。她佝偻着身体,年老体衰,脸上却洋溢着一种异乎寻常的快乐。弗兰克看到她后立刻停住了脚步。

"老太太!一切还好吗?"他问道。

但她没有回答,那双混浊昏花的老眼紧紧盯着他的脸。她就像口渴至极的人,贪婪地啜饮着他脸上焕发的美丽光辉。突然,她把两只枯瘦的老手搭在了他的肩膀上。

她说:"你就像那灿烂的阳光一样。"然后,他吻了她一下,继续向前走去。

但是往前走了不到一百米,就发生了一件与这种柔情相矛盾的事情。一个小孩沿着小路朝他们跑过来,摔倒在地,放声大哭,声音凄惨,脸上露出惊恐和痛苦的表情。弗兰克的眼中闪过恐惧的神色,他把手指塞进耳朵里,沿着街道全速奔跑,直到完全听不见哀号声才停下来。达西确定孩子并没有受伤后,困惑不安地跟在弗兰克后面。

他问道:"你就没有一点儿怜悯之心吗?"

弗兰克不耐烦地摇了摇头,说:"你难道不明白吗?你无法理解吗?痛苦、愤怒、任何不愉快的事情都会让我退缩,延缓那个伟大时刻的到来!也许当伟大时刻来临的时候,我能够把生命的那一面与另一面拼接起来，融入真正的快乐信仰中。但目前我做不到。"

"但看看那位老太太，难道她不丑吗？"

弗兰克渐渐恢复了容光焕发。

"啊，不丑。她和我一样，渴望快乐，当她看到快乐时，她就知道了，那位亲爱的老太太。"

另一个问题在他心中油然而生。

"那基督教呢？"达西问道。

"我接受不了。我无法相信，会有信条以欢乐之神必须受苦受难为核心教义。或许真的如此，以某种神秘不可知的方式，我相信这种情况可能成立，但我实在无法理解这怎么可能实现。所以我不去管它，我只关心快乐。"

他们来到村子上方的水坝边，喧闹的溪流奔腾而下，水花四溅，空气中弥漫着清凉的水花翻腾发出的哗哗水声。树木纤细的枝条垂进澄澈透亮的溪水里。他们站立的草地上开满了仲夏的繁花，如同繁星点点。几只云雀高声欢唱着，飞向水晶般清澈的湛蓝穹顶，六月里的千万种歌声环绕在他们周围。弗兰克像往常一样没戴帽子，把外套搭在胳膊上，衬衫袖子卷到肘部以上，站在那里，宛如一只美丽的野生动物，眼睛半闭着，嘴巴半张着，沉醉地汲取着空气中的芬芳和温暖。他突然俯卧在溪边的草地上，把脸埋在雏菊和西洋樱草的花丛中，然后仰面躺下，张开双臂，陶醉地躺在那里，用修长的手指按压和抚摸着田野里那些带着露珠的草本植物。达西从未见过他如此完全沉浸在自己的意念世界中。他温柔爱抚的手指、半埋在草丛中的脸，甚至全身的线条都本能地充满了与众不同的生命力。某种微弱的光辉从他身上散发出来，达西感到了某种悸动，某种共鸣。尽管他一直在提问，也得到了坦率的回答，但在那一刻，他才瞬间明白了他以前从未明白的东西，弗兰克的想法是多么真实、多么成功地得以实现。

弗兰克脖子上的肌肉骤然变得僵硬，整个人瞬间充满警觉。他半抬起头，低声说："潘神的笛声，潘神的笛声。近了，哦，这么近。"

他的动作非常缓慢，仿佛任何突然的动作都可能打断这美妙的旋律。他抬起身子，倚靠在弯曲的胳膊肘上。他的眼睛睁得更大了，下眼睑耷拉着，仿佛在凝视某种异常遥远的事物。他脸上的笑容加深了，肌肉微微颤动，表情就像宁静水面上的阳光般熠熠生辉，喜悦之至，几乎令人难以置信。他保持着这样的姿势一动不动，全神贯注地沉醉了几分钟，然后，倾听的神情从脸上消失了，他满意地低下了头。

他说："啊，多么美妙的音乐。你怎么可能没听见呢？哦，你这个可怜的家伙！你真的什么也没听到吗？"

之前，达西发了好几个星期的烧，病恹恹的，活力全无，健康堪忧。可自打来到这儿，天天都有户外活动和令人兴奋的生活，短短一个星期他就奇迹般地恢复了。等他恢复了正常的活动和旺盛的活力后，他似乎更加痴迷于弗兰克的青春奇迹对他施加的魔力。他发现自己顶多能沉默地抵制弗兰克的荒谬想法十分钟，然后就突然在心里嘟囔："但这是不可能的，这是不可能的。"这种情况起码一天发生二十次。从他不得不如此频繁地自我肯定这一事实来看，他知道自己正在与一个已在脑海中根深蒂固的结论进行斗争和争辩。因为无论如何，他都面对着一个看得见的活生生的奇迹，因为这个青年，这个男孩，看上去正处在成年的门槛上，可实际上已经三十五岁了。这绝对不可能。然而，事实就是如此。

七月伊始，就迎来了好几天的狂风暴雨，天气瞬间变得阴郁而恼人。达西不愿冒可能会感冒的风险,就一直待在室内。但对弗兰克来说,变化无常的天气似乎根本不会影响到他的行为。他每天都像在六月的阳光下一样,躺在吊床上,在滴水的草地上伸展肢体,或者到森林里无目的地漫游,鸟儿跟在他后面蹦来跳去,从一棵树跳到另一棵树。傍晚回来时,他浑身湿透,但内心依旧燃烧着永不熄灭的快乐之火。

他会问:"感冒吗?我想我已经忘了怎么样会导致感冒了。我想,总是睡在室外会让身体更健康。住在室内的人总让我想起那些被剥掉皮、皮肉分离的东西。"

达西问:"你是说昨天晚上倾盆大雨,你也睡在户外吗?能告诉我你睡在哪儿了吗?"

弗兰克想了一会儿。

他说:"我在吊床上一直睡到天快亮。因为我记得,当我醒来的时候,东方已经泛起了鱼肚白。然后我去了——我去哪儿了?哦,对了,去了上星期潘神笛声近在咫尺的那片草地。你当时和我在一起,你还记得吗?但我总是随身备着毯子以防万一,就算是下雨也没关系。"

然后他吹着口哨,走上了楼梯。

不知怎的,他很明显地努力回忆他在何处过夜的这一举动,奇异地让半信半疑旁观的达西深刻感受到了奇妙的浪漫。在吊床上一觉睡到天快亮,然后在狂风大作、暴雨倾盆的苍穹下跋涉——或者更可能是疾走——来到水坝边那片偏僻荒凉、人迹罕至的草地!其他夜晚的情景也浮现在他眼前:弗兰克也许睡在浴池边,沐浴着闪烁的星光,或者是皎洁的月光,在某个夜深人静的时刻被惊醒,也许睁大眼睛静静地思考了一会儿,然后穿过寂静无声的树林,漫步到另一个安歇之处,独自享受着他的幸福,独自享

-294-

受着充满欢愉、充满生命力的时光,除了每时每刻、永不停息地沉浸在与大自然的快乐交流中,没有其他的想法、欲望或目标。

那天晚上,他们正在吃晚饭,聊着一些无关紧要的话题,达西话说到一半突然中断了。

他说:"我明白了,我终于领悟了。"

弗兰克说:"恭喜你,但是你领悟了什么呢?"

"你的想法根本不靠谱。是这样的:大自然从上至下都充满了苦难,所有生灵都在自然界中相互捕食。然而,你本着接近大自然,与大自然融为一体的宗旨,却完全忽略了其中的苦难。你逃避苦难,拒绝承认苦难。可叹你却说,你在等待终极启示。"

弗兰克的眉头微微皱起。

"嗯?"他颇为疲惫地问。

"那你猜不到何时才会出现终极启示吗?在快乐方面,你极其杰出,我承认这一点。我不知道一个人可以如此精通快乐。你也许已经学会了大自然所能教给你的一切。如果像你想的那样,终极启示即将降临到你的头上,那将是恐怖、苦难、死亡、痛苦的各种可怕形式的启示。苦难确实存在:你厌恶它,害怕它。"

弗兰克举起了一只手。

他说:"别说了,让我想一想。"

沉默持续了很长时间。

他最后说:"我从没想过这个问题。你说的有可能是真的。你认为潘神的出现就意味着这个吗?是不是说大自然遭受了难以想象的可怕苦难?我会见识到所有的痛苦吗?"

他站起身,走到达西坐着的地方。

他说:"如果是这样,那就这样吧。因为,我亲爱的朋友,我已经接近了,十分接近那个终极启示的时刻了。今天,潘神的笛声几乎毫无停顿地响彻天际。我甚至听到了灌木丛中的沙沙声，我相信，潘神即将来临。我看到了，是的，我今天看到了，灌木丛像被一只手推开了，一张非人类的脸从里面探了出来。但这次我没有害怕，至少没有像上次那样逃跑。"

他走到窗前转了一圈，又走了回来。

他说："是的，到处都充满了苦难，而我在寻找的过程中却忽略了这一切。也许，正如你所说，终极启示将是这样。既然如此，那我们就要说再见了。我已经走上了一条道路。我在这条道路上已经走得太远了，没有探寻其他道路的机会。但我现在无法回头了。哪怕能回头，我也不会选择回头，回头路我一步都不会走！无论如何，无论终极启示是什么，那都将是上帝。我对此深信不疑。"

雨季很快过去了，阳光重新普照大地。达西又和弗兰克一起度过漫长而散漫的日子。天气变得异常炎热，随着雨后新生命的迸发，弗兰克的生命力似乎越来越旺盛。之后，英国天气的一贯风格展露无遗，一天傍晚，西边的天空乌云密布，太阳在耀眼的铜红色雷雨云中落山了，整个大地在难以言喻的压抑和闷热中煎熬，喘息着渴望暴风雨的到来。日落之后，遥远的闪电开始在地平线上忽明忽暗地闪烁。但当就寝时间到来时，暴风雨似乎并没有靠近，尽管还能听到低沉而不间断的雷声响彻云霄。疲惫不堪的达西被白昼的压力压得喘不过气来，一下子就沉沉地睡去了，却睡得很不安稳。

他突然完全清醒过来，耳边传来骇人的炸雷声，仿佛是恶魔的咆哮，他从床上猛然坐起，心跳犹如疾速的鼓点。就在他从睡眠和清醒之间的恐怖迷津中恢复过来时，四周一度陷入了死一般的寂静，只有窗外的灌木上不断传来淅淅沥沥的雨声。然而，突然间，这寂静被一声尖叫打破了，远处黑沉沉的花园中，一声绝望至极的尖啸划破了夜空，那是一种极度绝望的恐怖尖叫。尖叫声接连不断地响起，然后是一阵可怕的胡言乱语。一个他熟悉的声音颤抖啜泣地说：

"我的上帝，哦，我的上帝，哦，基督！"

接着是一阵嘲弄的笑声，犹如羊儿的咩咩声。随后再次陷入寂静，只有灌木丛上雨水持续的滴落声。

这一切不过是一瞬间的事，达西还没穿好衣服，也没点上蜡烛，就急忙去摸索门把手了。就在打开门的一瞬间，他看到门外现出一张惊恐的脸——是那个提了一盏灯的男仆。

"你听到了吗？"他问道。

男仆面色如纸，回答道："是的，先生，那是主人的声音。"

他们一起匆匆走下楼梯，穿过餐厅——那里已经摆好了早餐餐具，然后来到露台上。雨暂时停了，就像老天爷漏水的水龙头终于被关上了一样。在乌云密布的阴沉天空下，天空并没有完全变黑，月亮静谧地游走于密布的雷雨云背后。达西跌跌撞撞地走进花园，仆人手持烛火紧跟着他。他的影子投在前方的草地上，巨大而又跳跃，他周围弥漫着蔷薇、百合和潮湿泥土的迷离飘忽的气味，但更浓烈的是一些辛辣刺鼻的气味，这让他突然回忆起曾经在阿尔卑斯山某个瑞士农舍中避难的日子。在朦胧的黑夜中，在身后烛光摇曳的微弱光芒下，他看到弗兰克经常躺着的吊床上有人。白衬衫闪着微光，似乎有一个人坐在那里，但对面有一个模糊的黑影，当他走近时，那股刺鼻的气味变得越来越浓。

此时，他离那吊床只有几步之遥，突然，那个黑影好像跃入空中，然后用坚硬的蹄子踏着通往凉亭的砖路，嬉戏般蹦蹦跳跳地跑进了灌木丛。等它走远了,达西才看清坐在吊床上的那个穿衬衫的人影。有那么一瞬间,由于对看不见的东西心生恐惧,他收住了脚步,然后等仆人赶上来,才一起走向吊床。

那是弗兰克。他只穿着衬衫和裤子,双手紧抱在胸前。在那一瞬间,他瞪大了眼睛看向他们,脸上的表情扭曲得可怕,充满了歇斯底里的恐怖。他的上唇向后翘起,牙龈都露出来了,他的眼睛并没有看着靠近他的两人,而是盯着离他很近的东西。他的鼻孔张得大大的,好像在急促地呼吸,恐怖、排斥和死亡的痛苦在他光滑的脸颊和额头上勾勒出可怕的皱纹。就在他们注视着他的时候,他的身体向后倒去,吊床的绳子发出嘎吱嘎吱的声音,绷得紧紧的。

达西把他抱出来,抱进室内。途中有一次,他觉得躺在他怀里死气沉沉的肢体有微弱的痉挛,但当他们进屋时,那具身体的生命体征已经消失殆尽。但是,弗兰克脸上那极度恐惧和痛苦的神情已经消失了,他躺在地上,就像是一个玩累了但还在睡梦中微笑的男孩。他闭上了眼睛,美丽的嘴角呈现出微笑的弧度,就像几天前的早晨,在水坝边的草地上,他的嘴角随着旁人无法听见的潘神的笛声颤动。然后,他们望向远方。

那天晚饭前,弗兰克洗完澡回来,身上只穿着衬衫和裤子。他穿得不是很正式,在吃饭的时候,达西记得他把衬衫袖子卷到了肘部以上。后来,在那个闷热的夜晚,他们在饭后坐在一起聊天时,他解开了衬衫前襟的扣子,让微风直接吹在皮肤上。现在,他的袖子依然卷起,衬衫的前襟也依旧敞开,在他的手臂上和胸前棕色的皮肤上,显现出一些奇怪的斑纹,这些斑纹变得越来越清晰,越来越显眼。后来他们才注意到,这些痕迹是尖尖的蹄印,就像某只巨大的山羊在他身上跳跃踩踏后留下的蹄印。

灵魂之光
THE INMOST LIGHT

〔英〕亚瑟·梅琴
Arthur Machen

《灵魂之光》导读

1.《灵魂之光》的作者是英国作家亚瑟·梅琴（1863—1947）。他以其颇具影响力的超自然、奇幻和恐怖小说而闻名。代表作品有长篇小说《梦想之丘》、中篇小说《大潘神》、短篇小说集《三个骗子》等。

2.艾略特、萧伯纳、王尔德、叶芝、柯南·道尔、洛夫克拉夫特、斯蒂芬·金等作家都是梅琴作品的崇拜者。

3.洛夫克拉夫特在20世纪20年代初对梅琴作品的阅读，使他摆脱了早期的邓萨尼式写作，转向发展克苏鲁神话。

4.奇幻文学史学家布莱恩·斯特布尔福德表示，梅琴"是第一位真正的现代恐怖故事作家，他最好的作品仍然被认为是该类型的最佳作品"。

5.《灵魂之光》最初收录于梅琴的作品集《大潘神与灵魂之光》（1894）。

6.故事中涉及了一些神秘学方面的知识：帕拉塞尔苏斯，文艺复兴初期著名的炼金师、医师、自然哲学家，他开创医疗化学，就是把医学和炼金术结合起来的一种新的医学化学科学；罗西克鲁士兄弟会，一种神秘主义团体，起源于17世纪的欧洲，主张通过研究自然科学、哲学和宗教来实现个人和社会的改革。

7.故事中提到的"烦恼专栏"，是一种英国报纸专栏，主要包括个人广告，特别是与失踪的亲戚或朋友有关的广告，以及读者寻求个人建议和专栏作家回复的信件。

一

秋天的一个傍晚，朦胧的蓝色薄雾遮掩了伦敦的各种缺陷，狭长的街景和伸向远方的街道在薄雾的映衬下显得格外壮丽，查尔斯·索尔兹伯里先生正沿着鲁珀特街踱步，慢慢走近他钟爱的那家餐馆。他目光低垂，盯着人行道，没注意看路，因此，当他经过那道窄门时，跟一个从街尾走来的男人撞了个满怀。

"对不起，我没留神看路。咦，你是戴森！"

"是啊，没错。你好吗，索尔兹伯里？"

"很好。这些年你去哪儿了，戴森？我已有五年没见你了。"

"是啊，我敢说是的。你还记不记得？我住在夏洛特街那会儿，你来拜访我。那阵子我的日子可是过得相当艰难哪！"

"当然记得。我记得你当时对我说，已经欠了五个星期的房租。你不得不忍痛割爱卖掉了你的表，却只换来一笔小钱。"

"亲爱的索尔兹伯里，你记性真好。是的，我当时手头很紧。但奇怪的是，见过你不久，我就更加拮据了。有个朋友用'穷得叮当响'来形容我的经济状况。要知道我并不喜欢俚语，但这就是我当时的处境。不过，我们还是进去吧，也许还有其他人想用餐呢，我们别挡了别人的道。这就是人性的弱点，索尔兹伯里。"

"当然，走吧。我走过来的时候还在想，角落里的那张桌子是不是已经有人了。你知道的，那儿有精致的天鹅绒靠背。"

"我知道那地方，那儿还空着。是的，就像我说的，当时我手头更紧了。"

"那时,你是怎么应付的?"索尔兹伯里问道,他脱下帽子,在角落里的座位坐下,满怀期待地瞥了一眼菜单。

"怎么应付?嗯,我坐下来仔细思考。我受过良好的古典教育,对经商不感兴趣,这是我面对世界的底气。你知道吗,我曾听人描述吃橄榄很恶心!真是可悲的庸俗!索尔兹伯里,我常想,在橄榄和红酒的影响下,我可以写出真正的诗歌。让我们喝点儿基安蒂红葡萄酒吧,可能口感并非上佳,但酒瓶形状非常迷人。"

"这里的酒不错。我们不妨来上一大瓶。"

"非常好。那时,我仔细想了想,觉得自己前途渺茫,所以决定投身文学创作。"

"真的,那可不太寻常。但是,你看起来过得挺滋润的。"

"但那真是对崇高职业的讽刺!索尔兹伯里,恐怕你还没有真正理解艺术家的尊严。你看我坐在书桌前——如果你愿意来拜访,至少可以看到我——面前除了笔和墨水,啥也没有,但如果过几个小时再来,你十有八九会发现一个作品!"

"是的,确实如此。我原以为搞文学赚不到什么钱。"

"你的看法有误,事实上,它的回报相当可观。顺便提一下,在你见到我之后不久,我继承了一小笔遗产,一位叔叔去世了,没想到他出奇地慷慨大方。"

"啊,原来如此。那一定给你提供了便利。"

"的确如此——绝对称得上是恩赐。我一直认为这是对我研究工作的资助。我告诉过你,我是个文人。但是,或许把我描述成一个科学工作者会更准确。"

"天哪,戴森,这几年你真的变了很多。你知不知道,我一直以为你是那种在城里游手好闲的人,从五月到七月,每天都可能在皮卡迪利广场北边晃荡的那种人。"

"没错。那时我就在塑造自我,虽然是不知不觉的。你知道,我可怜的父亲没钱供我上大学。我曾为没法深造而无知地抱怨。但那是年轻时的愚蠢,索尔兹伯里,皮卡迪利大街就是我的大学。在那里,我开始研究一门伟大的科学,它至今仍困扰着我。"

"你指的是什么科学?"

"这座伟大城市的科学,伦敦的生理学。从字面上和形而上学来说,这是人类头脑所能想象的最伟大的课题——这是一道多么美味的浓汁炖野味啊!毫无疑问,这是野鸡的最佳归宿——是的,一想到伦敦的广阔和复杂,有时我确实感到不知所措。一个人只要好好研究,就能透彻地了解巴黎,但伦敦始终是个谜。在巴黎,你可以说'这里住着女演员,这里住着波希米亚人,这里住着失败者'。但在伦敦就不同了。你可以正确地指出一条街住着洗衣女工。可在二楼,一个男人可能正在研究阿拉米语的词根,而在马路对面的阁楼里,一位被人遗忘的艺术家正奄奄一息。"

索尔兹伯里一边慢慢地啜饮着基安蒂红葡萄酒,一边说道:"依我看,戴森你一点儿都没变。我想你是被过于狂热的想象力误导了。伦敦的神秘只存在于你的幻想中。在我看来,伦敦是个沉闷的地方。在伦敦,我们很少听说真正的艺术犯罪,可在巴黎,我认为到处都是这种事。"

"再给我倒点儿酒吧,谢谢。你错了,我亲爱的朋友,你真的错了。说到犯罪,伦敦没什么可羞愧的。我们失败的原因是缺少荷马,而不是阿伽门农[1]。你知道,'谨慎行事。'"

"我记得这句名言。但我不太明白你的意思。"

---

[1] 阿伽门农:古希腊神话中的迈锡尼国王,特洛伊战争中的希腊联军统帅。

"好吧，说白了，我们伦敦没有擅长写这种东西的好作家。我们的常驻记者呆头呆脑的，在讲故事的过程中糟蹋掉了所有的故事。他对恐怖和激发恐怖的东西的认识是如此匮乏，令人惋惜。除了血腥——低俗的血腥——就没有什么能让这家伙感到满足。他一闻到血腥味，就大肆渲染，并认为自己讲出了一个吸引眼球的故事。这是个见识浅薄的想法。而且，由于某种古怪的宿命，最普通、最残忍的谋杀案总是最能引起人们的注意，被报道得最多。比如，我打赌你肯定没听说过哈利斯登案？"

"是的，没听说过，我一点儿印象都没有。"

"当然没有。但这个故事很不寻常。喝咖啡的时候我再告诉你。哈利斯登，你知道，或者我想你不知道，它位于伦敦的郊区，与诺伍德或汉普斯特德这样美丽古老的郊区有着奇妙的区别，尽管这些郊区各具特色。我的意思是说，你在汉普斯特德可以看到大型东方建筑，占地三英亩，由松木搭建而成，最近那里有了些许艺术氛围。而诺伍德则是以富有的中产阶级为主流，他们'因为离皇宫近'而买下了房子，但六个月后他们就对皇宫感到腻味了。但哈利斯登是个缺乏鲜明特色的地方。它太新了，没什么特别之处。这里有成排的红房子、成排的白房子、翠绿色的玻璃门、刺眼的门廊、所谓花园的小后院，还有几家破旧的商店，就在你以为已经清楚这个地区的面貌时，一切都消失了。"

"怎么会这样？难不成这些房屋会在我们眼前倒塌？"

"不，完全不是那么回事儿。但哈利斯登作为一个整体，消失得无影无踪。街道变成了静谧的乡间小路，那些俗气的房屋变成了榆树林，后花园变成了绿草如茵的草地。你瞬间从喧嚣都市来到了田园小镇。这里没有乡间和城市之间的缓冲区域，没有宽阔草坪和果园的柔和过渡地带，房屋变得逐渐稀疏，却死气沉沉。

我猜，住在这儿的人大部分都进了城。我曾一两次看到载客满满的'公共汽车'开往城里。但无论如何，我无法想象午夜的沙漠会比正午的城市更加孤独。那简直就像是一座亡灵之城，街道发出的光芒让人感到刺眼，街道上空荡荡的。当你经过时，你才会突然意识到，这里也是伦敦的一部分。

"一两年前，那里住着一位医生，他在一条灯光耀眼的街道尽头挂上了自家诊所的黄铜名牌和红灯。从他家的后院望去，田野一直延绵到北方。我搞不懂他为何要在这么偏僻的地方安家，也许布莱克医生——我们都这么叫他——是一个有远见的人，可能他已经预见到了未来。后来才知道，他的亲戚们已经多年没见过他了，甚至不知道他是个医生，连他住哪里都不知道。不过，他还是在哈利斯登住了下来，开了个诊所，还娶了一个漂亮得不像话的老婆。他刚到哈利斯登不久，人们就经常看到他和老婆在夏日的傍晚一起散步，据观察，他们似乎是一对非常恩爱的夫妻。这种散步一直持续到秋天，然后就停止了，当然，随着天色变暗，天气变冷，哈利斯登附近的小路可能会失去吸引力。

"整整一个冬天，都没人见过布莱克夫人。医生在回答病人的询问时常说，她'有点儿不舒服，春天肯定会好起来'。但春天过了，夏天也过了，布莱克夫人还是不见踪影，最后人们开始互相传播并谈论这件事情，各种奇奇怪怪的说法在'下午茶会'中流传开来。你可能听说过，'下午茶会'是这种郊区唯一的娱乐方式。布莱克医生开始觉得人们看他的眼神不对劲儿，而他的诊所业务也一落千丈。总之，邻居们悄悄议论这件事时，都说布莱克太太死了，医生害死了她。但事实并非如此，六月有人看见布莱克太太还活着。

"那是个星期天的下午，英国迎来了为数不多的好天气，半数的伦敦市民跑进了东边、西边和南边的田野，嗅着白色山楂花的芬芳，瞧一瞧树篱里的野玫瑰是否还在绽放。我一大早就出门了，漫无目的地晃悠了很久，不知怎的，在驶向回家的路时，我发现自己居然置身于哈利斯登，就是我们一直在谈论的那个地方。确切地说，我在'戈登将军'酒馆喝了一杯啤酒，那是附近最繁华的宅子。之后，我漫无目的地闲逛，看到篱笆上有一个非常诱人的缺口，于是决定去探索篱笆另一边的草地。走过充满沙砾的郊区人行道之后，柔软的草地对双脚来说犹如恩赐，让我如获重生。正当我取出烟盒时，我抬头向房子的方向望去，就在这一瞬间，我感到呼吸急促，牙齿开始打战，手里的烟被我捏成了两截。我感觉就像有一股电流穿过了我的脊柱，我愣在那儿，想着这到底是怎么回事。随即我意识到究竟是什么让我心惊胆战，全身骨头都痛苦地绞在了一起。当我抬起头时，我的目光直视着眼前这排房子中的最后一幢，在那幢房子的上层窗户里，我在短短一瞬间看到了一张脸。那是一张女人的脸，却不是人类的脸。

"索尔兹伯里，你和我都参加过庄重的教堂礼拜，坐在教堂里聆听布道，曾听过'欲壑难填'和'不灭的火焰'，然而，很少有人会真正理解这些词汇的内涵。我衷心希望你永远不明白其中的深意。因为当我看到窗前那张脸时，尽管头顶蓝天白云，周围暖风阵阵，但我知道我看到了另一个世界——透过一幢普普通通、崭新房子的窗户，看到了地狱在我面前敞开。当最初的震惊过去后，我曾有一两次认为自己会昏厥过去。我的脸上流着冷汗，呼吸时断时续，就像溺水淹了个半死一样。最后，我终于挣扎着站了起来，走到街上，我发现有一户大门边的邮筒上刻着"布莱克医生"的名字。或许是命运有意安排，或许是我运气好，就在我路过时，门开了，一个男人从台阶上走了下来。我毫不怀疑，那就是布莱克医生本尊。他长相平平，伦敦随处可见，高高的个子，瘦瘦的，面色蜡黄，留着黑色的小胡子。我们在人行道上擦肩而过时，他瞟了我一眼，虽然那只是一个行人对另一个行人不经意的一瞥，但我确信眼前的这个人绝非善类。

"你可以想象，我走的时候对所看到的一切满怀困惑，而且惊骇不已。因为我再次造访'戈登将军'酒馆，听到了当地关于布莱克家更多的八卦传闻。我没有提我在窗户里看到了一张女人的脸，但我听说布莱克夫人有一头美丽的金发，备受人们赞美，而在那个让我感到无名恐惧的东西周围，有一团流动的黄发薄雾，就像一轮金色的光环，笼罩在森林之神的脸上，让人毛骨悚然。整件事情让我感到匪夷所思。回到家后，我拼命说服自己看到的是幻觉，但没有用。我很清楚，我看到了我此刻竭力向你描述的东西，而且我确信，我看到的就是布莱克夫人。还有这个地方的流言蜚语，我明知是子虚乌有但还是怀疑有猫腻，我自己也坚信在德文路拐角处那栋红房子里一定发生了什么致命的恶作剧，我挠破脑袋也解不开这两个问题的谜团。总之，我发现自己陷入了一个神秘的世界里。我绞尽脑汁反复琢磨，也用闲暇时间搜集各种零碎的线索，但我从未找到真正的解决办法。

"随着夏日的到来，这件事似乎变得越来越模糊不清，给一些说不定道不明的恐怖蒙上了阴影，就像上个月的噩梦一样。我本以为这件事很快就会淡出我的脑海——我抛不掉它，因为这样的事情永远不会被忘记——但是有一天早上，当我翻阅报纸时，一个有二十多行小字的标题抓住了我的眼球。我瞄到的字眼很简单，就是'哈利斯登案'，我知道我要读什么了。布莱克夫人死了。布莱克请来了另一位医生来确认死因，不知是什么原因引起了这位陌生医生的怀疑，于是进行了讯问和验尸。结果呢？我得承认，结果确实让我大吃一惊,这是意外的胜利。进行尸检的两名医生不得不承认,他们找不到任何谋杀的蛛丝马迹。他们最精湛的检验和最先进的试剂也无法检测出哪怕是最微量的毒药。他们发现死亡是由一种在科学上很有趣的脑部疾病引起的,死因有点儿晦涩难懂。大脑组织和灰质分子发生了一系列非同寻常的变化。两位医生中较年轻的一位,我相信他作为脑病专家小有名气,他在做证时说了几句话,给我留下了深刻的印象,尽管我当时并没有完全理解其中的含义。他说:'在检查开始时,我惊奇地发现了一些对我来说完全陌生的症状,尽管我的经验相当丰富。我现在不必详细说明这些症状。我只想说,当我开始工作时,我几乎不敢相信我面前的大脑是人类的大脑。'你可以想象,医生的这番话引起了一些人的惊讶,验尸官问医生,他的意思是不是说这个大脑像动物的大脑。他回答道:'不,我不应该这么说。我注意到的一些症状似乎指向这个方向,但另一些症状(这些症状更令人吃惊)则表明其神经组织的特性与人类或低等动物的神经组织截然不同。'说起来,这事儿实在怪异,但当然,陪审团做出了自然死亡的判决,就公众而言,这案子结了。

"但在读完医生的话后,我就决定要把这事儿弄明白,于是我开始着手进行一项看似有趣的调查。整个过程确实颇费周折,但在一定程度上我还是成功了。虽然——天哪,亲爱的朋友,我对时间没啥概念。你知道我们已经在这里待了将近四个小时了吗?那些服务员盯咱俩都快盯出火来了。咱们还是结账走人吧。"

两个人默默地走出去,在凉爽的风中站了一会儿,看着考文垂街匆忙的车流在他们眼前穿梭,双轮马车的铃声不断,报童的叫卖声此起彼伏,在这些更响亮的嘈杂之声下,伦敦遥远而深沉的低语一次又一次地涌上来。

戴森终于开了口："这是个奇怪的案子，不是吗？你对此有何看法？"

"亲爱的朋友，我还没听到结局，所以我保留意见。你打算何时告诉我后续部分？"

"改天晚上来我的住处吧，下周四如何？这是地址。晚安，我想去河岸街。"

戴森招呼了一辆路过的双轮马车，索尔兹伯里转身向北，走回了住处。

二

索尔兹伯里先生当晚只说了几句话，由此可以看出，这位年轻的绅士智力超群，在神秘和不寻常的事物面前表现得腼腆而孤僻，天生不喜欢悖论。在餐厅用餐期间，他一直被迫以近乎绝对的沉默，倾听着一个天生爱搞阴谋诡计的人用聪明才智串联起来的各种不可能的阴森事件，他怀着疲惫的心情穿过沙夫茨伯里大街，一头钻进了苏活区的幽静角落，因为他的住处就在牛津街北面的一个不起眼的普通街区。他一边走一边猜测戴森的命运，他寄托希望的文学作品并没有得到体贴亲戚的支持。他由此得出结论：如此巧妙的构思加上过于生动的想象力，戴森很可能会得到两块挂板广告牌或临时演员的横幅广告作为奖励。

索尔兹伯里沉浸在这一连串的想法中，佩服能把一个病妇的面容和脑部疾病转化为浪漫主义基本元素的精妙手腕。他在灯光昏暗的街道上漫步，全然未察觉狂风在拐角处急速刮过，将人行道上的垃圾卷入空中的旋涡，而黑压压的乌云则笼罩住了病恹恹的黄色月亮。即使有几滴零星的雨水吹到他的脸上,也没能把他从沉思中唤醒,直到暴风雨突然向街道袭来,他才开始考虑是否应该找个地方躲雨。暴雨随着狂风肆虐,猛烈地倾泻而下,在石头上猛然溅开,在空中嘶嘶作响,很快,巨大的水流沿着阴沟奔流而下,在淤塞的排水沟上积水成潭。在街上闲逛而不是散步的几个零星路人,像受惊的兔子一样四散奔逃,一溜烟躲到了一些不为人注意的避难所里。尽管索尔兹伯里吹着长长的口哨呼叫马车,但没有一辆马车出现。他环顾四周,似乎想知道自己离牛津街的避风港还有多远。

然而,漫不经心的他走着走着,却偏离了方向,发现自己来到了一个不知名的地方。这地方看起来很糟糕,连家付两便士就能遮风避雨的便宜客栈都没有。路灯稀疏,而且间隔很远,油灯微光如芒,在脏兮兮的玻璃后面闪烁着。借着这摇曳的光芒,索尔兹伯里辨认出这条街上都是些幽暗而巨大的老房子。他匆匆赶路,躲避倾盆大雨的时候,注意到了无数的门铃手柄,手柄下的铜牌上刻着那些似乎因年久而模糊的名字。大门上方有装饰繁复的阁楼,被五十年的污垢弄得黑漆漆的。暴风雨似乎越来越猛烈。他全身都湿透了,头上那顶新帽子已经毁得不成样子,但牛津街似乎仍然遥不可及。浑身滴水的索尔兹伯里终于看到了一道黑洞洞的拱门,就算挡不住风,至少可以避避雨,这让他松了一口气。索尔兹伯里在最干燥的角落里站定,环顾四周。他正站在房子下方的通道里,身后是一条狭窄的人行道,通向未知的地方。

他站在那里已经有一段时间了,一边徒劳地试图晾干身上的湿衣服,一边倾听着出租马车驶过的声音,这时他的注意力被身后通道方向传来的一声巨响吸引。声音越来越近,也越来越响。不一会儿,他就听到了一个女人尖锐聒噪的声音,她在威胁、斥责,让石头墙内都回荡着她的声音，不时有个男人在抱怨和劝诫。索尔兹伯里虽然表面上没什么浪漫因子，但对街头的争吵颇有几分兴趣，而且他对醉酒后更有趣的事情也有些业余爱好。因此，他摆出一副听大歌剧的姿态，静下心来倾听和观察。然而，令他恼火的是，狂风暴雨般的争吵声似乎突然平息了，他什么也听不见，只听见女人不耐烦的脚步声和男人缓慢的蹒跚声——他们正朝他走来。他躲在墙的阴影里，可以看到两人越来越近。那个男人显然已经醉得神志不清，费了好大劲儿才避免频繁撞到墙，从一边摇摇晃晃地拐向另一边，就像小帆船逆风而行。那个女人直直地看着前方，泪水从眼中流出来。但当他们走过时，她突然又燃起了怒火，冲着她的同伴破口大骂。

"你这个卑鄙的无赖！你这个无耻的混蛋！"在一阵语无伦次的咒骂之后，她继续骂道，"我猜，你以为我永远要给你干活儿，当你的奴婢是吧？而你却在追求那个格林街的女孩，把所有的钱都拿去喝得醉醺醺的。但你错了，萨姆，事实上，我再也受不了了。该死的，你这个肮脏的小偷，我已经受够了你和你的主人，所以你可以去做你自己的差事，我只希望他们会给你惹来一堆麻烦。"

女人撕开她的衣襟，从里面拿出一些看起来像纸的东西，揉成一团甩出去。它掉到了索尔兹伯里的脚边。她冲了出去，消失在黑暗中，而那个男人则慢慢地走到街上，用一种困惑的语气含糊不清地喃喃自语。索尔兹伯里望着他的背影，只见他在人行道上蹒跚而行，不时停下脚步，犹豫不决地摇晃着身子，然后又开始朝某个新的方向走去。天空已经放晴了，洁白蓬松的云朵掠过高高悬挂在天上的月亮。随着云层的飘过，光线忽明忽暗，当清澈的皎洁月光照进通道时，索尔兹伯里转过身来，看到了那个女人扔下的一小团皱巴巴的纸。他好奇地想知道里面可能写了什么，于是把它捡起来放进口袋，重新踏上了回家的路。

三

索尔兹伯里是个喜欢按习惯行事的人。他回到家时浑身湿透了，衣服紧贴在身上，帽子上沾满了小水珠，他心中唯一挂念的就是自己的健康状况，对此格外关注。于是，他脱下湿漉漉的衣服，给自己换上一件暖和的睡衣，然后开始准备用热杜松子酒和水自制发汗剂，用一盏酒精灯加热。这种酒精灯在现代隐士的生活中扮演着重要角色，可以减轻苦行生活的艰辛。喝完这杯热乎乎的发汗剂后，索尔兹伯里感到心情舒畅了许多。他又吸完了一烟斗的烟草，这让他感到无比的满足和安心。最终，他在一种愉悦而空虚的状态中上床睡觉了，完全没有去思考他在黑暗拱门中的冒险经历，也没有去想戴森在晚餐时给他带来的古怪幻想。

次日的早餐也是如此，因为索尔兹伯里坚持在进餐结束之前什么都不想，但当杯盘被收拾干净，晨烟被点燃时，他想起了那个小纸团，于是开始在湿漉漉的大衣口袋里仔细摸索。他不记得自己把它放进了哪个口袋，于是手一会儿钻进一个口袋，一会儿又钻进另一个口袋。他感到一种奇怪的忧虑，生怕那个纸团根本不在口袋里，尽管他无法解释自己为何对这个很可能只是垃圾的东西如此重视。但当手指触摸到内袋里皱巴巴的东西时，他松了一口气，轻轻地把它抽了出来，放在了安乐椅旁的小书桌上，就像对待稀世珍宝一样小心翼翼。索尔兹伯里坐在那里抽着烟，盯着他的发现看了几分钟，有一种想将其付之一炬一了百了的奇怪冲动，但对它可能包含的内容和那个被激怒的女人毅然扔掉它的原因产生了好奇的猜测。不出所料,最终好奇心占了上风。索尔兹伯里带着一种近乎厌恶的心情,慎重地拿起了那团纸,轻轻把它展开,放在了他的面前。那是一张普通的脏纸,看起来就是从一本廉价的练习本上撕下来的,中间有几行奇怪的潦草字迹。索尔兹伯里弯下腰,急切地盯着它看了一会儿,深深地吸了一口气,然后身体向后倒去,重重地坐在椅子上,眼神空洞地望着眼前的一切。直到最后,他突然放声大笑起来,那笑声长久、响亮且喧闹,楼下房东太太的婴孩从睡梦中惊醒,发出了一阵可怕的哭声,与他的笑声交织在一起。但他还是笑了又笑,拿起那张纸,把那些看似毫无意义的废话又读了一遍。

那张纸的开头写道:"Q.不得不去巴黎看他的朋友,特拉弗斯·亨德尔·S。绕草地转一圈,绕少女转两圈,绕枫树转三圈。"

索尔兹伯里拿起那张纸,像那个愤怒的女人一样把它揉成一团,然后对准炉火。然而,他并没有把它扔在那里,而是漫不经心地把它扔进了书桌抽屉,然后又笑了起来。这荒唐至极的事情冒犯了他,他为自己急切的猜测感到羞愧,就像一个人仔细阅读日报的烦恼专栏中那些冠冕堂皇的公告,却发现除了广告和鸡毛蒜皮的琐事什么也没有。他走到窗前,凝视着他所在街区清晨慵懒的生活。穿着邋遢的印花长裙的女仆正在洗刷门廊,那些鱼贩和屠夫在忙碌地走街串巷,商人们站在他们的小店门前,因生意冷清而垂头丧气。远处一片蓝色的雾霾给远景增添了几分壮丽,但整个景色让人感到压抑,只有研究伦敦生活的人才会感兴趣,因为他们会在伦敦的方方面面发现一些稀有而珍贵的东西。

索尔兹伯里厌恶地转过身去,在一张安乐椅上坐了下来,这张椅子上铺着鲜艳的绿色软垫,还镶着黄色的丝绒带,是居室里引以为傲和最吸引人的地方。他在这里安顿下来,开始了上午的工作——阅读一本以运动和爱情为主题的小说，书中描述的情节就像由马夫和女子学院共同创作出来的。如果是平时，索尔兹伯里会一直沉浸在有趣的故事中，一直读到午餐时间。但今天上午，他却在椅子上坐立难安，拿起书又放下，最后恼羞成怒地暗自咒骂。事实上，在拱门里发现的那张纸上内容的韵律，已经如同魔咒般"钻进了他的脑子里"，不管他怎么努力，那些词句总是挥之不去，一遍又一遍地在他的脑海中回荡："绕草地转一圈，绕少女转两圈，绕枫树转三圈。"这成了一种真正的折磨，就像音乐厅里那首俗不可耐的歌曲，被人们反复传唱，不分昼夜，被街头的孩子们当作近半年来永不消退的乐趣而珍藏起来。他走到街上，试图在熙攘的人群和喧闹的车流中暂时忘记那恼人的韵律。但不久就悄悄地溜到一边，在一些无人的小路上独自徘徊，徒劳地绞尽脑汁，苦苦思索着那些毫无意义的词句的含义。

等到星期四的时候，他终于如释重负，想起自己之前约好了去见戴森。与这种无休止的重复相比，那位自命不凡的文人脆弱的遐想显得有趣多了，毕竟这个思考的迷宫让人觉得似乎没有出路。戴森的住所位于斯特兰德大街通往河边的一条宁静街道上，当索尔兹伯里从狭窄的楼梯平台走进他朋友的房间时，他发现戴森的叔叔确实是个慷慨解囊的人。地板上闪烁着东方的各种色彩，正如戴森夸张的说法，这是"梦中的夕阳"。灯光和伦敦街头的暮色被做工奇特的窗帘挡在外面了，窗帘上到处都是闪闪发光的金线。在橡木三屉柜的架子上摆满了法国古瓷罐和古瓷盘，还有那些在干草市场或邦德街都找不到的黑白相间的蚀刻版画，在富丽堂皇的日式壁纸衬托下显得格外醒目。索尔兹伯里在壁炉边的安乐椅上坐了下来，闻着熏香和烟草的混合气味，对如此豪华的装饰感到惊奇和茫然。与这间房间的华丽风格相比，他自己公寓里的绿底丝绒、仿制油画、镀金框的镜子都显得黯然失色。

戴森说:"很高兴你能来。这是个舒适的小房间,是不是?但你看起来气色不太好,索尔兹伯里。你没什么不舒服吧?"

"没有,不过这几天我确实心绪烦乱。事实上,见到你的那个晚上,我遇到了一件奇怪的事,我想我姑且可以把它称作'奇遇'吧,这件事让我非常担心。令人恼火的是,它纯粹是胡言乱语——不过,无论如何,我会把所有的事情都告诉你。话说回来,你说好要让我听完你在餐厅讲的那个奇怪故事的。"

"是的,但索尔兹伯里,恐怕你已经无可救药了。你完全受所谓事实控制。你心里很清楚,认为那件案子的蹊跷是我造成的,一切都像警方的报告一样清楚。不过,既然我已经开了头,那我就继续说下去。不过,让我们先喝点儿东西提提神,你还是点上烟斗吧。"

戴森走到橡木橱柜前,从橱柜深处拿出一个圆形的酒瓶和两个镀金的小酒杯。

他说:"这是本笃会甜酒。你也来点儿吧?"

索尔兹伯里同意了,两个人坐在一起沉思,喝着酒,抽着烟,过了好几分钟,戴森才再次开口。

他最后说:"让我想想,我们上次说到了审讯,不是吗?不,那一段我们已经讲完了。啊,我想起来了。我告诉过你,总的来说,我对这件事的探究或者调查,随你怎么称呼它,取得了成功。我上次是不是说到这儿了?"

"是的,就说到这儿。准确地说,我印象中,'虽然'是你上次对这个案子说的最后一个词。"

"没错。从那天晚上开始,我就一直在想这件事,我得出的结论是,那个'虽然'确实是一个非常大的转折。我不得不承认,我所发现的，或者说我以为我所发现的，实际上什么都不是。我还是一如既往地远离案件的核心。不过，我还是把我知道的告诉你吧。你可能还记得我说过，审讯时一位医生的证词给我留下了深刻印象。我决定，第一步必须去试一试能否从那位医生那里得到一些更明确、更易懂的信息。后来，我成功地与那位医生取得了联系，并获得了见面的机会。他是个和蔼可亲的人，相当年轻，一点儿也不像典型的医生。会谈一开始，他就请我喝威士忌、抽雪茄。我觉得没必要拐弯抹角，所以一开始就说他在哈利斯登审讯中的部分证词让我觉得很特别，我把打印好的报告给了他，并在有关句子下面画了横线。他只是瞥了一眼那张纸，然后给了我一个奇怪的眼神。他说：'你觉得很奇怪，是吗？嗯，你一定记得哈利斯登案很特别。事实上，我想可以很肯定地说，它在某些方面是独一无二的，非常独特。'我答道：'正是如此，这正是我对它感兴趣的原因，也是我想更多地了解它的原因。我想，如果有人能给我提供任何信息，那一定是你。你对此事有何看法？'

"我的问题既直白又突兀，那位医生看起来相当惊愕。

"他说：'好吧，我猜你追究这个问题纯粹是出于好奇，所以我可以毫无保留地告诉你我的看法。戴森先生，如果你想知道，那么请记住，我的观点就是：我相信布莱克医生杀了他的妻子。'

"我回答道：'但是判决呢？判决是根据你的证词作出的。'

"'确实如此，判决是根据我和我同事的证词作出的，在这种情况下，我认为陪审团的行为非常明智。事实上，我看不出他们还能有什么别的选择。但我还是坚持我的观点，听好了，我那时也是这么说的：我对布莱克的所作所为并不感到奇怪，我坚信他的所作所为，我认为他是有正当理由的。'

"'有正当理由！怎么可能？'我问道。你可以想象，得到的答案令我大吃一惊。医生转过椅子,定定地看了我一会儿才说:'我想你不是搞科学的,是吧?那我就不详细解释了。我坚决反对生理学和心理学之间进行任何形式的合作。我认为会对这两个领域都造成损害。没有人比我更清楚地认识到,意识世界与物质世界之间存在着不可逾越的鸿沟,两者之间的深渊深不可测。我们知道,意识的每一次变化都伴随着大脑灰质分子的重新排列,然而,这仅仅是冰山一角。我们不知道它们之间的联系是什么,也不知道它们为什么会同时发生,大多数权威人士认为我们永远也不可能知道。然而,我要告诉你们的是,我工作的时候手里拿着解剖刀。尽管有各种理论,但我还是确信,摆在我面前的不是一个死去女人的大脑,也根本不是人类的大脑。我当然看到了那张脸,但它非常平静,没有任何表情。毫无疑问,那一定是一张美丽的脸,但我可以坦率地说,如果那张脸的主人还活着,即使给我一千几尼[2],不,甚至两倍的报酬,我也不会去看它的。'

"我说:'亲爱的先生,你可真让我大吃一惊。你说那不是人的大脑。那么,它是什么呢?'

"'恶魔的大脑。'他说得非常冷静,脸上的肌肉纹丝不动。'恶魔的大脑。'他重复道,'我毫不怀疑布莱克用枕头捂住了她的口鼻,捂了好几分钟。如果他这么做了,我不会怪他。不管布莱克夫人是什么样的人,她都不适合继续留在这个世界上。你还有什么要说的吗?没有了?晚安,晚安。'

"从一个搞科学的人嘴中说出这样的意见可真奇怪,不是吗?当他说即使给他一千几尼或两千几尼,他也不愿见到那位女士生前的容貌时,我脑海中闪现出自己曾经瞥见的那张面庞,但我什

---

[2] 几尼:英国旧金币名。1816年退出流通货币行列,但仍被用来表示艺术品、奢侈品的价格。

么也没说。我又去了哈利斯登，在各家商店里四处转了转，买了些小东西，试图挖掘出有关布莱克一家人鲜为人知的信息，但没打听出什么有用的。

"与我交谈过的一位商人声称他跟已故的布莱克太太挺熟的，因为她经常从他那里购买家庭所需的食品杂货。他们家没有雇佣仆人，只是偶尔请个清洁女工帮忙打扫卫生。而且在布莱克太太死前，他已经好几个月没见过她了。据这个商人的说法，布莱克太太是'一位好心的女士'，总是和蔼可亲、体贴入微，大家都认为她很爱自己的丈夫，而丈夫也很爱她。然而，抛开医生的观点不谈，我知道自己看到了什么。后来，我仔细想了想，觉得唯一能为我提供有效帮助的只有布莱克本人，于是我下定决心去找他。当然，在哈利斯登找不到他。有人告诉我，他在葬礼后就直接离开了。变卖完房子里的所有东西后，在某个晴朗的日子，布莱克带着一个小手提箱上了火车，不知去向。是否能打听到他的下落，全靠运气。我最终遇到他也只是碰巧。

"有一天，我正沿着格雷律师学院路散步，没有特别的目的地，只是像往常一样四处探寻，并紧紧抓住帽子，因为那是早春三月的一天，风刮得很猛，吹得客栈庭院里的树梢摇摇晃晃。我从霍尔本区那头走过来，快走到西奥博尔德街时，忽然注意到前面走着一个人。他拄着拐杖，看上去非常虚弱。不知为什么，我忽然很好奇他长什么样。我加快步伐，打算追上他。突然，他的帽子被风吹跑了，沿着人行道滚到了我的脚边。我顺手捡起帽子，一边朝它的主人走去，一边瞥了它一眼。这顶帽子本身就已经饱含历史，里面印着皮卡迪利大街制帽商的名字，但我不知道是否会有哪个乞丐愿意将其拾入囊中。然后我抬起头，眼前这个人正是哈利斯登的布莱克医生。真奇怪，不是吗？但是，索尔兹伯里，他的变化可真大！当我看到布莱克医生从哈利斯登自家房子的台阶上走下来时，他身姿挺拔，步履稳健，身体结实有力，应该说，他正值壮年。而现在，我面前这个病恹恹的可怜虫，他弯腰驼背，虚弱无力，脸颊凹陷，头发变白，手脚不停地颤抖，眼神充满了痛苦。他对我归还他的帽子表示感谢，感叹道：'我还以为我永远也拿不回帽子了，我现在力不从心，已经跑不动了。先生，今天风真大，不是吗？'说完这句话，他就转身离开了，但渐渐地，我设法跟他搭上了话，我们一起向东走去。我想，他一定很希望能摆脱我，但我可不打算让他甩掉。最后，他在一条破败不堪的街道上一幢极其破旧的房子前停了下来。我深信，这是我见过的最为糟糕的街区之一——房子刚建成时可能就相当寒酸和丑陋，随着时间流逝，一年比一年肮脏，现在似乎已经倾斜，摇摇欲坠了。'我就住在上面，'布莱克指着屋顶说，'不在前面，在后面。我住在那里很安静。我就不请你进去坐坐了，也许改天——'

"我叫住他，告诉他我很乐意去拜访他。他向我投来异样的一瞥，似乎在疑惑我或其他人到底会关心他什么。我离开时，他还在摸索着弹簧锁钥匙。如果我告诉你几个星期之内我就成了布莱克的亲密朋友，我想你会说我干得漂亮。我永远不会忘记第一次走进这个房间时的感受，真希望再也不会看到那样糟糕、肮脏的惨状。墙纸脏兮兮的，上面所有的图案或痕迹早已消失殆尽，被邪恶街道的污渍所掩盖和渗透，如同衰败的战旗一般挂在墙壁上。只有到了房间的另一头，才能勉强挺直腰板站直身子。看到那张破烂不堪的床，闻到弥漫在这里的腐败气味，我就感到头晕目眩、恶心难受。我发现他正在大声咀嚼一片面包。他似乎很惊讶我遵守诺言上门拜访，但还是把他的椅子让给了我，然后坐在床上和我聊天。我常去看他，我们在一起聊了很久，但他从未提起过哈利斯登和他的妻子。我猜想,他一定以为我不知道这件事,或者以为即使听说了,也不会把哈利斯登受人尊敬的布莱克医生和伦敦偏远街区住阁楼的穷房客联系起来。他是个奇怪的人,当我们坐在一起抽烟时,我常怀疑他是精神错乱还是神志清醒。因为我认为,与我在他那肮脏的小屋里听到他认真提出的理论相比,帕拉塞尔苏斯和罗西克鲁士兄弟会最疯狂的梦想都显得平淡无奇。我曾大胆地向他暗示过类似的事情。我说他某些言论完全违背了所有的科学和经验。'不,戴森,'他回答道,'并非违背所有的经验,因为我的经验也有价值。我从不谈论未经证实的理论。我所说的都是自己亲身证实过的,而且付出了惨重的代价。有一个知识的领域是你永远无法知晓的,明智的人远远望见,就会像躲避瘟疫一样避之唯恐不及,但我曾涉足那个领域。如果你知道,如果你能想象在我们这个安静的世界上可能发生的事,以及一两个人已经做过的事,你的灵魂都会战栗,都会昏厥。你从我这里听到的,不过是真正的科学最轻薄的外壳和表层——那门科学意味着死亡,对那些获得它的人来说,它比死亡更可怕。不,戴森,当人们说世界上存在奇奇怪怪的东西时,他们很少真正知晓在他们内心和周围始终存在着敬畏和恐惧。'

"他的身上有一种魅力吸引着我。因有事要离开伦敦一两个月,我颇为依依不舍。其实我还挺想念他那些奇谈怪论的。回城几天后,我寻思着去看看他。但当我按了两下门铃时,无人应答。我按了又按,刚要转身离开时,门开了,一个邋遢女人问我有什么事。从她的神情来看,我想她把我当成了跟踪她某个房客的便衣警察。然而,当我询问布莱克先生是否在时,她盯着我的眼神变了。'这儿没什么布莱克先生,'她说,'他已经死了,六个星期前就死了。我总觉得他的脑子有点儿毛病,要不就是惹上了什么麻烦。他每天早上十点到下午一点都要出门。有个星期一早上,我们听到他进屋关上门的声音,几分钟后,就在我们坐下来吃饭时,突然传来一声尖叫,吓得我差点儿心脏病发作。然后我们听到一阵重重的脚步声,他怒气冲冲地下了楼,嘴里骂骂咧咧,发誓他被抢走了价值几百万的东西,然后一头栽倒在走廊里。我们以为他死了,把他抬进房间,放在床上,我就坐在那儿等着,我的丈夫去找医生了。他的窗户大开着,地上有个小锡盒,盖子是打开的,里面是空的。当然,不可能有人从窗户进来,至于他有什么值钱的东西,那是胡说八道,他经常好几个星期都拖欠房租。我丈夫经常威胁说要把他撵到大街上,说我们也得做生意嘛。这话当然没错,但不知怎的,我并不想这么做,尽管他是个古怪的人,我猜他以前过得不错。后来医生来了,看了看他,说救不了。那天晚上他就死了,我就坐在他的床边。我可以告诉你,由于这样那样的原因,我们亏了一笔钱,因为他那几件破衣服根本值不了几个钱。'

"我给了那女人半个金镑[3],算是她的辛苦费。我在回家的路上思绪飘忽,想着布莱克医生和房东太太讲述的他死之前的怪事,纳闷他怎么会以为自己被抢了。可怜的家伙,他在这一点上没什么好担心的。但我想他是真的疯了,狂躁症突然发作,就死了。房东太太说,有一两次她有机会走进他的房间(大概是向这个可怜虫催讨房租),他会让她在门口等上大约一分钟,等她进去时,就会发现他把那个锡盒收在窗边的角落里。我想,他大概是被拥有某种巨大宝藏的妄想所迷惑,在苦难中幻想自己是个有钱人。

"一切到此结束,我的故事讲完了。你看,虽然我认识布莱

---

3 金镑:旧时英国金币,面值一英镑。

克，但我对他的妻子和她的死因一无所知。这就是哈利斯顿案，索尔兹伯里，我对它更感兴趣了，因为我和其他人似乎没有机会了解更多情况了。那么，你对此案有何看法？"

"好吧，戴森，我得说，我觉得你给整件事营造出了一种独特的神秘氛围。我个人更倾向于医生的说法——布莱克谋杀了他妻子，因为他本人很可能患有程度较浅的精神疾病。"

"什么？那么，你相信这个女人太恐怖、太可怕了，以至于不能容忍她活在世上吗？你还记得医生说过那是恶魔的大脑吧？"

"是的，没错，当然，他只是打了个比方。实际上，戴森，别想那么复杂，这事儿真的很简单。"

"啊，好吧，也许你是对的，但我肯定你错了。好了，再讨论也没有用了。再来点本笃会甜酒吗？对了，试试这种烟丝。你刚才不是说有事让你闹心吗？我们一起吃饭那天晚上发生的事？"

"是的，我一直觉得挺闹心的，戴森，烦得不得了。但这其实是件微不足道的小事，实际上，是件荒唐事，我不好意思拿它来麻烦你。"

"别在意，不管荒唐不荒唐，都说来听听吧。"

索尔兹伯里犹豫再三，内心对此事的愚蠢深恶痛绝，但还是讲出了他的故事，不情不愿地重复了废纸团上的荒诞信息和更离谱的打油诗，以为会听到戴森爆笑出声。

等他结结巴巴念地念完"一圈，两圈，三圈"的打油诗后，他问道："我居然会为这种东西伤透脑筋，你说惨不惨？"

戴森严肃地听完了这一切，然后沉思了几分钟。

他最后说："是的，你在那两个人经过时正好躲进了拱门避雨，这是个奇怪的巧合。但我不认为纸上写的东西是无意义的胡言乱语。它确实很离奇，但我想它对某些人来说是有意义的。你再复

-322-

述一遍,好吗?也许我们能找到某种密码,不过我认为希望渺茫。"

索尔兹伯里被迫再次慢慢地、结结巴巴地说出了他所厌恶的那句废话,而戴森则把它草草记在了一张纸条上。

"你再检查一遍,好吗?"写完后,他说,"也许关键是,每个字的位置都准确无误。这个写对了吗?"

"是的,一字不差。但我认为你不会从中获得很多信息。相信我,这只是胡言乱语,毫无意义的涂鸦。我现在得走了,戴森。不,不要再倒酒了,你的酒可真烈。晚安。"

"要是我真有发现,愿意听我说一说吗?"

"不,我不愿意,我不想再听到这件事了。你自便吧,如果真找到线索的话,那是你自己的功劳。"

"那好吧。晚安。"

四

索尔兹伯里回了他那个有绿色椅子的寓所。过了好几个小时,戴森仍然坐在书桌前,那书桌是日式风格,很有几分浪漫情调。他抽了好几烟斗的烟草,沉思着他朋友的故事。令索尔兹伯里备感困扰的题词的怪异之处吸引着他。他时不时地拿起那张纸条,若有所思地扫视着自己写的东西,尤其是最后那句古怪的顺口溜。他断定,这是一个信物,一个符号,而不是密码。而那个把它扔掉的女人很可能完全不知道它的含义。她不过是被辱骂和抛弃的"萨姆"的代理人,而他也是某个不知名的人的代理人,可能是那个被强迫去拜访他的法国朋友的 Q. 的代理人。然而,该如何解读"特拉弗斯·亨德尔·S"这个部分呢?这就是谜团的根源,而弗吉尼亚州的所有烟草似乎都不可能提供任何线索。看起来几乎毫无希望，但戴森自诩为神秘领域的惠灵顿，上床睡觉时，坚信自己迟早会找到正确的线索。

在接下来的几天里，他全身心地投入文学创作中，甚至对他最亲密的朋友来说，这些创作也是一个深深的谜。他们翻遍了火车站旁的书亭，却始终找不到戴森吸着浓烟、喝着红茶，在日本书桌上花了很多时间创作的大作。这一次，戴森把自己关在房间里有四天之久。他放下手中的笔，到街上去寻找放松和新鲜空气时，才真正松了一口气。煤气灯被点亮了，报童在街上高声吆喝着晚报第五版的耸动标题四处兜售。戴森觉得自己需要安静，于是离开了喧闹的河岸街，开始向西北方向走去。很快，他发现自己置身于脚步铿锵的街道之中，穿过一条宽阔的新大道，转向西方，戴森发现自己已经来到了苏活区的深处。这里再度呈现出浓厚的生活气息。法国和意大利的稀有佳酿价格低廉，吸引着过往行人驻足。巨大的奶酪质感丰盈，如同艺术品一般，橄榄油清新的果香味挑逗着人们的嗅觉。拉伯雷《巨人传》中高康大爱吃的香肠，犹如小树林般矗立在市集的一角，令人垂涎欲滴。而在邻近的一家商店里，似乎售卖整个巴黎的报刊。路中间来往的是形形色色的外国人，私家马车和出租马车都很少来这里冒险。居民们从一扇又一扇窗户里探出头来，欣喜地望着眼前的景象。

戴森慢慢地走在鹅卵石路面上，混迹于人群中，听着法语、德语、意大利语和英语混合的复杂口音，不时瞥一眼商店橱窗里整齐摆放的瓶瓶罐罐。快走到街尽头时，他的注意力被街角的一家小店吸引住了，这家小店与周围的店铺形成了鲜明的对比。这是贫民区的一家典型店铺，弥漫着浓厚的英国气息。这里出售烟草和糖果，廉价的陶制烟斗和樱桃木烟斗，一分钱可以买到的练习簿和笔筒，跟连环漫画和故事报纸摆在一起，似乎在争夺顾客的眼球。报纸上的插图令人毛骨悚然，与浪漫小说和晚报上的新闻相映成趣。那些报纸上的广告在门口飘动。戴森抬头瞥了一眼门上的名字，呆立在排水沟旁瑟瑟发抖，犹如发现新大陆的强烈震惊，让他一度无法动弹。这家小店的店名是特拉弗斯。戴森又抬头看了看，这次是灯柱上方的墙角，只见蓝底白字写着"亨德尔街，W.C."，下面还是这几个字，不过字迹更模糊。他满意地舒了一口气，不再多说什么，大步走进店里，盯着那个坐在柜台后面的胖子。那人站起身来，略带好奇地回看了他一眼，然后礼貌地开口，用的是那套熟悉的、公式化的服务用语：

"我能为您做些什么，先生？"

戴森很享受这种情景，看着这个人脸上逐渐显现的困惑。他小心翼翼地把手杖靠在柜台上，然后俯下身，慢条斯理而富有感染力地说道：

"绕草地转一圈，绕少女转两圈，绕枫树转三圈。"

戴森指望他的话能产生效果，他没有失望。那个杂货铺的小贩像离水的鱼一样，张着嘴喘着粗气，靠着柜台才能站稳。隔了一会儿，他才开口说话，声音嘶哑，颤抖而不稳定。

"您能再说一遍吗，先生？我没听清楚。"

"兄弟，我绝对不会再重复了。你听得很清楚。我看到你店里有个钟，毫无疑问，这是个非常好的计时器。好吧，我给你一分钟，按你自己的时钟计时。"

那人不知所措地环顾四周，戴森觉得是时候大胆一点了。

"听着，特拉弗斯，时间快到了。我想你应该听说过 Q. 吧。记住，你的命在我手里。现在就做！"

戴森对自己的勇气所造成的结果感到震惊。那人吓得缩成一团，汗水顺着惨白的脸庞往下淌，他举起双手遮挡在面前。

"戴维斯先生，戴维斯先生，别这么说，看在上帝的分上，别这么说。一开始我并不认识你，我真的不认识你。天哪，戴维斯先生，戴维斯先生，你不会毁了我吧？我马上就去取。"

"你最好别再浪费时间了。"

那人可怜巴巴地溜出店门，走进后面的会客室。戴森听见他用颤抖的手指摸索钥匙，还有打开箱子的吱吱声。不一会儿，他回来了，手里拿着一个用牛皮纸裹得整整齐齐的小包。他把包裹递给戴森，仍然满脸惊恐。

他说："我很高兴能摆脱它。我不会再接这种活儿了。"

戴森拿起包裹和手杖，彬彬有礼地点了点头，走出了商店，经过门口时转过身来。特拉弗斯瘫坐在座位上，面色煞白，用一只手捂着眼睛。戴森一边快步离开，一边猜测着刚才误打误撞地说对了什么，以至于产生了这样的效果。他招呼了看到的第一辆出租马车，回到了家。当点亮挂灯，把包裹放在桌子上时，他停顿了片刻，想知道灯火很快会照亮什么奇怪东西。他锁上房门，剪断绳子，一层层地打开了包装纸，最后看到了一个小木盒，木盒做工简单但很结实。没有锁，只需掀开盖子。他长长地吸了一口气，往后退了一步。那盏灯犹如烛火般散发着微光，却似乎在房间的每个角落都绽放出了异彩——不仅仅是光芒，而是五光十色的绚丽色彩，犹如彩绘窗户的华丽辉煌。光芒在他房间的墙壁上游走，在他熟悉的家具上起舞，折射的余光似乎又流向了它的源头——那个朴实无华的小木盒。因为在柔软的羊毛垫子上，躺着一颗最灿烂绚丽的宝石——那是戴森从未梦想自己能拥有的宝石。它闪耀着遥远天际的深邃蔚蓝，承载着海岸边海水的晶莹碧绿，蕴含着红宝石的热烈赤红，还散发出深紫罗兰的神秘幽光。

在宝石的中心，仿佛有一股炽热的火焰喷涌而出，时而升腾，时而坠落，周而复始，喷薄而出的火花犹如夜空中划过的流星，令人心醉神迷。

戴森深深叹了口气，仿佛被这颗宝石的璀璨之美所震撼。他跌坐在椅子上，双手捂住眼睛，陷入沉思。这颗宝石与蛋白石颇为相似，但根据长年累月积累的橱窗经验，他知道这颗宝石的存在超越了自然规律，即使是四分之一或八分之一这样大小的蛋白石也是不存在的。他带着一种近乎敬畏的心情再次看了看这块宝石，然后把它轻轻放在灯下的桌子上，看着它中心闪烁着的奇妙火焰，然后转过身来，好奇地想知道盒子里是否还藏着其他奇珍异宝。他掀开放置蛋白石的软羊毛垫，看到下面不再有珠宝，而是一本破旧不堪的小本子。戴森翻开第一页，又慌忙丢下了，吓得魂不守舍。他读到了所有者的名字，用蓝色墨水工整地写着：

史蒂文·布莱克，医学博士

奥兰莫尔

德文路

哈利斯登

过了好几分钟，戴森才鼓起勇气再次打开那个小本子。他想起了住在阁楼上的那个悲惨的流亡者，想起了那人的奇怪言论，也想起了他在窗户里看到的那张脸，想起了那位专家说过的话，这些记忆在他的脑海里一一涌现。他把手指放在封面上时，不禁打了个寒战，害怕里面会写着些什么。他最终还是把小本子拿在手里，翻开了书页，发现前两页是空白的，但第三页却写满了清晰的细小文字。戴森开始阅读，蛋白石的火焰在眼中跃动。

五

本子上的记述是这样开头的:

"我从年轻时起,就把所有闲暇和大量本该用于其他研究的时间,都投入对新奇而晦涩的知识分支的研究中去了。常人所谓的生活乐趣对我毫无吸引力,我独自一人住在伦敦,避免与同学交往,而我也被他们视为一个自私固执、缺乏同情心的人。只要能满足我对一种特殊知识的渴望——其存在对大多数人来说都是深奥的秘密,我就感到无比快乐。我常常整夜坐在黑暗的房间里,思考着我所踏足的陌生世界。然而,专业学习的需要以及获得学位的压力,在一段时间内迫使这种更隐秘的追求逐渐退居幕后。

"获得学位后不久,我遇到了艾格尼丝,她成了我的妻子。在这个远离城市喧嚣的偏远郊区,我们购置了一栋新房,我开始了规律的医疗工作。在最初几个月里,我过得很幸福,逐渐融入了这里的生活,只是偶尔想起那门曾让我全身心投入的神秘科学。我已对开始探索的知识路径有了足够的了解,知道无论怎么说这些道路都充满了艰难挑战和危险,坚持下去很可能意味着生命的毁灭,它们通向的地方是如此可怕,以至于一想到这些,人类的心灵就会畏缩。此外,婚后我所享受的宁静与安详在很大程度上使我远离了那些我知道无法带来安宁的地方。但是突然间,我想,这一切确实是一夜之间发生的。当我醒着躺在床上凝视黑暗时,我要说,突然间,以前的欲望又回来了,它们以更强大的力量回归。当黎明的曙光照亮了窗户,我从窗口望出去,看到太阳从东方升起,我知道我的命运已经注定——我已经走了很远,现在必须迈着坚定的步伐走得更远。我转过头看了看正在安详入睡的妻子,再次躺下,流下了痛苦的泪水,因为我们的幸福生活已经日薄西山了,又带着对我们而言可谓恐怖的曙光升起。

"接下来的事情我就不细说了。表面上,我还是像以前一样处理着一天的工作,对妻子守口如瓶。但她很快就发现我变了。我把业余时间都花在了一个被我改造成实验室的房间里,我经常在灰蒙蒙的晨曦中悄悄地爬上楼去,那时伦敦的许多夜灯还亮着。每天晚上,我都向那个我将要跨越的巨大深渊——意识世界和物质世界之间的鸿沟——又迈进了一步。我的实验种类繁多,性质复杂,几个月后我才意识到它们都指向何方。当这个想法瞬间涌入我的脑海时,我感觉我的脸变白了,心跳也停止了。但是,我早已没有退缩的力量,没有站在面前敞开的大门前而不进去的力量。后退的道路已经关闭,我只能继续前进。我的处境就像地牢里的囚犯一样毫无希望,唯一的光亮就是地牢上方的光。大门紧闭,逃脱是不可能的。一次又一次地实验得出了同样的结果,我知道,甚至在我脑海中闪过这个念头的时候,我都感到畏缩不前。在我必须完成的工作中,一定存在着任何实验室都无法提供、任何天平都无法测量的元素。在这项连我自己都怀疑能否逃过一劫的工作中,必须有生命本身的参与。必须从某个人身上抽取出人们称之为灵魂的本质,而在它的位置上(因为在这个世界的计划中没有空房间),将进入难以言表的东西,进入头脑无法想象的东西,而这些东西的恐怖程度比死亡本身的恐怖程度还要可怕。

"我在知道这一点时,也知道了这命运将降临在谁的身上。我看着妻子的眼睛。即使在那个时候,如果我走出去,拿一根绳子上吊自杀,我可能会逃脱,她也可能逃脱,但没有其他办法。最后,我把一切都告诉了她。她颤抖着,哭泣着,向她已故的母亲呼救,问我还有没有怜悯之心,我只能叹息。我对她知无不言言无不尽。我告诉了她她将会变成什么样子,以及什么东西会进入她的生命一直存在的地方。我告诉了她所有的耻辱和所有的恐怖。当你读到这里时,我应该已经死了——如果我真的允许这篇记录留存下来的话——你们已经打开了盒子,看到了里面的东西,如果你们能够理解隐藏在蛋白石中的东西的话!

"有一天晚上,妻子同意了我的要求,那时,泪水顺着她美丽的脸庞流了下来,火辣辣的羞耻让她的脖子和胸脯都变红了,她同意了为我承受这一切。我推开窗户,我们最后一次一起望着天空和黑暗的大地。那是一个星光灿烂的夜晚,微风习习,我吻了吻她的嘴唇,她的泪水流到了我的脸上。那天晚上,她来到我的实验室,在那里,百叶窗上了闩,在厚厚的窗帘遮掩下,所有的星光都被隔绝在房间之外,坩埚在酒精灯上沸腾着,发出嘶嘶的声音,我做了该做的事,造出了一个不再是女人的东西。桌上的蛋白石闪烁着人类从未凝视过的光芒,里面的火焰闪烁着,甚至照亮了我的心。妻子只向我提出一个要求:当我告诉她的事情最终发生时,我会杀了她。我遵守了那个承诺。"

记录到此为止。小本子从戴森的手中掉了下来。他转身又看了看那颗闪着火光的蛋白石,心中涌起无法言喻的恐惧,一把抓住它,用力扔在地上,用脚狠狠踩踏。他吓得脸色煞白,转过身去,一时间站立不稳,浑身颤抖。然后,在惊恐中,他猛地纵身越过房间,靠在门上,竭力稳住自己的身体。一阵愤怒的嘶嘶声传来,好像有蒸汽在巨大的压力下逸出。他定睛一看,只见一团浓重的黄色烟雾正慢慢地从宝石的中心冒出来,在宝石上方盘绕成蛇形。然后,一股细细的白色火焰从烟雾中迸发出来,射向空中,最终消失不见。地上躺着一个类似煤渣的东西,黑乎乎的,一触即碎。

戈雷斯托普田庄的秘密

THE SECRET OF GORESTHORPE GRANGE

〔英〕柯南·道尔
Conan Doyle

《戈雷斯托普田庄的秘密》导读

1.《戈雷斯托普田庄的秘密》的作者是英国作家、医生柯南·道尔（1860—1904）。柯南·道尔以其创作的夏洛克·福尔摩斯系列侦探小说而闻名世界。

2.《戈雷斯托普田庄的秘密》首次发表于1883年12月的《伦敦社会》杂志，原标题为"选择一个幽灵"。它在被编入各种作品集时，通常以原本的副标题"戈雷斯托普田庄的秘密"为题。

3. 柯南·道尔于1877年左右写过另一篇题为"戈雷斯托普田庄怪谈"的小说，将其投给《布莱克伍德杂志》。但该文既没有被发表也没有被退回，稿件现在与"布莱克伍德档案"一起存放在苏格兰国家图书馆。直到2000年，该文才由柯南·道尔协会出版。

4. 故事中提到的沃尔特爵士，指英国文学史上著名的小说家、诗人、历史学家沃尔特·司各特，他被誉为"苏格兰文学之父"，代表作品有《艾略特夫人》《艾凡赫的心灵》等。

5. 故事中提到的维金纳琴是一种键盘弦乐器，形体小，属于拨弦键琴家族。其外观为长方形，一般置于桌子上演奏。

我坚信，上天并未打算让我自食其力。有时，我几乎没意识到，自己竟然已在伦敦东区一个小杂货店的柜台后面度过了二十载光阴。然而，恰恰是这段经历，才让我有机会获得独立的财富，并拥有了戈雷斯托普田庄。我保守的生活习惯，高雅的品位，乃至贵族的审美观，都源于我内心深处对庸俗的厌恶。我们德奥德家族历史悠久，可以追溯到史前时代，这一点可以从他们进入英国历史的事实中推断出来——虽然任何值得信赖的历史学家均对此语焉不详。某种直觉告诉我，我的血管里流淌着正教徒的热血。即使是现在，时隔多年之后，像"尊敬的女士"这样的感叹词还是会自然而然地脱口而出，而且我觉得，如果情况需要，我就能双脚踩着马镫站起来，给异教徒狠狠一击——比如挥舞狼牙棒——让他大吃一惊。

戈雷斯托普田庄是一个封建庄园——至少，最初让我注意到它的那则广告是这么称呼它的。被冠以这个名头，对它的价格产生了极为显著的影响，所获得的好处可能更多的是触动人心的感受，而不是实实在在的利益。不过，让我感到欣慰的是，我的楼梯上有箭孔，我可以通过这些箭孔放箭；还有一个复杂的装置，我可以用它把熔化的铅浇到不速之客的头上，这让我油然生出大权在握的感觉。这些花哨的装置与我独特的幽默感相吻合，为此花些钱，我一点儿也不吝惜。我为城垛和环绕城堡的护城河感到骄傲，对吊桥、城堡主塔和城堡主楼洋洋自得。只差一样东西，我就能使住所的中世纪特色更加完善，使其完全呈现出古色古香的气息，变得完美。那就是，戈雷斯托普田庄没有幽灵。

任何一个对管理这样的庄园抱有老派品位并怀旧的人，都会对没有幽灵感到失望。我更是扼腕叹息。我从小就对超自然现象深有研究，一直是忠实的灵异粉丝。我一直狂热追捧鬼怪文学，没看过的鬼故事寥寥无几。为了啃下一本关于恶魔学的书，我甚至特意去学了德语。我还是幼童的时候，就喜欢躲进黑屋子里，希望能看到一些奶妈经常用来吓唬我的妖魔鬼怪。如今，这份初衷依旧坚定如初。当觉得幽灵是我的财力所能支配的奢侈品之一时，我骄傲到尾巴都要翘到天上去了。

广告中确实没有提到幽灵。然而，当我看到发霉的墙壁和阴暗的走廊时，我认为这里必定有幽灵。因为有狗窝就一定有狗，所以我想，这么好的地方没几个不安分、爱闹腾的幽灵怎么能行？天哪，在过去数百年里，那个卖我庄园的贵族之家都在做些什么呢？难道这个家族就没有一个人有足够的胆量和心上人私奔，或者采取一些其他措施来创造世代相传的幽灵吗？哪怕到现在，我都没耐心写关于这事儿的破文章。

长久以来，我始终抱着不切实际的一线希望。每当墙壁板后面传来老鼠的吱吱叫声，或者阁楼地板上有雨水滴落，我都会感到一阵狂喜，误以为终于发现了某个不安分的幽灵的踪迹。在这种情况下，我一点儿都不怕。如果是在夜里，我会让夫人玛蒂尔达——那位有坚强意志的"铁娘子"——出去探查，而我则用床单蒙住头，沉浸在期待的狂喜中。唉，结果总是令人大失所望！可疑的声音都出自一些看似荒谬，实则自然且平凡的原因，以至于最狂热的想象力也无法给它增添任何传奇色彩。

如果不是因为哈维斯托克农场的乔罗克斯，我可能已经对这种状况认命了。乔罗克斯是个粗鲁的汉子，身材魁梧，现实得有点儿过头。我认识他只是因为他的田地正好就在我的领地旁边。然而,这个人虽然完全不懂考古学,却实实在在地拥有一个幽灵。据我所知,它的存在能追溯到乔治二世统治时期,那时有个姑娘听说爱人在德廷根战役中阵亡后,就自刎而死。不过,即便如此,那座房子却因此增添了厚重的历史感,尤其是地板上的血迹。乔罗克斯对自己的好运气浑然不觉,当他谈起幽灵时,他的话让人听了心痛不已。他做梦都想不到,我是多么渴望听到他描述的每一声呻吟和夜间的哀号,可他的描述却那么平淡无奇。当有民主精神的幽灵被允许抛弃土地所有者,并通过在不被承认的大户人家避难来消除所有社会阶层的区别时,事情确实会变得很糟糕。

我毅力过人。若非凭借这份毅力,我就无法在前半生中克服种种困难,从恶劣的环境中逐步攀升至如今的地位。现在,我觉得必须弄到一个幽灵。但如何才能弄到呢?玛蒂尔达和我却束手无策。从读过的书中,我知道幽灵往往是罪恶的产物。那么要犯什么罪,由谁来犯呢?我脑子里冒出了一个荒诞的想法:也许可以劝说总管沃特金斯为了田庄的利益自杀或是谋害他人,当然要付给他一笔酬金。我半开玩笑半认真地对他说了这件事,不过,看上去他对此的反应并不是很积极。其他仆人也赞同他的看法——至少我找不到其他原因来解释他们为什么会在当天下午集体跑路。

一天晚饭后,玛蒂尔达对我说:"亲爱的,乔罗克斯家那个可恶的幽灵又在胡言乱语了。"当时我正坐在一旁,生着闷气,喝着萨克葡萄酒,我喜欢这些美好而古老的名字。

"让它胡言乱语吧!"我鲁莽地回答。

玛蒂尔达在维金纳琴上弹了几个和弦,然后若有所思地望着炉火。

"我来告诉你是怎么回事吧,阿根廷。"她最后说道,用的是我们通常用来代替我的名赛拉斯的昵称,"必须让人从伦敦给我们弄一个幽灵过来。"

"你怎么能这么愚蠢,玛蒂尔达?"我语气严厉地说,"谁能帮我们弄到那样的货色?"

"我表弟杰克·布罗基特可以。"她自信满满地答道。

在玛蒂尔达和我之间,她那个表弟是个相当敏感的话题。他是个轻浮机灵的年轻人,曾尝试过很多事情,但每次都半途而废。当时,他在伦敦的一家律师事务所混日子,自称是一名总代理[1],实际上在很大程度上是靠耍小聪明过活儿。玛蒂尔达把我们的大部分法律业务都交给了他,这确实给我省了不少麻烦,但我发现杰克的佣金通常比账单上所有其他项目的总和还要大得多。正是这一事实让我坚决反对跟这位小伙子有更深的利益牵扯。

"哦,没错,他行。"看到我脸上不赞同的神情,玛蒂尔达坚持己见,继续说道,"你还记得他把徽章的事办得有多好吗?"

"亲爱的,那只是修复旧的家族纹章而已。"我反驳道。

玛蒂尔达恼怒地笑了笑。她说:"家庭肖像也被修复过,亲爱的,你必须承认,杰克的选择非常明智。"

我想起了宴会厅墙壁上挂着的一长串面孔,从身材魁梧的诺曼底强盗,到戴着各种等级的头饰、羽毛和颈圈的人,再到那个脸色阴沉的切斯特菲尔德人,他似乎因为一位年轻小姐的归来而痛苦地踉跄着靠在柱子上,右手紧紧地握着那个少女的手。我不得不承认,在这件事上,他尽职尽责地完成了他的工作。给他下个订单——按通常比例支付佣金——买个家族幽灵,如果可以实现,倒也合理。

---

1 总代理:被委托的人员,负责代表委托人办理一般的法律事务。

我的格言之一就是，一旦下定决心，就要立即行动。第二天中午，我独自走上通往布罗基特先生律师事务所的螺旋形石梯，心情愉悦地欣赏着那些用白灰绘制在墙上的箭头和手指符号，它们都指明了那位先生的私人领地的方向。然而我在摸索着上楼时，却感受到了死一般的寂静。门被一个年轻人打开了，显然他对客户的突然出现感到震惊，我被领进了我年轻朋友的房间，他正在一本大账簿上奋笔疾书——后来我才发现，账簿是倒着写的。

寒暄过后，我立即进入了正题。

我说："听着，杰克，如果可以的话，我想让你帮我找一个幽灵（spirit）。"

"你是说烈酒（spirits）！"我妻子的表弟喊道，他把手伸进废纸篓里，像变戏法一样拿出了一瓶酒，速度惊人，"那我们来喝一杯吧！"

我举起一只手，无声地表示反对大清早就喝得醉醺醺的。但我放下手时，发现自己的手指几乎不由自主地握住了我的法律顾问递来的杯子。我匆忙把里面的酒一饮而尽，生怕有人闯进来把我当成酒鬼。毕竟，这个年轻人的怪癖还是很有趣的。

"不是烈酒。"我笑着解释道，"是鬼怪——幽灵（ghost）。如果真有这玩意儿，我非常愿意进行交易。"

"给戈雷斯托普田庄找一个幽灵？"布罗基特先生冷静地问道，就像我要找的是带客厅的套房似的。

"没错。"我回答道。

"小菜一碟。"我的同伴说，不顾我的反对，又给我的酒杯倒满了酒，"让我们看看！"说到这里，他拿起一个红色的大笔记本，其页面边缘依次印着二十六个大写字母，"你不是想找幽灵吗？那个词是G打头。G——宝石——手镯——风笛——长枪——

厨房……哎呀,在这里呢。幽灵,第九卷,第六章,第四十一页。见谅,稍等一下!"然后杰克飞快爬上梯子,开始在放在高高架子上的一堆账簿中翻找。趁他背对着我时,我有一种冲动,想把我的杯子里的酒一口气倒进痰盂里。但转念一想,我还是用正当的方式把它处理掉了。

"在这儿!"我伦敦的法律顾问喊道,砰的一声从梯子上跳下来,把一大卷手抄本放在桌子上,"我已经把所有东西都归档了,这样一来你一眼就能找到——无须担心,这玩意儿可弱得很。"说到这儿,他又给我们的酒杯斟满了酒,"刚刚我们在找什么来着?"

"幽灵。"我提醒道。

"当然,第四十一页。找到了。'J.H.福勒父子,邓克尔街,为贵族和绅士提供灵媒;出售护身符——爱情药水——木乃伊——占星学……'我猜,这些可能不符合你的胃口。"

我沮丧地摇了摇头。

"弗雷德里克·塔布,"我妻子的表弟继续说,"生者与死者之间的唯一通灵渠道。他拥有拜伦、柯克·怀特、格里马尔迪、汤姆·克里布和伊尼戈·琼斯的灵魂。就是这么个人物!"

我反对道:"不够浪漫。天哪!想象一下,一个眼圈发黑的幽灵,腰间系着手帕,或者边翻跟头边说:'明天你好吗?'"这个想法让我浑身燥热,我端起酒杯,一饮而尽,又重新倒满。

他说:"这里还有一个,克里斯托弗·麦卡锡。两周举办一次降神会——古今中外所有杰出的神灵都会出席。诞辰——护身符——咒语,来自死者的信息。他也许能帮助我们。不过,我明天要亲自去找找,见见这些家伙。我知道他们常去的地方。如果幸运的话,我应该可以淘到一些便宜货。生意就谈到这儿吧。"他总结道,把那个分类账簿扔到了角落里,"现在,让我们痛饮几杯吧。"

我们喝了很多酒,以至于第二天早上我的创造力都变得迟钝了,我好不容易才向玛蒂尔达解释清楚,为什么我在睡觉前要把靴子、眼镜和其他衣服一起挂在挂钩上。我的代理人满怀信心地接受了委托,这使我燃起了新的希望,我在迂回曲折的走廊和陈旧的房间里踱来踱去,想象着我即将得到的幽灵会是什么样子,并做出抉择,看这栋建筑哪个部分与它的存在最协调。经过深思熟虑,我觉得宴会厅总体上最适宜收容它。这是一个狭长的低矮房间,四周挂满了价值连城的挂毯和属于这个古老家族的有趣遗物。在火光的照射下,盔甲和兵器就会闪烁着耀眼的光芒,风从门缝里悄悄地吹进来,使帷幔来回晃动,发出令人毛骨悚然的沙沙声。房间的一端是个凸起的高台,过去主人和宾客常在上面摆放餐桌。下几级台阶就到了大厅的下部,那些诸侯和家臣在这里欢聚一堂。地板上没有铺任何地毯,但在我的指引下在上面撒了一层灯芯草。在整个房间里,没有任何19世纪的痕迹,除了我自己的纯银盘,上面印有修复的家族徽章,摆放在房间中央的橡木桌上。我决定了,如果我妻子的表弟与幽灵贩子的谈判成功了,这里就应该是最合适的幽灵屋。现在我别无他法,只能耐心等待,直到听到他的调查结果。

没过几天,我收到了一封信,信虽然简短,但至少令人振奋。信用铅笔潦草地写在一张戏单的背面,看起来像是用烟草塞子密封的。上面写着:"事情已经有眉目了,从任何职业灵媒那里都弄不到这种东西,但昨天在一家酒吧里遇到一个家伙,他说他能帮你搞定。如果你不发电报表示反对,我就派他过来。他叫亚伯拉罕斯,以前干过一两次这样的活儿。"信的末尾附上了一些讨要支票的含糊不清的暗示,最后署名是"你亲爱的表弟杰克·布罗基特"。

无须赘述,我没有发电报,而是翘首以盼亚伯拉罕斯先生的莅临。尽管我对超自然现象深信不疑,然而对于一个普通人可能拥有操控灵魂世界的能力,还是感到难以置信,更震惊于能用它们来交换世俗的金钱。不过,杰克亲口告诉过我这样的交易确实存在。而这里有一位有着犹太人名字的绅士,准备好用确凿的证据来证明这一点。倘若我能成功获得一个真实的中世纪幽灵,那么相形之下,乔罗克斯家的18世纪幽灵将显得多么平庸啊!那天晚上,我在护城河边散步,准备回去休息时,发现一个黑影正在检查我家的吊桥和闸门的机械设备。然而,他的惊愕和匆忙消失在黑暗中的样子,让我很快就确信他是人类。我把他归结为对我某个女佣心生爱意的追求者,在泥泞的"达达尼尔海峡"边哀悼,因为它隔开了他和他的爱人。不管他是谁,他消失了,再也没有回来——尽管我在附近徘徊了一段时间,希望能瞥见他的身影,并对他行使作为封建领主的权力。

杰克·布罗基特说话算话。又是一个傍晚,戈雷斯托普田庄的周围开始变得阴暗起来,这时,外院的门铃声和苍蝇飞起的声音宣告了亚伯拉罕斯先生的到来。我急忙跑下楼去迎接他,心里暗自期待着看到有一大群幽灵跟在他后面涌进来。然而,幽灵商人并不是我想象中面容苍白、眼神忧郁的人,而是一个矮墩墩的小胖子,一双锐利的眼睛闪闪发光,嘴角一直挂着微笑,虽然有点儿做作,略显虚伪,但还是很和蔼可亲。他唯一的行当似乎就是一个小皮包,皮包上了锁,绑了带子,放在大厅的石板上,发出金属碰撞的清脆叮当声。

"先生,您最近好吗?"他殷勤地紧握着我的手,问道,"贵夫人呢,她怎么样?还有其他人,他们都还好吗?"

我暗示说，我们都很好，这些寒暄都在情理之中。但亚伯拉罕斯先生碰巧瞥见了远处的玛蒂尔达，马上又向她询问了一连串关于她健康状况的问题，问得头头是道，言辞恳切。我差点儿以为他会替她诊脉，看看她的舌苔，以此来结束他的盘问呢。在此期间，他那对小眼睛一直滴溜溜乱转，东张西望，不停地从地板转到天花板，又从天花板转到墙壁，显然把每件家具都看了个遍。

亚伯拉罕斯先生确信我们俩都没病，便让我带他上楼。我们在楼上为他准备了丰盛的晚餐，让他尽情享用。他吃得津津有味。他随身带着的那个神秘小包，吃饭时就放在椅子下面。直到餐桌被清理干净，只剩下我们两个人的时候，他才谈论起过来的目的。

"我明白了。"他一边抽着特里奇诺波利雪茄，一边说，"阁下希望借助在下之力，为这栋宅邸增加一些幽灵的元素。"

我承认他的猜测是正确的，但同时纳闷他那双不安分的眼睛为何仍然在房间里转来转去，好像在清点房间里的物品。

他继续说道："尽管这样说可能不大合适，但我是完成这项任务最合适的人选了。我在跛脚狗酒吧里对那个跟我说话的年轻人说了什么？他问道：'你能做到吗？'我回答道：'我试试吧，带上我的包试试看。'我说得再清楚不过了。"

我对杰克·布罗基特的业务能力刮目相看。无疑，他处理此事的方式堪称精彩。"你该不是说，你把幽灵装在包里，走到哪儿带到哪儿吧？"我胆怯地说。

亚伯拉罕斯先生露出一抹充满优越感的微笑。他说："请等一等，告诉我合适的地点和合适的时间，再加上一点儿魔药精华——"说到这里，他从背心口袋里掏出一个小瓶子，"你会发现，没有我对付不了的幽灵。你可以亲眼看到他们，然后自行挑选，我觉得再公平不过了。"

亚伯拉罕斯先生口口声声宣称自己秉持公平，却露出狡黠的奸笑，还眨着他那双邪恶的小眼睛，这无疑使他在我心目中的坦诚形象大打折扣。

"你打算什么时候动手？"我恭敬地问道。

亚伯拉罕斯先生果断地说："凌晨十二点五十，有人说最好在午夜，但我说得在午夜前十分钟，因为那时幽灵不多，你可以任意挑选自己中意的幽灵。现在嘛——"他站起身来，继续说道，"要不你带我在这里转一圈，让我看看你希望幽灵出现的地方。因为有些地方会吸引幽灵，有些地方它们则会毫不留情地拒绝——除非世界上没有别的地方。"

亚伯拉罕斯先生以最挑剔、最敏锐的目光审视着各个走廊和房间，他抚摸着古老的挂毯，一副艺术鉴赏家的风范，低声评价说，这挂毯"搭配得非常好"。然而，直到他走到我亲自挑选的宴会厅时，他的赞赏之情才达到了狂热的程度。"这儿就是最合适的地方！"他高声喊道，手拿着包，围着放有我家族银盘的桌子手舞足蹈，看起来活像一个古怪的小妖精，"就是这儿了，没有比这儿更合适的地方了！一个令人满意的房间——高贵、坚固，没有任何电镀垃圾的影子！事情就该这样做，先生。这里有足够幽灵滑行的空间，送些白兰地和一盒雪茄烟过来。我就坐在炉火旁，做做准备工作，这比你想象的要麻烦得多。因为那些幽灵在找到打交道的对象之前，偶尔会大发雷霆。如果你在房间里，他们很可能会把你撕成碎片。你先离开，让我一个人对付他们，十二点半再进来，我保证那时他们已经安静下来了。"

亚伯拉罕斯先生的请求让我觉得合情合理，于是我任由他坐在壁炉前的椅子上，把脚搁在壁炉架上，用烈酒为自己壮胆，以应对那些拒人于千里之外的访客。我和玛蒂尔达坐在下面的房间里，我听到他坐了一会儿就站了起来，在大厅里急不可耐地踱来踱去。我们听到他尝试着转动门锁，然后把沉重的家具拖向了窗户那边，显然，他爬上了窗户，因为我听到生锈的铰链发出咯吱咯吱的声音，菱形窗格的竖铰链窗向后折叠，我知道窗户离这小个子男人够得着的地方不到一米。玛蒂尔达说，在这之后，她能分辨出他低沉而急促的耳语声，但这可能只是她的想象。我承认，我开始感到比之前想象的更受震撼。一想到这个孤独的凡人站在敞开的窗边，从外面的黑暗中召唤来冥界的幽灵，就有一种令人敬畏的感觉。我紧张得几乎无法向玛蒂尔达掩饰内心的惶恐，注意到时钟指向了十二点半，是时候让我和亚伯拉罕斯一起守夜了。

我进门时，他仍坐在原来的位置上，尽管他那张胖乎乎的脸因为刚刚的劳累而涨得通红，我之前无意中听到的神秘动静却没有留下一丝一毫的迹象。

"成功了吗？"我一进门就问，尽量装出一副漫不经心的样子，但还是不由得扫视了一眼房间，看看是否只有我们两个人。

亚伯拉罕斯先生用庄严的声音说："只需您的帮助就能完成此事。您应该坐在我身边，分享魔药精华，它能让我们世俗的眼睛消除疑云。无论看到什么，请勿发言，也不要做任何动作，以免破坏咒语。"他的态度很温和，说话也不再用市侩粗俗的伦敦东区土话了。我坐到他指的那把椅子上，静静等待着结果。

他清理掉附近地板上的灯芯草，然后双手双膝着地，用粉笔画了一个半圆，把壁炉和我们自己都围了起来。沿着这个半圆形的边缘，他画了几个象形文字，与黄道十二宫的标志颇为相似。然后，他站起身来，以迅雷不及掩耳之势念出了一长串祈祷词，听起来就像用某种陌生的喉音说了一个超长的单词。祷告结束后（如果这是祷告的话），他拿出一个之前掏出来的小瓶子，往一个小药瓶里倒了几茶匙透明的液体,然后递给我,示意我喝下。

这种液体散发着一种似有若无的甜美香气,与某些品种苹果的香气相似。在把它送到嘴边之前,我犹豫了一下,但亚伯拉罕斯做了一个不耐烦的手势,打消了我的顾虑,于是我一饮而尽,味道还不错。由于没有立即生效,我便靠在椅子上,让自己镇定下来,准备沉着应对接下来的事。亚伯拉罕斯先生坐在我身边,我感觉他不时地注视着我的脸,并反复念了几次之前说过的咒语。

一种美妙惬意的温暖和慵懒感觉开始慢慢地向我袭来,这可能是由于炉火的热度,也可能是由于某种莫名其妙的原因。无法抵挡的睡意袭来,我的眼皮不由得变得沉重,但与此同时,我的大脑却异常活跃地运转着,无数美丽而愉悦的想法在脑海中交织闪现。我觉得自己完全昏昏欲睡,虽然我能感觉到他把手放在我的心口,似乎想探测心跳的频率,但我并没有试图阻止他,甚至也没有问他这样做的原因。房间里的一切似乎都在昏昏欲睡的舞蹈中缓缓转动,而我成了旋转的中心。远处那只巨大的麋鹿头庄严地前后摆动着,桌上巨大的托盘与波尔多红酒冷却器和分层饰盘一起跳着四对舞[2]。我的头沉甸甸地垂在胸前,要不是大厅另一头的门被打开唤回了我的神志,我早就不省人事了。

这扇门通向那个凸起的高台,正如我所提到的,那里是宅邸的主人自用的地方。当门缓缓地打开时,我从椅子上坐了起来,紧紧抓住扶手,惊恐地盯着外面漆黑的走廊。有什么东西从那里走过来了——是某种尚未成形、难以捉摸的东西,但还是有些东西。朦朦胧胧中,我看到它飞快地掠过门槛,刺骨的寒风猛然席卷了整个房间,仿佛穿过了我的身体,使我的内心一片冰冷。我感觉

---

2 四对舞:19世纪流行的轻快交谊舞,由四对舞伴组成,不断地交换舞伴。

到了这个神秘的存在,然后我听到了它说话的声音,就像萧瑟东风穿过荒芜海滨松树林的声音,如泣如诉。

它说:"我是看不见的虚无。我有亲和力,有洞察力。我带电,会催眠,会降神术。我是伟大的空灵叹息者。我能杀狗。凡人,你愿意选择我吗?"

我刚想说话,但一股窒息感猛然袭来,话到嘴边似乎又噎住了。还没等我把话说出口,那个黑影就飞快地穿过大厅,消失在另一边的黑暗中,而一声悠长的忧郁的叹息响彻房间,震得整个房间微微颤抖。

我再次把目光转向门口,惊奇地发现一位身材瘦小的老妇人正步履蹒跚地沿着走廊走进大厅。她来来回回走了好几次,然后在地板上的圆圈边上蹲了下来,露出了一张可怕的、恶毒的脸,我永远也忘不了这张脸。每一种邪恶的激情似乎都在这张狰狞的脸上留下了印记。

"哈!哈!"她尖叫着,伸出枯瘦的双手,就像一只肮脏鸟儿的利爪,"你们看我是谁。我是恶魔老太婆。我身穿黄褐色的丝绸衣服,我的诅咒会降临在人们身上。沃尔特爵士很喜欢我。你愿意选我吗,凡人?"

我惊恐地努力摇头。她拿着拐杖冲我所在的方向打了一下,然后发出一声怪异可怕的尖叫,消失了。

这时,我的目光自然而然地转向了敞开的房门,看到一个身材高大的男人走了进来,我一点儿也不惊讶。他的脸色惨白得像死人,但乌黑的头发一绺绺卷曲地垂在背上,下巴上蓄着短短的尖胡须。他穿着宽松的衣服,显然是用黄色缎子做的,脖子上围着一条白色轮状皱领。他迈着缓慢而威严的步伐穿过房间。然后,他转过身来对我说话,嗓音悦耳优雅。

他说:"我是骑士,我刺穿别人,也被别人刺穿。这是我的长剑。我一走动,就发出钢铁的铿锵声。在我心脏上方有一片血迹。我能发出沉闷回荡的呻吟。我受到众多古老保守家族的庇护。我是最初的庄园幽灵。我独自行事,或是与尖叫的淑女们共舞。"

他彬彬有礼地弯下腰,似乎在等待我的回答,但同样的窒息感再次阻止了我开口。他深深地鞠了一躬,便消失了。

他刚刚离去,一种极度强烈的恐怖感就笼罩了我,我意识到房间里存在着一个可怕的生物,轮廓模糊、比例不定。一会儿,他似乎充满了整个房间;一会儿,他又变得无影无踪,但总能让人清楚地意识到他的存在。他说话的声音颤抖而急促。他说:"我留下脚步声,也四处喷洒鲜血。我拖着沉重的脚步在走廊上漫步。查尔斯·狄更斯曾提到过我。我发出奇怪而令人讨厌的声音。我抢走信件,把无形的手放在人们的手腕上。我很开朗。我会爆发出一阵阵狰狞的笑声。要我现在表演一下吗?"我举手表示反对,但为时已晚,没能阻止不和谐的狂笑声在房间里回荡。我还没来得及放下手,那个幽灵就不见了。

我把头转向门口,立刻看到一个男人匆匆忙忙、鬼鬼祟祟地走进了房间。他是一个晒得黝黑、体格健硕的壮汉,戴着耳环,脖子上松松垮垮地系着一块巴塞罗那丝围巾。他低着头,整个神态表明他饱受无法承受的悔恨折磨。他像一只被困在笼子里的老虎一样在房间里快速地来回踱步,我注意到他的一只手里攥着一把出鞘的匕首,闪着冰冷的光,另一只手里抓着一张看似羊皮纸的东西。当他开口说话时,声音低沉,铿锵有力。他说:"我是一个杀人犯。我是一个恶棍。我走路时猫着腰。我走起路来悄无声息。我对西班牙海域有所了解。我能打捞失落的宝藏。我有航海图。我身体强壮,步履矫健,能在大庄园的各个角落神出鬼没。"

他热切地望向我，但我还没来得及做出回应，就被门口出现的恐怖景象吓得全身僵硬无法动弹。

那个幽灵，如果可以称之为人的话，是一个极其高大的人。骨骼枯瘦如柴，从腐烂的肉体中突兀地伸出，面如铅灰，没有一丝生气。一条裹尸布紧紧包裹住了他的身体，在头上形成兜帽的样式，在兜帽的阴影下，两只恶魔般的眼睛深陷在狰狞的眼窝里，像烧红的煤炭一样熊熊燃烧，闪烁着幽冷的光芒。下颌掉落在胸前，露出萎缩干瘪的舌头和两排黑色锯齿状的獠牙，仿佛是从地狱深渊爬出来的亡灵。当这个可怕的幽灵走到粉笔圈边缘时，我瑟瑟发抖，不由自主地后退了好几步。

"我是美国的恐怖人物。"他说道，声音仿佛是从它脚下的地底传来的空洞咕哝，"只有我是真正的幽灵。我是埃德加·爱伦·坡的化身。我是环境和恐怖的化身。我是能降伏低等种姓的幽灵。看看我的血，我的骨头。我面目狰狞，令人作呕。不依赖人工辅助。用裹尸布、棺材盖和原电池工作，就能让人一夜白头。"那怪物向我伸出它那没有皮肉的手臂，似乎在哀求我，但我摇了摇头，然后它就消失了，只留下一股令人作呕的难闻气味。我瘫倒在椅子上，被恐惧和厌恶压得喘不过气来，若能确定这是最后一个狰狞的幽灵，我倒很愿意把这些幽灵统统打发掉。

一阵微弱的衣袂拖曳声提醒我，情况并非如此。我抬起头，看到一个白色的身影从走廊走向右边。当她跨过门槛时，我看到那是一位年轻貌美的女子，穿着昔日的时尚衣服。她的双手紧握在胸前，苍白高傲的脸上带着激情和痛苦的痕迹。她穿过大厅，发出柔和的声音，就像秋叶沙沙作响。然后，她把那双楚楚动人而又无比悲伤的眼睛转向我，说道：

"我哀怨而又多愁善感，美丽动人却饱受虐待。我被人抛弃，遭人背叛。我在夜里尖叫,沿着走廊滑行。我的祖先都是德高望重的贵族。我品位高雅,对美有着极高的鉴赏力。我要求不高,有像这样的老橡木家具,再添置几套锁子甲和大量挂毯就可以了。您不选我吗?"

最后,她以音调优美的抑扬顿挫收尾,声音渐渐消失。她伸出双手,做出恳求的姿势。我总是对女性的影响力非常敏感。再说了,乔罗克斯家的幽灵跟她怎么比?还有比这更有品位的幽灵吗?要是我不当机立断,万一再有像上一位幽灵那样的恐怖生物来拜访我,我岂不是会受到惊吓,甚至伤及神经?她给了我一个天使般的微笑,仿佛知道我在想什么。这一笑,事情就解决了。我喊道:"她就是合适人选!我就选她了!"我满怀激情地向她迈出一步,越过了那个把我围起来的魔法圈。

"阿根廷,我们被抢了!"

我模糊地意识到,这些话在我耳边说了很多遍,更确切地说,尖叫了很多遍,而我却无法理解它们的含义。我脑子里一阵剧烈的悸动,似乎是为了适应它们的节奏,我闭上了眼睛,聆听着"被抢了,被抢了,被抢了"的催眠曲。然而,一阵剧烈的摇晃迫使我再次睁开了眼睛,看到玛蒂尔达穿着极其寒酸的衣服,怒火冲天地站在我的面前,这实在是令人印象深刻,足以唤起我所有散乱的思绪,让我突然意识到自己正仰面躺在地板上,头枕着昨夜火炉里掉出来的灰烬,手里拿着一个玻璃小药瓶。

我摇摇晃晃地站了起来,但感到浑身无力,头晕目眩,不得不重新跌坐在椅子上。在玛蒂尔达的惊呼声的刺激下,我的思维逐渐恢复清明,我开始逐渐回忆起昨晚发生的事情。那扇门,就是我那些超自然访客逐个走过的门,那儿有一个粉笔画的圈,边缘有象形文字,还有被亚伯拉罕斯先生享用过的雪茄盒和白兰地酒瓶。但是，他本人在哪儿呢？这扇敞开着的窗户外面挂着一条绳子又是什么意思？那么，啊，戈雷斯托普田庄的荣耀——那个德奥德家族世世代代引以为豪的珍贵银盘，现在究竟在哪里？还有，为什么玛蒂尔达茫然无措地站在黎明灰蒙蒙的晨光里，双手绞在一起，重复着她那单调的唠叨？渐渐地，我混沌的大脑才慢慢理解了这些事情，并意识到了它们之间的联系。

读者朋友们，从那以后，我再也没有见过亚伯拉罕斯先生，再也没有见过那个印有修复的家族徽章的银盘。最难受的是，我再也没有看见过那个穿着拖地长裙的忧郁幽灵，我也不指望能看见。事实上，我那一夜的经历已经治好了我对超自然事物的狂热，我已经完全接受并甘心住在伦敦郊区那座单调乏味的19世纪大楼里，而那正是玛蒂尔达心目中的理想之地。

至于发生这一切的原因，有几种猜测。苏格兰场认为，捉鬼人亚伯拉罕斯先生与杰米·威尔逊（别名诺丁汉裂缝窃贼）很可能是同一个人，当然，我的访客的外貌特征非常符合对那个杰出窃贼的描述。第二天，我所描述的那个小包在邻近的田野中被人找到了，结果发现里面装有精心挑选的撬棍和凿子。护城河两边的淤泥上留着深深的脚印，这表明下面的同伙已经收到了从打开的窗户里放下来的那袋贵重的金银器。毫无疑问，这两个小偷在四处踩点时，无意中听到了杰克·布罗基特轻率的询问，并立即利用了这个千载难逢的好机会。

至于我的那些较为虚幻的来访者，以及我所看到的奇异怪诞的景象——我是否要把这都归结到我那个诺丁汉朋友所拥有的超自然神秘力量呢？在很长一段时间里，我都对这一点心存疑虑，最后，我请教了一位著名的精神分析学家和医生，并把那个小药瓶里剩下的几滴所谓魔药精华寄给了他，试图解决这个问题。我把他的回信附在后面，很开心能有机会用一位饱学之士极具分量的话来结束我的小故事。

致阿根廷·德奥德先生
布里克斯顿，榆树街

尊敬的先生：

您奇特的病例引起了我极大的兴趣。您寄来的瓶子里装有效力极强的三氯乙醛溶液，根据您的描述，您至少服下了八十格令[3]的纯三氯乙醛。这无疑会使您部分失去知觉，然后逐渐陷入完全昏迷的状态。在氯醛中毒的半昏迷状态下，出现一些间接的、离奇的幻觉是很常见的，尤其是对于不习惯使用这种药物的人来说。您在来信中告诉我，您的脑海中充斥着各种鬼怪文学作品，而且长期以来，您一直对分类和回忆传说中出现过的各种形式的幽灵有种病态的兴趣。您还必须记住，您当时正期待着看到那种性质的东西，您的神经系统也处于非正常的紧张状态。在这种情况下，我认为，如果您没有出现这样的症状，任何精通麻醉品的人都会感到非常惊讶。相反，它完全符合我们所了解的麻醉剂的预期效果。

愿随时为您效劳，尊敬的先生。

您真诚的朋友
T.E. 斯图比，医学博士
阿伦德尔街

---

3 格令：旧的重量单位，一格令相当于 0.065 克。

浅蓝色眼睛的男人
L'HOMME AUX YEUX PÂLES

〔法〕让·黎施潘

Jean Richepin

《浅蓝色眼睛的男人》导读

  1.《浅蓝色眼睛的男人》的作者是法国诗人、小说家和剧作家让·黎施潘（1849—1926）。他于1876年出版诗集《穷途潦倒之歌》，因其中一些诗篇内容狂放，被法庭以"有伤风化"的罪名判处拘禁一月，他由此一举成名。1908年当选法兰西学术院院士。

  2.《浅蓝色眼睛的男人》最初收录于黎施潘的故事集《噩梦》（1892）。

  3.《浅蓝色眼睛的男人》曾被错误地认为是莫泊桑的作品。一位名叫沃尔特·邓恩的美国出版商于1903年开始陆续出版了十七卷莫泊桑作品的英译版，但其中有不少于六十五篇并非莫泊桑所写，其中就包括《浅蓝色眼睛的男人》。

地方预审法官皮埃尔·阿格萨姆·德·瓦格内先生是个不苟言笑的人。他兼具庄重、沉稳和正直的特质。作为一个老成持重的人，哪怕在梦中，他也完全不会做出任何类似恶作剧的行径，甚至一点儿边也不会粘。我实在想不出有谁能跟他相提并论，或许法兰西共和国现任总统勉强够格。我相信没必要再继续跟其他人比下去了。铺垫了这么多，想必大家不难理解，当皮埃尔·阿格萨姆·德·瓦格内先生派了一位女士来等我时，我为何会激灵灵打了个寒战。

去年冬天的一个早晨，大约八点钟，他正要出门去法院，男仆给他呈上一张名片，上面印着：

詹姆斯·费迪南德医生

医学科学院院士

太子港

荣誉军团骑士勋章获得者

名片下方用铅笔写着：

弗洛盖尔夫人赠

瓦格内先生和那位女士交情不错，她是个讨人喜欢的克里奥尔人，来自海地，他俩在很多社交场合有过交集。另一方面，虽然他对那位医生的大名毫无印象，但仅凭其身份和头衔，他都应该见一面，不管会面时间有多短。因此，尽管德·瓦格内先生急着出门，他还是吩咐男仆把早到的访客领进来，但要预先告诉对方，主人时间紧迫，因为他必须去一趟法院处理事务。

当医生进来时，尽管瓦格内先生平时城府极深、沉稳有度，此时却难掩惊讶之情。因为这位医生长相奇异，很是反常。他是个最纯粹的黑人，而且是肤色最深的那种，却长着一双北方白人常见的眼睛，一双浅色、冷酷、清澈的蓝眼睛。他为自己不合时宜的来访说了几句抱歉的话后，嘴角又泛起一抹令人费解的微笑，补充道：

"我的眼睛让你吃惊了，是不是？我早就料到会这样。而且，实话对你说吧，我特意来此，就是为了让你好好看看这双眼睛，并且永远记住它们。"

他的笑容有点儿神经质，可他的话却比他的笑容显得更加疯狂。他说话声音很轻，是黑人特有的那种孩子气的、口齿不清的声音，因此，他那神秘的、近乎威胁的话语听起来更像是一个失去理智的人随口说出来的。但他的神情，那双浅色、冷酷、清澈的蓝眼睛中的眼神，清清楚楚地表明，他肯定不是疯子。那眼神清楚地表达了挑衅，是的，挑衅，以及冷嘲热讽，最重要的是，还有股浓烈到无法掩饰的杀气。他的目光犹如划破黑暗的闪电，让人永远难以忘怀。

后来，在谈及此事时，德·瓦格内先生常说："我见过很多杀人犯的眼神，但我从没见识过如此罪大恶极的眼神，也没见识过如此肆无忌惮却厚颜无耻的犯罪感。"

这种印象是如此强烈，以至于瓦格内先生以为自己产生了某种幻觉。尤其是当医生谈到自己的眼睛时，他笑着用最稚气的腔调继续说道:"先生,您肯定听不懂我在说什么,对此,我必须先向您致以深深的歉意。明天您会收到一封信,它将为您解开所有疑惑。但是,首先,我有必要让您好好地、仔细地看一看我的眼睛,我的双眼,这就是我自己,我唯一、真实的自我,正如您将要看到的那样。"

说完这番话,医生彬彬有礼地鞠了一躬,就走了出去,瓦格内先生留在原地,惊讶到了极点。他被那位先生的话语和神情深深地迷惑住,然后自言自语道:

"他只是个疯子吗?他的表情凶神恶煞,眼神充满罪恶,也许只是因为凶狠的神色和澄澈的浅蓝色眼睛形成了鲜明的对比。"

德·瓦格内先生沉浸在这些思绪中,不幸的是,他过了好一会儿才突然想到:

"不,我没产生幻觉,这也不是视觉错觉。这人显然是个罪大恶极、极其恐怖的罪犯。身为法官,我居然没有立刻逮捕他,简直就是失职。我应该捉住他,哪怕是豁出性命也要逮捕他。"

法官跑下楼去追那个医生,但为时已晚,医生已经不见了。下午,他去拜访弗洛盖尔夫人,问她是否能给他提供一些线索。然而,她根本不认识那位黑人医生,甚至还能向他保证这个身份是捏造的,因为她非常熟悉海地的上流阶层,知道太子港医学院的成员中没有哪位医生叫这个名字。德·瓦格内先生坚持不懈地描述着那位医生,特别提及他那双与众不同的眼睛,弗洛盖尔夫人大笑起来,说道:

"亲爱的先生,你肯定是遇到骗子了。你所描述的眼睛肯定是白人的眼睛,所以这个人一定是把皮肤涂黑了。"

德·瓦格内先生仔细一想,才想起这位医生身上没有任何黑人特征,只是皮肤漆黑,头发和络腮胡像羊毛般卷卷的,说话的腔调很容易模仿，但长相一点也不像黑人，甚至走起路来也没有黑人特有的那种摇来晃去的姿势。也许，说到底，他只是个爱开玩笑的人。一整天，德·瓦格内先生都抱着这种看法，虽然这使他的自尊心受到了伤害，因为他好歹也是个有头有脸的人物，却平息了他身为法官的疑虑。

第二天，他收到了那封承诺给他的信，信上写的字和信封上的地址都是用从报纸上剪下来的字母拼凑而成的。内容如下：

先生：

世上并没有詹姆斯·费迪南德医生这个人，但您看到的那双眼睛的主人确实存在，您肯定能认出他的眼睛。这个人犯下了两桩罪行，但他对此毫无悔意。不过由于他是个心理学家，他害怕有一天会受到不可抗拒的诱惑，而对自己的罪行供认不讳。您比任何人都清楚（这也是您的最强助力），罪犯们，尤其是才智超群的罪犯们，感受到这种诱惑的力量有多么强大。那位非凡的诗人埃德加·爱伦·坡曾就这一主题写过许多杰作，准确地表达了真相，但他对最后一种情况略而不谈。我来告诉您吧。是的，我，一个罪犯，内心深处有个可怕的愿望，渴望有人知道我的不法行为。当这个愿望得以实现，我的秘密被一个知己所了解时，我的未来就会获得安宁，就会从这个只诱惑我们一次的乖戾恶魔手中解脱出来。好吧，现在大功告成了。您会知道我的秘密。从您凭借眼睛认出我的那一天起，您就会想方设法找出我做过什么坏事，以及怎么干的。您会发现的，因为您是专业高手。顺便说一句，您有幸被我选中来承担重任，现在这个秘密由咱俩共享，只有咱俩知道。我郑重声明，只有咱俩。事实上，您无法向任何人证明这个秘密的真实性，除非我招供。我认为您无法让我公开认罪，因为我已经开诚布公地向您坦承了这个秘密，从而不会让自己暴露在危险之中。

三个月后，德·瓦格内先生在一次晚会上见到了 X 先生，他第一眼就认出了他那双颜色极浅、非常冷酷、非常清澈的蓝眼睛，那双眼睛真让人念念不忘。

那个人自己却表现得波澜不惊，这让德·瓦格内先生不禁犯起了嘀咕：

"也许此刻我产生了幻觉，要不然世界上怎么会有两双一模一样的眼睛呢。多么美丽的眼睛啊！这可能吗？"

地方法官对 X 先生的往事展开了调查，真相终于大白，消除了法官心头的疑云。

五年前，X 先生还是一个一贫如洗但才华横溢的医科学生，他虽然从未获得博士学位，但在微生物学研究方面已经声名鹊起。

一位年轻而富有的寡妇爱上了他，两人喜结连理。那个寡妇与第一任丈夫有个孩子，可在接下来的半年之内，先是孩子，然后是母亲死于伤寒，就这样，X 先生合法继承了巨额财产，而且没有任何争议。人人都说他对这两位病人照顾得无微不至。那么，这两起死亡事件是否就是他信中提到的两桩罪行呢？

那么，X 先生一定是巧妙地在他们身上培养了伤寒病菌，用这种病菌害死了两名受害者，所以即使给予最尽心尽力的护理，以及最无微不至的照料，也治不好这种病。为什么不这么推论呢？

"你相信这种推论吗？"我问瓦格内先生。

他回答道："绝对相信。最可怕的是，这个恶棍有恃无恐，认为我无法逼他当众认罪，因为我找不到能让他招供的办法，什么办法都没有。有那么一瞬间,我想到了催眠术,但谁能催眠那个有一双浅色、冷酷、明亮眼睛的人呢?有了这样一双眼睛,他会迫使催眠师供认自己是罪魁祸首。"

然后他深深地叹了口气,说道:

"啊,以前正义也有好的一面!"

当他看到我满含询问的目光时,他又用坚定和完全令人信服的声音补充道:

"以前,正义是可以对罪犯严刑拷打,进行逼供的。"

我带着一个作家无意中流露出的天真自负回答道:"我敢断言,可以肯定的是,如果无法使用酷刑逼供,那这怪诞的故事就没法收尾,这对我想写的故事来说,真是倒霉透顶。"

敌对的幽灵

THE RIVAL GHOSTS

〔美〕布兰德·马修斯

Brander Matthews

《敌对的幽灵》导读

1.《敌对的幽灵》的作者是美国学者、作家和文学评论家布兰德·马修斯（1852—1929）。他是纽约哥伦比亚大学第一位戏剧文学全职教授，在将戏剧确立为值得学术界正式研究的学科方面发挥了重要作用。

2. 马修斯还是美国版权联盟的组织者之一，担任过美国艺术与文学学院院士、院长，美国现代语言协会主席。法国政府授予他荣誉军团勋章，以表彰他对推动法国戏剧事业的贡献。

3.《敌对的幽灵》最初发表于1884年5月的《哈泼斯》杂志，1896年被收录于马修斯的作品集《幻想与事实的故事》。

在风平浪静的大西洋上,那艘气派的大型汽船疾驰而过。公司谨慎分发给旅客的小海图上,标着这是一条外出旅行的航道,但船上的大多数乘客已放松休息、尽情消遣了整整一个夏天,如今归心似箭,无心欣赏这壮丽的海上风光。他们天天数着日子过,希望早日看到火岛灯塔。在船的背风处可以惬意避风,于是几个归国的美国人就坐在了船长室(白天就成了他们的地盘)的门边。公爵夫人(在乘务长的乘客名单上,她的名字是马丁夫人,但她的朋友和闺蜜都叫她华盛顿·史克娅尔公爵夫人)和冯·伦塞勒宝贝(如果女性有选举权的话,她已经到了可以参加选举的年龄,但作为两姐妹中的妹妹,她仍然是备受家人呵护的小宝贝)正在谈论着一个要去美国参加运动的英国人,她们觉得那个年轻贵族挺有男子气概的,声音很悦耳,英国口音也不令人讨厌。拉里叔叔和迪尔·琼斯正相互怂恿着,对轮船明日的航行里程打赌下注。

迪尔·琼斯说:"我押双倍筹码,赌这艘船明天跑不了四百二十海里。"

拉里叔叔回答道:"那我跟你赌了。去年航程的第五天它可是跑了四百二十七海里。"这是拉里叔叔第十七次去欧洲了,因此这趟归途也是他的第三十四次远洋航行。

冯·伦塞勒宝贝问道:"你们上次是什么时候到的?我一点儿也不在乎它一天能跑多远,只要我们能快点儿到就行。"

"星期天晚上,也就是离开皇后镇七天之后,我们穿过了暗礁。然后,星期一凌晨三点时,船就在阔伦廷岛附近下锚了。"

"希望这次不要再这么干了。船一停,我好像就睡不着了。"

"我睡得着,但我没睡。"拉里叔叔接着说,"因为我的客房离船头最近,而用于下锚的小型蒸汽机正好就在我的头顶上轰轰直响。"

迪尔·琼斯说:"所以你一起床就看到了海湾上的日出,远处的城市闪烁着点点灯光,黎明时分,东方的第一缕曙光在拉斐特堡的上空悄然出现,那淡淡的玫瑰色红晕,柔柔地向上蔓延,然后……"

"那趟旅行你们俩是一起回来的吗?"公爵夫人问道。

迪尔·琼斯反驳道:"不要因为他穿越了三十四次大西洋,就认为只有他看到了最美的日出。不,这是我自己亲眼所见,也是非常壮丽的日出。"

拉里叔叔平静地说:"我没跟你比谁看到的日出更美。不过,我愿意分享一些与日出有关的笑话,老将出马,讲一个顶俩。"

"虽然很不情愿,但我必须承认,我讲日出,可不怎么有趣。"迪尔·琼斯是个实诚人,不屑于因一时冲动而瞎编一个笑话。

"这就是我看到的日出最有吸引力的地方。"拉里叔叔得意地说。

"什么有趣的笑话?"冯·伦塞勒宝贝问道。女生天生的强烈好奇心已经完全被激发起来了。

"哦,是这样的。当时我站在船尾,旁边是一个有爱国心的美国人和一个浪迹天涯的爱尔兰人。那位爱国的美国人鲁莽地宣称,在欧洲任何地方都看不到这样壮丽的日出,这给了爱尔兰人回嘴的机会,他说:'当然啰,要等我们欣赏完,你们这里才欣赏得到呢!'"

迪尔·琼斯若有所思地说:"确实如此,他们那里有些东西比我们的好得多，比如雨伞。"

"还有女礼服。"公爵夫人补充道。

"还有古董。"这是拉里叔叔的意见。

"我们美国有些东西确实要好得多！"冯·伦塞勒宝贝抗议道，她还没有被对欧洲君主制的崇拜洗脑，"我们制造的很多东西都比你在欧洲买的好得多，尤其是冰淇淋。"

迪尔·琼斯补充说："还有漂亮女孩。"但他没有看她。

"还有幽灵。"拉里叔叔漫不经心地随口说道。

"幽灵？"公爵夫人质疑道。

"幽灵。我坚持用这个词。如果你们喜欢的话，也可以把它们叫鬼魂或妖怪。我们的幽灵故事最引人入胜……"

"你忘了莱茵河和黑森林那些迷人的鬼故事。"冯·伦塞勒宝贝打断了她的话，带着女性惯有的反复无常。

"我记得莱茵河和黑森林的鬼故事，也记得其他所有精灵、仙女和妖精出没的故事。但只有美国才有善良好心、诚实正直的幽灵。我们故事里的幽灵——美国幽灵——与文学作品中的普通幽灵的区别在于，有美国式的幽默感。拿欧文[1]的故事来说，《无头骑士》就是个滑稽搞笑的幽灵故事。还有《瑞普·凡·温克尔》——想想看，在讲他与肯德里克·哈德逊船长手下的那些妖怪船员会面时，那场面多么幽默诙谐，多么生动有趣啊！最神秘、最有传奇色彩的美国幽灵故事，是关于敌对的幽灵的奇妙故事。"

公爵夫人和冯·伦塞勒宝贝异口同声地问："敌对的幽灵？它们是谁？"

"我没跟你们讲过这个故事吗？"拉里叔叔故作惊讶地回答

---

[1] 欧文：华盛顿·欧文，美国19世纪著名作家，被誉为"美国文学之父"。

道，眼睛里闪过一丝近乎喜悦的光芒。

迪尔·琼斯说："既然他迟早都会讲给咱们听，我们最好现在就认命地听他讲。"

"你们要是不着急听，那我可就一个字都不讲了。"

"哎呀，别吊胃口了，拉里叔叔。你知道我最喜欢听幽灵故事了。"冯·伦塞勒宝贝恳求道。

拉里叔叔开始说："从前，其实就是几年前，有个年轻的美国人住在繁华的纽约城里，名叫邓肯——伊利法莱特·邓肯。就像他的名字一样，他有一半美国北方佬血统，一半苏格兰血统。他是一名律师，来纽约想要闯出一片天。他的父亲是苏格兰人，定居在波士顿，并娶了一位塞勒姆姑娘。伊利法莱特·邓肯二十岁左右时，失去了双亲。父亲留给邓肯的财富不仅足以让他开始创业，也让他对自己的苏格兰血统感到无比自豪。要知道，在苏格兰的邓肯家族拥有贵族头衔，虽然他的祖父及父亲都不是长子，无法继承爵位，但他父亲始终记得，也一直教导他的独子要铭记于心，他有高贵的血统。他母亲留给他的是北方佬的坚忍和勇气，以及位于塞勒姆的一栋小房子，那房子已经属于她家族两百多年了。她是希区柯克家族的一员，希区柯克家族从公元一世纪起就在塞勒姆定居。邓肯母亲的曾祖父伊利法莱特·希区柯克先生曾在塞勒姆的猎巫热潮中扮演了重要的角色。她留给我朋友伊利法莱特·邓肯的这栋房子既小又旧，还常常有幽灵出没。"

"古宅有幽灵出没，当然是有个女巫的幽灵作祟。"迪尔·琼斯打断了他的话。

"既然女巫都被绑在火刑柱上烧死了，那怎么可能是女巫的幽灵呢？你听说过哪个被烧死的人成了幽灵吗，从来没有吧？"

"不管怎么说，这倒是支持火葬的一个理由。"琼斯答道，

-364-

避免了直接回答这个问题。

"就是,如果你不喜欢幽灵,我喜欢。"冯·伦塞勒宝贝说。

拉里叔叔补充道:"我也是。我喜欢幽灵,就像英国人喜欢贵族头衔一样。"

"继续讲你的故事吧。"公爵夫人威严地说,制止了所有不相干的讨论。

"塞勒姆的这座古宅有幽灵出没。"拉里叔叔接着说,"而且是个非常杰出的幽灵,或者至少是个具有非凡特性的幽灵。"

"是个什么样的幽灵?"冯·伦塞勒宝贝追问道,期待的欣喜让她的身体微微颤抖。

"它有很多古怪的习性。首先,它从未在房子主人面前现身。大多数情况下,它只出现在不受欢迎的客人面前。在过去的一百年里,它先后吓跑了四位丈母娘,却从未打扰过一家之主。"

"我猜那个幽灵活着的时候,也曾是个调皮捣蛋的孩子。"这是迪尔·琼斯对这个故事的见解。

拉里叔叔继续说:"其次,它初次现身时绝不故意吓人。只在第二次才会把见到它的人吓得魂不附体。经历两次惊吓之后,就几乎没人鼓起勇气冒第三次险来撞见它了。这个好心的幽灵有个最稀奇的特点,就是没有脸,至少没有人见过它的脸。"

"也许它一直遮着脸?"公爵夫人问道,她开始记起自己从来都不喜欢幽灵故事。

"对此我一直没能弄明白。我问过好几个曾见过这个幽灵的人,他们都说不清楚它到底长什么样。当它出现的时候,他们从没注意到它的面部特征,也从没注意到它是真的没有脸还是长相被遮住了。只是在事后,当他们试图冷静地忆起与这个神秘陌生人见面的所有经过时,才意识到自己没有看到它的脸。说不清是五官被遮住了,还是缺少五官,还是有什么问题,他们只知道从没见过那张脸。无论人们见过幽灵多少次,始终没解开这个谜团。直到今天,也没有人知道,曾经出没于塞勒姆那座小旧古宅里的幽灵到底有没有脸,或者究竟长了张什么样的脸。"

"真是太奇怪了!"冯·伦塞勒宝贝说,"那这个幽灵为什么走了呢?"

"我可没说它走了。"拉里叔叔很庄重地回答。

"但你说它曾经在塞勒姆的小旧古宅里出没过,所以我以为它已经搬家了。难道不是吗?"

"到时候会告诉你的。在暑假期间,伊利法莱特·邓肯的大部分时间都是在塞勒姆度过的,这个幽灵从未骚扰过他,因为他是这所房子的主人——这让他很反感,因为他想亲眼看看那个随意支配他财产的神秘房客。然而,他从未见过这个幽灵,从未。他曾安排朋友们住在房子里,并跟他们约好,只要幽灵一出现就叫他,他就住在隔壁房间里,睡觉时开着门。然而,当朋友们惊恐的叫声把他吵醒时,幽灵已经消失了,他唯一的收获就是一回到床上就听到了责备的叹息声。你瞧,幽灵认为伊利法莱特这样做是不妥当的,因为他寻求的引见方式显然不受欢迎。"

迪尔·琼斯打断了拉里叔叔的讲述,他站起身来,把一块厚厚的毯子紧紧裹在冯·伦塞勒宝贝的脚上,因为此时天空阴沉沉、灰蒙蒙的,空气很潮湿,冰寒刺骨。

拉里叔叔接着说:"在一个春光明媚的早晨,伊利法莱特·邓肯收到了一个好消息。我告诉过你们,那个苏格兰家族有爵位传承,但伊利法莱特的父亲及其祖父都不是长子。好吧,碰巧伊利法莱特父亲所有的兄弟和叔叔伯伯都去世了,家族的男性子嗣只剩下了他的堂兄。那位堂兄就顺理成章地继承了爵位,成为邓肯男爵。那个春日的早晨，伊利法莱特·邓肯在纽约收到的好消息就是，邓肯男爵和他的独生子在赫布里底群岛乘游艇出海时，突然遭遇了黑风暴，双双罹难。所以我的朋友伊利法莱特·邓肯继承了家族世袭的爵位和财产。"

公爵夫人说："多浪漫啊！原来他是个男爵！"

拉里叔叔回答道："嗯，如果他愿意的话。但他不愿意。"

"那他可太傻了。"迪尔·琼斯简洁地评论道。

拉里叔叔回答："嗯，我可不这么认为。你看，伊利法莱特·邓肯有一半苏格兰血统，一半美国血统，他为这个大好机会做了两手准备。他对自己的意外之财讳莫如深，先去查明苏格兰的不动产是否足以维持爵位。他很快就发现，捉襟见肘。已故的邓肯勋爵是靠娶了个富婆，用嫁妆收益维持体面的。而伊利法莱特，他宁可在纽约做一个衣食无忧的律师，靠打官司过着舒适的生活，也不愿在苏格兰做一个饥寒交迫的领主，靠爵位过着拮据的生活。"

"但他还是保留了爵位吧？"公爵夫人问道。

拉里叔叔回答道："唔，他没有声张。只有我和一两个朋友知道此事。但是伊利法莱特太聪明了，他并没有把邓肯男爵、律师和法律顾问的头衔写在招牌上。"

"但这一切和你说的那个幽灵有什么关系呢？"迪尔·琼斯适时问道。

"跟那个幽灵没什么关系，但跟另一个幽灵倒是大有渊源。伊利法莱特对幽灵的传说很有研究，也许是因为他在塞勒姆有座幽灵屋，也许是因为他有苏格兰的血统。无论如何，他对苏格兰贵族年鉴中记载的幽灵、白衣女士、报丧女妖和各种妖怪的言行和警示都进行了专门的研究。事实上，他对苏格兰贵族中每一个有名望的幽灵的习性都了如指掌。他还知道会有一个家族幽灵附属于邓肯男爵的爵位继承者。"

"这么说,除了是塞勒姆幽灵屋的主人,他在苏格兰也被幽灵所纠缠?"冯·伦塞勒宝贝问。

"正是如此。这个苏格兰幽灵和塞勒姆的幽灵一样,并不让人讨厌。但是它和大西洋另一头的幽灵伙伴有一个共同的特点:它从不出现在爵位的所有者面前,就像塞勒姆的幽灵从不出现在房子主人面前一样。事实上,根本就没人见过邓肯家的幽灵。它只是一个守护天使,唯一的职责就是亲自陪侍在邓肯男爵左右,警告他即将来临的灾祸。邓肯家族的传说曾提及,历代邓肯男爵一次又一次地预感到了厄运的降临。他们中的一些人屈服了,退出了他们所进行的冒险,躲过惨败的厄运。有些人则顽固不化,一意孤行,结果撒手人寰。在置身险境之前,历代邓肯男爵都会收到幽灵适当的警示。"

"那这对父子怎么会在赫布里底群岛附近的游艇上丢掉性命呢?"迪尔·琼斯问道。

"他们太开明了,不愿屈服于迷信。已故的邓肯勋爵留有一封信,是他和儿子出海前几分钟写给妻子的,他在信中告诉妻子,他极其艰难地与一种极度想放弃旅行的愿望苦苦斗争。如果他听从了家族幽灵的善意警告,就不会踏上横渡大西洋的旅程。"

"上一任男爵一死,那个幽灵就离开苏格兰,漂洋过海来到美国了吗?"冯·伦塞勒宝贝饶有兴趣地问。

迪尔·琼斯问道:"它是怎么过来的?是自己开船还是坐船当乘客?"

拉里叔叔平静地回答:"我不知道,伊利法莱特也不知道。因为只要没有身处险境,无须警示,他就不知道幽灵是否尽职尽责地守护着他。当然,他一直时刻注意着幽灵。但直到独立日前,他去了塞勒姆的小旧古宅,才得到幽灵存在的证据。他带了一个朋友一起去,那个年轻人从萨姆特要塞被开火攻击那天起就一直在正规军服役,他在南方经历了四年内战,其间在里士满臭名昭著的利比监狱待了六个月,之后又在平原上跟印第安人打了十年仗,他认为经历了这么多的血与火之后,应该不会被小小的幽灵吓倒。嗯,伊利法莱特和那个军官整晚都坐在门廊上抽烟,讨论军事法学中的条文要点。十二点刚过,就在他们觉得该上床睡觉的时候,他们听到屋子里传来一阵最恐怖的声音。那不是尖叫声,也不是嚎叫声,更不是吼叫声,他们实在说不出来那是什么声音。那是一种模糊的、令人费解的颤抖和震动声,如同哀号般从窗口呼啸而出。这位军官曾经参加过可怕的冷港战役,但这次他觉得更冷,简直是冰寒彻骨了。伊利法莱特知道,那是老宅幽灵的声音。当这诡异的声音消失后,紧接着又传来一个声音,尖锐、短促、令人毛骨悚然。伊利法莱特觉得那叫喊声有些熟悉,他确信那是邓肯家族的守护幽灵发出的声音。"

公爵夫人焦急地问道:"你是说,那两个幽灵都在那儿吗?"

拉里叔叔回答道:"两个都在那儿。你们瞧,其中一个属于那栋房子,必须一直待在那里,另一个则附属于邓肯男爵,必须跟着他,他到哪儿,幽灵就在哪儿。但伊利法莱特还没来得及想清楚,就又听到了这两个声音,不是先后出现,而是同时响起。某种直觉告诉他,这两个幽灵彼此心存芥蒂,无法和谐共处,根本合不来。事实上,它们在吵架。"

"吵架的幽灵!我可从来没听说过!"冯·伦塞勒宝贝说。

迪尔·琼斯说:"如果能看到幽灵们和睦相处,那该有多幸福啊!"

公爵夫人补充道:"这无疑会树立一个更好的榜样。"

拉里叔叔接着说:"你们知道,两种不同波长的光波或声波可能会相互干扰,产生黑暗或寂静。这两个敌对的幽灵也是如此。它们相互干扰,却并未产生寂静或黑暗。恰恰相反,伊利法莱特和军官刚一进屋子,一连串的通灵术表演便开始了,就像一场神秘的黑暗降神会。手鼓无人敲击而响,铃铛无风自动,一把燃烧着火红烈焰的班卓琴在房间里飞来飞去地奏乐,画面十分诡异。"

"他们从哪儿弄来的班卓琴?"迪尔·琼斯狐疑地问道。

"我确实无从得知。也许是大手一挥,变出来的吧,就像手鼓一样。你不会认为一个文质彬彬的纽约律师特意储备了大量乐器,足以组建一支巡回的吟游诗人剧团,就为了有朝一日,两个幽灵来给他开个惊喜派对吧?每个幽灵都有自己折腾人的合手的乐器。据我所知,守护天使会用竖琴演奏,而幽灵则钟爱用班卓琴和手鼓。伊利法莱特·邓肯的这两个幽灵都很摩登,懂得与时俱进。我猜它们有能力自己创造音乐武器。总之,在伊利法莱特和他的朋友来的那天晚上,那两个幽灵在塞勒姆的小旧古宅里将这些乐器奏了个遍,它们摇着铃,敲着鼓,在房子里四处游走,整整一夜都没停。"

"整整一夜?"公爵夫人问道,对此心生畏惧。

拉里叔叔严肃地说:"整整一夜,第二天晚上也是如此。伊利法莱特彻夜未眠,他的朋友也没合过眼。第二天晚上,那个军官看到了古宅幽灵,第三天晚上,古宅幽灵再度现身。第四天一大早,军官匆匆收拾好行李,头也不回地跳上了前往波士顿的第一班火车。虽然他是纽约人,但他说自己宁愿去波士顿,也不愿再见到那个幽灵。伊利法莱特倒是一点儿也不害怕,部分原因是他从未见过那两个幽灵,部分原因是他自觉与灵界关系融洽,不会轻易被吓到。但是,三个晚上没睡好,又失去了朋友的陪伴,他开始略感烦躁,觉得幽灵们闹得过头了。瞧,虽然在某种程度上他喜欢幽灵,但他更喜欢一次只面对一个。两个幽灵就太多了。他并不打算弄得家里幽灵扎堆。一人一幽灵是好同伴,但一人俩幽灵就乱哄哄的。"

"他做了什么?"冯·伦塞勒宝贝问道。

"他什么也做不了。他等了一会儿,希望那两个幽灵会累,但他先累倒了。你看,就天性而言,幽灵白天睡觉,人类晚上睡觉。可幽灵让他晚上睡不着。那两个幽灵不停地争辩、争吵。楼梯上的旧钟一敲响十二点,它们就有规律地出现、显灵、开黑暗降神会。它们东敲西敲,摇铃铛、敲手鼓,还把燃烧着火红烈焰的班卓琴扔到屋子里,最糟糕的是,它们还互相骂脏话。"

"我真不知道幽灵也会对说脏话上瘾。"公爵夫人说。

"他怎么知道他们在说脏话?他听得见幽灵说话吗?"迪尔·琼斯问道。

拉里叔叔回答道:"那正是问题所在,他听不见它们说话,至少听不清楚。他听到的是含糊不清的嘟囔和闷闷的咕哝声。但给他的印象是它们在咒骂。如果它们只是直接开骂,反而会使他好受些,因为那样他就能知道最坏的结果了。但空气中充斥着压抑的脏话让他很难受。忍受了一个星期后,他实在受不了了,于是决定放弃,就去了怀特山。"

"我猜,是让它们自行解决矛盾吧?"冯·伦塞勒宝贝插嘴说道。

拉里叔叔解释道:"不是这样的,除非他在场,否则它们是吵不起来的。你看,他不可能抛下家族幽灵,而古宅幽灵也无法离开那栋房子。他离开时带走了家族幽灵,留下了古宅幽灵。如今,相隔百里之遥,那两个幽灵再也无法像凡人一般争执吵闹了。"

"后来发生了什么事?"冯·伦塞勒宝贝有点儿不耐烦地问。

"后来发生了一件十分奇妙的事情。伊利法莱特·邓肯去了怀特山,在通往华盛顿山顶的火车车厢里,他遇到了一个多年未见的同学,那位同学把邓肯介绍给了他妹妹。那是个非常漂亮的姑娘,邓肯对她一见钟情,当火车登上华盛顿山顶时,他已经深深地爱上了她。他开始觉得自己配不上她,并想知道她是否有可能稍稍对他产生兴趣——哪怕只有一点点。"

"我倒不觉得这是一件多么奇妙的事情。"迪尔·琼斯说道,同时悄悄瞥了一眼冯·伦塞勒宝贝。

公爵夫人曾经在费城住过一段时间,她好奇地发出询问:"那个姑娘是谁?"

"她是基蒂·萨顿小姐,来自旧金山,是皮克斯利与萨顿事务所的老萨顿法官的女儿。"

"很体面的家庭。"公爵夫人赞道。

迪尔·琼斯说:"四五年前的夏天,我曾在萨拉托加遇到过一位聒噪粗俗的萨顿老太太,我希望那不是她母亲。"

"大概就是。"

"那是个可怕的老太婆。小伙子们都叫她'蛇发女妖妈妈'。"

"伊利法莱特·邓肯爱上的漂亮姑娘基蒂·萨顿,就是'蛇发女妖妈妈'的女儿。但他从未见过那位母亲,她在旧金山、洛杉矶或圣达菲,或者西部的某个地方。在怀特山,他邂逅了这姑娘许多次。她和哥哥及嫂子一起旅行。不管他们去哪儿玩,去哪儿住,邓肯都跟着他们,从而凑成了一个四人旅行团。在那个夏天结束前,他开始考虑求婚。当然,他有很多机会,因为他们每天都去远足。他下定决心尽快抓住时机。就在那天晚上,他带着她在月光下划船游览了温尼珀索基湖。当他把她扶上船时,他下定决心要表白心意，而他也隐约猜到，她早已知晓他要求婚。"

迪尔·琼斯说："姑娘们，晚上千万别和小伙子一起划船，除非你真的打算接受他。"

"有时，最佳策略是拒绝他，就可以一劳永逸地摆脱烦恼。"冯·伦塞勒宝贝说。

"当伊利法莱特拿起船桨时，他突然感到一阵寒意袭来。他试图摆脱这种感觉，但收效甚微。他越来越明显地意识到大难临头。还没划十下——他是个出色的划桨能手——他就意识到，在他和萨顿小姐之间有一个神秘的存在。"

"是那个充当守护天使的幽灵在警告他不要求婚吗？"迪尔·琼斯打断了他的话。

拉里叔叔说："正是如此。所以他屈服了，保持沉默，然后划船送萨顿小姐回了旅馆，没有说出求婚的话。"

迪尔·琼斯说："他真是个大傻瓜。要是我下定决心求婚，一个幽灵是阻止不了我的。"然后他又看向了冯·伦塞勒宝贝。

拉里叔叔继续说："第二天早上，伊利法莱特睡过了头，当他下楼吃早午餐时，发现萨顿一家已经乘早班火车去纽约了。他想立刻追上去，却又一次感到神秘的力量战胜了他的意志。他挣扎了两天，最后终于振作起来，不顾幽灵的阻挠，做了他想做的事。当他抵达纽约时，已是深夜。他匆忙打扮整齐，来到萨顿一家下榻的旅馆，希望至少能见到她的哥哥。守护天使一路上都在阻止他，直到他开始怀疑，如果萨顿小姐答应嫁给他，家族幽灵是否会对他的婚事提出异议。那天晚上，他在旅馆里没见到萨顿兄妹，于是他决定次日下午尽早前去拜访，尽快把事情做个了结。第二天下午两点左右，他离开办公室去探究自己的命运，还没走过五个街区，他就发现邓肯家族的幽灵已经放弃了对求婚的反对。

他没有感觉到大难临头，没有阻力，没有斗争，也没有意识到有反对力量的存在。伊利法莱特大受鼓舞。他步履轻快地走向旅馆，发现只有萨顿小姐一个人在。他向她求了婚，并得到了心心念念的答复。"

"她肯定接受了求婚。"冯·伦塞勒宝贝说。

拉里叔叔说："当然。就在他们沉浸在最初的喜悦中，互诉衷肠时，她哥哥走进了客厅，脸上带着痛苦的表情，手里拿着一封来自旧金山的电报。痛苦是由于电报内容，告知他们的母亲萨顿太太突然去世了。"

"这就是家族幽灵突然停止反对这门婚事的原因吗？"迪尔·琼斯问道。

"没错。你看，家族幽灵早就知道'蛇发女妖妈妈'会是邓肯幸福之路上的巨大障碍，所以一再警告他。但障碍一消除，它就立刻同意了。"

浓雾渐渐降下，如同厚重潮湿的帷幕，从船的这一头已经看不清另一头了。迪尔·琼斯用毯子把冯·伦塞勒宝贝裹得更紧，然后又缩进了自己那厚厚的毯子里。

拉里叔叔暂停了一会儿，又点燃了一支他常抽的小雪茄。

"我推断邓肯勋爵，"公爵夫人在说到头衔时很谨慎，"结婚后就再也没见过那两个幽灵了。"

"他从未见过它们，无论婚前还是婚后。但它们差点儿就破坏了这门亲事，也因此伤了两颗年轻的心。"

迪尔·琼斯问道："为什么它们不能永远保持沉默呢？你不会是说，它们这么做是有什么正当理由或妨碍吧？"

"一个幽灵，甚至是两个幽灵，怎么能阻止一个女孩嫁给她心爱的人呢？"这是冯·伦塞勒宝贝的问题。

"这似乎很奇怪,不是吗?"拉里叔叔用力地抽了两三口小雪茄,试图以此驱散身上的寒意,烟头发出红彤彤的光芒,"这件事本身和他们的境遇都很奇怪。你看,萨顿小姐要等母亲去世满一年才能结婚,所以她和邓肯有足够的时间讲述各自知道的一切。伊利法莱特了解了她在学校里和哪些女孩交往,而基蒂则了解了他的家庭情况。但他很长一段时间都没告诉她关于贵族头衔的事情,因为他不喜欢炫耀。但他向她描述了塞勒姆的小旧古宅。婚礼预定于九月初举行。夏末的一个晚上,她告诉他,她不想进行蜜月旅行,只想去塞勒姆的小旧古宅安安静静地度蜜月,没有烦琐的活动,也没人打搅他们。嗯,伊利法莱特欣然接受了这个建议,这完全符合他的意愿。突然,他想起了那两个幽灵,这可把他吓了一跳。他之前跟她提过邓肯家族有个类似报丧女妖的幽灵,一想到有个祖传的幽灵在她丈夫身边贴身服侍,她就觉得非常有趣。但他从来没说过塞勒姆那座小旧古宅里有幽灵出没。他知道,如果古宅幽灵在她面前现身,她一定会被吓得魂飞魄散。他立刻意识到,他们的新婚旅行不可能去塞勒姆。于是,他把事情的来龙去脉原原本本地告诉了她,告诉她每次他去塞勒姆的时候,那两个幽灵是如何从中作梗,举行黑暗降神会,显灵又显形,所以那个地方绝对不能拿来度蜜月。基蒂静静地听着,伊利法莱特以为她改变了主意,但她并没有。"

"想想她要做的事,真像个男子汉。"冯·伦塞勒宝贝说。

"她只是告诉他,她自己无法忍受幽灵,但她不会嫁给一个怕幽灵的男人。"

迪尔·琼斯说:"女人就是这样,总是反复无常。"

拉里叔叔的小雪茄早就吸完了。他又点上一支,继续说道:"伊利法莱特的抗议是徒劳的。基蒂说她心意已决,她下定决心要在塞勒姆的小旧古宅里度蜜月，她同样下定决心，只要那里有幽灵，她就不去。除非他能向她保证，那些幽灵房客已经收到了搬走的通知，不会再有显灵和显形的危险，否则她拒绝结婚。她不希望蜜月被两个争吵不休的幽灵打扰。婚礼可以推迟，直到他为她准备好那栋房子为止。"

"她可真是个任性的姑娘。"公爵夫人说。

"嗯，伊利法莱特就是这么想的，尽管他很爱她。他相信自己能说服她下定决心。但他没能成功，她心意已决。当一个姑娘铁了心，那就没什么可做的了，只能顺其自然。伊利法莱特就是这么做的，他明白，要么放弃她，要么把那两个幽灵赶出去。他爱她，对那两个幽灵可没这么深的感情，所以决心与那两个幽灵进行交涉。伊利法莱特的性格果断坚毅——他有一半苏格兰血统，一半北方血统，有这两种血统的人都不是会轻易退缩的窝囊废。于是，他制订了计划，前往塞勒姆。当他和基蒂道别时，他感觉得到她很后悔让他去，但她还是坚持住，装出一副勇敢的样子，送他出了门。回家后，她哭了整整一个小时，非常痛苦，直到第二天他回来，她才缓了过来。"

"那他成功地把那两个幽灵赶走了吗？"冯·伦塞勒宝贝饶有兴趣地问。

"这正是我要讲的重点。"拉里叔叔在关键时刻停顿了一下，就像一个训练有素的讲故事能手，"你看，伊利法莱特接到了一个相当棘手的任务，虽然他很乐意订婚的时间能长一些，但他不得不在姑娘和幽灵之间做出选择，而他选择了姑娘。他试图发明或想起一些对付幽灵的简便方法，但他做不到。他希望有人能发明专门对付幽灵的方法——能让那两个幽灵从房子里出来，死在院子里。"

"他做了什么？"迪尔·琼斯打断了他的话。"博学的律师，请你直接讲讲重点呗。"

拉里叔叔严肃地说："等你知道到底发生了什么，你会后悔这种不得体的匆忙。"

冯·伦塞勒宝贝问："到底发生了什么，拉里叔叔？我都等得不耐烦了。"

拉里叔叔接着说道：

"伊利法莱特来到塞勒姆的小旧古宅，十二点钟声一敲响，敌对的幽灵们就像之前一样开始争吵。东敲敲西打打，敲击声、摇铃声、敲手鼓声、弹奏班卓琴的声音在房间里到处回荡，所有其他的显灵和显形就像前年夏天一样，接踵而至。伊利法莱特能察觉到的唯一不同之处就是，幽灵的咒骂更强烈了。当然，这只是模糊的感知，因为他实际上一个字也没听到。他耐心地等待了片刻，一边倾听，一边观察。当然，他从未见过这两个幽灵，因为它们都不会出现在他面前。最后，他终于生气了，想着是时候插手了，于是他敲了敲桌子，要求大家保持安静。当他感觉到幽灵们正在听他说话时，他立即向它们解释了情况。他告诉它们，他陷入了爱河，除非它们搬走，否则他结不了婚。他把它们当作老朋友，向它们表示感谢。家族幽灵已经被邓肯家族庇护了几百年，而古宅幽灵也在塞勒姆的小旧古宅里免费住了将近两个世纪。他恳求它们解决分歧，并立即帮他摆脱困境。他建议他们最好当场决斗，看看谁能占上风。

"他随身携带了决斗必要的武器。他从小提箱里拿出两把海军左轮手枪、两把霰弹枪、两把决斗剑和两把单刃长猎刀，都摊在桌上。他主动提出担任双方的决斗副手，并负责发出决斗指令。他还从手提包里拿出一包纸牌和一瓶毒药，告诉它们如果想避免流血的话，可以用扑克牌抽签决定谁应该服毒。然后，他焦急地等待着它们的答复。沉默了一小会儿。然后，他意识到房间的一个角落里传来了颤抖的声音，他还记得，当他第一次提出决斗的建议时，曾听到从那个方向传来了类似恐惧的叹息声。直觉告诉他，这是古宅幽灵，它受到了严重的惊吓。然后，房间对面角落里的某种动静给他留下了深刻印象，好像那个家族幽灵因尊严被冒犯而挺直了身子。伊利法莱特无法真切地看见这一切，因为他从未见过幽灵，但他感觉到了它们的存在。沉默了将近一分钟后，一个声音从家族幽灵站立的角落传了出来——声音有力而饱满，却因压抑愤怒而微微颤抖。这个声音告诉伊利法莱特，他担任邓肯家族的首领时间并不长，如果他现在认为家族幽灵可以对女人拔剑相向，那就说明他从来没有认真考虑过自己的家族品性。伊利法莱特说，他从未建议邓肯家族的幽灵对女人动手，他只想让邓肯家族的幽灵与另一个幽灵战斗。然后那个声音告诉伊利法莱特，另一个幽灵是个女人。"

"什么？"迪尔·琼斯惊叫出声，猛然坐了起来，"你不会是想告诉我，在那座老宅里出没的幽灵是个女人吧？"

拉里叔叔说："伊利法莱特·邓肯就是这么说的。但无须过多地解释与回答，他一下子就想起了关于住家幽灵的传说，知道那个家族幽灵说的就是事实。他从未想过幽灵的性别问题，但无论如何，古宅幽灵是女人的事实毋庸置疑。伊利法莱特牢牢地记住了这一点，很快找到了摆脱困境的办法。那两个幽灵必须结婚！因为这样就不会再有干扰，不会再有争吵，不会再有显灵，不会再有黑暗降神会，不会再有敲击声、铃声、手鼓声和班卓琴声。起初，那两个幽灵并不同意。角落里的声音宣称，邓肯家族的幽灵从未萌生过结婚的念头。但伊利法莱特和它们争论起来，然后又恳求、劝说、哄骗，大谈特谈结婚的种种好处。当然，他不得不承认，他不知道怎样才能请到一位牧师为它们主持婚礼。但角落里的声音一本正经地告诉他，在这方面没必要感到为难，因为有很多幽灵牧师。这时，古宅幽灵第一次开口说话了，声音低沉清晰，温柔动听，带着古雅、老式的新英格兰口音，与家族幽灵浓重的苏格兰口音形成了鲜明的对比。它说，伊利法莱特·邓肯似乎忘记了它已婚。但这丝毫没有让伊利法莱特觉得沮丧。他清楚地记得整个案件，他告诉它，它不是一个已婚幽灵，而是一位孀妇，它的丈夫因为谋杀它而被绞死了。然后，邓肯家族的幽灵提到了他们年龄上的巨大差异，说它快四百五十岁了，而对方还不到两百岁。但伊利法莱特跟陪审团多次唇枪舌剑地辩论过，口才极好，他全力以赴，要劝诱那两个幽灵结婚。事后他得出的结论是，它们被哄骗实属心甘情愿，他顺水推舟，而它们半推半就。但在那时他还以为，要让它们相信这个计划大有好处会很艰难。"

"那他成功了吗？"冯·伦塞勒宝贝带着年轻女士对婚姻的憧憬问道。

拉里叔叔说："他成功了。他说服了邓肯家族的幽灵和塞勒姆老宅的幽灵，让它们订了婚。从它们订婚后，他就再也不用为它们忧心忡忡了。因为它们不再敌对了。就在伊利法莱特·邓肯与基蒂·萨顿在格雷斯教堂的祭台前举行婚礼的同一天，那两个幽灵也在幽灵牧师的主持下举行了婚礼。幽灵新郎和幽灵新娘立刻开始了蜜月旅行，邓肯勋爵及其夫人则来到塞勒姆的小旧古宅里度起了蜜月。"

拉里叔叔停了下来。他的小雪茄又吸完了，敌对幽灵的故事也讲完了。远洋汽船甲板上的一行人陷入了肃穆的沉默，几声刺耳的雾笛声又打破了这种沉默。

捧读文化
触及身心的阅读

出 版 人　朱文迅
出 品 人　张进步　程　碧
责任编辑　陈　章
特约编辑　孟令堃
装帧设计　WONDERLAND Book design
　　　　　仙境 QQ:344561934
内文排版　张晓冉